ENSAIOS LUSÓFONOS

FERNANDO CRISTÓVÃO
(Direção e Coordenação)

ENSAIOS LUSÓFONOS

Textos de:
FERNANDO CRISTÓVÃO | JOÃO MALACA CASTELEIRO
JOSÉ CARLOS VENÂNCIO | INOCÊNCIA MATA
JOSÉ FILIPE PINTO | ALINE BAZENGA
CARLA OLIVEIRA | LUÍSA COELHO

ENSAIOS LUSÓFONOS
CLEPUL 3
Centro de Literaturas e Culturas Lusófonas e Europeias

DIREÇÃO E COORDENAÇÃO
Fernando Cristóvão

COORDENAÇÃO DE SECRETARIADO
Susana Sampaio

SECRETARIADO TÉCNICO
Sandra Sales

ASSISTENTES DE EDIÇÃO E REVISÃO
Sandra Sales
Tânia Pego
Sofia Santos

DISTRIBUIÇÃO
EDIÇÕES ALMEDINA, S.A.
Rua Fernandes Tomás, nºs 76-80
3000-167 Coimbra
Tel.: 239 851 904 · Fax: 239 851 901
www.almedina.net · editora@almedina.net
CLEPUL 3

PRÉ-IMPRESSÃO
G.C. GRÁFICA DE COIMBRA, LDA.
Palheira – Assafarge
3001-453 Coimbra
producao@graficadecoimbra.pt

IMPRESSÃO
PENTAEDRO, LDA.

Julho, 2012

DEPÓSITO LEGAL
347218/12

Os dados e as opiniões inseridos na presente publicação
são da exclusiva responsabilidade do(s) seu(s) autor(es).

Toda a reprodução desta obra, por fotocópia ou outro qualquer
processo, sem prévia autorização escrita do Editor, é ilícita
e passível de procedimento judicial contra o infractor.

BIBLIOTECA NACIONAL DE PORTUGAL – CATALOGAÇÃO NA PUBLICAÇÃO

Ensaios Lusófonos / dir. e coord. Fernando Cristovão.
ISBN 978-972-40-4786-7

I – CRISTOVÃO, Fernando, 1929-

CDU 821.134.3.09
    811.134.3

ÍNDICE

A modo de introdução
FERNANDO CRISTÓVÃO 7

O Acordo Ortográfico entre ambiguidades e a passividade das Instituições
FERNANDO CRISTÓVÃO 9

A Identidade lusófona e a formação multicultural
FERNANDO CRISTÓVÃO 23

Uma coleção de materiais didáticos para o ensino do português como língua segunda e estrangeira
JOÃO MALACA CASTELEIRO, CARLA OLIVEIRA, LUÍSA COELHO 35

Do português língua nossa ao português língua também nossa
ALINE BAZENGA 53

O contributo dos religiosos para a construção da nossa língua e da Lusofonia
FERNANDO CRISTÓVÃO 63

Lusofonia e cânone lusófono. Da controvérsia dos conceitos à manifestação de duas escritas a partir da *margem*
JOSÉ CARLOS VENÂNCIO 83

(Uanhenga Xitu): o percurso de um nacionalista angolano
JOSÉ CARLOS VENÂNCIO 101

O escritor do inconformismo macaense: Henrique de Senna Fernandes
JOSÉ CARLOS VENÂNCIO 119

A invenção do *espaço lusófono*: a lógica da razão africana
INOCÊNCIA MATA 141

A viagem da língua portuguesa e os meandros das identidades lusófonas
INOCÊNCIA MATA 155

6 Ensaios Lusófonos

No fluxo da resistência: a literatura, (ainda) universo da reinvenção da diferença
INOCÊNCIA MATA 163

Cabo Verde e a União Europeia: da parceria à integração?
JOSÉ FILIPE PINTO 187

O Brasil nos *Arquivos Secretos do Vaticano*
FERNANDO CRISTÓVÃO 199

Modernidade e exemplaridade multicultural de *Casa Grande e Senzala*
FERNANDO CRISTÓVÃO 219

O humor satírico do povo português contra as invasões francesas
FERNANDO CRISTÓVÃO 231

A religiosidade popular portuguesa na cultura brasileira
FERNANDO CRISTÓVÃO 247

Anexo: Henrique de Senna Fernandes em entrevista 263

A MODO DE INTRODUÇÃO

Reúne esta obra um conjunto de ensaios sobre problemas da difusão e valorização da nossa língua nas suas várias expressões da Lusofonia, encarecendo, direta ou indiretamente, tanto a importância da unidade como a da diversidade dos países que a formam.

São textos muito baseados na área literária de amplos horizontes culturais, e não só fundando-se na constatação de que, sendo a literatura a antropologia das antropologias, nela cabem todas as ideias, propostas e sua contradição, pelo que, no seu espaço, tudo pode ser dito e problematizado.

Textos muito ligados às questões lusófonas, na suposição de que a Lusofonia pode contribuir, também, para o bem comum, pelos valores que encerra neste tempo multicultural.

Mas não só: é que nem a Lusofonia significa clube fechado, nem o multiculturalismo lhe faz perder o sentido. Nem isolacionismo lusófono, nem Babel multicultural, uma vez que é sempre possível e desejável tanto o aprofundamento da autenticidade das nações e grupos, como o intercâmbio entre culturas capaz de servir o enriquecimento de todos, lusófonos ou não. Por outro lado, a Lusofonia, aberta ao multiculturalismo, em vez de se furtar à diversidade dos problemas humanos, arrisca ideias e opiniões de caráter universal, fugindo tanto ao dogmatismo como ao relativismo que diluem as razões de sustentação, coerência e dignidade.

É que literatura não é só, nem principalmente, um conjunto de processos retóricos.

FERNANDO CRISTÓVÃO

O ACORDO ORTOGRÁFICO ENTRE AMBIGUIDADES E A PASSIVIDADE DAS INSTITUIÇÕES

FERNANDO CRISTÓVÃO *

Finalmente, após vinte e cinco anos de ter sido aprovado por unanimidade, pelos representantes de todos os países lusófonos, o Novo Acordo Ortográfico está a entrar em vigor.

Não parece que no conjunto das leis e de outros diplomas legais portugueses, após cinco anos de ampla discussão pública, de aprovação para ratificação pela Assembleia da República em 4 de junho de 1991, do decreto do Presidente da República Mário Soares, n.º 43/91 de 23 de agosto de 1991, da publicação no *Diário da República* (n.º 193, de 23/8/1991), tenha havido tamanha e tão longa discussão/contestação arrastada por longos vinte anos!!!

Foi um espetáculo triste esse arrastar de confusões, sem que os principais responsáveis pelo Novo Acordo – A Academia das Ciências, os Ministérios dos Negócios Estrangeiros, da Educação e da Cultura, a CPLP e o obscuro, ou inexistente, IILP – tenham saído em sua defesa.

No entanto, seria absolutamente inaceitável, nacional e internacionalmente, que a nossa língua continuasse a ter duas ortografias, correndo o risco de, com o tempo, vir a ter quatro, cinco ou sete ortografias diferentes. Em nome de quê? Saudosismo, conservadorismo, neocolonialismo?

Com razão, Malaca Casteleiro caraterizou esta situação quixotesca como a "nova Guerra dos Cem Anos", pois tendo sido feita a primeira reforma ortográfica em 1911, cem anos depois, em 2011, ainda se

---

* Professor Catedrático da Faculdade de Letras da Universidade de Lisboa, Diretor Adjunto do CLEPUL (Centro de Literaturas e Culturas Lusófonas e Europeias) e Coordenador da Edição.

mantêm os mesmos preconceitos. Até ao ponto de ainda persistirem os "orgulhosamente sós".

O mais caricato desta situação, mesmo não considerando as vantagens da unidade na diversidade das várias normas cultas nacionais, é que a totalidade das centenas de autores que são a glória da nossa língua nunca escreveu nesta ortografia de 1945, julgada pelos seus defensores com o intangível: nem Fernão Lopes, nem Gil Vicente, nem Camões, nem Vieira, nem Camilo, nem Ramalho, nem Eça, nem Pessoa, etc., nenhum deles escreveu nela.

Será que não foi acertado que na primeira República se tivesse procedido, em 1911, à primeira reforma ortográfica, simplificando uma complicada ortografia que só servia a eruditos, sem consideração pela massa populacional, em grande parte analfabeta? Valeu a pena facilitar, assim, a alfabetização? Com as sucessivas campanhas de alfabetização e a democratização do ensino, é mais que óbvio que a ortografia tinha de fazer a passagem da primazia do etimológico, tão do agrado dos eruditos, para a dominância do fonético, que o povo prefere e mais favorece a aprendizagem.

E também a comunicação dentro da Lusofonia, na internacionalização dos contactos e das novas tecnologias.

Se continuássemos a resistir às reformas ortográficas, ainda teríamos de escrever como antes de 1911 (phosphoro, diphthongo, pharmácia, phrase, archivo...). É certo que Pessoa ficou com saudades dessas erudições aristocráticas ("orthographia sem ípsilon, como escarro directo"), mas, até por respeito para com a sua obra genial, é bom perdoar-lhe uns tantos desacertos e exageros de opinião.

Os tempos mudaram: a língua é cada vez mais do povo, de vários povos, e a alfabetização e sua aprendizagem são melhor servidas pelo critério fonético do que pelas saudosas etimologias. Já o Padre Fernão de Oliveira, na sua *Gramática de Lingoagem Portuguesa*, de 1536, no capítulo XXXVIII, notava que, no território português, era diferente a pronúncia do norte em relação à do sul: "Porque os da Beira têm umas falas e os do Alentejo outras, e os homens da Estremadura tão diferentes são dos de Entre-Douro-e-Minho, porque assim como os tempos, assim também as terras criam condições e conceitos"[1].

---

[1] Fernão de Oliveira, *Gramática da Linguagem Portuguesa*, Lisboa, Biblioteca Nacional, 1981, cap. XXXVIII.

O Acordo Ortográfico entre ambiguidades e a passividade das Instituições 11

E se já eram notórias as diferenças da língua e da pronúncia no século XVI no reduzido território nacional, em que a população não chegava a milhão e meio de habitantes, que dizer do tempo atual em que cerca de 270 milhões de pessoas, espalhadas por todos os continentes, falam a língua de Camões com as mais diversificadas pronúncias: de europeus, africanos, americanos, especialmente brasileiros, asiáticos, etc., influenciadas pela cultura, clima, hábitos articulatórios adquiridos no contacto com outras línguas?

E se, cada vez mais, nas reformas ortográficas o critério fonético é o adotado, e sendo grande a diversidade de pronúncias, porque temos de somar as diversas nacionais às diversas dos outros países lusófonos, é mais que óbvio que a ortografia, para as respeitar a todas, deve obedecer a uma opção convencional, em que se elejam umas formas gráficas em detrimento de outras também aceitáveis ou possíveis; para servir a língua, a ortografia deve ser, assim, unificada, e, como tal, essa unificação só será possível se resultar de um acordo, de uma convenção. De outro modo, cairíamos no absurdo de para cada um dos quatrocentos mil vocábulos da língua termos de admitir cinco, dez, vinte, formas gráficas diferentes para cada palavra, porque são diversificadas as pronúncias. Se evolui a língua, forçosamente a ortografia, sua serva, terá de evoluir também. Maximamente no tempo em que a língua portuguesa foi adotada por vários povos, formando a Lusofonia, tendo nós passado de donos da língua para sermos um dos seus condóminos.

A confusão desastrada que alguns fomentaram entre língua e ortografia, com o agravamento do natural desconhecimento das pessoas pouco informadas, foi certamente a grande responsável por esta inacreditável guerrilha, fazendo crer que a ortografia modificava a língua, quando, pelo contrário, é a língua que obriga a ortografia a modificar-se em função da evolução cultural dos seus usos e dos novos desafios do intercâmbio internacional.

É já clássico saber-se, e não convém esquecer, ter havido povos que, apercebendo-se disso desde muito cedo, e sem mudarem a língua e respetiva identidade, conteúdos, estilo, pronúncia, alteraram, de maneira radical, a sua ortografia. Ou melhor, substituíram-na por outra mais capaz de facilitar o ensino, de funcionar internacionalmente no intercâmbio, no comércio, no turismo, etc. Foi o caso, por exemplo, em 1908, a Albânia ter substituído os carateres gregos do seu alfabeto pelos latinos; o mesmo fazendo a Turquia em 1928, deixando a escrita árabe e adotando também a latina, para não falar já no Vietname do século XVI que, por influência do português Frei Francisco Pina, trocou os caracteres chineses pelos latinos. E não parece que em qualquer desses países e culturas os poetas, os romancistas, os escritores em geral, por isso, tenham deixado de escrever ou tivessem de modificar os seus pensamentos e a sua expressão.

Como é possível que, no século XXI, a pequena cosmética ortográfica do novo acordo tenha gerado tanta confusão?

Importa, pois, mais uma vez, lembrar definições de língua e ortografia para melhor se entender a sua interligação. Segundo Celso Cunha e Lindley Cintra, "língua é um sistema gramatical pertencente a um grupo de indivíduos. Expressão da consciência de uma coletividade, a língua é um meio por que ela concebe o mundo que a cerca e sob ele age. Utilização social da faculdade da linguagem, criação da sociedade, não pode ser imutável; ao contrário, tem de viver em perpétua evolução, paralela à do organismo social que a criou"[2].

Se a língua está em "perpétua evolução", também a ortografia, sua serva, deve obedecer à mesma deriva.

Por isso, assim Herculano de Carvalho define a ortografia: "Ortografia é a forma de representar corretamente, por escrito, a palavra falada de uma determinada língua por meio de um sistema de sinais gráficos de natureza alfabética (letras, grafemas)".

Parece, pois, evidente que a mudança ortográfica tem de acompanhar a mudança linguística.

Um inexplicável ciúme neocolonialista ainda foi aparecendo e persiste em alguns: "então agora vamos falar como os brasileiros, sendo a língua nossa?".

Descontando o que já atrás foi referido, que a língua é uma coisa e a ortografia é outra, e que é a língua que manda na ortografia e não o contrário, este preconceito, para além de xenófobo, é historicamente errado.

A razão é bem simples: as principais modificações do atual acordo já praticadas pelos brasileiros, com destaque especial para o primado da fonética e a supressão das consoantes mudas, já foram reivindicadas pelos portugueses no século XVIII, antes dos brasileiros. Assim, em 1746, o nosso Luís António Verney voltava a repetir: "digo que os portugueses devem pronunciar como pronunciam os homens da melhor

---

[2] Celso Cunha, Lindley Cintra, *Nova Gramática do Português Contemporâneo*, Lisboa, Sá da Costa, 1984, p. 1

O Acordo Ortográfico entre ambiguidades e a passividade das Instituições   13

doutrina da província da Estremadura, e, posto isto, devem escrever a sua língua da mesma sorte que a pronunciam (…) sendo a pronúncia a regra da ortografia, ainda assim houvessem homens prezados de cultos que embrulhassem a Ortografia, com a preocupação de quererem seguir a derivação e origem"[3].

Quanto à supressão das consoantes mudas: "daqui fica claro que devem desterrar-se da língua portuguesa aquelas letras dobradas de que nada servem: os dois SS, dois LL, dois PP, etc… Na pronúncia da língua não se ouve coisa alguma que faça dobrar as ditas consoantes"[4].

E, no caso dos grupos consonânticos, "pela mesma razão da pronúncia se deve desterrar das palavras portuguesas ou aportuguesadas o Ph em lugar do F", etc., da mesma maneira que reprovava a escrita de Architectura, Machina, Archanjo, Chimica...

E quanto ao tão polémico H inicial: "não condeno quem escreve Homero, Heródoto, Herodes, etc., ainda que estes três e outros semelhantes que estão já muito em uso podem mui bem escrever-se sem H, o que até os nossos italianos já fazem"[5].

E como em resposta direta aos temerosos da influência brasílica dos nossos dias, um recado muito direto lhes dirige ele sobre uma palavra que tem sido grande pomo de discórdia, o famoso "acto": "Ato é mui boa palavra e todos a entendem!"[6].

Torna-se assim bem claro que não foram os brasileiros os primeiros a propor estas simplificações, pois as primeiras gramáticas brasileiras que foram elaboradas, a do Padre António da Costa Duarte, de 1829, *Compendio da Grammatica Portugueza, para uso das Escolas de Primeiras Letras*[7], e, sobretudo, o *Compêndio da Gramática Nacional*, de 1835, de António A. Pereira Coruja, que, segundo Antenor Nascentes, "inaugurou a nossa gramaticografia", só surgiram oitenta e três ou oitenta e nove anos depois de Verney...

Será ainda necessário encarecer as vantagens de uma ortografia unificada, possibilitando a todos os países lusófonos qualquer edição,

---

[3] Luís António Verney, *O Verdadeiro Método de Estudar*, vol. I, Lisboa, Sá da Costa, 1949 [1746], p. 48.

[4] *Idem, ibidem*, p. 46.

[5] *Idem, ibidem*, p. 59.

[6] *Idem, ibidem*, p. 56.

[7] Padre António da Costa Duarte, *Compendio da Grammatica Portugueza, para uso das Escolas de Primeiras Letras*, Maranhão, Typographia Nacional, 1829.

em qualquer matéria, de obras que assim podem circular sem recusas ou emendas no vasto mercado populacional que é o nosso, de 270 milhões de pessoas?

E que dizer da vantagem de, nas organizações internacionais, qualquer texto proveniente de um país lusófono poder ser aceite sem modificações em todo o espaço multicultural, respeitando-se rigorosamente a especificidade linguística de todos os países que falam o português?

Mais ainda, com a ortografia unificada fica mais fácil o apoio pedagógico e científico dentro do espaço lusófono, sobretudo aos menos desenvolvidos, pela edição de textos tanto literários como científicos para uso escolar, e sem entraves, com grandes vantagens de economia na edição.

Uma palavra ainda sobre a autoria do texto do Acordo que, recolhendo larga preparação em Portugal e no Brasil, já estava pronto para discussão em 1975, e que, só por não ser essa a melhor data para ser divulgado, foi adiado para debate em 1986, até ser, finalmente, aprovado.

Pela parte portuguesa, a delegação enviada pelo Ministério dos Negócios Estrangeiros e pela Academia das Ciências de Lisboa integrou os seguintes especialistas, cuja competência dificilmente alguém poderá contestar ou apresentar melhor: os especialistas em filologia portuguesa Lindley Cintra (já se esqueceram dele?) e Malaca Casteleiro; em língua grega, em razão da tradição etimológica, Maria Helena da Rocha Pereira; em língua latina, por razões ainda maiores, Costa Ramalho; em literatura, pelo relacionamento da ortografia com a língua, Maria de Lurdes Belchior. E por ser, na altura, presidente do Instituto Camões, então chamado Icalp, também fiz parte desta equipa com a tarefa de difundir o texto por toda a rede de leitorados em universidades estrangeiras e outras escolas espalhadas pelo mundo. Incumbência essa realizada pela publicação da *Revista Icalp*, de 5 de Julho de 1986 ("Bases analíticas da ortografia simplificada da língua portuguesa de 1945, renegociada em 1975 e constituídas em 1986").

A injustificável passividade das Instituições

Não foi nada construtiva a atitude de passividade das Instituições que, tendo providenciado para a elaboração do texto do acordo, e para o debaterem com os representantes dos outros países lusófonos e o aprovarem por unanimidade, se mantiveram, inexplicavelmente, passivas e pouco solidárias com o trabalho que patrocinaram durante as polémicas.

O Acordo Ortográfico entre ambiguidades e a passividade das Instituições   15

Esperamos que agora, com o texto a entrar em vigor, se redimam da atitude muito pouco "elegante" que tomaram. Não só mudando de atitude, não só promovendo a formação de professores e reforçando as bibliotecas escolares, mas também reformando-se em ordem a uma promoção da língua comum que não seja só burocrática.

Comunidade dos Países de Língua Portuguesa – CPLP e seus projetos

Órgão indispensável para o bom funcionamento e eficácia internacional da Lusofonia, criado em 1996, tem merecido mais críticas que louvores pela simples razão de que, sendo indispensável, dele se espera muito e se vê realizado pouco.

Observando as críticas que se têm feito, transparece, indiretamente, tanto em relação à CPLP como ao IILP, a irritação e deceção de quem espera, e tem o direito de esperar, que nas suas esferas de ação sejam imaginativos e eficazes.

E tanto o desejam os lusófonos como os outros que o não são, e com a CPLP desejam relacionar-se pelas mais variadas razões, desde as estratégicas às políticas e às relações económicas, etc.

Assim, a CPLP se tem tornado apetecível, a ponto de desejarem a ela estarem ligados, com estatuto de membro, de observador ou de simples possibilidade de assistirem às reuniões países como: a Austrália, a Indonésia, a Ucrânia, a Suazilândia, a Guiné-Equatorial...

Até ao ano 2009, foram já catorze as reuniões ordinárias dos ministros da CPLP, e cinco as extraordinárias do Conselho de Ministros da mesma CPLP, abordando os mais variados projetos que vão da internacionalização da língua e seu uso pelas grandes instituições internacionais a questões como a adoção do Acordo Ortográfico, apoio à consolidação da Democracia, por exemplo, na Guiné-Bissau, aos objetivos do milénio e à Aliança das Civilizações... Mas quanto à língua, o resultado é bem magro.

Textos esses longos e pormenorizados, sobretudo em aspetos político-diplomáticos.

Merecem especial menção os seguintes:

– "I Fórum de Ministros responsáveis pela Área da Administração Interna dos Países da CPLP" – Declaração de Lisboa, de Abril de 2008, em 22 considerações, saudações e apoios.

16 Ensaios Lusófonos

- "Reunião Extraordinária de Ministros da Educação e Cultura da Comunidade dos Países de Língua Portuguesa", Lisboa, Novembro de 2008, com 21 "decisões", recomendações, propostas e respetivas alíneas.
- "V Reunião Extraordinária do Conselho de Ministros da CPLP sobre a Guiné-Bissau", com uma Declaração sobre a situação e constrangimentos do quadro político-constitucional do país e coordenação de esforços com a Cedeao, em Março de 2009.
- "Declaração da Reunião Ministerial de CPLP em Praia, 20 de Julho de 2009", contendo uma "Declaração" e um "Comunicado Final" em 27 itens e suas alíneas, desdobrando-se o item número 9 em outras 12 alíneas sobre a importância da concertação político--diplomática para o reforço da atuação internacional da CPLP.
- "Resolução sobre o Plano de Ação de Brasília para a Promoção, a Difusão e a Projecção da Língua Portuguesa", de Brasília, Março de 2010, que estabelece estratégias várias e linhas de ação para a internacionalização da língua portuguesa em 6 capítulos, num total de 70 itens e suas alíneas.
- "VII Reunião de Ministros da Cultura, da Comunidade dos Países de Língua Portuguesa", Sintra, Junho de 2010, com 8 considerandos e 10 decisões reafirmando, entre outras coisas, o Acordo Ortográfico como "um dos fundamentos da Comunidade".

Fica-nos, porém, da leitura dessas Declarações e Resoluções, a impressão de que quase só se cuidou da teoria, da planificação política e diplomática e de que quase nada ficou resolvido quanto aos meios e agentes que deverão executar tal política linguística.

Por duas razões maiores:

A primeira delas é a de que se desconhece, por completo, nesses textos a existência da sociedade civil, desde os falantes da língua aos seus especialistas, suas instituições, desde as Academias às Universidades, Institutos, Escritores… com a agravante de se terem esquecido de que eles não são apenas executores, mas, também, em grande parte, decisores.

A segunda razão prende-se com o facto de só estar previsto um executante, e para algumas tarefas específicas – o Instituo Internacional de Língua Portuguesa –, ao qual estão cometidas as mais vastas e variadas tarefas, desconhecendo-se nesses textos oficiais que, tal como o IILP está regulamentado, não terá qualquer possibilidade de funcionar com o mínimo de eficácia e competência, como adiante se mostrará.

O Acordo Ortográfico entre ambiguidades e a passividade das Instituições 17

Particularmente grave é o desconhecimento total, nesses textos, das Academias Portuguesa e Brasileira de Ciências e Letras, às quais compete, como aconteceu com a elaboração do Acordo Ortográfico, serem os instrumentos dos Governos para as questões da língua.

Assim dispõem os artigos 5.º e 6.º do Estatuto da Academia de Ciências de Lisboa, aprovados pelo Governo:

Artigo 5.º – "A Academia é um órgão consultivo do Governo Português em matéria linguística".

Artigo 6.º – "No que respeita à unidade e expansão da língua portuguesa, a Academia procura coordenar a sua ação com a Academia Brasileira de Letras e com as instituições culturais dos outros países de língua portuguesa e dos núcleos portugueses no estrangeiro."

§ Único. – "À Academia compete propor ao Governo ou a quaisquer Instituições Científicas e Serviços Culturais as medidas que considerar convenientes para assegurar e promover a unidade e expansão do idioma português."

Instituto Internacional da Língua Portuguesa – IILP

Criado em 1989 pelos chefes de Estado Lusófonos, ainda antes da criação da CPLP, ocorrida em 1986, sete anos depois, portanto, foi só em 2001 que teve estatutos aprovados.

Não foi, obviamente, benéfica esta demora de doze anos para existir, até porque eram grandes as esperanças postas na ação deste instituto, cujos estatutos ainda esperariam alterações dentro de outras mudanças da CPLP, em 2005, e também em Julho de 2009, pois foram modificados na "Declaração Ministerial da CPLP na Praia", que determinou, no seu comunicado final, na resolução 19.ª, alínea L, a "Reestruturação do Instituto Internacional da Língua Portuguesa (IILP)". Ainda hoje continuamos à espera do seu funcionamento eficaz e de teor internacional. É que, chegados a este ano de 2011, ainda não se dá pela sua presença internacional ou promotora de diálogo entre os lusófonos, o que lhe tem acarretado grande descrédito, tanto quanto eram grandes as esperanças nele depositadas. Alguns o consideram um nado-morto.

Dele se espera que seja o grande instrumento executante da Geopolítica da língua. É preciso que a lógica geopolítica leve o IILP a autonomizar-se em relação à CPLP, embora, obviamente, dentro de um quadro genérico

18   Ensaios Lusófonos

de princípios e objetivos traçados pela mesma CPLP. Esta autonomização do IILP é indispensável. Mas como poderá ela acontecer se o seu
chamado "Conselho Científico", apesar da sua louvável composição por
membros de todos os países lusófonos, ter, por exemplo, um presidente
não eleito pelos seus pares, dispondo de um mandato de apenas dois anos,
em regime rotativo e por ordem alfabética, não estando sequer garantido
que esses membros sejam entendidos em questões da língua. Será isto
um Conselho Científico? Como poderá ele funcionar com eficiência e
dignidade se, para além de algumas incumbências anteriores, tiver de
executar, por imposição da recente Declaração de Brasília, nada menos
de 9 grandes tarefas, algumas delas até Julho de 2011?

     É urgente, por isso, que o Instituto comece a funcionar noutros moldes,
pois inúmeras são as tarefas na área da política linguística portuguesa
que se afiguram urgentes.

     Não seria preferível que ele funcionasse como um instituto univer-
sitário ou um grande centro de investigação com projetos ambiciosos de
médio e longo prazo? É que, sem prejuízo da participação nas negocia-
ções político-diplomáticas da internacionalização da língua nos grandes
fóruns, são muitas e importantes as tarefas que o esperam em ordem ao
uso e ao ensino da língua, como por exemplo: a elaboração dos acordos
ortográficos, vocabulários, dicionários, etc., em ligação com as escolas,
universidades e institutos de Linguística, centros de investigação, o processamento de terminologias científicas e técnicas, uma nomenclatura
gramatical que obtenha o consenso de todos para que não se repita aquela
infeliz iniciativa de neocolonialismo linguístico da Tlebs (2004), como
se ainda vivêssemos no centro do império a dar ordens à periferia, em
vez de uma terminologia gramatical única para toda a Lusofonia. Como
aconteceu no ano de 2010, em Espanha, em que o Rei apresentou a toda
a Comunicação Social a gramática única da língua espanhola, elaborada
por todas as Academias, a espanhola e as hispano-americanas!

Uma atitude promissora, a das Academias em hora lusófona

     Embora o pensamento sobre a Lusofonia não tenha sido elaborado
pelas Academias das Ciências e Portuguesa de História, pois ele mergu-
lha nas conhecidas raízes e inspiração de Vieira, Sílvio Romero, Pessoa,
Agostinho da Silva e outras personalidades portuguesas, grande passo

em frente foi dado por estas Academias a partir de 1998, ao decidirem convidar para seus sócios correspondentes personalidades africanas de países das nossas antigas colónias.

Assim se completou ao mais alto nível a "Pátria da Língua", já também valorizada por múltiplas iniciativas de universidades, centros de investigação, institutos culturais, associações de professores, etc.

É que uma coisa são os intercâmbios e os interesses de vária ordem político-profissional e outra a criação e institucionalização de um projeto comum que tem por centro a promoção da língua portuguesa, ao mesmo tempo que integra línguas e valores próprios das outras nações e regiões que se identificam como lusófonas. Algo de novo, pois, surgiu no final da década de 90 quando a Academia de Ciências de Lisboa integrou como sócios correspondentes personalidades dos países africanos, a juntar aos sócios correspondentes brasileiros que há já largos anos a ela pertenciam.

E o mesmo alargamento de fronteiras também aconteceu com a Academia Portuguesa de História que adotou igual procedimento.

Deste modo, à Academia das Ciências de Lisboa já pertencem personalidades de todos os países africanos, esperando-se para breve a entrada de um representante de Timor. Assim, a "família lusófona" vai-se completando. E, para data posterior, prevê-se o alargamento do círculo dos seus académicos.

Aos académicos portugueses já se tinham juntado antes oito brasileiros para além de correspondentes estrangeiros.

Do mesmo modo, na Academia Portuguesa de História, aos sócios portugueses, de número e correspondentes, se juntam dez brasileiros e outros tantos africanos.

Quanto à Academia Brasileira de Letras, fundada em 1897, tendo por primeiro presidente Machado de Assis, orgulha-se de ter tido entre os seus membros mais dedicados à nossa língua comum António Morais e Silva, tão celebrado pelo seu valioso *Dicionário* e por estudos diversos de Lexicologia e Lexicografia. Admite esta academia, para além dos seus quarenta membros, vinte membros estrangeiros (sócios correspondentes), sendo onze portugueses, e tendo-se já aberto aos africanos com a entrada do moçambicano Mia Couto.

Também, recentemente, se iniciou a prática de reuniões conjuntas das Academias brasileira e portuguesa, tendo-se realizado a última reunião em Setembro de 2010 debatendo a obra de Gilberto Freyre *Casa Grande e Senzala*.

20 Ensaios Lusófonos

Quanto aos países lusófonos africanos, já surgiu em 2009 a Academia das Ciências de Moçambique, esperando-se para breve a criação de outras nos restantes países.

Instituto Camões

Tem sido, desde há largos anos, o Instituto Camões (IAC, ICLP, ICALP), quer na órbita do Ministério da Educação, quer dos Negócios Estrangeiros, o grande executor da verdadeira geopolítica da língua, através da condução do ensino da língua e cultura portuguesas no estrangeiro.

E tem-no feito meritoriamente, em aperfeiçoamento contínuo, não só enviando para o estrangeiro professores, leitores, criando Cátedras, Centros de Língua, Centros Culturais, mas desdobrando-se em outras iniciativas complementares, pois que, para além dessa ação "presencial", tem recorrido à utilização das novas tecnologias para o ensino à distância, pela disponibilização de uma biblioteca digital, ao mesmo tempo que intervém na concretização dos Acordos Culturais e concede bolsas a estudantes estrangeiros.

Para além disso, atribui também o prémio luso-brasileiro "Camões", instituído em 1989, tendo sido já atribuído a onze portugueses, nove brasileiros, dois angolanos, um moçambicano e um cabo-verdiano.

Embora com implicações menores numa geopolítica da língua, neste tempo em que tudo mudou para a dimensão multicultural, não deve o Instituto manter a ideia e a ação próprias de um "Centro" de carácter neocolonial. Há que considerar uma reconversão de certas iniciativas, antes louváveis, mas que, agora, em tempo de coexistência "Centro/ /Periferia", exigem uma concertação que leve a iniciativas conjuntas: no envio de professores e leitores, na edição conjunta de obras, não só sobre a língua portuguesa, mas também sobre as línguas e dialetos do que antes era periferia, etc.

Associação das Universidades da Língua Portuguesa – AULP

Fundada em 1986 na Cidade da Praia, Cabo-Verde, tem como objetivo intensificar os contactos entre as Universidades e outras instituições lusófonas, pelo que admite várias categorias de membros.

O Acordo Ortográfico entre ambiguidades e a passividade das Instituições   21

Segundo os seus estatutos, deve "promover e apoiar as iniciativas que visem o desenvolvimento da língua portuguesa (…), promover projectos de investigação científica (…), incrementar o intercâmbio entre docentes, investigadores e estudantes (…), fazer circular informação científica, técnica, pedagógica e cultural (…)".

Tem realizado vários encontros nos diversos países lusófonos, tendo--se realizado o de 2010 em Macau.

Atribui o Prémio "Fernão Mendes Pinto".

Em nosso entender (participámos em 1986 na criação da AULP), o intercâmbio entre as Universidades deve ser mais ambicioso, sobretudo na informação dos projetos coletivos ligados à criação de áreas especializadas, na criação de um volume informativo de todas as Universidades e cursos do espaço lusófono e procurando, neste tempo em que a tecnologia, em tantos casos, em vez de iluminar, cega, promover aprofundada reflexão sobre questões como o Humanismo, a Lusofonia, os valores comuns, etc., etc.

Quanto a contactos com as Universidades e seus centros de investigação ainda vamos esperando…

União das Cidades Capitais Luso-Afro-Asiáticas – UCCLA

Nos seus Estatutos, revistos em Maputo em 2008, esta União "tem por objectivo principal fomentar o entendimento e a cooperação entre os seus municípios – membros – pelo intercâmbio cultural, científico e técnico e pela criação de oportunidades económicas, sociais e conviviais, tendo em vista o progresso e bem-estar dos seus habitantes".

Não referem os Estatutos qualquer objetivo relacionado com a língua, insistindo antes no cuidado em "promover o desenvolvimento de iniciativas económicas, comerciais e industriais pelas empresas com as cidades-membro." Contudo, indiretamente, contribuem para o reforço da língua portuguesa nas instituições-membro e respetivos países.

Mas não poderá a União ir mais longe, mesmo na área económica, promovendo a língua, sobretudo no seu uso internacional e na colaboração com as entidades competentes no sector das patentes e no da terminologia ligada ao comércio e à indústria?

Em conclusão final, esperamos que um rejuvenescer destas instituições permita que a língua comum não só aumente a sua expansão e capacidade de diálogo, mas também se aperfeiçoe internamente nas escolas, num tempo em que os direitos e deveres do multiculturalismo exigem não só o respeito pelos outros, mas não menos, o reforço da autenticidade e coerência da língua da Lusofonia.

Como reflexão final: para quando as iniciativas do IILP reunindo estas e outras instituições para um plano concertado de divulgação e ilustração da nossa língua comum em que sejam intervenientes os representantes de todos os países lusófonos?

Faculdade de Letras, julho de 2010

A IDENTIDADE LUSÓFONA
E A FORMAÇÃO MULTICULTURAL

FERNANDO CRISTÓVÃO

Tem sido importante para todos os países que têm a língua portuguesa como sua língua também, em uso materno ou oficial, a sua integração no mundo lusófono.

Desta vivência em comum, têm-se acumulado durante os séculos coloniais valores diversificados de cultura e de ética, favorecendo a construção da Unidade e a aprendizagem da diversidade.

E, precisamente porque a unidade não tem impedido, antes defendido, a diversidade, é que a Lusofonia não significa limitação cultural ou social, antes interiorização e vivência de uma dimensão ecuménica, dimensão esta cada vez mais necessária no nosso tempo.

Ecumenismo que, estando já contido no interior da língua e cultura portuguesas e reforçado na sua história recente da passagem da Lusitanidade à Lusofonia, importa alargá-lo a todo o espaço lusófono, adotando também os contributos do multilinguismo linguístico e cultural.

Tarefa esta não fácil porque, diversamente do passado em que as culturas diferentes ou opostas estavam distantes, muito distantes umas das outras, e as comunicações eram difíceis, no nosso tempo todas essas culturas convivem num mesmo espaço, gozando de direitos de expressão e comunicação.

Dentre as consequências positivas dessa convivência comunitária, o alargamento de horizontes possibilita um leque muito alargado de opções. Mas também estão presentes, demasiado presentes, princípios e práticas incompatíveis facilmente geradoras de choques e conflitos.

De tal modo que Samuel Huntington pôde afirmar: "Neste novo mundo, os conflitos mais generalizados, mais importantes e mais perigosos não ocorrerão entre classes sociais, entre ricos e pobres ou outros grupos definidos, mas entre povos, pertencentes a entidades culturais diversas"[1].

Impõe-se, deste modo, para que a Lusofonia não seja um sonho utópico ou uma simples aliança de caráter político e de conveniências económicas, ou outras, dos oito países, mas uma verdadeira pátria alargada, a que Pessoa já deu o nome simbólico de "pátria da língua", de caráter multicultural, que a dinâmica da unidade não prejudique, antes proteja, a da diversidade.

Para tanto, é necessário que uma verdadeira educação multicultural, não só a existência de organismos multiculturais que até já existem, possibilite e insista na formação de uma vivência descomplexada adentro da Comunidade lusófona e prepare também para uma convivência de intercâmbio positivo com as outras comunidades linguísticas, também elas a viverem um processo multicultural.

Por outras palavras, para que adentro da Lusofonia não exista qualquer tendência de neocolonialismo cultural lusitano e para que, em relação ao exterior, a Lusofonia não se veja na situação que em 1940 Gilberto Freire diagnosticou de "uma cultura ameaçada", pelo racismo e expansionismo de certas grandes potências europeias, é oportuno abri-la ao multiculturalismo.

Parece-nos, pois, da maior utilidade, uma reflexão sobre dois documentos emanados da UNESCO, diretamente ou sob o seu patrocínio, que se propõem enunciar e recomendar direitos e deveres para uma correta vivência do multiculturalismo.

Direitos e deveres esses concernentes ao uso das línguas e ao respeito pela diversidade cultural, tanto de comunidades como de grupos migrantes. Até porque são frequentes e significativas as migrações adentro da Lusofonia e dela para o exterior.

Quero referir-me à *Declaração Universal dos Direitos Linguísticos* (DUDL), de Barcelona, de 1999, e à *Declaração Universal da Diversidade Cultural* (DUDC), de 2001, da responsabilidade direta da própria UNESCO.

São estes documentos como que duas balizas orientadoras de ideias e atuações capazes de evitar os choques e conflitos que se têm verificado, especialmente, na Europa.

---

[1] Samuel P. Huntington, *O Choque das Civilizações e a Mudança na Ordem Mundial*, 2.ª edição, Lisboa, Gradiva, 2001, p. 28.

A Identidade Lusófona e a Formação Multicultural

Porque essas normas supõem conceitos e realidades culturais de base, sem as quais dificilmente se evita a babelização das relações sociais e o relativismo cultural causador de dificuldade nas escolhas, instabilidade ou confusão psicológica e ética, descaracterização, ou mesmo perda de identidade.

Detenhamo-nos um pouco sobre o significado e alcance de conceitos como MEMÓRIA, NAÇÃO, IDENTIDADE, PATRIMÓNIO, fundamentais para o entendimento tanto da Lusofonia como do Multiculturalismo.

Tomando como base o conceito de Maurice Halbwachs[2] sobre a memória coletiva, há que ter em conta que as nações, tal como os grupos sociais ou familiares, constroem o seu passado, por um lado, esquecendo acontecimentos considerados não construtivos, por outro, fazendo emergir e valorizar outros dignos de memória.

Construção esta que, através de diversos rituais, monumentos e documentos criam uma memória de grupo que se transmite de geração em geração, constituindo assim a sua História.

Convém ter presente que não selecionar factos não significa ignorá--los e elegê-los é conferir-lhes uma valorização especial consagrada pela própria memória coletiva. É que a memória não nasce feita, mas tem muito de construção, a pouco e pouco rejeitada ou ratificada.

É tão importante esta função construtiva-seletiva que é sobre ela que se chega à compreensão e adesão à realidade e participação grupal.

E dela se passa, naturalmente, ao conceito de NAÇÃO, por alguns tão combatido, ou dado por ultrapassado, no seu afã artificial de quererem impor uma conceção internacionalista, geralmente ideológica.

Passada que foi essa maré cultural, recentemente retomada pelos interesses europeus mais ou menos federalistas, mas sem grande êxito, a ideia e realidade da nação existem e resistem, cada vez melhor, à medida que se toma consciência do valor da diversidade.

Ainda permanece válida, nas suas linhas gerais, a famosa definição de "Nação" de Ernest Renan: "uma nação é uma alma, um princípio espiritual (…), um conjunto de glórias comuns do passado, uma vontade comum no presente. A existência de uma nação é um plebiscito de todos os dias"[3].

---

[2] Maurice Halbwachs, *Les Cadres Sociaux de la Mémoire*, 1925; *La Mémoire Colective*, 1950.

[3] Ernest Renan, "Qu'est-ce qu'une Nation?", in *Œuvres Complètes*, Paris, Calman-Levy, 1949.

26 Ensaios Lusófonos

Se completamos esta ideia com a opinião de Herder, que a criticou, mais clara e objetiva resulta a definição: "uma nação deve ser fundada numa comunidade de homens que partilham uma mesma cultura"[4].

Juntando estes pontos de vista com o que ultimamente se tem debatido, podemos chegar a uma área consensual assim delineada pelo ensino do constitucionalista Jorge Miranda: "Nação é uma comunidade histórica de cultura. Funda-se numa história comum, em afinidade de espírito e instituições (mentalidade, educação, estilo de vida e de relações sociais, valores éticos, maneira de estar no mundo, interação na natureza) e num sentimento de destino comum (consciência de um futuro comum, porventura um desígnio a cumprir)"[5].

Consensual a todos é a ideia de que tradição, crenças, língua/s, arte, costumes integram essa história comum.

Intimamente ligado ao conceito de Nação está o de IDENTIDADE.

A este propósito convém lembrar o pronome latino *idem*, o mesmo, o próprio, que, por si só, já diz como a entidade, pessoa ou nação se afirma pela permanência dos valores que a tipificam como única e diferente das outras.

Desde os antropólogos aos historiadores da política que o problema da identidade tem sido posto à prova. Por um lado, para evidenciar que ela não é de natureza fixista mas que, apesar de dinâmica, mantém uma estabilidade estrutural que subsume as mudanças próprias da memória coletiva de um grupo, interiorizando um conjunto de valores e de modelos culturais generalizados, tornando-a uma estrutura fortemente estável. Assim, a identidade nacional se funda num sentimento de pertença de dados objetivos, dos quais sobressaem a língua, a religião, o "carácter colectivo"[6].

De algum modo, na nação se realiza um processo de construção semelhante ao que Paul Ricoeur explicou para a "identidade narrativa" pessoal[7].

É por isso que a identidade tem duas facetas: a da semelhança no interior do grupo e a da diferença em relação aos outros grupos.

---

[4] Johann G. Herder, *La Philosophie de l'Histoire de Herder*, Paris, 1940.

[5] Jorge Miranda, "Nação", in *Enciclopédia Verbo*, Edições Século XXI, Lisboa, Verbo, 2001.

[6] A. Smith, *The Ethnic Origin of Nations*, Oxford, B. Blackwell, 1986.

[7] Paul Ricœur, *Temps et Récit*, Paris, 1983.

A Identidade Lusófona e a Formação Multicultural   27

Quanto ao conceito de PATRIMÓNIO, intimamente ligado ao de "direito de propriedade", e recorrendo ainda à etimologia, *"patrimonium"* é o que pertence ao "pater famílias" romano, pai de família, dono da casa, fundador, criador, título este reservado aos deuses de Roma, maximamente a Júpiter e também aos senadores. *Património* significa o conjunto de bens detidos, relacionando-se o seu conceito com o de valor, em ligação com os bens económicos, também depois de Smith e Marx os referirem ao *uso* e à *troca* desses mesmos bens.

Contudo, a conceituação de valor relacionada com a de património, vai muito para além desta perspetiva económica e jurídica, pois até já antes se referia a bens de caráter espiritual, cultural e moral. Valores estes que, abrangendo a História, a Religião, a Arte e a Língua, a própria UNESCO passou a distingui-los, desde 1972, como valores imateriais, complementares dos valores materiais, e tanto uns como outros fazendo parte dos patrimónios nacionais e mundial. No caso das línguas, daí derivou a preocupação com a perda de muitas línguas minoritárias, alertando a comunidade internacional para o que tal situação implicava de empobrecimento e perda de identidades culturais.

E se até a preservação das línguas minoritárias é importante para a identidade cultural, com a maioria de razão as línguas nacionais o são, porque estabelecem a comunicação no todo da comunidade, ao mesmo tempo que fomentam e conservam a memória do passado com seu património identitário e o incentivo de um projeto de futuro, de maneira permanente e coesa.

Por isso, como que recapitulando todos estes elementos que garantem a existência de uma nação e da cultura que a enforma, a língua, para além do seu uso comunicativo como materna e fronteira de diferenciação relativamente a outras culturas, deve ser cultivada e ensinada também como "língua de património". Conceito este que, embora solidário com o de "língua histórica", especialmente no seu aspeto de unidade e identidade, contudo o ultrapassa, ou até dele se afasta um tanto, ao valorizar mais a funcionalidade dos usos ao longo da História do que o aspeto da exemplaridade.

Língua que foi recolhendo e valorizando ideias, sentimentos, factos traduzidos e conservados na escrita nos mais variados domínios, expressão comunicativa, literaturas, religião, arte, formas de convivência social, etc., tanto em sua versão eufórica como disfórica.

28 Ensaios Lusófonos

Esta também uma razão porque, na perspetiva do multiculturalismo, à *Declaração Universal da Diversidade Cultural* se junta também a dos direitos das línguas próprias das diversas culturas, expressos na Declaração de Barcelona.

Comecemos por analisar quais os direitos reconhecidos no multiculturalismo, pois também outros direitos e deveres assistem à nação – comunidade de acolhimento – e à comunidade de países que ela ajudou a formar, para se evitarem equívocos e conflitos.

O documento de Barcelona, elaborado por instituições e organizações não governamentais, assenta no estabelecido pela *Declaração Universal dos Direitos do Homem* da ONU, de 1948, nos dois pactos de 1966 sobre os Direitos cívicos e políticos, dos direitos económicos, sociais e culturais e ainda na *Declaração das Nações Unidas*, de 1992, sobre os direitos das minorias nacionais ou éticas, religiosas e linguísticas. Comecemos aqui por considerar, especialmente, alguns itens extraídos dos Preliminares, Preâmbulo e dos 54 artigos e disposições finais da Declaração de Barcelona.

Conceitos que julgámos de charneira axiológica, sem os quais não é possível articular-se, hoje, qualquer política linguística realista em ordem ao diálogo e ao equilíbrio social.

Eles são, essencialmente, três:

O primeiro enuncia o que entendemos, nesta esfera, por "Língua: a expressão de uma identidade coletiva e de uma maneira distinta de apreender e descrever a realidade" (artigo 7.°), e "o resultado da convergência e da interacção de factores de natureza político-jurídica, ideológica e histórica, demográfica e territorial, económica, social, cultural, linguística e sociolinguística, interlinguística e subjectiva" (do *Preâmbulo*).

O segundo estabelece claramente a distinção e hierarquização entre "comunidade linguística" e "grupo linguístico".

O terceiro consagra o direito de manter e desenvolver a própria cultura.

A relação Comunidade linguística/Grupos linguísticos

É considerada "Comunidade Linguística" qualquer sociedade humana que, instalada historicamente num espaço territorial determinado, reconhecido ou não, se identifica como povo e desenvolve uma língua comum como meio de comunicação natural e de coesão cultural entre os seus

A Identidade Lusófona e a Formação Multicultural

membros. Por seu lado, a "língua própria de um território" designa o "idioma da comunidade historicamente estabelecida nesse mesmo território (...) a plenitude dos direitos linguísticos no caso duma comunidade linguística histórica no seu espaço territorial, entendido não somente como a sua área geográfica onde habita esta comunidade, mas também como um espaço social e funcional indispensável ao pleno desenvolvimento da língua. Desta premissa decorre a progressão ou o contínuo dos direitos dos grupos linguísticos (...) e das pessoas que vivem fora do território da sua comunidade" (artigo 1.º, n.º 2, c/ referência também à alínea 5 do mesmo artigo).

E, em conjugação e hierarquização de direitos e deveres, a declaração entende por grupo linguístico "qualquer grupo social partilhando uma mesma língua instalada no espaço territorial duma outra comunidade linguística, mas não tendo aí antecedentes históricos equivalentes, o que é o caso dos emigrados, refugiados, pessoas deslocadas ou membros das diásporas" (artigo 1.º, n.º 5).

Pode servir de exemplificação, no primeiro caso, em Portugal, a língua portuguesa como a nossa língua histórica, comum a todo o território e elo aglutinador e fautor da identidade nacional.

Exemplificam o segundo caso, o do grupo, as línguas dos ucranianos, romenos, etc., residentes em Portugal.

E quanto à cultura, assim a define a UNESCO: "conjunto de traços distintivos espirituais e materiais, intelectuais e afectivos, que caracterizam uma sociedade ou um grupo social que ela engloba, além das artes, das letras, os modos de vida, as modalidades de vida comum, os sistemas de valores, as tradições e as crenças", definição esta resultante da conferência mundial sobre as culturas (*Mondialcultur*), realizada no México em 1982, da Comissão Mundial da Cultura e do Desenvolvimento de 1995, e da Conferência Intergovernamental sobre *Políticas Culturais para o Desenvolvimento*, realizada em Estocolmo em 1998.

No mesmo sentido, a declaração da UNESCO chama a atenção para o facto de a "cultura tomar formas diversas através do tempo e do espaço; (...) essa diversidade encarna-se na originalidade e na pluralidade das entidades que caracterizam os grupos e as sociedades que compõem a Humanidade. Fonte de trocas, inovação e de criatividade, a diversidade cultural é, para o género humano, tão necessária como a biodiversidade na ordem dos seres vivos". Daí acrescentar que "o pluralismo cultural constitui uma resposta política ao facto de os direitos culturais serem parte integrante dos direitos do Homem, universais, indissociáveis e interdependentes".

Voltando ao documento de Barcelona, nele se insiste na importância de se clarificarem as relações entre a Comunidade e os Grupos, para que seja possível o exercício dos direitos, sem conflitualidade: "Os direitos das pessoas e dos grupos linguísticos, atrás citados, não devem, em nenhum caso, entravar as relações entre os grupos linguísticos e a Comunidade Linguística sua hospedeira ou a sua integração nessa comunidade. Mais, não devem prejudicar o direito da Comunidade hospedeira ou dos seus membros em utilizar, sem restrições, a sua própria língua em público, no conjunto do seu espaço territorial" (artigo 3.º, n.º 3).

Chama-se assim a atenção para a necessidade de hierarquizar e distinguir entre os direitos da Comunidade e os do Grupo, com vista a um correto relacionamento.

Hierarquia de direitos e deveres

Para a Comunidade nacional de acolhimento, impõe-se o dever de respeitar, promover e fazer cumprir os direitos dos grupos, especialmente dos que nas áreas da língua e da cultura se constelam à volta da reafirmação da identidade e do direito à diferença; para os grupos dos que chegam, a Declaração recomenda o dever de se integrarem, ou mesmo, de se assimilarem, evitando situações de *guetto*, e assim facilmente se transformarem em ambientes de tolerância social.

E, ao referir-se aos direitos ou deveres de integração ou assimilação, a Declaração explicita claramente como esses conceitos devem ser entendidos: "Define-se integração como uma socialização complementar, de modo que essas pessoas conservem as suas características culturais de origem, ao mesmo tempo que partilham com a Comunidade de acolhimento, referências suficientes dos seus valores e comportamentos para que ela não se confronte com mais dificuldades que os membros do grupo hóspede, na sua vida social e profissional" (artigo 4.º, n.º 1).

E quanto à assimilação, tão rejeitada no passado colonial por ser forçada, é agora admitida como opção livre: "A presente Declaração considera, mais ainda, que a assimilação, ou seja, a aculturação das pessoas na sociedade que as acolhe, de tal modo que elas substituem as suas características culturais de origem pelas referências, valores e com-

A Identidade Lusófona e a Formação Multicultural 31

portamentos próprios da sociedade de acolhimento, se faça sem que tal ocorra de maneira forçada ou induzida mas, ao contrário, como resultado de uma escolha deliberada".

Esta outra forma de inclusão parece basear-se na circunstância em que quem escolhe opta não só por evitar qualquer tipo de discriminação social, racial ou outra, mas também por querer uma verdadeira reconversão pessoal de adesão completa a outras formas existenciais ou culturais.

Passando das teorias à prática, duas tarefas importantes se impõem à educação para a Lusofonia neste tempo de globalização multicultural.

Na ordem interna, a de se reforçar a união das diversas culturas que a formam, evitando-se desenvolvimentos paralelos, não comunicantes, e, maximamente, a formação de *ghettos* dentro do mesmo país.

Na ordem externa, obstar à pressão desarticuladora de outras propostas, por muito sedutoras que sejam, para além de se contribuir para a valorização comum através da proposta dos seus valores.

Na ordem interna, é preciso que os laços entre os oito países e regiões várias se modifiquem nas diversas ordens da cultura, da política, da economia, do ecumenismo religioso, ultrapassando-se de vez os traumas da colonização. Tarefa esta menos difícil de resolver entre os lusófonos que entre os povos de outras fonias.

A colonização teve as suas horas más e seus pecados, entre eles o do racismo. Contudo, não só fomos dos menos racistas, como facilmente nos misturamos e convivemos com todas as culturas e raças.

Charles Boxer, analista severo da colonização portuguesa, o afirma: "Can truthfully be said is that in this respect they were usually more liberal in pratice, than were their Dutch, English and French sucessores"[8]. E Gilberto Freyre, em *Casa Grande e Senzala*, vai mais longe ainda ao elogiar o êxito da colonização do Brasil por ser cultura miscigenada.

E das paragens do Oriente testemunha o orientalista e filólogo indiano Sebastião Dalgado: "Os portugueses sabiam fazer-se temer dos inimigos e tratá-los com dureza, também possuíam o condão de ganhar os ânimos, associando-se sem reserva e até identificando-se com os indígenas mormente se já pertenciam à mesma fé e eram pelo mesmo facto 'irmãos'".

---

[8] Charles Boxer, *Four Centuries of Portuguese Spansion, a Succint Survey, 1415-1825*, Joansbourg, 1961.

32 Ensaios Lusófonos

E citando Pirard de Lavale: "Até todos os seus marinheiros e pilotos são índios, ou gentios, ou mouros"[9].

A estes testemunhos podiam juntar-se outros do Brasil e países africanos que, para além do apreço pelo relacionamento humano anterior, se podia juntar a empatia cultural.

Aliás, se compararmos as tendências dominantes das diversas literaturas lusófonas com a portuguesa, algumas afinidades relevantes encontramos, máximas com a Literatura Brasileira, menores com as africanas, devidas sobretudo a menor intensidade de relacionamentos.

Vão elas desde a predominância do lirismo e da ligação à terra, a um certo sentimento de intensidade e religiosidade, a alguma alergia ao pensamento abstrato, à relevância da temática dos sentimentos familiares e valor da palavra...

Pode isso significar também um fator a favorecer uma maior proximidade que a atual existente entre os lusófonos e deveria incentivar em grau mais intenso as relações de proximidade e solidariedade, expressas em formas de integração e assimilação recomendadas pelas duas Declarações Universais.

Do mesmo modo, deveriam ser postas em prática mais visível outras recomendações relativas à presença na comunicação social dos "grupos" migrantes lusófonos. É certo que não faltam em programas especiais, mas o importante é que de situações especiais se passe a situações habituais de opiniões e acontecimentos narrados ou narrativas em direto, protagonizados pelos próprios.

Isso fomentaria maior consideração por parte da "Comunidade", contribuindo para diminuir ou eliminar preconceitos e marginalidade.

Sejam-nos ainda permitidas algumas sugestões, no sentido do reforço da Lusofonia.

Em primeiro lugar, rejeitando iniciativas perfeitamente lesivas da coesão lusófona e da sua afirmação no mundo multicultural, tais como a desastrada iniciativa da Tlebs e o não menos incoerente decreto de adesão ao recente Acordo de Londres.

Pela "Terminologia Linguística para os ensinos Básico e Secundário – Tlebs", de 2004, voltou-se ao neocolonialismo cultural na área da língua, ignorando-se que, desde 1986, em que todos os países lusófonos

---

[9] Sebastião Dalgado, *Glossário Luso-Asiático*, I vol., Hamburg, 1982, p. XI.

A Identidade Lusófona e a Formação Multicultural

assumiram responsabilidades iguais na língua comum, ao elaborarem o Novo Acordo Ortográfico, tudo se deve passar em decisões tomadas a oito países.

Recentemente, no ano de 2010, sub-repticiamente, o Governo concordou com a substituição quase integral da língua portuguesa pela inglesa na validação em Portugal do registo europeu de patentes.

Afinal, para quê a *Declaração de Brasília*, de março de 2010, que deliberava estratégias "para a implantação da língua portuguesa nas organizações internacionais"?

Em aspetos práticos de aprofundamento e consolidação da Lusofonia, duas sugestões temos apresentado e a elas voltamos pois nos parecem de grande utilidade.

A primeira delas é a de que nos programas de ensino das Escolas, sobretudo nos compêndios de caráter antológico, o número de autores do "grupo" lusófono seja sensivelmente igual ao do país em questão.

E ainda, que se organize, quanto antes, o "Thesaurus Lusófono" dos principais autores, editado em obra de baixo custo a ser distribuída/adquirida pela multiplicidade das escolas e outras instituições educativas.

Deste modo, a Lusofonia praticada de modo coerente como modalidade do multiculturalismo, maior força e prestígio adquiriria para atuar no contexto internacional do mesmo multiculturalismo.

Na ordem externa, o contributo da Lusofonia para o Multiculturalismo e a receção das suas propostas culturais não nos merecem menos consideração, pois é essa a nova etapa civilizacional em que vivemos.

Da nossa parte, para além do que já oferecemos ao mundo com as ideias e bens das navegações, podemos contribuir para a harmonia multicultural tão em risco pelos afrontamentos culturais, uma perspetiva humanista nas relações sociais, nos valores morais de caráter universal e familiar, num sentimento/julgamento ético que humanize as leis e as relações internacionais.

Complementarmente, estamos recetivos às novidades e novas propostas de outros povos e culturas do mundo inteiro, como fizemos no passado na tradição sincrética dos "estrangeirados" e das navegações que através dos seus relatos de viagens contribuíram para mudar, especialmente na Europa, os poderes absolutos em constitucionais e certos dogmatismos em práticas ecuménicas e conviviais nos diversos domínios da religião, das artes, dos costumes, da vida quotidiana, desde o vestuário à alimentação, etc.

E se alguma sugestão de ordem prática ainda podemos fazer é a de maior flexibilidade e intercâmbio do ensino superior em relação à troca de professores visitantes estrangeiros, bem como na constituição dos membros dos institutos de investigação, atualmente muito contrariada, se não discriminada, como nos diversos tipos de júris de provas e de avaliação de resultados científicos, contrariando as tendências de monopólio caseiro, e as demasiadas ingerências de outras autoridades que não sejam as científicas.

Em conclusão, Lusofonia e Multiculturalismo são duas realizações, em escalas diferentes, do mesmo fenómeno sociocultural.

Funchal, 2 de dezembro de 2010

UMA COLEÇÃO DE MATERIAIS DIDÁTICOS PARA O ENSINO DO PORTUGUÊS COMO LÍNGUA SEGUNDA E ESTRANGEIRA

JOÃO MALACA CASTELEIRO [*]
CARLA OLIVEIRA [**]
LUÍSA COELHO [***]

Tema particularmente importante para a promoção eficaz do português como língua segunda e língua estrangeira é o da produção de materiais pedagógico-didáticos atuais e adequados à sua difusão e ensino. As línguas mais difundidas, nomeadamente as principais línguas europeias, como, por exemplo, o inglês, o espanhol, o francês ou o alemão, dispõem, hoje em dia, de uma vastíssima e variadíssima panóplia de materiais pedagógico-didáticos para o seu ensino como línguas não-maternas. Também a língua portuguesa, a terceira língua europeia mais falada no Mundo, tem visto nas duas últimas décadas aumentar substancialmente e em qualidade o acervo desse tipo de materiais. Neste aspeto, convém lembrar o papel determinante que tem tido o Conselho da Europa na definição e inovação da metodologia mais adequada ao ensino das línguas como línguas não-maternas.

Primeiro, no âmbito do Projeto de Línguas Vivas, desenvolvido, sobretudo, no decurso do último quartel do século XX, o Conselho da

---

[*] Professor catedrático de Linguística da Faculdade de Letras da Universidade de Lisboa. Foi um dos delegados portugueses que elaborou o Acordo Ortográfico no Rio de Janeiro em 1986 e, em Lisboa, em 1990. É membro da Academia das Ciências de Lisboa desde 1979.

[**] Professora de Português (Língua Estrangeira) na Faculdade de Letras da Universidade de Lisboa, desde 1992.

[***] Professora de Português (Língua Estrangeira) na Faculdade de Letras da Universidade de Lisboa, desde 1983.

Europa definiu a metodologia do chamado *nível limiar* para o ensino das línguas e promoveu a elaboração dos respetivos documentos descritivos para diversas línguas europeias. A língua portuguesa beneficiou também deste projeto, na medida em que, sob a coordenação de João Malaca Casteleiro e com o apoio de especialistas do Conselho da Europa e o patrocínio do então Instituto de Cultura e Língua Portuguesa (ICALP), se levou a cabo a elaboração do *Nível Limiar – Para o ensino/aprendizagem do Português como língua segunda/língua estrangeira,* publicado em 1988, em duas edições autónomas, pelo Conselho da Europa, em Estrasburgo, e pelo ICALP, em Lisboa.

Em 2001, o Conselho da Europa, dando sequência ao desenvolvimento da metodologia do ensino de línguas, publicou, nas versões inglesa e francesa, o *Quadro Europeu Comum de Referência para as Línguas – Aprendizagem, Ensino, Avaliação* (QECR), sendo a versão portuguesa do mesmo ano, mas da responsabilidade do nosso Ministério da Educação e das Edições ASA.

Ora, a coleção "Aprender Português", aqui apresentada, constitui um trabalho pioneiro de elaboração de materiais pedagógico-didáticos concebidos segundo as metodologias definidas pelo Conselho da Europa, no âmbito do Nível Limiar e do QECR.

1. Apresentação geral da coleção

"Aprender Português" constitui um conjunto de materiais pedagógico--didáticos destinado a adolescentes e adultos aprendentes de português como língua segunda e língua estrangeira que desejam iniciar ou desenvolver os conhecimentos da Língua Portuguesa.

Os materiais já publicados abrangem essencialmente os primeiros quatro níveis de aprendizagem, A1 e A2, abordados em conjunto no mesmo volume, B1 e B2, aos quais se devem acrescentar os níveis mais avançados, C1 e C2, do total de seis níveis, conforme previsto no QECR. Os materiais da referida coleção foram, pois, concebidos segundo a metodologia de abordagem comunicativa e adequam-se aos princípios e níveis de aprendizagem definidos no QECR.

Cada um dos níveis, A1/A2, B1, B2, é constituído por um manual, um caderno de exercícios e um CD áudio, uma gramática aplicada e um manual de compreensão oral.

2. Pensar o material didático e definir o seu programa de base

Quando se elabora um manual, é necessário refletir sobre diversos aspetos, nomeadamente quais são os objetivos de aprendizagem (que para nós são definidos em termos comunicativos); que tipo de peso deve ter o trabalho das quatro competências (compreensão oral, expressão oral, compreensão escrita, expressão escrita); como poderemos definir o público-alvo para o qual estamos a trabalhar; e, por fim, mas não menos importante, de que maneira se poderá criar um programa coerente, progressivo e, principalmente, adequado aos objetivos de aprendizagem estabelecidos.

No que se refere aos objetivos de aprendizagem, estes são sempre determinados em função das necessidades comunicativas dos aprendentes, segundo uma conceção de ensino/aprendizagem dinâmicos. De nada nos serve uma língua se com ela não pudermos comunicar eficazmente, adequando o que aprendermos às diversas situações comunicativas que vão surgindo no nosso dia a dia, quer no domínio informal do uso da língua (com amigos, na rua, etc.) quer no domínio mais formal (em situações profissionais, institucionais, etc.).

Assim, já em 1988 o *Nível Limiar*, publicado pelo Conselho da Europa e pelo Instituto de Cultura e Língua Portuguesa (ICALP), sob a coordenação de João Malaca Casteleiro, defendia que

> A finalidade do ensino/aprendizagem de uma língua estrangeira é que os aprendentes se tornem aptos a comunicar nessa língua para satisfazerem as suas necessidades. Esta concepção leva a que os objectivos de aprendizagem sejam definidos em termos comunicativos, o que só se pode fazer com base no levantamento das necessidades comunicativas do aprendente (p.3).

Em relação ao trabalho de desenvolvimento das quatro competências, acima mencionadas, cabe ao autor de materiais didáticos procurar dar a cada uma delas o mesmo peso.

Quanto ao público-alvo, quando estamos a preparar um material didático, temos de ter sempre presente que é para esse mesmo público que estamos a trabalhar. Na caraterização desse público, devemos ter em conta diversos aspetos como, por exemplo: a nacionalidade dos aprendentes e a sua língua materna; as competências anteriores – se são iniciantes, falsos iniciantes ou aprendentes com um conhecimento prévio da língua; quais são os objetivos de aprendizagem; qual o contexto de aprendizagem (na escola com um professor, autoaprendizagem, etc.).

Em relação ao programa desenhado para um manual, também temos de considerar alguns aspetos, nomeadamente as necessidades de aprendizagem do público-alvo em causa, a organização do curso, o número de horas do curso, a evolução da aprendizagem, entre outros considerandos. Assim, para a definição de um programa transversal que percorra todos os manuais e restantes materiais didáticos, os autores de materiais didáticos deverão basear-se num princípio orientador que sustente a sua perspetiva de ensino/aprendizagem. No caso da coleção "Aprender Português", como já se disse, os princípios que orientaram a conceção programática dos manuais foram os que emanavam dos objetivos previstos pelo QECR para os níveis de aprendizagem trabalhados. Uma vez que o QECR apresenta para todos os níveis de referência os domínios sociais de comunicação, as situações de comunicação, os tipos de texto escritos e orais, as estratégias de comunicação, os atos de fala, os temas, as noções específicas e gerais que se prevê serem necessárias ao uso da língua nas atividades comunicativas, o trabalho dos autores de materiais didáticos está, de certo modo, facilitado.

Quando observamos os seis níveis presentes no QECR, constatamos, no entanto, que estes correspondem às interpretações superiores ou inferiores da divisão clássica dos níveis anteriormente designados como Básico, Elementar e Vantagem. Para além disso, algumas designações do Conselho da Europa eram difíceis de traduzir. Por isso, o sistema proposto adota o princípio em árvore dos "hipertextos", partindo de uma divisão inicial em 3 níveis gerais A, B e C:

A		B		C	
Utilizador Elementar		Utilizador Independente		Utilizador Proficiente	
A1	A2	B1	B2	C1	C2
Iniciação	Elementar	Limiar	Vantagem	Autonomia	Mestria

QUADRO 1: Níveis Comuns de Referência do Quadro Europeu Comum de Referência para as Línguas – Aprendizagem, Ensino, Avaliação.

3. Caracterização dos níveis de proficiência apresentados pelo QECR

Níveis A1/A2 – Utilizador Elementar

De acordo com o QECR, no final do nível **A1**, o aprendente será capaz de compreender e usar expressões familiares e quotidianas, assim como enunciados muito simples, que visam satisfazer necessidades concretas. Pode apresentar-se e apresentar outros e é capaz de fazer perguntas e dar respostas sobre aspetos pessoais como, por exemplo, o local onde vive, as pessoas que conhece e as coisas que tem. Pode comunicar de modo simples, se o interlocutor falar lenta e distintamente e se se mostrar cooperante.

No final do nível **A2**, o Utilizador Elementar será capaz de compreender frases isoladas e expressões frequentes relacionadas com áreas de prioridade imediata (p. ex.: informações pessoais e familiares simples, compras, meio circundante). É capaz de comunicar em tarefas simples e em rotinas que exigem apenas uma troca de informação simples e direta sobre assuntos que lhe são familiares e habituais. Pode descrever de modo simples a sua formação, o meio circundante e, ainda, referir assuntos relacionados com necessidades imediatas.

No final do nível **A2**, de acordo ainda com o QECR, os aprendentes deverão ser capazes de atingir objetivos comunicativos dentro das quatro competências, como por exemplo:

Final dos níveis A1/A2:

Compreensão da Leitura e Expressão Escrita

- Compreender informações/instruções simples constantes de avisos afixados em ruas/estradas e espaços de serviço público, nomeadamente lojas, supermercados, bancos, correios, hospitais;
- Ler horários, por exemplo, de transportes, de abertura/fecho de serviços;
- Compreender informações simples relativas a orientação e deslocação no espaço;
- Compreender informações/instruções básicas relativas ao alojamento;
- Identificar as componentes gerais de uma ementa;

- Compreender indicações básicas para uso de medicamentos, nomeadamente o fim a que se destinam (*dor de cabeça/garganta*) e posologia (*tomar depois das refeições*);
- Compreender informações gerais sobre produtos expostos;
- Compreender mensagens de bilhetes/recados, postais;
- Identificar as secções de jornais/revistas, como, por exemplo, desporto, anúncios classificados;
- Compreender a informação básica de notícias, anúncios classificados e legendas simples de jornais;
- Preencher impressos relativos a informação pessoal, por exemplo, de entrada num hotel, abertura de conta num banco ou inscrição em instituições de prestação de serviços;
- Escrever textos informais como, por exemplo, um postal ou uma carta com uma mensagem simples sobre assuntos de natureza pessoal;
- Escrever pequenas mensagens ou fazer pedidos simples a colegas sobre questões de rotina.

Compreensão do Oral

- Compreender intervenções simples de caráter social, a saber: cumprimentar, agradecer, perguntar por/dar informações sobre alguém, felicitar, brindar, formular votos;
- Compreender informações gerais ao nível da identificação e caraterização pessoal (relações familiares, profissionais, estudos, ocupação de tempos livres);
- Compreender questões/instruções de rotina em postos de fronteira;
- Compreender instruções simples sobre orientação e deslocação no espaço;
- Compreender instruções simples relativas a horários e datas;
- Compreender informação básica previsível sobre um lugar a ser visitado;
- Compreender instruções simples sobre aluguer (preço, condições muito gerais) e funcionamento de um quarto ou de uma casa (horários de refeições, uso da cozinha, etc.);
- Compreender informações simples relativas à alimentação;
- Compreender informações relativas a preços de produtos e pagamentos;

Uma coleção de materiais didáticos para o ensino do português como língua... 41

- Compreender perguntas e instruções simples relacionadas com a saúde;
- Compreender informações/instruções básicas em correios e bancos;
- Compreender convites feitos de forma muito simples;
- Compreender informações e opiniões, dadas de forma simples, sobre acontecimentos da atualidade;
- Compreender mensagens telefónicas simples.

Expressão Oral

- Intervir em trocas comunicativas simples, geradoras de relações sociais: cumprimentar, agradecer, perguntar por alguém/responder ao solicitado, felicitar, brindar, formular votos;
- Dar informações gerais relativamente à identificação e caracterização pessoal: relações familiares, profissionais, estudos, ocupação dos tempos livres, centros de interesse;
- Responder a questões/instruções de rotina em postos de fronteira, dando a informação requerida;
- Solicitar informações/instruções, de forma simples, sobre orientação e deslocação no espaço a pé ou de transporte público;
- Reservar (face a face) um quarto num hotel ou num espaço equivalente, fazer perguntas simples, de natureza factual, sobre o alojamento e fazer observações/reclamações simples sobre o serviço;
- Pedir produtos expostos em estabelecimentos comerciais e informações simples sobre os mesmos;
- Chamar o empregado de forma apropriada e pedir uma refeição num restaurante, se os pratos estiverem expostos ou se houver alguma ilustração dos mesmos; colocar questões simples sobre a ementa;
- Fazer reclamações/observações simples, sobre, por exemplo, a comida, o alojamento, etc.
- Pedir informações e fazer pedidos simples nos correios ou no banco;
- Dar informação básica sobre um problema de saúde;
- Em situações de emergência, pedir ajuda;
- Em situação de turismo, solicitar informações simples, relacionadas com um lugar, um monumento;
- Intervir, numa conversa simples, em situação informal, sobre experiências pessoais, centros de interesse, acontecimentos da atualidade, expressando opiniões e sentimentos.

Níveis B1/B2 – Utilizador Independente

No final do nível B1, o aprendente deverá ser capaz de compreender as questões principais, quando é usada uma linguagem clara e estandardizada e os assuntos lhe são familiares (temas abordados no trabalho, na escola e nos momentos de lazer, etc.). É capaz de lidar com a maioria das situações encontradas na região onde se fala a língua-alvo. É capaz de produzir um discurso simples e coerente sobre assuntos que lhe são familiares ou de interesse pessoal. Pode descrever experiências e eventos, sonhos, esperanças e ambições, bem como expor brevemente razões e justificações para uma opinião ou um projeto.

A descrição para este Nível de Referência no QECR prevê que os utilizadores da língua, neste momento, sejam capazes de interagir num conjunto de situações de comunicação do quotidiano, do trabalho e do estudo que requeiram um uso da língua maioritariamente previsível, como se poderá ver de seguida, detalhadamente.

Compreensão da Leitura

Em situações comunicativas do quotidiano, os utilizadores do português **no final do nível B1** são capazes de:

- Identificar os vários componentes e pratos de uma ementa;
- Compreender informações/instruções constantes em impressos, anúncios, folhetos, brochuras relativas a hotéis ou para aluguer de alojamento;
- Compreender informações/instruções de rótulos de produtos alimentares e medicamentos;
- Compreender uma carta com descrições sobre pessoas/lugares ou relatos de acontecimentos e expressão de ideias/opiniões;
- Compreender o sentido geral de notícias/artigos dos jornais sobre acontecimentos da atualidade;
- Compreender textos constantes em folhetos de divulgação/ publicitários, por exemplo, de bancos.

Em situações comunicativas do domínio do trabalho, os utilizadores do português são capazes de:

- Compreender cartas ou um relatório da sua área profissional, com temática previsível, desde que disponham do tempo adequado para o fazerem.

Em situações comunicativas do domínio do estudo, os utilizadores do português são capazes de:

- Compreender globalmente textos da área de estudo, sendo o ritmo de leitura ainda lento.

Expressão Escrita

Em situações comunicativas do quotidiano, os utilizadores do português são capazes de:

- Escrever bilhetes, postais e cartas pessoais, que poderão incluir, por exemplo, a descrição de pessoas/espaços, o relato de acontecimentos;
- Escrever mensagens (em suporte eletrónico ou em papel) dirigidas a instituições, por exemplo, a confirmar um alojamento, a pedir informações sobre um curso;
- Preencher impressos que requeiram descrição de situações, narração de acontecimentos, como, por exemplo, um impresso de relatório de acidente.

Em situações comunicativas do domínio do trabalho, os utilizadores do português são capazes de escrever cartas da área profissional, de rotina, embora seja necessária uma revisão dos textos (eletrónica e/ou humana); elaborar um curto memorando de uma reunião de trabalho; escrever mensagens informais (suporte eletrónico ou papel) para colegas;

Em situações comunicativas do domínio do estudo, os utilizadores do português são capazes de tomar notas durante uma reunião, uma aula/conferência para fins meramente pessoais, recorrendo, possivelmente, ao seu registo também na língua materna; tomar notas a partir de fontes escritas, embora, muito possivelmente, com inexatidões; elaborar um curto resumo/sumário de uma aula.

Compreensão do Oral

Em situações comunicativas do quotidiano, os utilizadores são capazes de:

- Compreender intervenções reguladoras de relações sociais: cumprimentar, agradecer, perguntar por/dar informações sobre alguém, felicitar, brindar, formular votos;

44 Ensaios Lusófonos

- Compreender informações ao nível da identificação e caraterização pessoal: relações familiares, profissionais, estudos, ocupação dos tempos livres, centros de interesse;
- Compreender informações/instruções sobre orientação e deslocação no espaço e informações/explicações numa visita turística;
- Compreender informações/instruções relativas a horários e datas;
- Compreender informações/explicações/instruções em situações de comunicação do domínio público relativamente a: alojamento, alimentação, compras, saúde e serviços (correios, bancos);
- Compreender informações/opiniões sobre aspetos da vida pessoal e social de um interlocutor com quem interage e sobre acontecimentos da atualidade.

Em situações comunicativas do domínio do estudo, os utilizadores do português são capazes de:

- Compreender tópicos de uma aula/seminário/ reunião;
- Compreender instruções, nas aulas, para realização de tarefas.

Em situações comunicativas do domínio do trabalho, os utilizadores do português são capazes de:

- Compreender informações/instruções de rotina e de compreender enunciados avaliativos sobre o processamento das tarefas.

Expressão Oral

Em situações comunicativas do quotidiano, os utilizadores do português são capazes de:

- Intervir em trocas comunicativas geradoras de relações sociais: cumprimentar, agradecer, perguntar por alguém/responder ao solicitado, felicitar, brindar, formular votos;
- Dar informações ao nível da identificação e caraterização pessoal: relações familiares, profissionais, estudos, ocupação dos tempos livres, centros de interesse;
- Solicitar informações/instruções sobre orientação e deslocação no espaço, a pé ou de transporte público;
- Reservar alojamento por telefone e interagir na maior parte das situações comunicativas previsíveis de ocorrência durante a estada num hotel ou similar;

Uma coleção de materiais didáticos para o ensino do português como língua... 45

- Comprar produtos em espaços comerciais com serviço de balcão; negociar o preço de um produto;
- Pedir uma refeição num restaurante, solicitar informações sobre os pratos de uma ementa e sobre formas de pagamento e exprimir opiniões/fazer reclamações de uma forma simples;
- Interagir em situações de rotina num banco e nos correios;
- Pedir informações simples, num posto de turismo ou numa visita guiada;
- Marcar uma consulta por telefone e dar uma explicação simples sobre um problema de saúde;
- Em situações de emergência, dar informações gerais sobre a natureza do acidente;
- Em situação de turismo, solicitar informações relacionadas com um lugar, monumento;
- Intervir numa conversa, em situação informal, sobre experiências pessoais, centros de interesse, acontecimentos da atualidade, expressando opiniões e sentimentos.

Em situações comunicativas do domínio do trabalho, os utilizadores do português são capazes de:
- Solicitar informações e fazer pedidos;
- Dar informações sobre assuntos de rotina;
- Trocar opiniões com colegas sobre questões previsíveis.

Em situações comunicativas do domínio do estudo, os utilizadores do português são capazes de:
- Solicitar informações simples relacionadas com questões administrativas ou académicas da área de estudo.

No final do nível B2 o aprendente será capaz de compreender as ideias principais em textos complexos sobre assuntos concretos e abstratos, incluindo discussões técnicas na sua área de especialidade. É capaz de comunicar com um certo grau de espontaneidade e de à vontade com falantes nativos, sem que haja tensão de parte a parte. É capaz de exprimir-se de modo claro e pormenorizado sobre uma grande variedade de temas e explicar um ponto de vista sobre um tema da atualidade, expondo as vantagens e os inconvenientes de várias possibilidades.

46 Ensaios Lusófonos

Este nível confere ao utilizador um grau de independência que lhe permite interagir num conjunto variado de situações de comunicação. O utilizador desenvolveu mecanismos linguístico-comunicativos, nomeadamente de reconhecimento e uso das principais estruturas léxico-sintáticas e sintático-semânticas da língua, que lhe permitem ter uma maior flexibilidade e capacidade para usar a língua em situações menos previsíveis; o utilizador é capaz de recorrer a estratégias de comunicação e possui uma maior consciência de registos (formal/informal) e convenções sociais, o que lhe permite desenvolver mecanismos de adequação sociocultural, alargando, consequentemente, a sua competência comunicativa.

O utilizador é capaz de reconhecer e começar a usar idiomatismos mais comuns, desde que o núcleo seja conhecido. A compreensão de textos orais e escritos vai além da mera compreensão de informação factual, sendo capaz de distinguir elementos principais de secundários. Os utilizadores são capazes de produzir textos de vários tipos. Este nível permite que os utilizadores possam trabalhar em contextos em que o português é língua de trabalho. Nos contextos em que o português é simultaneamente língua de trabalho e de comunicação, pode haver ainda muitas dificuldades. Podem frequentar cursos académicos (por exemplo, no âmbito de intercâmbios universitários) ou outros.

Compreensão da Leitura

Em situações de comunicação do quotidiano, os utilizadores do português são capazes de:

- Compreender a maior parte dos textos próprios deste tipo de situações;
- Compreender diferentes tipos de textos da imprensa, em especial, artigos cujas temáticas sejam de áreas específicas de interesse;
- Compreender qualquer tipo de texto que não requeira conhecimento de uma linguagem específica, como, por exemplo, termos legais.

Em situações de comunicação relativas ao trabalho, os utilizadores do português são capazes de:

- Compreender cartas da sua área profissional, quer sejam de rotina ou não, embora situações complexas e um uso imprevisível da língua possam causar alguns problemas;

Uma coleção de materiais didáticos para o ensino do português como língua... 47

- Compreender um relatório ou artigo relativo a uma área conhecida e captar o sentido geral de relatórios ou artigos sobre temáticas desconhecidas ou menos conhecidas, havendo maior dificuldade sempre que a informação seja dada de forma menos explícita;
- Compreender instruções e descrições de produtos da sua área profissional.

Em situações de comunicação relativas ao estudo, os utilizadores do português são capazes de:

- Compreender textos relativos a matérias de cursos de formação não-académicos;
- Compreender livros e artigos não muito complexos, quanto à língua e ao conteúdo, embora ainda não possuam um ritmo que lhes permita acompanhar um curso académico.

Expressão Escrita

Em situações de comunicação do quotidiano, os utilizadores do português são capazes de:

- Escrever a maior parte dos textos necessários a este tipo de situações.

Em situações de comunicação relativas ao trabalho, os utilizadores do português são capazes de:

- Produzir um conjunto de documentos, que poderão necessitar de verificação, no caso de precisão e registo serem importantes;
- Produzir textos, de uma área de trabalho conhecida, que descrevam e deem informação pormenorizada, por exemplo, sobre um produto ou serviço;
- Registar mensagens e de as transmitir, podendo, no entanto, haver dificuldades se forem muito extensas ou complexas;
- Escrever textos ditados, desde que o ritmo seja adequado e tenham tempo para verificar o que estão a escrever.

Em situações de comunicação relativas ao estudo, os utilizadores do português são capazes de:

- Tomar notas numa aula/conferência/seminário;

48 Ensaios Lusófonos

- Tomar notas a partir de fontes escritas, embora possam ter alguma dificuldade em ser suficientemente seletivos;
- Produzir textos do domínio das relações educativas, embora tenham ainda dificuldades com trabalhos académicos.

Compreensão do Oral

Em situações de comunicação do quotidiano, os utilizadores do português são capazes de compreender:

- Conversas de rotina sobre um conjunto variado de temas menos previsíveis;
- Conselhos médicos de rotina;
- Informações e avisos feitos em lugares públicos;
- A maior parte dos textos de um programa de televisão com apoio visual e os pontos principais de programas radiofónicos, cujas temáticas sejam de interesse geral ou conhecidas;
- As informações/explicações do guia, numa visita guiada, sem muitas limitações.

Em situações de comunicação relativas ao estudo, os utilizadores do português são capazes de:

- Compreender o sentido geral de uma conferência/aula/seminário, desde que se trate de uma temática conhecida.

Em situações de comunicação relativas ao trabalho, os utilizadores do português são capazes de:

- Compreender conversas sobre a sua área profissional;
- Participar numa reunião compreendendo o essencial do que é dito, caso se trate da sua área específica.

Expressão Oral

Em situações de comunicação do quotidiano, os utilizadores do português são capazes de:

- Interagir na maior parte das situações suscetíveis de ocorrerem em áreas de serviço relativas ao alojamento, restauração e de comércio, fazendo pedidos, por exemplo, de reembolso ou de troca de produtos, solicitando informações/esclarecimentos, expressando agrado/desagrado com o serviço, fazendo reclamações;

Uma coleção de materiais didáticos para o ensino do português como língua... 49

- Interagir em outros espaços de comunicação do domínio transacional, como os de saúde, explicando, por exemplo, os sintomas relativos a um problema de saúde, pedindo informações sobre serviços de saúde fornecidos e procedimentos envolvidos;
- Interagir em situações de comunicação das relações gregárias (por exemplo, expressando opiniões, argumentando, etc.), se bem que ainda com algumas dificuldades;
- Pedir informação complementar, por exemplo, numa visita guiada, à que é dada em guias turísticos;
- Orientar visitas, descrevendo lugares e respondendo a perguntas sobre os espaços a serem visitados.

Em situações de comunicação relativas ao trabalho, os utilizadores do português são capazes de:

- Pedir e dar informação pormenorizada sobre áreas temáticas conhecidas e de participar, ainda que com limitações, em reuniões;
- Registar mensagens e de as transmitir, embora possa haver dificuldades no caso de serem muito complexas.

Em situações de comunicação relativas ao estudo, os utilizadores do português são capazes de:

- Fazer perguntas numa conferência/aula/seminário sobre um tema conhecido ou previsível, embora possa haver ainda alguma dificuldade, dependendo da complexidade do texto exposto;
- Fazer uma apresentação simples e curta sobre um tema conhecido.

Níveis C1/C2 – Utilizador Proficiente

Quanto ao Utilizador Proficiente, que corresponde aos níveis C1 e C2, o utilizador da língua já adquiriu um grau de competência que lhe permite interagir com os falantes nativos em quaisquer situações.

No final do nível C1, o falante já é capaz de compreender um vasto número de textos longos e exigentes, reconhecendo os seus significados implícitos. É capaz de se exprimir de forma fluente e espontânea sem precisar de procurar muito as palavras. É capaz de usar a língua de modo flexível e eficaz para fins sociais, académicos e profissionais. Pode exprimir-se sobre temas complexos, de forma clara e bem estruturada, manifestando o domínio de mecanismos de organização, de articulação e de coesão do discurso.

50 Ensaios Lusófonos

No final do nível C2, o falante já será capaz de compreender, sem esforço, praticamente tudo o que ouve ou lê. É capaz de resumir as informações recolhidas em diversas fontes orais e escritas, reconstruindo argumentos e factos de um modo coerente. É capaz de se exprimir espontaneamente, de modo fluente e com exatidão, podendo distinguir finas variações de significado em situações complexas.

Algumas das situações comunicativas apresentadas anteriormente foram adequadas às necessidades comunicativas do nosso público-alvo, sendo os atos de fala necessários a essas realizações trabalhados ao longo dos manuais.

4. Materiais que fazem parte da coleção "Aprender Português"

Manuais "Aprender Português" 1, 2 e 3

Trata-se de um conjunto de materiais pedagógico-didáticos dirigido, como se disse no início desta exposição, a adolescentes e adultos aprendentes de português como língua segunda e língua estrangeira que desejam iniciar ou desenvolver o domínio da Língua Portuguesa.

Dos seis níveis do QECR, os materiais já publicados abrangem os níveis A1/A2, assim como os níveis B1 e B2, organizados no total em três conjuntos.

Cada conjunto é constituído, como se disse atrás, por um manual, um caderno de exercícios e um CD áudio. Todos estes materiais foram concebidos, não é de mais repeti-lo, segundo a metodologia da abordagem comunicativa e conforme os princípios do QECR, que de forma sumária procurámos descrever atrás.

Gramática Aplicada (Níveis A1/A2 e B1) e Gramática Aplicada (Níveis B2 e C1)

Estas gramáticas destinam-se a apoiar os manuais "Aprender Português", uma vez que acompanham a progressão gramatical de cada um dos níveis.

Estas gramáticas também poderão ser utilizadas autonomamente por aprendentes de Língua Portuguesa que queiram adquirir as regras gramaticais e que, ao mesmo tempo, necessitem de praticar as regras que aprenderam através dos múltiplos exercícios aí apresentados.

Uma coleção de materiais didáticos para o ensino do português como língua... 51

As gramáticas contêm exercícios de revisão para cada uma das unidades e ainda a correção de todos os exercícios, o que facilita a autoaprendizagem.

Aprender Português 1 e 2 – Compreensão Oral

Sendo que a componente de compreensão da oralidade apresenta normalmente maior complexidade no processo de aprendizagem, concebemos um manual autónomo, intitulado *Aprender Português 1 e 2 – Compreensão Oral*, que inclui um conjunto de unidades didáticas, dedicadas à compreensão do oral, para os níveis A1/A2 e B1. Em cada unidade, todos os textos áudio são gravados por atores profissionais, com uma orientação de pronúncia e de prosódia que se enquadram nas exigências destes níveis. Cada texto oral apresenta uma tipologia diversificada de exercícios de compreensão oral que podem ir do mais simples ao mais complexo. Deste modo, em cada unidade poderemos ter exercícios de escolha múltipla, exercícios para ouvir e repetir, exercícios de opção verdadeiro/falso, textos lacunares, exercícios de correspondência, etc.

Aprender Português – Guia Prático de Conversação

De uma maneira geral, quando viajamos para um país, ou o visitamos como turistas, a comunicação torna-se um ponto fundamental na nossa experiência. Com o livro mencionado, pretendemos recriar algumas das situações comunicativas mais importantes e de primeira necessidade para facilitar o contacto com o país.

Aprender Português – Guia Prático de Conversação está organizado em situações comunicativas específicas, nas quais se exploram os atos de fala e o vocabulário associados às interações aí envolvidas. Em cada uma das situações comunicativas foram também incluídos diálogos que pretendem exemplificar algumas das interações mais caraterísticas da comunicação quotidiana.

Para além das interações comunicativas do quotidiano, este livro contém vocabulário e informações úteis e práticas sobre a realidade portuguesa.

Deste modo, são facultadas informações preciosas sobre a moeda, pesos e medidas utilizados em Portugal, feriados e festas nacionais, etc.

Aprender Português – Guia Prático de Conversação está acompanhado de um CD áudio que poderá ser utilizado para exercitar a compreensão e expressão orais.

Este livro destina-se àqueles que, não tendo muito tempo para aprender formalmente a Língua Portuguesa, necessitam de a utilizar no seu quotidiano. Assim, *Aprender Português – Guia Prático de Conversação* poderá funcionar como um guia da língua de fácil consulta e útil para qualquer ocasião.

Referências bibliográficas:

Casteleiro, João Malaca, Américo Meira e José Pascoal (1988), *Nível Limiar – Para o ensino/aprendizagem do Português como língua segunda/língua estrangeira*, Conselho da Europa, Estrasburgo e Instituto de Língua e Cultura Portuguesa (ICALP), Lisboa.

Conselho da Europa (2001), *Quadro Europeu Comum de Referência para as Línguas, Aprendizagem, Ensino, Avaliação*, Coordenação de edição da versão portuguesa: Ministério da Educação/GAERI, Edições ASA, Lisboa.

GRAMÁTICAS

CASTELEIRO, João Malaca, Carla Oliveira e Luísa Coelho (2007*), Gramática Aplicada 1*, Texto Editores, ISBN: 9789724734705, Lisboa.

CASTELEIRO, João Malaca, Carla Oliveira e Luísa Coelho (2007), *Gramática Aplicada 2*, Texto Editores, ISBN: 9789724736945, Lisboa.

MANUAIS PARA O ENSINO DO PORTUGUÊS COMO LÍNGUA ESTRANGEIRA

CASTELEIRO, João Malaca, Carla Oliveira e Luísa Coelho (2006*), Aprender Português 1*, Texto Editores, ISBN: 9789724732053, Lisboa.

CASTELEIRO, João Malaca, Carla Oliveira e Luísa Coelho (2006), *Caderno de Exercícios – Aprender Português 1*, Texto Editores, ISBN: 9789724731308, Lisboa

CASTELEIRO, João Malaca, Carla Oliveira e Luísa Coelho (2007*), Aprender Português 2*, Texto Editores, ISBN: 9789724734200, Lisboa.

CASTELEIRO, João Malaca, Carla Oliveira e Luísa Coelho (2007), *Caderno de Exercícios – Aprender Português 2*, Texto Editores, ISBN: 9789724734217, Lisboa.

CASTELEIRO, João Malaca, Carla Oliveira e Luísa Coelho (2007), *Aprender Português 3*, Texto Editores, ISBN: 9789724736914, Lisboa.

CASTELEIRO, João Malaca, Carla Oliveira e Luísa Coelho (2007), *Caderno de Exercícios – Aprender Português 3*, Texto Editores, ISBN: 9789724736921, Lisboa.

MÉTODOS DE COMPREENSÃO ORAL

OLIVEIRA, Carla e Luísa Coelho (2008), *Aprender Português 1 – Compreensão Oral*, Texto Editores, ISBN: 9789724737690, Lisboa.

OLIVEIRA, Carla e Luísa Coelho (2008), *Aprender Português 2 – Compreensão Oral*, Texto Editores, ISBN: 9789724737959, Lisboa.

GUIA PRÁTICO DE CONVERSAÇÃO DO PORTUGUÊS

OLIVEIRA, Carla e Luísa Coelho (2008), *Aprender Português – Guia de Conversação*, Texto Editores, ISBN: 9789724737867, Lisboa.

DO PORTUGUÊS LÍNGUA NOSSA
AO PORTUGUÊS LÍNGUA TAMBÉM NOSSA

ALINE BAZENGA*

Uma das mais velhas ilusões do homem é a de que uma língua deve ser exactamente igual para todos os que a falam. Babel foi uma contrariedade, os filhos não conseguem falar tão bem como os pais, a diversidade e a mudança contrariam a ordem natural.

IVO CASTRO[1]

Uma língua é como se chama. É o seu nome, sempre singular. É o português. Esta identidade, o que uma língua é – português – ou o que não é – francês, italiano ou espanhol – talvez nos conduza à ilusão de conceber um ideal de língua como uma realidade única e homogénea. A realidade é que, como afirma Calvet, "os nomes dos povos, os nomes dos lugares não pararam de variar, de acordo com as invasões ou alternâncias de poder"[2], cunhando a língua de uma identidade distintiva e ostensiva.

1. "Os fios com que se tece a identidade são imensos e variados", escreve Maria José Craveiro, no seu texto sobre *Emigrantes da Intempo-*

---

* Doutorada em Letras – Linguística Francesa. Professora Auxiliar da Universidade da Madeira. Investigadora do CLUL (Centro de Linguística da Universidade de Lisboa) – Equipa Dialectologia e Diacronia.

[1] Cf. M. Helena Mira Mateus (coord.), *Mais Línguas, Mais Europa: Celebrar a Diversidade Linguística e Cultural da Europa*, Lisboa, Colibri, 2001, pp. 23-24.

[2] Cf. Louis-Jean Calvet, *As Políticas Lingüísticas*, Florianópolis e São Paulo, Ipol/ Parábola, 2007.

ralidade[3], e uma língua são muitas línguas, ou variedades diferentes da mesma. A variação, propriedade inerente a qualquer língua, manifesta-se, enquanto atividade social, no espaço e no tempo.

No espaço, assente nas interações sociais dos seus falantes, conjuga-se em variedades linguísticas. Esta variação não é aleatória ou caótica. Apresenta-se, pelo contrário, organizada e condicionada por um conjunto de atitudes e de crenças partilhadas. Cada variedade identifica-se pelas suas variantes próprias compartilhadas, ou as suas normas de uso, realidades indissociáveis dos seus falantes. Uma língua "acolhe [pois] diferentes gramáticas, a que geralmente se chama variedades internas ou dialectos (...) gramáticas essas associadas a diferentes comunidades"[4].

É no presente que observamos esta diversidade. Mas ela também acontece no tempo. As línguas estão em permanente mudança, num fazer-se constante e nunca concluído, num percurso que avança "insensivelmente para o futuro", como afirma Ivo Castro[5]. A cada momento, por intervenção de fatores geográficos, sociais, culturais e históricos, uma língua tem do novo e do antigo. Nunca é outra completamente, nem de repente. Esta diversidade, que é sua, constitui-se assim como condição de mudança, ela própria geradora de variação, num ensaiar de novos padrões. O contacto linguístico entre variedades e/ou línguas distintas pode desencadear a mudança. A coexistência de duas formas, ou variantes linguísticas, pode manter-se estável durante um certo período, sem aparente mudança; ou as duas formas podem entrar em competição, da qual resulta a escolha de uma em detrimento de outra, ou de formas que combinam uma e outra. Variação, contacto e mudança linguísticas estão por isso interligadas.

Para além da heterogeneidade linguística, dinâmica, ordenada e da multiplicidade das suas variedades, inseparável dos falantes de uma língua, a existência de uma norma linguística cumpre a função de assegurar a

---

[3] *Machina Mundi*, n.º 2, Fevereiro 2011: http://www.clepul3machinamundi. org/?p=480.

[4] Cf. M. Helena Mira Mateus (coord.), *op. cit.*, pp. 27-34.

[5] Ivo Castro, "Diversidade Linguística", *in* M. Helena Mateus (coord.), *op. cit.*, p. 25.

Do português língua nossa ao português língua também nossa

unidade da língua, pois, como postulado em Mateus e Cardeira[6], "assim como a cultura de uma sociedade impõe padrões de comportamento, também impõe padrões linguísticos e uma comunidade linguística caracteriza [-se] pela partilha de um sistema supra-dialectal, uma norma-padrão". A norma padrão constitui um modelo ideal, sem existência real, e deve ser considerada como uma abstração, uma vez que não coincide totalmente com as variedades em uso. Construída pela história de uma língua, fator de identidade e de estabilidade social, encontra na neutralização de marcas dialetais um efeito unificador que deve ser fixado e transmitido: a sua passagem à escrita. Este processo envolve um complexo sistema de escolhas – gramaticais, lexicais e ortográficas – e o seu registo – dicionários, gramáticas, uma ortografia – ao serviço de um ideal de língua para todos.

2. As variedades geográficas do português constituíram-se num processo de mudança linguística. Entendemos este processo como um fenómeno que "afecta todas as suas línguas no seu porvir histórico", uma vez que, como referido por Maria Antónia Mota, "todo o sistema linguístico é constituído por subsistemas sujeitos a transformação, por vezes em conjunto com outros subsistemas, por vezes isoladamente"[7]. O português, resultado de séculos de contacto com o latim vulgar e com línguas de outros povos invasores, nasceu no noroeste da Península Ibérica. Emergiu, por volta do século IX, na sua primitiva forma de romance galego-português, numa comunidade linguística que incluía também a língua falada na Galiza. A língua escrita continuou a ser o latim e a primitiva produção escrita em português, de natureza notarial, data do século XIII. A partir da constituição do reino de Portugal, em 1143, esta língua cresce e avança para sul, até ao Algarve, estabelecendo-se e acompanhando as novas fronteiras para o reino. O repovoamento do sul do território reconquistado aos árabes e a situação de contacto linguístico com os falares moçárabes que dele resultou criaram condições para a transformação e mudança na língua. A norte e a sul, desenharam-se variedades distintas: as áreas dialetais setentrionais em que a mudança

---

[6] M. Helena Mira Mateus e Esperança Cardeira, *Norma e Variação*, Lisboa, Editorial Caminho, 2007.

[7] Maria Antónia Mota, "Línguas em Contacto", *in* Isabel Hub Faria *et al.* (orgs.), *Introdução à Linguística Geral e Portuguesa*, Lisboa, Caminho, cap. 11, pp. 505-33.

tinha levado, por exemplo, à perda da oposição etimológica entre /b/ e /v/ e as áreas meridionais em que esta oposição se manteve; do sul emergiram variantes inovadoras, como no caso da monotongação do ditongo [ej] em [e] em palavras como *ceifar* [sefar] e *feito* [fetu]. Estabelecidas as novas fronteiras, também a capital do reino se mudou para sul do Mondego, fixando-se em Lisboa. Esta mudança histórica iria determinar novos caminhos para a língua: o modelo unificador do português desloca-se para esta região e, a partir do século XVI, torna-se polo inspirador da sua norma culta, ponto de partida para a variedade padrão do português atual.

No período que se segue à Reconquista, a expansão da língua portuguesa prossegue mais para sul, além-mar. A partir do século XV, a língua conquistadora foi povoando ilhas e acolhida em sociedades distintas, em África, na Ásia e na América, numa descoberta que também passou pela perceção das diferenças linguísticas. As diferentes situações de contacto com outras línguas enriqueceram o português, tecendo-o de vários fios, que construíram as suas atuais variedades geográficas extraeuropeias brasileiras e africanas.

3. Do ponto de vista linguístico, as variedades atuais do português abrangem realidades distintas. Historicamente, as variedades portuguesa e brasileira tiveram uma evolução separada a partir do século XVI, cada uma com os seus próprios mapas dialetal e socioletal. Distanciando-se uma da outra a partir do século XIX, integram hoje contrastes, com graus de saliência diversos, em todos os planos da língua enquanto sistema (lexical, fonológico, morfológico, sintático e pragmático). Algumas inovações ocorridas na variedade normativa do português europeu no século XIX, como a mudança da vogal tónica [e] para [ɐ] quando seguida de consoante palatal, em palavras como *lenha* e *coelho*, não foram seguidas no português brasileiro, aproximando esta variedade de outras do português europeu, que mantêm a variante conservadora em [e]. No século XIX, uma outra inovação dá origem à variante normativa do uso do artigo em sintagmas nominais possessivos (*o meu pai*). No Brasil – e também nas variedades insulares do português, de maneira mais acentuada, e noutras das suas variedades peninsulares, mas com menor difusão – manteve-se a variante conservadora, sem artigo (*meu pai*). De entre muitos aspectos inovadores do português brasileiro, e inexistentes na variedade europeia, são de salientar, por exemplo, a palatalização das consoantes oclusivas /t/

Do português língua nossa ao português língua também nossa

e /d/ quando seguidas da vogal [i] ou da semivogal [j], em algumas das suas variedades, em palavras como *tia* [ˈtʃiɐ], *Tiago* [tʃiˈagu] e *pente* [ˈpẽtʃi], cuja vogal final é realizada como [i], bem como a vocalização da consoante [ɫ] em [w] em final de sílaba (*total* e *salgado*, pronunciadas *tota*[w] e *sa*[w]*gado*, respetivamente). Ao nível da sintaxe, registe-se, entre outros fenómenos, os usos de *ter* como verbo existencial (*tem muita gente na sala*), os usos do pronome sujeito, a preferência pela terceira pessoa (*você, a gente*) em detrimento da segunda (*tu*) com reflexos nos paradigmas de flexão verbal e a preferência pela próclise (*ele me viu*) no que diz respeito à colocação dos clíticos objeto.

No âmbito do português europeu, as variedades insulares, também elas afastadas do contacto com as variedades peninsulares, desenvolveram traços linguísticos próprios. Deles fazem parte a manutenção de traços conservadores nas suas variedades populares, como no caso da variante nasal [õ] nas finais verbais de terceira pessoa do plural (*comeram* [kumerõ]) – também atestada em variedades peninsulares setentrionais – e que correspondem a uma fase da língua na qual ainda não tinha ocorrido a ditongação em [ɐ̃w̃], variante que viria a ser integrada na norma do português apenas no século XVI. Ostentam, também, aspectos inovadores, tal como a mudança manifesta na ditongação das vogais altas acentuadas /i/ e /u/, em palavras como *aqui* e *rua*, pronunciadas [ɐˈkɐj] e [ˈʁɐwɐ], respetivamente.

Nas atuais condições históricas, as variedades africanas do português estão ainda em formação, em contexto de contacto linguístico com as línguas africanas do grupo banto. Estas variedades, ainda instáveis, evidenciam já algumas direções de mudança. Apresentando na sua gramática algumas divergências relativamente ao padrão europeu, singularidades que resultam, de acordo com Perpétua Gonçalves[8], do "processo de aprendizagem do Português por falantes com línguas maternas banto", em contextos em que há pouca ou nenhuma oferta linguística de acordo com a norma europeia, podendo ser designadas por variedades de segunda língua, variedades de interlíngua ou até mesmo variedades institucionalizadas. Os desvios a esta norma não são produzidos conscientemente por uma comunidade de falantes que quer construir a sua identidade linguística

---

[8] Perpétua Gonçalves e Christopher Stroud (org.), *Panorama do Português Oral de Maputo*, vol. II, "A Construção de um Banco de «Erros»", Moçambique, INDE, 1997.

nacional – para além daquela que as diversas línguas banto facultam – mas resultam em geral da falta de exposição à norma de referência, que poderia permitir a convergência com a língua-alvo.

O léxico está também em permanente renovação, com ganhos e perdas de palavras, com outras ainda a gerarem novos sentidos. No português, a herança lexical latina incorporou, no início da sua formação, os contributos de povos colonizadores – germânico (nomes como *guerra, luva, roupa*) e árabes (*alcatifa, arroz, açúcar, atum, armazém, aldeia*). Mais tarde, na sua expansão marítima, os contactos com as línguas do outro, em espaços distintos, enriqueceram a língua portuguesa e as suas variedades e novos itens foram introduzidos: empréstimos das línguas ameríndias (*canoa, amendoim, tapioca, mandioca, goiaba, pitanga*), africanas (*banana, berimbau, cachimbo, cubata*), asiáticas (*leque, bengala, azul, bambu, chá, chávena, xaile*). Em diversos momentos da sua história, provenientes de outras línguas europeias de cultura e de prestígio, outros empréstimos foram importados e integrados: galicismos (do francês, *monge, jóia, blusa, soutien, envelope*), italianismos (do italiano, *soneto, aguarela, bússola, piano, violoncelo*), anglicismos (do inglês, *pudim, bife, lanche, futebol, andebol, penalti*). Sensível à passagem do tempo e às necessidades de comunicação dos falantes, o léxico do português, tem acolhido novas entradas lexicais. Pelo caminho, ficaram esquecidas palavras, caídas em desuso, ou arrumadas em arcaísmos (como no caso de *antanho*, que significava 'no ano passado'), ou remetidas para usos dialetais (*saltarico,* que significa 'gafanhoto' no dialeto de Lisboa).

4. O processo de edificação de uma norma para uma língua, a sua codificação institucional, ocorre em determinadas circunstâncias históricas e culturais, sob o impulso preponderante das elites intelectuais. No âmbito da língua portuguesa, este processo de fixação do português e a construção de uma norma gramatical, lexical e ortográfica situa-se no século XIII, com o decreto que estipula o português como língua oficial do reino de Portugal pelo rei D. Dinis, em 1290. Quase dois séculos depois surgem as primeiras reflexões metalinguísticas sobre o português e o início da sua normalização explícita, com as publicações das primeiras gramáticas normativas, a *Grammatica da Lingoagem Portuguesa* por Fernão de Oliveira, em 1536, e a *Gramática da Língua Portuguesa* por João de Barros, em 1540, o estudo pioneiro de ortografia, a *Orthographia da Lingoa Portuguesa* de Duarte Nunes de Leão, em 1576, os primeiros dicionários, como *Dicionário Lusitânico-Latino*, de 1562, de

Jerónimo Cardoso e, mais tarde, o *Tesouro da Língua Portuguesa* de Bento Pereira, em 1647.

A língua adquire assim uma fixidez que a faz parecer mais eterna do que de facto é. Tal como as variedades reais da língua, as variedades faladas, geográficas e sociais, que mudam ao longo do tempo, assim também a norma vai evoluindo com o tempo, e o sistema de referências, feito de crenças e de valores sobre o qual é construída, sofre mudanças. A mudança do gosto linguístico, ou a mudança nos juízos avaliativos sobre determinados aspetos lexicais e estruturais da língua, reflete-se nos modelos normativos que se sucedem no tempo. Formas prestigiadas numa determinada época deixaram de o ser numa outra. Variantes dialetais de hoje, em variedades do norte de Portugal, tal como a distinção entre fricativa palatal [ʃ] e a africada [tʃ] e a sua correspondente distinção gráfica, <x> de *xaile* e <ch> de *chegar*, respetivamente, foram variantes normativas no português antigo. Deixaram de o ser quando a inovação ocorrida nas variedades do sul, no sentido da neutralização desta oposição em favor do uso fricativa [ʃ], passou a variante de prestígio no século XIX, integrando desde então a norma do português europeu.

Uma tradição nas atitudes dos falantes em relação à sua língua consiste em identificar a variedade normativa como sendo a gramática, excluindo a pluralidade de gramáticas faladas que a própria língua encerra e conduzindo a uma outra crença frequente: o encontro entre norma e língua, fazendo-as coincidir. Ao ver na norma a natureza da própria língua, esta passa a ser concebida como uma entidade homogénea, bela e pura na sua normalidade, sem irregularidades, e todo o uso que se desvia do traçado regular e normativo é, por conseguinte, estigmatizado.

5. Dada a situação histórica do Brasil independente no final do século XIX e a construção da sua identidade nacional e cultural, o português, escolhido como língua nacional, transformou-se e, num esforço dirigido para legitimar a fala brasileira, emergiu uma norma não coincidente com a do Português Europeu, dando origem a um "complexo diassistema, com mais de uma norma-padrão"[9]. Situação semelhante, mas não totalmente idêntica, ocorrera por volta do século XIV na Península Ibérica, momento em que se começava a observar a distinção entre o galego e o

---

[9] Cf. M. Helena Mira Mateus e Esperança Cardeira, *Norma e Variação*, Lisboa, Editorial Caminho, 2007.

60 Ensaios Lusófonos

português. Atualmente, "língua pluricêntrica"[10], com os seus dois polos irradiadores de variedades nacionais, poderá no futuro ver alargado este número com o aumento de falantes de português como língua materna nos países de língua oficial portuguesa.

Esta situação não conduz à delimitação de duas entidades consideradas como duas línguas diferentes, pois não há, como afirma Maria Helena Mira Mateus[11], "como provar que as diferenças inventariadas entre duas formas de falar próximas obrigam a que essas formas de falar passem a ser consideradas como duas línguas distintas".

Se falar português é saber conviver, partilhar afinidades – transversais às variedades geográficas, sociais e normativas, a cada momento, e sabendo que o tempo as transforma, então quais os contornos do tecido identitário? Em rigor, não há na língua que falamos algo que nos diz que o que eu falo não é português, ou deixou de o ser. Em última análise, "o termo "Português", que cobre as variedades sociolectais, dialectais e nacionais que convivem em Portugal e no Brasil, deve ser entendido como importante instrumento de coesão entre povos e como afirmação política e económica num contexto envolvente transnacional[12], e o motivo por que se fala português no Rio de Janeiro é o mesmo motivo por que se fala português em Elvas e não se fala em Badajoz, e a geografia de uma língua reflecte a geografia política e humana"[13] das nações que a falam.

O português falado em Portugal, no Brasil, em África e na Ásia pode continuar a ser sentido como uma única língua enquanto houver vontade política dirigida para a promoção dessa unidade, no quadro conceptual da Lusofonia. Ultrapassaria, assim, o "mero estatuto de repositório de variantes", no dizer de Eduardo Paiva Raposo, reencontrando "a sua dimensão qualitativa [que] pertence, mais do que ao domínio linguístico, ao domínio da história, da cultura e, em última instância, da política"[14].

---

[10] Michael Clyne (ed.), *Pluricentric Languages: Differing norms in Different Countries*, Berlin/New York, Mouton de Gruyter, 1992.

[11] M. Helena Mira Mateus *et al.*, *Gramática da Língua Portuguesa*, Lisboa, Caminho, 2003.

[12] M. Helena Mira Mateus, "A propósito de uma política de língua", *in* Dulce Carvalho, Dionísio Vila Maior & Rui de Azevedo Teixeira (eds.), *Des(a)fiando Discursos. Homenagem a Maria Emília Ricardo Marques*, Lisboa, Universidade Aberta, 2005, p. 472.

[13] *História da Língua Portuguesa em Linha*, Instituto Camões: http://cvc.instituto--camoes.pt/hlp/brevesum/porque.html.

[14] Eduardo Paiva Raposo, "Algumas observações sobre a noção de 'língua portuguesa'", *Boletim de Filologia*, 29, 1984, p. 592.

Do português língua nossa ao português língua também nossa

A entrada em vigor do Acordo Ortográfico de 1990 criou uma ortografia comum para a língua portuguesa, diminuindo 98% das divergências ortográficas entre o português brasileiro e o português euro-africano-asiático. Este acordo resulta de uma mudança na perceção das realidades da língua comum, que se expressa na vontade política de promover o equilíbrio entre as variedades do português, anulando as ilusões de superioridade e de perfeição de cada uma, e à aspiração da sua separação em línguas distintas. A vontade política de convergência está também patente nas características inovadoras do Acordo Ortográfico, que rompe com as tradições ortográficas tanto no Brasil como em Portugal, ao contemplar a expressão gráfica de variantes fonéticas "introduzindo assim um princípio de diversidade controlada", como afirma Ivo Castro, que acrescenta: "o português passa a ter uma única ortografia oficial, com variação regional ou nacional, exactamente como acontece com a língua inglesa, dos dois lados do Atlântico"[15].

A língua portuguesa, em que falamos uns e outros, num espaço pluricontinental, é já um português-outro do que foi, quando se levantou no Noroeste da Península Ibérica. Pelo caminho percorrido, cresceu e tem-se acrescentado. Gerou novos léxicos e novas gramáticas, alargou-se em sentidos, na expressão de culturas diversas, tornando-se mais rico, mais dinâmico. Uma língua cresce através da dinâmica da sua diversidade, no sentido de engrandecer-se e prosperar. É também pela diversidade do português, das suas variedades atuais que nos é possível reconstruir os caminhos do seu crescimento. A diversidade, enquanto fonte de conhecimento, é, portanto, um património, uma riqueza, uma vez que se constitui em "dispositivos memoriais"[16] da língua.

Pela vontade dos seus falantes e daqueles que os governam, esta língua – o português – poderá perdurar no tempo, imensa, plena e pujante, na sua crescente complexidade: ao celebrarem a sua memória, com ela apreenderem o próximo e o diferente e a transformarem em desafio de se tornarem unos.

---

[15] Ivo Castro, "A Internacionalização da Língua Portuguesa", comunicação apresentada no Colóquio *A Internacionalização da Língua Portuguesa*, Associação Sindical dos Diplomatas Portugueses, Lisboa, 16.06.2009, pp. 4-5.

[16] José Manuel Sobral, "Memória e Identidade Nacional: considerações de carácter geral e o caso português", Working Papers, Instituto de Ciências Sociais, Universidade de Lisboa, 2006.

O CONTRIBUTO DOS RELIGIOSOS PARA A CONSTRUÇÃO DA NOSSA LÍNGUA E DA LUSOFONIA

FERNANDO CRISTÓVÃO

Situa-se esta comunicação na área da cultura, com a preocupação maior de, na perspetiva da construção da Lusofonia, revelar o contributo dos religiosos para a ilustração, defesa, diálogo da Língua Portuguesa com outras línguas e cultura.

A área que escolhi não foi a da Literatura, em que o contributo das Ordens é notabilíssimo, já razoavelmente estudado, mas mais o da Linguística, pouco conhecido, injustamente menorizado, quando, afinal, se não fosse a capacidade da nossa língua passar a ser também a língua de outros povos e culturas nem seria possível a Lusofonia, mesmo que outros povos e culturas fora da Lusofonia a tivessem como seu património também alargado, ampliando o nosso relacionamento e o contributo universalista, ecuménico como explicou Agostinho da Silva.

Desde que, no século XIX, os projetos expansionistas saídos das Conferências de Berlim encorajaram algumas nações europeias "mais ativas, mais fortes e inteligentes", segundo os critérios racistas de Gobineau, a ocuparem e recolonizarem as colónias, sobretudo africanas, de outros países, "incapazes" de as rentabilizarem para a civilização e a economia, que esses outros países também se começavam a organizar em blocos, para se defenderem.

Tais alianças, provocadas especialmente por essa partilha de África, estruturam-se segundo o uso de uma língua comum, de um e outro lado, colocaram frente a frente a Commonwelth e a língua inglesa, a francofonia, o grupo hispano-americano, a Lusofonia e os outros países.

Apesar deste objetivo primordial de defesa, sobretudo de valores culturais e políticos, a própria Lusofonia teve também de enfrentar um debate interno sobre se não estaria a repetir a mesma vontade de domínio, uma vez que, perdidas as colónias, algo se recuperasse pela via linguística e cultural.

Até porque desde Camões, Vieira e Fernando Pessoa que o sonho de um Quinto Império, embora de natureza diversa, era sempre sujeito de ser projeto.

O desmentido começou em Pessoa, explicando tratar-se de "domínio" cultural, e continuando nos nossos dias com o abandono da fórmula "Quinto Império", dado basear-se na utilização livre de uma língua tornada comum e louvada nas suas variedades nacionais, para além do triunfo de um outro conceito, o de aliança cultural, preconizado, em especial, no passado pelo brasileiro Sílvio Romero, e no presente por Agostinho da Silva, além de outros representantes dos vários países que foram colónias portuguesas.

Lusofonia é, pois, um processo de defesa em relação a essas hegemonias e, sobretudo, uma aliança para a valorização dos países e regiões que a ela pertencem.

Porque os lusófonos têm algo em comum que importa defender: no passado, a sua integridade territorial, no presente, um conjunto de valores diferentes dos outros.

Não sem razão, em 1940, Gilberto Freire alertou para o facto de sermos *Uma Cultura Ameaçada: a Luso-Brasileira*[1], ameaça essa protagonizada primeiro pelo ideal ariano, que não tolerava a cultura miscigenada que somos, depois pela teoria e prática da Negritude e, por fim, por um certo tipo de marxismo avesso à conciliação e ao diálogo, reinterpretando a luta de raças como homóloga da luta de classes.

Oposições essas que, sem desaparecerem completamente, se foram ultrapassando.

Deste modo, podemos identificar a Lusofonia como uma organização de nações e regiões de povos pertencentes a diversas raças e culturas, mas livremente unidos pelo uso de uma língua comum como língua materna, ou oficial, ou de património. E, em consequência, instrumento de diálogo multicultural e de partilha de valores, quer os de uma vivência colonial de séculos, quer os novos que se vão afirmando, numa circularidade que se deseja cada vez maior.

Nesta perspetiva, e ainda antes de propor uma visão orgânica dessa multilateralidade, parece conveniente observar em que tipo de cultura se iniciou esse diálogo da língua e como foi ela entendida e recebida.

---

[1] Gilberto Freyre, *Uma Cultura Ameaçada: a Luso-Brasileira*, Recife, G.P.L., 1980.

O Contributo dos Religiosos para a Construção da nossa Língua e da Lusofonia 65

Segundo o antropólogo Jorge Dias, "a cultura portuguesa tem carácter essencialmente expansivo, determinado em parte por uma situação geográfica que lhe conferiu a missão de estreitar os laços entre os continentes e os homens (...). O português é, sobretudo, profundamente humano, sensível, amoroso e bondoso, sem ser fraco. Não gosta de fazer sofrer e evita conflitos, mas ferido no seu orgulho pode ser violento e cruel. A religiosidade apresenta o mesmo fundo humano peculiar ao português. Não tem carácter abstrato, místico ou trágico próprio da espanhola, mas possui uma forte crença no milagre e nas soluções milagrosas.

Há no português uma enorme capacidade de adaptação a todas as coisas, ideias e seres, sem que isso implique perda de carácter"[2].

Indo ainda mais longe, Agostinho da Silva, em visão ecuménica, definiu a axiologia portuguesa como convergência de três vetores: o da predestinação e missão de Portugal em relação ao mundo, do papel mediador e dinamizador da língua portuguesa e o de caráter ecuménico desse empreendimento inspirado pelo Espírito Santo, na visão de Joachim de Fiore[3].

Dessa abertura ao mundo, também o indiano Mons. Dalgado testemunha: "Os apelidos portugueses que ressoam por toda a Índia atestam eloquentemente a sua passagem luminosa que, embora efémera em várias partes, exerceu, todavia, poderosa influência e deixou vestígios em todo o Oriente (...) os portugueses adaptaram-se ao ambiente em que viviam: faziam-se índios com os índios, chineses com chineses, japões com japões, naires com os naires, brâmanes com os brâmanes"[4].

E com grande autoridade e independência, o do implacável historiador da nossa expansão ultramarina, Charles Boxer, que, embora assinalando também entre nós práticas racistas, não deixou de afirmar: "can truthfully be said is that, in this respect, they were more liberal in pratice than were their Dutch, English and French sucessors"[5].

Quanto à maneira como a língua foi recebida e aceita pelos povos e constituições políticas dos vários países lusófonos, assim se exprime, pelo Brasil, Celso Cunha: "chega-se a essa evidência de que para a geração

---

[2] Jorge Dias, *Os Elementos Fundamentais da Cultura Portuguesa*, Lisboa, INCM, 1985.

[3] G. B. Agostinho da Silva, *Reflexões, Aforismos e Paradoxos*, n.º 5.

[4] Mons. Sebastião Dalgado, *Glossário Luso-Asiático*, Hamburg, Buske, 1982, XIV.

[5] Charles Boxer, *Four Centuries of Portuguese Expansion 1415-1825*, Succint Survey.

atual de brasileiros, cabo verdianos, angolanos, etc. o português é uma língua tão própria, exatamente tão própria como para os portugueses (…). É essa unidade superior da língua portuguesa dentro da sua natural diversidade que nos cabe preservar como fator interno de uma unidade nacional do Brasil e Portugal e como elo mais forte da comunidade luso-brasileira"[6].

Por Cabo Verde e outros países africanos, responde Manuel Ferreira: "partiram do princípio de que a língua é um facto cultural, e os factos culturais começam por pertencer por quem os produz, é certo, mas a partir daí deixam de ter dono: são de quem os quiser ou tiver necessidade de os utilizar. Reapropriam-se da língua portuguesa como se deles fosse. Assumiram-na com toda a dignidade e naturalidade (…). A língua portuguesa deixa de ser, portanto, de Portugal, para ser de todos os países. Do Brasil, de Galiza, de Timor Leste, de toda a parte de onde ela se fala como expressão numérica e social"[7].

Ainda o testemunho do moçambicano Mia Couto: "o português vai--se deslocando do espartilho da oficialidade para as zonas mais íntimas (…). Em Moçambique, como aliás em Angola, Cabo Verde, São Tomé e Guiné Bissau existe uma relação descomplexada com a língua portuguesa. Essa atitude não é comum em certos países africanos relativamente a suas línguas oficiais. Os povos das ex-colónias portuguesas assaltaram o português, fizeram do idioma estrangeiro algo que vai sendo cada vez mais de sua propriedade"[8].

Testemunhos semelhantes podíamos acrescentar de outras nações e regiões lusófonas como a Galiza, Macau, Goa…

Tomando em conta esses dados, podemos entender a Lusofonia como uma aliança estruturada, cultural e politicamente, de oito nações independentes e de várias regiões de outros países que, a títulos diferentes, se consideram como pertencendo à mesma família, simbolizada por um gráfico de três círculos concêntricos, de amplitude e intensidade diversas, conforme o exprimimos no *Dicionário Temático da Lusofonia*[9].

---

[6] Celso Cunha, *Uma Política do Idioma*, Rio, Liv. São José, 1964, pp. 33-34.

[7] Manuel Ferreira, *Que Futuro para a Língua Portuguesa em África?*, Linda-a--Velha, Alac, 1988, pp. 77-78.

[8] Mia Couto, *Revista Icalp*, Lisboa, Set. 1989, p. 274.

[9] Fernando Cristóvão (dir. e coord.) *Dicionário Temático da Lusofonia*, Lisboa, Texto Editores, pp. 654-655.

O Contributo dos Religiosos para a Construção da nossa Língua e da Lusofonia 67

Ao primeiro círculo, o do núcleo duro, pertencem os oito países lusófonos, ou seja, Portugal e os que foram suas antigas colónias bem como as regiões que falaram ou falam a língua comum e cultivam um relacionamento especial com os países lusófonos: Galiza, Goa, Macau... Nelas se fala ou falou português, suas variantes ou crioulos, e connosco partilham algum património cultural.

Ao segundo pertencem, como património de todos, as línguas e culturas de cada um num esforço conjunto de solidariedades que se vão estreitando, desde o cultural, ao político, económico, religioso, etc.

Ao terceiro pertencem as instituições e grupos de pessoas de outros países não lusófonos mas que mantêm com eles relações culturais especiais, na medida em que se interessam e entendem a nossa língua, literaturas, etc. São sobretudo investigadores, professores, empresários, religiosos, eruditos, etc.

É pois esta a Lusofonia real que estamos a construir e que os religiosos, melhor que outros, porque têm espírito de missão como norma de vida, promovem a língua comum e o intercâmbio de valores. Se a língua é veículo privilegiado de transmissão da fé, também a fé é instrumento de difusão, fixação e enraizamento da mesma língua.

Valores esses e atitudes que a língua de evangelização comunica à volta de conceções e atitudes relativas a Deus, ao Homem, à Sociedade, entendidos sobre um fundo cristão e de diálogo étnico que repelem todas as formas de racismo, elegendo a tolerância, a cordialidade, a concertação, a solidariedade como entendimento seu do Humanismo. Também por isso os religiosos, especialmente os das principais Ordens dedicadas ao ensino e à cultura, procuraram contribuir para a construção da "pátria da língua", um espaço de comunicação que facilita a apreensão desses valores.

Iremos, por isso, apresentar uma amostragem significativa de obras e autores das diversas ordens referentes ao ensino, difusão e intercâmbio da nossa língua, proporcionada aos objetivos deste fórum. Listagem necessariamente limitada, também por abranger só algumas ordens e congregações, numa pesquisa a alargar ao maior número possível.

Amostragem esta muito apoiada na inventariação e confirmação, pelas indispensáveis obras bibliográficas de Diogo Barbosa Machado da sua *Biblioteca Lusitana*[10] e de Inocêncio Silva no *Dicionário Bibliográ-*

---

[10] Diogo Barbosa Machado, *Bibliotheca Lusitana historica, critica e cronologica...*, Lisboa Occidental, na Officina de Antonio Isidoro da Fonseca, 1741-1759.

fico Português[11]. Ainda que correndo, apesar de tudo, o risco certo de omissões e alguns eventuais erros, não deixaremos de registar já aqui, a nossa homenagem a esses benfeitores da Língua e Cultura portuguesas, muitos deles ignorados ou silenciados pelas diversas purgas ideológicas que entre nós se têm verificado, especialmente em 1759, 1834, 1910, e também pela progressiva mentalidade laicizante que não gosta do contraste com o grandioso património de caráter religioso acumulado ao longo de séculos.

A língua portuguesa sempre foi cultivada e divulgada com maior empenho pelas diversas Ordens, especialmente pelas que se empenhavam mais no ensino e suas fórmulas privilegiadas e no estudo e divulgação da leitura. Desse modo, a edição de cartilhas para ensinar a ler, frequentemente ligadas a catecismos ou dicionários, gramáticas e guias de conversação.

Assim, foram estabelecendo também formas de entendimento e intercâmbio com outros povos e culturas, que possibilitavam o vaivém da comunicação e do conhecimento da língua e cultura do outro, como no Brasil, África, China, Japão... permitindo a mais fácil troca de ideias e de bens.

O ensino da língua em Portugal

Consideremos pois, em primeiro lugar, essa atividade em Portugal.

Desde os primeiros tempos da nossa nacionalidade episcopal, como nos Conventos e Abadias, que, no final do século XVIII, foram criados os Estudos Gerais, em que o Abade do Mosteiro de Alcobaça desempenhou importante papel, prosseguindo essa ação com grande intensidade, desde o século XVI, por iniciativa da Companhia de Jesus, até à criação da Universidade de Évora[12].

A expulsão dos jesuítas por Pombal, em 1759, e a criação do que passou a ser a escola pública vieram quebrar essa tradição, fazendo coincidir uma mudança grande de rumo, com uma modernidade cada vez mais reclamada, a que não estavam, aliás, alheios os religiosos, como

---

[11] Inocêncio Francisco da Silva, *Diccionario Bibliographico Portuguez: estudos applicaveis a Portugal e ao Brasil*, Lisboa, Imprensa Nacional, 1858.

[12] Luís Machado de Abreu e José Eduardo Franco, *Ordens e Congregações Religiosas no Contexto da Primeira República*, Lisboa, Gradiva, 2010, p. 31.

O Contributo dos Religiosos para a Construção da nossa Língua e da Lusofonia 69

o demonstram a atividade e propostas, por exemplo do Oratoriano Luís António Verney que, entre outras obras, apelava a uma renovação tão nova que, algumas delas, só hoje foram introduzidas no novo acordo ortográfico.

Nesta comunicação, e na expectativa da construção da Lusofonia, consideremos apenas o contributo dado pelos religiosos, não mencionando o do clero diocesano que será, posteriormente, também objeto de atenção.

Mas antes, permita-se-me que refira como nossos grandes expoentes culturais que, indiretamente, chamaram a atenção do mundo culto para a nova língua e da nossa cultura: o jesuíta António Vieira e o dominicano Francisco Foreiro.

António Vieira, "Imperador da língua portuguesa" como lhe chamou Pessoa, arrastou consigo um verdadeiro plebiscito nacional sobre a validade e beleza da nossa língua e cultura, e o dominicano Francisco Foreiro, grande teólogo e poliglota clássico, geralmente desconhecido, mesmo das pessoas cultas ou até dos clérigos que todos os dias se servem de "manuais" de oração ou de instrução quotidiana, não reconhecendo o seu autor.

O primeiro elogiou Pessoa na *Mensagem*, num poema dos "Avisos", intitulado precisamente "António Vieira", evocando-o em conjunto com "El-Rei D. Sebastião", desejando o seu regresso:

O Céu strella o azul e terra grandeza
Este, que teve a fama e à glória tem,
Imperador da língua portuguesa
Foi-nos um céu também.[13]

Nesta matéria, Vieira, nos seus *Sermões*, deu-nos um conselho para o estilo de os pregar, no "Sermão da Sexagésima", de 1655:

O mais antigo pregador que houve no Mundo foi o céu. *Caeli enarrant gloriam Dei et Opera manuum eijus annuntiat firmamentum* – Diz David. Suposto que o céu é pregador deve de ter *Sermões* e deve de ter *palavras*. Sim, tem, diz o mesmo David, tem palavras e tem sermões; e mais, muito bem ouvidos. *Non sunt loquellae, nec sermones, quorum non audiantur voces eorum.* E quais são estes sermões e estas palavras do céu? – As palavras são as estrelas, os sermões são a composição, a ordem, a

---

[13] Fernando Pessoa, *Mensagem*, Rio de Janeiro, José Aguilar, 1960.

harmonia e o curso delas (...) Aprendamos do céu o estilo da disposição e também o das palavras.[14]

Quanto a Frei Francisco Foreiro, conta Diogo Barbosa Machado que dentre os famosos teólogos enviados por D. Sebastião ao Concílio de Trento, Frei Francisco "manifestou, com eterna glória do seu nome e imortal crédito deste reino, o tesouro de que era depósito a sua profunda capacidade".

Também lembrou que, em certa vez, em que ia pregar aos cardeais mandou perguntar "em que idioma ordenavam pregasse, do que nasceu universal espanto em tão nobilíssimo auditório".

Colaborou na elaboração de obras fundamentais como: *Index Librorum Proibitorum, Cathecismus ex Decreto Consilii Tridentini ad Parochos, Missale et Breviarum Romanum...*[15].

Principais Gramáticas, Dicionários, Poéticas

1. Naturalmente que deveremos começar pela *Gramática da Lingoagem Portuguesa*, do antigo dominicano Padre Fernão de Oliveira, publicada em 1536, em Lisboa, iniciando-se aqui, com ele, uma seriação por ordem cronológica. Nessa gramática declarou o propósito que, implícita ou explicitamente, enforma todas as gramáticas:

> O estado da fortuna pode conceder ou tirar favor aos estudos liberais, e esses estudos fazem mais durar a glória da terra em que florescem. Porque Grécia e Roma só por isto ainda vivem, porque, quando senhoreavam o Mundo mandaram todas as gentes a eles sujeitos aprender suas línguas e em elas escreviam muitas boas doutrinas e não somente o que entendiam escreviam nelas, mas também trasladavam para elas todo o bom que liam em outras. E desta feição nos obrigaram a que ainda agora trabalhemos em aprender e apurar o seu, esquecendo-nos do nosso. Não façamos assim, mas tornemos sobre nós agora que é tempo e somos senhores, porque melhor é que ensinemos a Guiné que sejamos ensinados de Roma, ainda que ela agora tivera toda sua valia e preço.

---

[14] Padre António Vieira, *Sermões II*, Lisboa, Sá da Costa, 1954, p. 224.

[15] Diogo Barbosa Machado, *Biblioteca Lusitana*, Tomo II, Coimbra, Atlântida, 1966, pp. 149-152.

O Contributo dos Religiosos para a Construção da nossa Língua e da Lusofonia 71

E não desconfiemos da nossa língua, porque os homens fazem a língua, e não a língua os homens.[16]

2. Padre Bento Pereira (Jesuíta)
(Inocêncio I, 352)

- *Prosodium in Vocabularium Trilingue Latinum, Lusitanicum, et Castellanicum Digesta*, 1643.
- *Thesouro da Língoa Portuguesa*, 1646.
- *Florilégio dos Modos de Falar e Adágios da Língua Portuguesa*, 1655.
- *Regras, Gerais, Breves e Compreensivas da Língua Latina e Portuguesa para Ajudar á Prosódia*, 1666.

3. Frei Domingos Vieira (Eremita descalço de Santo Agostinho)

- *Dicionário da Língua Portuguesa*, 1711. (póstumo).

4. Padre João Morais de Feijó (Jesuíta)

- *Orthographia, ou arte de escrever, e pronunciar com acerto a lingua portugueza para uso do excellentissimo Duque de Lafoens*, 1734.

5. Frei João de Sousa (Franciscano)

- *Vestígios da Língua Arábica em Portugal*, 1789
- *Compêndio de Gramática Asiática*, 1795.

6. Rafael Bluteau (Teatino)

- *Vocabulario Portuguez e Latino, aulico, anatomico, architectonico, bellico (...), etymologico, economico, etc., autorizado com exemplos dos melhores escritores portugueses, e latinos...*, 1721.

Ao todo, 57 matérias são enunciadas no título desta obra monumental de oito volumes.

---

[16] Maria Leonor Carvalhão Buescu, *A Gramática da Linguagem Portuguesa de Fernão de Oliveira*, Lisboa, INCM, 1975, pp. 42-43.

Dele diz Inocêncio:

> Foi o Padre Bluteau homem verdadeiramente sábio e erudito à moda do seu tempo: mais ou menos versado em todo o género de estudos, merecem-lhe particular predileção o das línguas mortas e vivas. Falava expedita e desembaraçadamente a inglesa, a francesa, a italiana, portuguesa, castelhana, latina e grega; e em qualquer delas compunha com grande facilidade, tendo aprofundado o conhecimento das gramáticas de todas. Os portugueses lhe devem eterna gratidão por lhes dar um Dicionário que não tinham, e de que tanto necessitavam, abalaçando-se e conseguindo ele só com o próprio esforço e estudo o que as Academias não puderam vencer antes, nem depois![17]

7. Padre Luís António Verney (Oratoriano)

- *Verdadeiro Método de Estudar: para ser útil à Republica, e à Igreja: proporcionado ao estilo, e necessidade de Portugal*, 1746.

Obra verdadeiramente revolucionária pela audácia inovadora e polémica, o que motivou outras, de uma atividade intensa, dela se aproveitando Pombal para as suas reformas, sem o mencionar. Vale também muito pelo testemunho de modernidade, em várias áreas, num tempo em que a Escola dos Religiosos era posta de parte, acusada de retrógrada.

De especial interesse para a perspetiva que estamos a considerar, não deixa de ser irónico que, no conjunto consagrado à ortografia, proponha simplificações de que só no atual acordo ortográfico se adotaram, tais como a supressão das consoantes mudas, mencionando ele, como exemplo, a emblemática palavra "ato", "palavra mui conveniente". Não conseguiu, porém, fazer valer outras propostas como a da supressão do "h", mesmo em inicial de palavras, como Homero.

8. Padre José Agostinho de Macedo (Eremita de Santo Agostinho)

- *Obras de Horacio Traduzidas em Verso Portuguez*, Lisboa, na Impressão Régia, 1806.

---

[17] Inocêncio F. da Silva, *Dicionário Bibliográfico Português*, Lisboa, INCM, 1973, vol. VII, p. 43.

O Contributo dos Religiosos para a Construção da nossa Língua e da Lusofonia 73

Para além de inúmeras odes, epicédios, sermões, panegíricos, cartas, pareceres, inúmeros escritos de caráter poético e político, Inocêncio registou como escritos seus trezentos e doze textos.

De temperamento extremamente violento que o obrigou a sair da Ordem, Lopes de Mendonça diz que ele teve a ambição de ser um Voltaire de sentido contrário, verdadeiro "vulcão de lava maldizente".

Durante a ocupação francesa resultante das Invasões napoleónicas, notabilizou-se também pelos ataques ao poder francês, ao filosofismo importado, à Maçonaria.

9. Frei Bernardo de Jesus Maria (Franciscano)

- *Grammatica Philosophica e Orthographia Racional da Lingua Portugueza...*, Lisboa, na Officina de Simão Thaddeo Ferreira, 1783.

10. Frei Joaquim de Santa Rosa Viterbo (Franciscano)

- *Elucidario das Palavras, Termos, e Frases, que em Portugal Antigamente se Usaram, e que Hoje Regularmente se Ignoram...*, Lisboa, na Officina de Simão Thaddeo Ferreira, 1798-1799, refundido depois de muitas críticas em:
- *Diccionário Portátil das Palavras, Termos e Frazes que em Portugal Antigamente se Usarão, e que Hoje Regularmente se I gnorão: resumido, correto e addicionado*, Coimbra, Real Imp. da Universidade, 1825. (Póstumo).

11. Padre José Inácio Roquete (Franciscano)

- *Catecismo da Diocese de Montpellier, traduzido do francês para por ele se ensinar a doutrina cristã à mocidade portuguesa e brasileira*, Paris, 1855.

Obra imposta como obrigatória nas escolas pelo governo, rejeitada pelos bispos portugueses, especialmente pela tendência regalista e pelo deficiente enquadramento litúrgico. Só no reinado de D. Miguel deixou de ser obrigatório nas escolas dando lugar aos catecismos das dioceses, especialmente ao "Catecismo do Patriarcado"[18].

---

[18] Fernando Cristóvão, "A Igreja Portuguesa e as Invasões Francesas: uma crise na Crise", *Brotéria*, Lisboa, Julho 2008, p. 56.

- *Alfabeto Portugues ou Novo Methodo para Aprender a Ler com Muita Facilidade a Letra Redonda e Manuscripta*, Paris, 1836.
- *Diccionário da Língua Portugueza de José da Fonseca: Feito inteiramente de novo e consideravelmente augmentado*, Paris, J.-P. Aillaud, Paris, 1850.
- *Gramática Elementar da Língua Francesa e Arte de Traduzir o Idioma Francês do Português, com Vocabulário Mui Completo de Idiotismos e Provérbios*, Paris, 1850 (?).
- *Gramática para Portugueses e Brasileiros que Desejam Aprender a Língua Franceza sem Esquecerem a Propriedade e o Giro da Sua...*, Paris, 1850.

12. Dom Jerónimo Contador de Argote (Teatino)

- *Regras da Lingua Portugueza, Espelho da Lingua Latina, ou Disposiçam para Facilitar o Ensino da Lingua Latina pelas Regras da Portugueza*, Lisboa Occidental, na Officina de Mathias Pereyra da Sylva e João Antunes Pedrozo, 1721.

13. Cardeal Saraiva (Francisco de São Luís) (Beneditino, Reformador e Reitor da Universidade, Bispo de Coimbra, Cardeal Patriarca de Lisboa, Deputado, Conselheiro de Estado, etc.). A sua obra estende-se por cento e vinte e três títulos manifestando uma notabilíssima erudição.

- *Ensaio Sobre Alguns Synonymos da Lingua Portugueza*, Lisboa, Typografia da Academia Real das Ciencias, 1821.
- *Glossario das Palavras e Frases da Lingua Franceza que por descuido, ignorância ou necessidade se têm introduzido na locução portugueza moderna; com o juízo crítico das que são adoptaveis nella*, Lisboa, na Typografia da Academia da R. das Sciencias, 1827.
- *Memória em que se Pretende Mostrar, que a Língua Portuguesa Não He Filha da Latina, nem esta foi em tempo algum a língua vulgar dos lusitanos*, Lisboa, na Typografia da Academia de Sciências de Lisboa, 1837.
- *Glossário dos Vocábulos da Língua Vulgar Portuguesa Derivados do Grego*, 1859.

14. Padre Francisco José Freire (Cândido Lusitano) (Oratoriano)

- *Diccionario Poetico*, Lisboa, Imp. Regia, 1820.

O Contributo dos Religiosos para a Construção da nossa Língua e da Lusofonia

- *Reflexões sobre a Língua Portuguesa*, Lisboa, Typ. Soc. Propagadora dos Conhecimentos Uteis, 1742.
- *Arte Poetica, ou regras da verdadeira poesia em geral e de todas as suas especies principaes*, Lisboa, na Officina de Francisco Luiz Ameno, 1748.
- *Methodo Breve e Facil para Estudar a Historia Portugueza: formado em humas taboas chronologicas e historicas dos reys, rainhas e principes de Portugal, filhos illegitimos, duques, duquezas de Bragança e seus filhos*, Lisboa, na Officina de Francisco Luiz Ameno, 1748.
- *Arte Poetica de Q. Horacio Flacco*, traduzida e ilustrada por Candido Lusitano, nova ed. Lisboa, Typ. Rollandiana, 1758.
- *Maximas sobre a Arte Oratória Extrahidas das Doutrinas dos Antigos Mestres e Illustradas*, Lisboa, na Officina Patriarcal de Francisco Luiz Ameno, 1759.
- *Diccionario Poetico para Uso dos que Principiao a Exercitar-se na Poesia Portugueza: obra igualmente util ao orador principiante*, Lisboa, na officina Patriarchal de Fracisco Luiz Ameno, 1765.

15. Padre Jerónimo Emiliano de Andrade (Franciscano)

- *Rudimentos da Grammatica Latina... accommodados ao uso das escolas: parte segunda da syntaxe*, Angra do Heroismo, Imp. de J. J. Soares, 1842.
- *Primeiros Elementos das Quatro Partes da Gramática Portuguesa Acomodados ao Uso das Escolas de Primeiras Letras*, 1849.
- *Elementos de Grammatica Portugueza, 10a ed. mais correta e augmentada*, Lisboa, M. A. Campos Junior, 1864.

Cartilhas, Cartinhas, Catecismos, Gramáticas Bilingues

Alguns exemplos destas obras de grande simplicidade indicam -nos que, logo desde o início, mesmo para autores não religiosos, ensinar a ler andava intimamente ligado ao ensinar a ser cristão.

Isto está bem claro na Cartilha de João de Barros, uma das primeiras: *Cartinha para Aprender a Ler... com os Preceitos e Mandamentos da Santa Madre Igreja e com os Mistérios da Missa e Responsóreos Dela,*

1539. Eram estes textos muito simples, algumas vezes acompanhados de gravuras que ajudavam os mais rudes a relacionar a palavra com o objeto.

Eram muitas vezes organizadas e publicadas pelos Párocos, como a *Cartilha Cristã, Extraída das Melhores Obras que Tratam Desta Matéria (...) é oferecida aos seus fregueses por um Pároco do Bispado de Aveiro*, obra anónima de 1849.

Mas a maior utilização destas formas acessíveis de ensinar aos simples a língua portuguesa e a doutrina cristã verificou-se nas antigas colónias, umas vezes só em português, outras em forma bilingue. Umas mandadas imprimir e distribuir por ordem d'El Rei, depois outras da iniciativa das diversas ordens, congregações e sociedades missionárias:

- *Cathecismo Pequeno da Doctrina e Instruçam que os Xpaãos Ham de Creer e Obrar Pera Conseguir a Benauenturança Eterna*, feito e copilado pollo reuerendissimo señor dom Dioguo Ortiz bispo de çepta..., Lixboa, per Valenti[m] Fernãdez alemã e Iohã Pedro Boõhomini de Cremona, 1504.
- *Cartilha que Contém Brevemente ho que Todo o Christão Deve Aprẽnder pera sua Salvaçam. A qual El-Rei Don Ioham Terceiro Deste Nome Nosso Senhor Mandou Imprimir ẽ Língua Tamul e Português cõ ha Declaraçam do Tamul, por Cima de Vermelho*, 1554.

Outros exemplos mais modernos de responsabilidade franciscana:

- *Cartilha ou Compendio da Doutrina Cristã*, por Antonio José de Mesquita Pimentel, 12.ª ed. Porto, Livraria Eda., Viúva Jacinto Silva, 1800.
- *Cartilha da Doutrina Christã*, por Antonio José de Mesquita Pimentel, Porto, J. Pereira da Silva. 1922.
- *Cartilha da Doutrina Cristã*, pelo Abade de Salamonde [Antonio José de Mesquita Pimentel], Pôrto, Typ. de A. Pereira Leite. 1866.
- *Cartilha da Doutrina Cristã em Português Mbundo*, por Ernesto Lecomte, 5.ª ed., (s.l., s.n.), 1936.
- *Cartilha Elementar de Leitura Mbundo-Português (4.ª ed. modificada) para a Primeira Classe dos Centros de Catequese das Missões Católicas*, pelo Padre Luís Keilig, Bailundo, Tipografia da Missão Católica, 1937.

O Contributo dos Religiosos para a Construção da nossa Língua e da Lusofonia 77

- *Cartilha Elementar de Leitura Cuanhama – Português*, para a primeira classe dos Centros de Catequese das Missões Católicas, também pelo Padre Luís Keiling, impressa na mesma Tipografia, em 1937.
- *Cartilha Elementar de Leitura em Português para os Centros de Catequese das Missões Católicas*, de Serafim Molar, da mesma editora, 1.ª ed. [S.l., s.n.], 1940.
- *Cartilha da Doutrina Cristã seguida de Várias Orações em Língua Ganguela (Luimbi) e Português*, pelo Padre José Maria Figueiredo, Congregação do Espírito Santo, Porto, 1948.
- *Cartilha da Doutrina Cristã em Português e Mbundu*, pelo Padre Ernesto Lecomte, 10.ª ed., Coimbra, Gráfica de Coimbra, 1955.
- *Cartilha da Doutrina Cristã em Português*, pelo Padre Ernesto Lecomte, 11.ª ed., Coimbra, Gráfica de Coimbra, 1962.

De notar: o número elevado de edições que algumas destas obras atingiu, das quais aqui se dão alguns exemplos.

O que quase todas estas cartilhas têm de original é que, para além de ensinarem a leitura e o catecismo, acrescentam poemas didáticos, tabuadas e, com poucas exceções, no fim, a letra do hino nacional português, nas mais recentes.

- *Cartinha para Ensinar a Ler e Escrever... com o Tratado dos Remedios contra os Sete Peccados Mortaes*, por João de Barreira, Coimbra, 1550.
- *Catecismo da Língua Brasílica*, pelo Padre António Araújo, Jesuíta, 1618.
- *Catecismo. Na lingoa brasilica, no qual se contem a summa da doctrina christã..., composto a modo de Dialogos por Padres Doctos, & bons lingoas da Companhia de Jesu; agora novamente concertado, ordenado & acrescentado pello Padre Antonio d'Araujo...*, Em Lisboa, por Pedro Crasbeeck, 1618.
- *Catecismo da Doutrina Christãa na Lingua Brasilica da Nação Kiriri*, composto pelo P. Luis Vincencio Mamiani, da Companhia de Jesus, Missionario da Provincia do Brasil, Lisboa, na Officina de Miguel Deslandes, impressor de Sua Magestade, 1698.
- *Catecismo Pequeno da Doutrina Cristã da Diocese do Funchal*, Funchal, Ed. da Escola de A. e Oficios, 1900.

- *Pequeno Catecismo da Doutrina Cristã em Kioko-Português*, pelo Rev. do Pa. Brendel, s.l., s.n., 1932.
- *Pequeno Catecismo da Doutrina Cristã*, pelo Padre A. Brandäo, s.I., s.n., 1941.
- *Breve Catecismo (Português e Chope)*, pelo Padre João Crisóstomo Borges (Franciscano), Lourenço Marques, Tip. Minerva Central, 1947.
- *Catecismo Católico seguido de Várias Orações em Língua Xitswa e Português, pelos Padres da Consolata*, s.l., s.n., Porto, – Tip. Modesta, 1948.
- *Catecismo da Doutrina Cristã em Português-Shironga*, pelo Padre Maximiano Batista, da Sociedade das Missões Católicas de Cucujães, 1950.
- *Pequeno Catecismo da Doutrina Cristã: Português-Chope*, organisado por P. Luís Feliciano dos Santos, 4.ª ed., s.l., s.n., 1951.
- *Catecismo da Doutrina Cristã (Português-Chixangane)*, pelo Padre Joaquim Marques de Oliveira (Franciscano), Beira, 1953.
- *Catecismo de Doutrina Cristã (Português-Chope)*, pelo Padre Luís Feliciano dos Santos (Franciscano), 2.ª ed., Braga, 1953.
- *Catecismo Católico na Língua Portuguesa e Maivapor Zohuziha Akristar*, segundo a edição de 1955, Sociedade Portuguesa das Missões Católicas de Cucujães.
- *Breve Catecismo (Português-Changana)*, pelo Padre João Crisóstomo Borges (Franciscano), Roma, 1960.
- *Resumo da Doutrina Cristä em Português Guitonga*, Pe. Alberto de Moura, 4.ª ed. Maxixe (Moçambique), Missão da Sagrada Família, 1963.
- *Resumo da Doutrina Cristä em Português e Songo*, Gabriel José Cândido, Cuemba, Missão Católica, 1963.
- *Pequeno Catecismo da Doutrina Cristã em Português-Chizena*, por um missionário franciscano.
- *Resumo da Doutrina Cristã Coordenado e Traduzido em Xitsua*, pelo Padre Joaquim Violante.

Voltando ao grupo das Gramáticas, Dicionários, Guias de Conversação Bilingues, são dignas de referência:

- *Gramática da Língua Chichangane*, do Padre Martinho da Rocha Barbosa (†1914, Franciscano).

O Contributo dos Religiosos para a Construção da nossa Língua e da Lusofonia

- *Gramática da Língua Chope*, por Frei Luís Feliciano dos Santos (Franciscano), Lourenço Marques, Impr. Nacional de Moçambique, 1941.
- *Guia de Conversação: Português-Chope*, Luís Feliciano dos Santos (Franciscano), s.l., s.n., 1946.
- *Gramática Umbundu: a Língua do Centro de Angola*, José Francisco Valente, Lisboa, Junta de Investigações do Ultramar, 1964.
- *Guia de Conversação para Uso das Escolas da Missão de São Benedito dos Mochopes*, do Padre Camilo Fernandes de Azevedo, Franciscano.

Continuando no continente africano, este tipo de bibliografia da língua está cada vez mais ligado às ordens, congregações ou sociedades missionárias que nesse continente têm missões. E o ritmo das publicações aumenta com as facilidades de edição dos tempos modernos.

Por exemplo, da Sociedade das Missões Católicas de Cucujães, da autoria do Padre António da Silva Maia, as seguintes obras:

- *Dicionário Português-Chope e Chope-Português*, Luis Feliciano dos Santos, Lourenço Marques, Impr. Nacional de Moçambique, 1949.
- *Dicionário Elementar Português-Omumbuim-Mussele: Dialetos do Kimbundu e Mbundu*, compil. António da Silva Maia, Cucujães, A. S. Maia (Tipografia das Missões), 1955, Cucujães.
- *Dicionário Rudimentar Português-Kimbundo* (Língua nativa de Luanda e Malange), Cucujães, 1964.
- *Dicionário Rudimentar Português-Kimbundo*, Pe. António da Silva Maia, Cucujães, A. S. Maia, Editorial Missões, depos., [D.L. 1964].
- *Dicionário Português-Macua*, Alexandre Valente de Matos, Lisboa, Junta de Investigações Científicas do Ultramar, 1974.
- *Dicionário Macua-Português*, A. Pires Prata, Lisboa, Inst. de Investigação Científica Tropical, 1990.
- *Gramática da Língua Chope*, de Frei Luís Feliciano dos Santos (Franciscano), Lourenço Marques, Impr. Nacional de Moçambique, 1941.
- *Guia de Conversação Português-Changana*, pelo Padre Luís Feliciano dos Santos (Franciscano), 1948.
- *Guia Prático para a Aprendizagem das Línguas Portuguesa e Omumbuim*, António da Silva Maia, Luanda, Ed. do A., 1951.

80 Ensaios Lusófonos

- *Epístolas e Evangelhos dos Domingos e Festas: seguidos de breves comentários em Musele dialeto do "mbundu": para uso dos povos católicos, nativos do Cuanza-Sul, Angola, África Ocidental Portuguesa*, por António da Silva Maia..., s.l., A. S. Maia, 1953.
- *Gramática de Omumbuim* (Dialeto de Kimbundi), 1953.
- *Manual Prático de Conversação em Português e Mussele, Dialeto do "Umbundu"*, António da Silva Maia, s.l., A. S. Maia, Cucujães, Escola Tipográfica das Missões, 1955.
- *Lições de Gramática de Quimbundo: Português e Banto, Dialeto Ombuim: língua indígena de Gabela, Amboim, Quanza Sul, Angola, Africa Ocidental Portuguesa*, Pe. António da Silva Maia, 1.ª ed., Luanda, A.S. Maia, 1957.
- *Inicio da Leitura em Chinchangane e Português*, pelo Padre Joaquim Marques de Oliveira (Franciscano), Beira, 1954.
- *Gramática da Língua Macua e seus Dialetos*, pelo Padre António Pires Prata, Cucujães, 1960.
- *Epítome de Gramáticas Portuguesa e Quimbundo: Dialetos de Cuanza-Sul e Cuanza-Norte*, pelo Padre António da Silva Maia (Angola), Cucujães, 1964.

Dos jesuítas, dada a sua evangelização dominante no Brasil, Oriente, sobretudo na área das gramáticas e dicionários:

- *Arte de Gramática das Línguas mais Usadas na Costa do Brasil*, pelo Padre José Anchieta, 1590.
- *Arte da Lingua Brasilica, composta pelo Padre Luis Figueira da Companhia de Jesus...*, Em Lisboa, por Manoel da Silva, 1621.
- *Arte, Vocabulário y Tesoro de la Lengoa Guarara*, de António Ruiz de Montoya, 1639.
- *Arte de Grammatica da Lingua Brasilica da Naçam Kiriri*, composta pelo P. Luís Vincencio Mamiani, da Companhia de Jesu, Missionario nas Aldeas da dita Nação, Lisboa, na Officina de Miguel Deslandes, impressor de Sua Mag[estade], 1699.
- *Gramática da Língua Geral do Brasil, com um Dicionário dos Vocabulários mais Usados, para a Inteligência da dita Língua*, no Pará, 1750.

E passando do Brasil para os países do Oriente:

O Contributo dos Religiosos para a Construção da nossa Língua e da Lusofonia

Índia:

- *Arte da Língua Canarim*, composta pelo Padre Thomaz Estêvão (Jesuíta), 1640.
- *Vocabulário da Língua da Terra* (Camarim), Padre Diogo Ribeiro (Jesuíta).

China (oito obras no espaço de quinze anos, aproximadamente):

Do Padre Joaquim Afonso Gonçalves (Lazarista), as seguintes obras:

- *Grammatica Latina ad Usum Sinenensim Juvenum*, 1828.
- *Arte China, Constante de Alfabeto e Grammatica, Compreendendo Modelos das Diferentes Composições*, 1829.
- *Diccionario Portuguez-China: no estilo vulgar mandarim e classico geral*, composto por J.A. Goncalves, Macao, De S. Jose, 1831.
- *Dicionário China-Português, no Stylo Vulgar Mandarim Latini Litteras*, 1837.
- *Lexiccon Manvale Latino-Sinicum, Continens Omnis a Vocabula Utilia et Primitiva Etiam Scriptae Sacrae*, 1839.
- *Lexicon Magnvm Latino-Sinicum, Ostendens Etynologiam, Prosodiam et Constructionem Vocabulorum*, 1841.
- *Versão do Novo Testamento em Língua China* (inédito).
- *Dicionário Símico-Latino* (também inédito).

Japão

- *Vocabulário da Língoa de Iapam*, do Padre João Rodrigues (Jesuíta) (Rodrigues Tzuzu, o Interprete), 1602.
- *Arte da Língua de Iapam*, do mesmo autor, 1602.
- *Arte Breve da Língoa Japoa*.

Proeza notável foi a de outro jesuíta, Padre Francisco de Pina que, com o auxílio de outro companheiro, o Padre Alexandre de Rhodes, elaborou um *Dictionarium Annaniticuum Lusitanum*, em 1651, provocando a romanização da escrita anamita (Cochinchina) que ainda hoje perdura.

Como nota final, registe-se o facto de quatro religiosos terem vertido *Os Lusíadas* para Latim (*Lusiadae*), contribuindo deste modo para o conhecimento universal deste poema maior da Lusofonia:

- *Lusíadas*

Frei Tomé de Faria (Carmelita), 1622.
Frei André Baião (?), 1625.
Frei Francisco de Santo Agostinho de Macedo (Franciscano), 1880.
Frei Clemente de Oliveira (Dominicano), 1988.

É já tempo de concluir.

Segundo os ensinamentos da Linguística, uma língua acumula uma série de funções que, por si só, já nos ajudam a compreender certos efeitos como o da Lusofonia.

É não só forma de comunicação, mas igualmente processo de aglutinação de uma comunidade, ao mesmo tempo que fronteira de diferenciação ou afastamento de outras línguas, comunidades e culturas.

É também uma certa maneira de ver e interpretar a realidade, ao mesmo tempo que registo e memória de um passado e de quanto se vai construindo, pelo que às funções anteriores se deve juntar a de património, pois guarda a memória de factos, protagonistas, aspirações, projetos de futuro, quer positivos quer negativos.

Mais, não é só património do país que a originou ou reformulou, é também património de outras que também nela guardam parte do seu património, como acontece, por exemplo, com não poucos países de África que só tradicionalmente ou reduzidamente conheceram a escrita, e aos registos de escritos de outros povos que têm de ir buscar informação sobre o seu passado histórico, geográfico, folclórico, religioso, etc.

Assim acontece com a língua portuguesa, principalmente em relação aos países da Lusofonia, comum a oito países e várias regiões.

Por isso quisemos chamar a atenção para o importante papel das Ordens Religiosas na construção da mesma Lusofonia. Construção essa engrandecida ainda pela Literatura, Ciência, Arte, e serviços vários, desde o Ensino à Evangelização, da transmissão de técnicas e ofícios aos serviços de saúde, etc. que são por elas prestados ao longo de séculos.

Congresso Internacional *Ordens e Congregações Religiosas em Portugal: memória, presença e diásporas.*

Fundação Calouste Gulbenkian, 2 de novembro de 2010.

LUSOFONIA E CÂNONE LUSÓFONO. DA CONTROVÉRSIA DOS CONCEITOS À MANIFESTAÇÃO DE DUAS ESCRITAS A PARTIR DA *MARGEM*

JOSÉ CARLOS VENÂNCIO[*]

> Because postcolonial histories, and their presents, are varied, no one definition of the 'postcolonial' can claim to be correct at the expense of all others (...).
>
> BART MOORE-GILBERT (1997)
> *Postcolonial Theory: Contexts, Pratices, Politics*

O propósito deste capítulo é o de, por um lado, discutir a consistência e a pertinência de conceitos como 'Lusofonia' e 'cânone lusófono' como manifestações da pós-colonialidade em língua portuguesa e, por outro, o de analisar as obras de dois escritores (mais propriamente um escritor e um poeta) de língua portuguesa em relação a essa mesma pós-colonialidade.

Os escritores em causa são Inácio Rebelo de Andrade e Adelino Torres. O primeiro nasceu na cidade do Huambo em 1935 e o segundo, embora tenha nascido em Portugal, em 1939, foi em Luanda, "à sombra dos embondeiros"[1], que cresceu e se fez homem. Enveredaram ambos

---

[*] Professor Catedrático de Sociologia na Universidade da Beira Interior. Agregado em Sociologia pela mesma Universidade e doutorado em Ciências Sociais pela Universidade de Mainz.

[1] Expressão usada por Alfredo Margarido no prefácio ao livro de poesia de Adelino Torres, *Histórias do Tempo Volátil*, Lisboa, edições Colibri, 2009, p. 7.

Este prefácio tem uma breve história. Adelino Torres havia solicitado a Alfredo Margarido um prefácio para o seu primeiro livro, cujo título é: *Uma Fresta no Tempo Seguida de Ironias* (Lisboa, Edições Colibri, 2008). Razões de saúde impediram que Alfredo Margarido o terminasse a tempo da publicação, pelo que, em homenagem ao prefaciador, entretanto falecido, Adelino Torres resolveu publicar, a título de prefácio,

84 Ensaios Lusófonos

pela carreira académica em Portugal[2], país para onde "retornaram" ou, mais acertadamente, se "exilaram" a dada altura das suas vidas. De comum têm ainda o facto de terem desenvolvido, ainda em Angola, durante a vigência do sistema colonial, posturas anticolonialistas. São, nesta medida, "filhos do império" que escrevem de volta, para utilizar a expressão constante do título do livro de Bill Ashcroft, Gareth Griffiths e Helen Tiffi, *The Empire Writes Back* (1989), que tem servido de lema às posturas pós-coloniais, mormente no mundo anglo-saxónico. Partilham esta condição com os escritores angolanos que residem no país, cujas obras integram o todo a que se designa de literatura nacional.

Uma outra característica da sua obra é a que decorre da marginalização a que tem sido sujeita, quer em relação ao campo literário português, mormente ao chamado *mainstream* da literatura portuguesa, quer ao espaço cultural e político donde são originários e ao qual se reportam – mais em Rebelo de Andrade do que em Adelino Torres – os textos que produzem.

A marginalização em apreço decorre, em grande medida, da sua relação ambígua com o que se poderá designar por paradigma nacionalista, que, tendo surgido nos espaços colonizados de África a partir dos anos 30 do século passado no âmbito da reação do homem africano ao colonialismo, acabou por ser igualmente adotado nas antigas metrópoles por razões de empatia ideológica e, de certa maneira, estética, atendendo-se, neste particular, à ação de movimentos culturais como o modernismo.

Uma possível superação dessa situação de marginalidade e, de certa forma, de subalternização, seria a sua obra ser avaliada a partir do enquadramento lusófono e, particularmente, do que tenho designado por "cânone lusófono". O confronto analítico implicitamente proposto, implica, porém, o tratamento crítico prévio de tais conceitos, tentando, nesse desiderato, averiguar o seu alcance sociológico e estético, que

---

em *Histórias do Tempo Volátil*, o artigo que Margarido escrevera sobre o primeiro livro, publicado na revista *Latitudes – Cahiers Lusophones* (Paris, n.º 34, pp. 99-101). Cf., a este respeito, "Nota prévia ao 'prefácio' do Professor Alfredo Margarido, in *Histórias do Tempo Volátil, op. cit.*, pp. 6-7.

[2] Inácio Rebelo de Andrade reformou-se como Professor Catedrático de Sociologia na Universidade de Évora e Adelino Torres jubilou-se como Professor Catedrático de Economia no Instituto Superior de Economia e Gestão da Universidade Técnica de Lisboa.

Lusofonia e cânone lusófono

o mesmo será dizer, interrogarmo-nos sobre o contributo que poderão prestar à valorização da obra destes e de outros escritores[3].

O conceito de Lusofonia traduz, num sentido extensivo, a condição dos que se exprimem na língua portuguesa; tenham-na como língua materna, oficial ou de património[4]. É suposto que o uso do português condicione, mesmo para os que não o tenham como língua materna, a vivência cultural dos falantes, de forma a que parte da sua identidade se espelhe precisamente no uso que fazem da língua. Porque estes processos são dinâmicos, porque estão alicerçados em campos comunicacionais assistidos por dinâmicas grupais, entendo que, ao utilizar-se o conceito neste sentido extensivo ou vivido, seria mais apropriado falar-se de Lusofonias, em vez de Lusofonia[5]. Corresponderia, nesta aceção, à maneira como os grupos com enquadramento local, regional ou nacional se posicionam perante a língua portuguesa, o que, além de outros fatores, depende da sua particularidade histórica, mormente do alcance e dos efeitos da relação colonial.

Um outro sentido de Lusofonia tem a ver com a sua dimensão política. É, enquanto tal, frequentemente evocada por políticos e outros atores, tais como empresários, que veem no conceito uma valia a ser explorada em benefício de determinados interesses de ordem estratégica. A CPLP (Comunidade dos Países de Língua Portuguesa), fundada em 1996, é uma decorrência desse sentido. Trata-se de uma dimensão que só indiretamente se presta ao propósito da presente argumentação, na medida em que dificilmente a escrita literária em língua portuguesa foge, como atrás se referiu, aos enquadramentos de ordem nacional, sobre os quais a dimensão política da Lusofonia acaba por ter alguma influência. As políticas culturais nacionalmente instituídas e a criação de prémios literários destinados ao universo dos falantes de português são alguns dos exemplos dessa interseção entre os planos nacionais e o lusófono.

---

[3] Encetei idêntico esforço analítico a propósito da obra do escritor macaense Henrique de Senna Fernandes. Cf., nomeadamente, José Carlos Venâncio, "A literatura macaense e a obra de Henrique de Senna Fernandes. Um olhar histórico-sociológico", *Revista de História das Ideias*. "Tradição e Revolução" (Homenagem a Luís Reis Torgal), Vol. 29, 2008, pp. 691-702.

[4] Cf., a este respeito, Fernando Cristóvão, *Da Lusitanidade à Lusofonia*, Coimbra, Almedina, 2008, p. 13.

[5] Cf. José Carlos Venâncio, *Antropologia, Colonialismo e Lusofonias. Repensando a Presença Portuguesa nos Trópicos*, Lisboa, Vega, 1996.

O conceito de cânone lusófono que pretendo veicular não tem propriamente a ver com esta dimensão da Lusofonia. Traduz antes a relação que leitores e escritores de língua portuguesa estabelecem, numa atitude de preservação e revalorização, com o que foi (literariamente) escrito nessa mesma língua. Afasto-me, por conseguinte, de uma leitura mais formal e política do mesmo, ou seja, da dimensão em que o cânone é entendido como uma norma instituída a partir de um conjunto de livros escolhidos e impostos como leitura obrigatória[6].

Valorizo, com tal entendimento, uma perspetiva que é, sobretudo, sociológica e que, nessa medida, tem a vantagem de envolver e legitimar esteticamente[7] um número alargado e diverso de vivências e experiências de escrita em língua portuguesa, indexáveis a um denominador comum, para o qual muito contribuiu a literatura brasileira no seu processo de autonomização, que também foi de preservação de aspetos e dimensões da literatura-mãe. Esta aparente contradição entre autonomia e dependência, que poderá igualmente ser lida como uma oposição entre unidade e diversidade, constitui, sobretudo quando se coloca em termos performativos, a riqueza da própria Lusofonia. E as literaturas que emergem nestas condições continuam os processos de lusofonização local e/ou nacionalmente experimentados.

Deste modo, as escritas em apreço, a de Inácio Rebelo de Andrade e a de Adelino Torres, encontram um espaço de realização e de consagração[8]

---

[6] Harold Bloom, *O Cânone Ocidental*, Lisboa, Temas & Debates, 1997, pp. 28-29.

[7] O conceito de estética aqui assumido tem, sobretudo, a ver com o sentido que Georg Simmel lhe atribuiu, mormente no seu texto "Soziologische Aesthetik" (1896) e no livro *Philosophie des Geldes* (Berlim, 1900). É, por um lado, relevado o facto de a arte, assim como outras formas exteriores da cultura, serem o resultado do conflito, sempre renovado, entre vida e forma, entre cultura subjetiva e cultura objetiva; por outro lado, a arte surge, no âmbito de tal conflito ou *praxis* (para utilizar um conceito caro a Marx), como o exemplo de um processo ou produto não alienado. Para ele, a obra de arte constitui, pois, a unidade autónoma mais perfeita, uma totalidade autossuficiente, unindo o subjetivo e o objetivo.

[8] Não é, porém, pacífica tal indexação por razões que se prendem com a herança colonial e, consequentemente, com a negação ou a subalternização dos sujeitos colonizados. E tal não acontece apenas em relação à Lusofonia. Estende-se, pois, a outros espaços pós-coloniais, tais como a Francofonia, a Hispanofonia ou Anglofonia. Embora as obras de muitos dos escritores referidos a tais espaços linguístico-culturais possam ser lidas como pós-nacionalistas ou cosmopolitas, o certo é que os mesmos dificilmente têm aceitado o rótulo de escritores lusófonos ou da Commonwealth. No que se refere particularmente a esta última identidade, veja-se, por exemplo, o ensaio de Salman Rushdie,

Lusofonia e cânone lusófono

e, como elas, as experiências de tantos outros escritores e poetas que se veem marginalizados por razões de não pertença ou de não indexação a uma entidade nacional ou, simplesmente, porque não integram, por razões que não têm forçosamente a ver com a qualidade do produzido, as respetivas *mainstreams* literárias e artísticas[9].

A trajetória de Inácio Rebelo de Andrade

É já longa a carreira literária de Inácio Rebelo de Andrade. O seu nome surge ligado a um dos movimentos editoriais mais significativos da Angola colonial. Refiro-me à *Colecção Bailundo*, fundada em 1961, por ele e por Ernesto Lara Filho, poeta e cronista angolano, já falecido, e, como tantos outros escritores da literatura angolana, injustamente esquecido.

Depois de um longo período de silêncio, a braços com a carreira académica, Inácio Rebelo de Andrade retomou a escrita literária em 1994, começando por publicar, precisamente, um livro memorial sobre os tempos da *Colecção Bailundo* e sobre o convívio com o amigo de então, Ernesto Lara Filho. *Saudades do Huambo* (Évora, 1994/1999) é o título do livro em questão, ao qual se seguiram outros[10], em que explora

---

"Commonwealth literature does not exist" (*Imaginary Homelands, Essays and Criticism 1981-1991*, Londres, Granta, 1991, pp. 63-70) ou ainda a atitude do escritor indiano Amitav Ghosh que, em 2001, retirou do concurso para o Prémio Commonwealth o seu romance *The Glass Palace*. O livro havia sido submetido a concurso pelo seu editor e já se encontrava na lista dos concorrentes finalistas.

[9] Um caso paradigmático a este respeito é o do escritor J. Rentes de Carvalho, cuja obra começou por ser primeiramente reconhecida na Holanda, onde fez a sua carreira académica, e só recentemente, nomeadamente com a publicação do romance *La Coca* (Lisboa, 2011), passou a fazer parte – ou está a caminho disso – do restrito *mainstream* do campo literário português.

[10] *O Sabor Doce das Nêsperas Amargas* (Contos, Lisboa, 1997), *Quando o Huambo era Nova Lisboa* (Memórias, Lisboa, 1998), *Parábolas em Português* (Contos, Lisboa, 1999), *Aconteceu em Agosto* (Novela, Lisboa, 2000), *Mãe Loba* (Romance, Lisboa, 2001), *Revisitações no exílio* (Contos, Lisboa, 2001), *Passageiro sem Bilhete* (Romance, Lisboa, 2003), *Adeus Macau, Adeus Oriente* (Ficção, Évora, 2004), *Na Babugem do Êxodo* (Romance, Lisboa, 2005), *A Mulata do Engenheiro* (Romance, Lisboa, 2007), *Pecados do Diabo e as Virtudes de Deus* (Alegoria, Lisboa, 2008), *O Pecado Maior de Abel* (Romance, Lisboa, 2008), *Quando as Rolas deixam de Arrulhar* (Contos, Lisboa, 2010) e, mais recentemente, dois livros de postais ilustrados e por ele comentados da Angola colonial: *De Uma Angola de Antigamente* (Lisboa, 2010) e *Ficava em Angola e Chamava-se Nova Lisboa* (Lisboa, 2010).

88 Ensaios Lusófonos

vários géneros literários, desde o romance ao comentário literário de postais ilustrados, passando pelo conto e pela crónica. Em todos eles são detetáveis duas preocupações que, no plano da escrita, se transformam em dois grandes temas: o memorialismo (em relação à Angola do passado) e o da procura da identidade.

A narrativa memorialista, diferentemente do que acontece com a autobiografia (com a provável exceção da literatura brasileira), tem sido um género ou subgénero literário sobejamente explorado pelas literaturas de língua portuguesa, pelo que a postura de Rebelo de Andrade surge, deste modo, na sequência de uma (quase?) tradição. Martin Gray entende-a como um subgénero da literatura ou escrita autobiográfica, dela se distinguindo pelo facto de não se concentrar propriamente na personalidade ou na vida do autor. A "(...) autobiographical writing [– diz –], stressing the people known or events witnessed by the author, rather than concentrating on his own personality"[11].

A narrativa memorialista não se concentra, assim, na personalidade ou vida do autor, mas sim num conjunto de episódios e situações por ele presenciadas e vividas. Não é visível nela a presunção que muitas vezes reveste o ato de escrita autobiográfica; presunção ou crença de que, entre um passado complexo e caótico e um futuro que se julga mais ordenado, a vida do autor contribuiu decididamente para a mudança. O memorialista é, assim, detentor de uma atitude mais modesta, não se posicionando, portanto, como um fazedor de história. Perspetiva-se antes como alguém que, ao relatar episódios do passado, onde outros tiveram igual ou maior protagonismo, acredita que poderá contribuir para um futuro melhor. O memorialista não é forçosamente um saudosista, não sendo, pois, a nostalgia do passado que o move, mas o apelo do presente e a esperança num futuro melhor. Neste ponto não é diferente do autor de autobiografias.

A procura de um futuro melhor corre paredes meias com a segunda grande tendência temática na obra de Inácio Rebelo de Andrade: a procura (ou construção) da identidade.

Dos seus livros, talvez seja a antologia *Revisitações no Exílio* (Lisboa, 2001), antologia de contos escritos, muitos deles há mais de 40 anos, onde melhor aparece plasmada a problemática da identidade cruzada com a do memorialismo. Na verdade, o exílio de Rebelo de Andrade não é traduzível pela ausência do cadinho nacional, entendido este no

---

[11] In *A Dictionary of Literary Terms*, Essex, Longman, 1994, p. 121.

seu sentido mais literal. O escritor persegue uma pátria, mas uma pátria de outro teor, um lugar e um tempo de entendimento, onde todos, qualquer que seja a cor da epiderme, se realizem na concórdia e no mútuo respeito. Esta pátria, que o autor evoca em dois momentos diferentes – o da (primeira) escrita e o da sua revisitação –, é uma utopia traduzível no que o sociólogo alemão Ernst Bloch entende por *Heimat*, ou seja, uma *praxis*[12], um "ainda-não-ser" ("noch-nicht-sein") que pressupõe uma dupla desalienação: a do homem em relação à natureza e em relação a si próprio. Apenas como ato alienatório, um ato que disforma o sentido da história, podemos, pois, entender o racismo enquanto ideologia que, a dado momento, passou a justificar a subjugação colonial e da qual vieram, e continuam a padecer, cerca de dois terços da humanidade, os *Les Damnées de la Terre* (1961)[13], como reza o título do livro mais famoso de Frantz Fanon, concluído quando o autor já sabia que se encontrava irremediavelmente doente e publicado em 1961, após a sua morte.

Dos seus romances, *A Mulata do Engenheiro* é um dos mais conclusivos a este respeito. Assiste-se à denúncia de racismo em Nova Lisboa, cidade cujo *mundo da vida* (para utilizar um conceito de Habermas) era, em muito, determinado pela presença do Caminho de Ferro de Benguela, empresa de capitais britânicos e portugueses, que, em 1930, instalara na então jovem cidade as suas Oficinas Gerais. A cultura de empresa, as relações humanas e raciais aí vigentes e extrapoladas, enquanto tal, para a cidade, acabavam por contrariar ou desvirtuar quer o relacionamento inter-rácico vivenciado, mesmo que em termos não igualitários, em cidades como Luanda e Benguela, quer a política multirracial propagandeada e ritualizada pelo poder colonial.

---

[12] Este termo, que faz parte do léxico comum da língua alemã, será, porventura, dos conceitos mais centrais e atuais da teoria marxista. A sua formulação, que acontece no plano da teoria do conhecimento, permitiu a Marx a conciliação entre a postura idealista (hegeliana) e a materialista no ato que, sendo de conhecimento, também era de experimentação. É, nessas circunstâncias, a chave de outros conceitos marxistas, tais como 'materialismo dialético' e 'materialismo histórico'. É através da *praxis* que o homem se torna fazedor de história, rompendo, se necessário, com as peias que o amarram a um destino. Por ele, Marx, do ponto de vista do ordenamento das teorias sociológicas, posiciona-se como acionista e não determinista, como, por vezes, o classificam.

Ernst Bloch não só adota o conceito como o desenvolve. Ao torná-lo central na sua teoria, acaba, através da emancipação, por revitalizar e atualizar a própria teoria marxista.

[13] O livro, com o título *Os Condenados da Terra*, conheceu, pelo menos, duas edições portuguesas: uma de 1965, da responsabilidade da Editora Ulisseia, e outra, sem data, mas posterior ao 25 de abril de 1974, com a chancela da Ulmeiro.

90 Ensaios Lusófonos

Mas uma coisa é o racismo, as relações raciais entre brancos (colonizadores, privilegiados) e negros (colonizados, explorados), e outra é a vivência dessa polaridade a partir de uma situação bio-culturalmente mestiça, ou seja, a partir da posição sociobiológica de alguém a quem a modernidade europeia e a racialização do mundo, por aquela caucionada, sonegaram um espaço de vivência e de realização identitária, condenando-o a um destino de transformação, que o mesmo será dizer, de embranquecimento (também cultural e civilizacional) ou, na hipótese da sua rejeição, a uma (quase) eterna exclusão.

Trata-se de uma assunção que não é exclusiva do mestiço enquanto sujeito condicionado pela modernidade europeia, na medida em que é extensível aos demais efeitos e dimensões do relacionamento humano e cultural dessa mesma modernidade junto das sociedades por ela influenciadas, quer por via de uma relação colonial direta, quer por via do capitalismo que àquela subjaz. O que está em causa é o estigma da transição, de uma transição que, como diz Chakrabarty[14], privilegia, em todas as situações, o moderno, que o mesmo será dizer, a Europa entendida como o *endpoint*, como término civilizacional[15].

A posição social do mestiço neste contexto de dissonância começou por merecer a atenção, no que respeita à literatura angolana, de um dos seus mais conceituados escritores, naquela que algures considerei como sendo a primeira fase da sua obra, marcada por um exercício de introspeção e por um certo mulatismo[16]. Refiro-me a Manuel Rui e, no conjunto da sua obra, atenho-me sobretudo ao conto "Mulato de sangue azul", inserto na antologia *Regresso Adiado* (Lisboa, 1974). Esse conto é, aliás, antecedido, nessa função crítica e desconstrucionista, da recensão[17] que Manuel Rui escrevera acerca do romance *Cacimbo* (Lourenço Marques, 1972) de Eduardo Paixão, criticando-lhe, nomeadamente, a hipocrisia com que envolveu o casamento da personagem principal (branco) com uma mulata, um ato aparentemente (ainda) reprovável pela sociedade colonial, a principal destinatária do romance.

---

[14] Dipesh Chakrabarty, *Al Margen de Europa. Pensamiento Poscolonial y Diferencia Histórica*, Barcelona, Tusquets Editores, 2008, p. 74. O original (1.ª ed.), *Provincializing Europe: Postcolonial Thought and Historical Difference*, é de 2000.

[15] Cf. ainda a este respeito José Carlos Venâncio, *A Dominação Colonial. Protagonismos e Heranças*, Lisboa, Editorial Estampa, 2005, pp. 57 e segs.

[16] Cf. José Carlos Venâncio, *op. cit.*, 1996, pp. 103 e segs.

[17] Revista *Vértice*, n.os 354-5, 1973.

Nos anos que se seguiram à independência, dominados pela utopia de se construir uma Angola sem clivagens étnicas e raciais, o repto lançado por Manuel Rui ficou sem resposta por parte dele próprio e dos seus congéneres. Ultimamente, porém, escritores como Arnaldo Santos e Fragata de Morais voltaram à temática do mestiço excluído. O último, Fragata de Morais, publicou em 2005 o romance *A Prece dos Mal Amados*, onde traça o destino de uma menina, Nazamba, que, levada em tenra idade pelo pai para Portugal, tanto se sentiu excluída neste país, como, mais tarde, em Angola, para onde regressara à procura de uma mátria. O avô materno, soba prestigiado, simplesmente a repudiou por considerá--la como *filha da cobra*, expressão que surge igualmente no Candomblé e que em Angola, onde é vulgar, denota racismo e xenofobia.

A mudança de tais atitudes literárias terá a ver, em primeira mão, com a conjuntura contemporânea. A modernidade tardia, a globalização e o liberalismo económico, têm, na verdade, contribuído para o esbatimento do racismo, proporcionando, nomeadamente, a emergência de paradigmas como o do multiculturalismo e/ou o da mestiçagem cultural. Com eles têm surgido outros referentes identitários para além da nação (entendida muitas vezes na sua dimensão mono-étnica e mono-rácica) e/ou da nacionalidade a ela adstrita. No âmbito desta nova conjuntura, marcada pelo pós-nacionalismo, o direito à diferença posicionou-se como um dos valores a preservar e por essa diferença passa indiscutivelmente à condição de mestiço.

Inácio Rebelo de Andrade cumpre, no fundamental, os preceitos da presente conjuntura. O livro termina com um poema de Carolina (supostamente escrito a 10 de novembro de 1959, quando já se encontrava embarcada no porto do Lobito para regressar a Portugal) em que reivindica o seu direito à diferença, a sua identidade de mulher mestiça:

SOU MULATA

Trago no corpo o sangue dos negros
que partiram de África, mas também
dos brancos
que vieram na noite dos tempos
(...)
Ando pelo mundo inteiro
sem saber a quais pertenço:
se aos negros,
(...)

se aos brancos,
(...)
– ou se a nenhuns,
PORQUE SOU EU,
sem anátemas
nem discriminações;
PORQUE SOU QUEM SOU,
com direito a identidade própria!
(p. 303).

Apesar desta postura, que induz um ambiente pós-nacionalista, Rebelo de Andrade não deixa de depositar no nacionalismo, na Angola libertada, a esperança de uma sociedade igualitária, uma sociedade em que todos, independentemente da origem ou da cor da pele, teriam o seu lugar. Assim é que Carolina, ao partir de Nova Lisboa em direção ao Lobito, prometeu, em surdina, a si e à filha, que um dia havia de voltar à sua terra natal – pressupõe-se – no gozo dos seus plenos direitos:
"– Um dia, um dia, voltaremos!" (p. 297).

Este "voltaremos", que lembra o célebre poema de Agostinho Neto, "Havemos de voltar", retoma, de certa maneira, um dos temas fundacionais da literatura angolana, de que Rebelo de Andrade, a partir do Huambo, talvez por influência do seu amigo Ernesto Lara Filho, igualmente comungou. Segue, neste compromisso, a postura de uma grande parte dos escritores brancos e mestiços angolanos, no seu esforço de denúncia do colonialismo e de integração numa Angola, numa *Heimat*, que tinha e tem muito de utópica. O livro acaba por ser, nestas circunstâncias, um tributo ao seu passado anticolonial.

O percurso literário de Adelino Torres

Em 1961, é publicada em Luanda a coletânea de poesia *Força Nova* (impressa na Neográfica), que reúne poemas de 17 estudantes pré-universitários. Adelino Torres, então com 22 anos de idade, é um deles. João Abel, que se tornou um nome incontornável da poesia angolana dos anos 60, é outro dos nomes antologiados. Acompanha-os, nesta aventura, António Jacinto Rodrigues, que enveredou pela vida académica[18], e António José Rodrigues, que, tendo sido igualmente o autor do linóleo da capa, se tornou um dos mais conceituados escultores do mundo da arte português.

---

[18] Terminou a carreira académica como professor catedrático jubilado da Faculdade de Arquitetura da Universidade do Porto. Entre os textos que produziu, enquanto ficcionista, merece especial destaque o conto "Na ilha há gritos de revolta (Diário do Sexta-Feira)". Partindo da dependência de Sexta-feira em relação a Robinson Crusoe, no romance homónimo de Daniel Defoe, desconstrói a relação colonial, dando voz e protagonismo às vítimas da colonização europeia em Angola e, por extensão, em África. O conto terá sido escrito, segundo informação do autor, em 1973/74 e publicado em 1976 ou 1977, nas Edições ITL.

Nesse mesmo ano teve início a luta armada contra o colonialismo em Angola: a 4 de fevereiro, um grupo de nacionalistas, insuficientemente armados, ataca prisões em Luanda onde estavam outros tantos nacionalistas aprisionados; a 15 de março é a vez das plantações de café do Norte, da região dos Dembos, serem atacadas por grupos revoltosos, igualmente mal armados, malgrado a violência empregue quer no momento dos ataques, quer na resposta dos colonos e entidades coloniais. Inicia-se um novo ciclo de vida na colónia e cresce a consciência de que o sistema colonial aproximava-se do fim. Disso dá menção o subtexto da "Introdução" à antologia em apreço, da autoria de Jorge Fernandes. "Queremos integrar-nos [– diz –] no movimento que por toda a parte se processa e não é mais que o aspeto novo da marcha da humanidade" (p. 8). É óbvia a influência marxista, mormente a do materialismo histórico, uma das manifestações, porventura das mais consistentes, do evolucionismo social no pensamento moderno europeu a que o africano não pôde ficar imune.

No que respeita ao ambiente cultural, vários episódios anteriores a 1961 haviam contribuído para a afirmação do que se poderá considerar como um discurso literário genuinamente angolano. Em 1953, Francisco Tenreiro, são-tomense, e Mário Pinto de Andrade, angolano, haviam publicado em Lisboa o *Caderno de Poesia Negra de Expressão Portuguesa*, que contou com a colaboração, entre outros, de Agostinho Neto e de António Jacinto. Do primeiro, que residia em Lisboa, é publicado, entre outros, um dos seus poemas mais conseguidos, "Aspiração", um poema de forte conotação pan-africanista; do segundo, sediado em Luanda, é igualmente publicado um dos poemas mais significativos da sua obra, "Monangamba". "Naquela roça grande tem café maduro / e aquele vermelho-cereja / são gotas do meu sangue feitas seiva", rezam alguns dos versos, uma crítica explícita ao regime de trabalho compulsivo.

Os anos 50 haviam também visto emergir duas revistas literárias que muito contribuíram para a definição do cânone literário angolano. Refiro-me às revistas *Mensagem* e *Cultura* (II), expressões de uma geração que ficou conhecida na história da literatura angolana como a "Geração de 50".

É, assim, neste ambiente de indefinição e de procura que surge a antologia *Força Nova*, desejosa, como se depreende da introdução, de afirmar e justificar "(...) a existência de uma geração"; uma geração que não terá seguramente os mesmos propósitos da "Geração de 50", uma geração que provavelmente não estava tão comprometida com o desígnio nacionalista da colónia, mas que, mesmo assim, não concordava com a desumanidade do regime e, em conformidade, denunciava as suas injustiças. Eram, na sua maioria, pelo que dos textos e das biografias pude depreender, de origem portuguesa, mas mesmo assim atentos às injustiças, mostrando quão errado esteve Frantz Fanon quando, num posicionamento deveras sectário, menosprezou o papel dos franceses progressistas na denúncia e no combate contra o sistema colonial na Argélia.

É notória, aliás, a influência, mormente em Adelino Torres e em [António] Jacinto Rodrigues, da poesia dos anos 50. Refiro-me especificamente a António Jacinto (que, na verdade, era primo quer de Jacinto Rodrigues, quer de José Rodrigues), Viriato da Cruz e Mário António, poetas que, para além dos atributos nacionalistas, marcaram profundamente o que se poderá designar por modernismo angolano. E, assim sendo, vale elencar um outro poeta, de uma geração anterior, que, tendo sido indefinido quanto ao propósito nacionalista, foi decididamente um poeta do modernismo. Refiro-me a Tomás Vieira da Cruz.

Poemas como "Pescador" e "O corcunda" de Adelino Torres, e "Lenda das tatuagens", de [António] Jacinto Rodrigues, são exemplo desse compromisso com uma estética que haveria de diferenciar o percurso literário angolano dos percursos congéneres dos restantes países africanos, mesmo os de língua portuguesa, com exceção de Cabo Verde. Era a influência do Brasil, mormente do seu modernismo, a fazer-se sentir.

Ainda nos anos 60 e desta feita em francês, Adelino Torres publica em *La Nouvelle Revue Française* (1967, n.º 179) um conto intitulado "Retour à la source", uma narrativa na primeira pessoa, que tanto tem de dramático como de belo. Um conto que é, do ponto de vista literário, tecnicamente perfeito, mas após o qual o autor ter-se-á afastado das lides literárias. Este afastamento levou Alfredo Margarido a considerá-lo como um poeta bissexto[19], no que emprega um termo cunhado pelo poeta brasileiro Manuel Bandeira, que define uma atividade poética que não é ou foi constante; uma voz poética dada a longos silêncios.

Apenas na década de 2000 Adelino Torres retomou a atividade literária e o interregno ficará a dever-se às exigências da carreira académica.

---

[19] No prefácio que escreveu ao livro de poemas, já citado, *Histórias do Tempo Volátil*.

Publicou, entretanto, até ao presente momento, três livros de poesia; os dois já referidos [*Uma Fresta no Tempo seguida de Ironias* (Lisboa, 2008) e *Histórias do Tempo Volátil* (Lisboa, 2009)] e, mais recentemente, *Cantos do Crepúsculo* (Poesias – Livro III) (Lisboa, 2010).

A sua escrita, nestes três livros, continua, de certa maneira, a experiência dos fins dos anos 50, altura em que terão sido escritos os poemas constantes da antologia *Força Nova*. Mantêm a mesma relação bipartida entre o cânone, entretanto consolidado, da literatura angolana e uma literatura mais comprometida com valores de teor universal, que, sendo portuguesa na sua enunciação, não deixa de poder ser também angolana. Exemplo desta ambivalência é o poema "Lembranças para África", inserto no volume *Uma Fresta no Tempo*...Posicionando-se o autor, por um lado, como alguém que

> (…) nos confins da juventude
> Pelas estradas africanas (pisou) tão ao de leve
> Paisagens sem pressa que ficaram para trás (…),

mas que, por outro, lamenta a ausência do amigo Abel Sanda nos seguintes termos:

> (…) [que] vinha de Cabinda
> e [que] um dia se foi embora levado pelo pai
> marinheiro de rebocador
> em Santo António do Zaire
> e me deixou só com os outros brancos chatos
> que não tinham aquela energia maluca da velha África
> a trepar pela música acima
> não roubavam nos quintais maçãs da Índia (…)
> não sabiam verdadeiramente nem rir nem brincar
> (…)
> nem conheciam os segredos das barrocas de Luanda (…).

"Os segredos das barrocas de Luanda"... Luandino Vieira, António Cardoso ou Arnaldo Santos não expressaram de forma diferente a sua relação com a terra vermelha de Luanda, marcas de pertença, de cumplicidade com uma nação a haver. Como eles, mitifica também o seu tempo de infância, o tempo de uma mátria (porventura a *Heimat* de Ernst Bloch e, como já vimos, a de Inácio Rebelo de Andrade), de uma utopia a haver, entendida, então, como o espaço da igualdade desejável.

96 Ensaios Lusófonos

A única diferença é que o despertar para a vida de Adelino Torres significou correspondente afastamento da tradição literária angolana, *i.e.*, das dimensões que configuram quer a pertença a essa tradição, quer a sua fundamentação como literatura nacional. O poema "Revoluções", integrado na primeira parte do livro *Cantos do Crepúsculo*, dá precisamente notícia desse afastamento, ao mostrar um sujeito de enunciação cético em relação aos movimentos revolucionários:

> (...) cedo ou tarde sopra sempre
> o vento modelado em chamas
> (...) ficando para trás o gosto
> amargo da tirania.

Não encontramos, pois, igual ceticismo sobre a virtualidade das revoluções, nomeadamente a angolana (porque é, no fim, fundamentalmente dessa que aqui se trata) nos principais protagonistas da literatura angolana, mormente nos acima referidos, que, pelo menos até aos anos 90 do século passado, extrapolaram a utopia vivida na infância para a Angola do futuro, num propósito literário que foi em muito identificado com o percurso político escolhido pelo MPLA (Movimento Popular de Libertação de Angola). A obra de Pepetela é particularmente significativa a esse respeito. O romance *A Geração da Utopia* (1992) regista o fim dessa crença numa Angola utópica, que sucumbe perante situações e posturas políticas, que, ainda em fase germinal, haviam já sido denunciadas por este autor naquele que é o seu primeiro grande romance, *Mayombe* (1980).

Evidentemente que o ceticismo em apreço não se limita à relação de Adelino Torres com Angola e com a que seria a revolução angolana. Ele é extensível a outros domínios da vida e da política, que vão desde a excessiva dependência do homem em relação à tecnologia – "(...) cada dia que passa, cresce / a humilhação do homem pela técnica (...)" – di-lo no poema "Relativismo"[20] – à crítica do economicismo e do comportamento da classe política portuguesa. A secção particularmente vocacionada para esta assunção mais crítica é a segunda parte do livro em apreço, intitulada de "Ironias". Dos poemas nela contidos, "La sagesse du 'jamais' em lusolês", sendo bastante incisivo, é dos esteticamente mais conseguidos. Reporta-se a um episódio político recente, ocorrido

---

[20] Inserido na primeira parte de *Cantos do Crepúsculo*.

num debate parlamentar em que um ministro procurou fazer valer os seus argumentos utilizando o termo francês "jamais":

> Esse 'jamé' bem gaulês
> resolverá o dilema,
> (...)
> com o rigor dialético
> da mais alta tradição
> do linguajar lusolês
> demonstrando que os ministros
> desta nobre terriola
> à falta de outra coisa
> são homens de instrução...

É provável que o leitor deste capítulo se interrogue se o poeta em causa, com tanta amargura e ceticismo, características em que inscreve a sátira que também cultiva, não enveredará num certo niilismo, num derrotismo de que ninguém sai beneficiado. Creio que não. Adelino Torres é sobretudo um humanista; é-o na ciência e na poesia. Há nele uma clara preocupação em relevar o ser humano como o centro do universo. Só em função dele, do seu equilíbrio e da sua felicidade, se justificam as demais atividades que preenchem a vida humana, incluindo a própria economia. Olha, consequentemente, de forma crítica o "economismo" e a filosofia que está por detrás do famoso *homo economicus*. Fá-lo num poema inserto no volume *Histórias do Tempo Volátil*, que designou precisamente de "Economismo".

> O fantasma do homo economicus
> (...)
> extrai a verdade das coisas
> nas evasões do como
> a vaguear no Olimpo da perfeição
>
> onde o contentamento dos sábios
> fia equações no céu
> com teares de nuvens
> (...)
> e bolas de sabão...

Trata-se de um humanismo social e culturalmente contextualizado. O homem emerge do seu discurso poético como um fim em si mesmo, como a medida dos atos e das circunstâncias. E esta faceta atribui-lhe universalidade.

É um humanismo que se coaduna com o olhar crítico que deita sobre a ciência, procurando descortinar nela o que de positivo poderá trazer à condição humana e ao mundo: "Arte, filosofia, ciência / dão forma ao equilíbrio do universo / onde a palavra é a própria criação", diz nos primeiros versos do poema "Visão" do volume *Cantos do Crepúsculo*. O espírito científico é, a par do racionalismo, um tema recorrente na poesia contida nesta e nas outras antologias. "A verdade não é um resíduo / do saber esquecido / mas a substância vaga / do saber que não virá / pelos caminhos trémulos / dos deuses domadores de sombras", escreve num poema dedicado à problemática do terrorismo islamita. Para além das dimensões angolana e portuguesa que lhe podem ser agendadas, Adelino Torres transformou-se, assim, num poeta profundamente humanista, abraçando, enquanto tal, as grandes causas universais.

Os autores em análise partilham algumas semelhanças nas suas histórias de vida: se não nasceram ambos em Angola, foi nesse país que cresceram, se socializaram e despertaram para a política, que o mesmo será dizer, para as injustiças do sistema colonial, que, desde cedo, criticaram. "Exilaram-se" ambos em Portugal, onde iniciam ou dão continuidade às respetivas carreiras académicas. As suas obras literárias acabam, em conformidade com tamanhas experiências de vida, por gravitar, em termos identitários e estéticos, entre duas importantes referências: a angolana e a portuguesa. A ambiguidade daí resultante constitui uma das explicações, porventura a mais importante, da marginalização a que as mesmas têm sido sujeitas quer em relação ao campo literário angolano, quer ao português.

A problemática da identidade, que seria em princípio uma decorrência natural de qualquer das histórias de vida em causa, acaba por ser central apenas na obra de Inácio Rebelo de Andrade. No que à poesia de Adelino Torres diz respeito, apenas nos temas referidos a Angola (reportados à infância e/ou adolescência do autor), ganha a mesma alguma expressividade. E as diferenças em apreço não têm propriamente a ver com o facto de Adelino Torres ter nascido em Portugal, mas sim com o seu exílio na Argélia e em França, somando vivências que, até certo ponto, respondem pela dimensão universal que imprime aos valores que defende (humanismo, respeito pela diferença...), valores que, de forma mais contextualizada, mais presa à memória de Angola e à sua projeção enquanto mátria, se encontram igualmente em Rebelo de Andrade. Esta diferença, que se articula, de certa maneira, com o facto de o primeiro escrever sobretudo poesia e o segundo prosa, será, porventura, a mais significativa entre os dois autores, que projetam e atualizam, quer nos conteúdos, quer nas formas exploradas, dimensões vivenciais e de gosto daquilo que é a Lusofonia no seu sentido mais extensivo. E assim sendo, as obras em análise, a despeito de hipotéticas relações de subordinação, talvez beneficiassem se apreciadas à luz do igualmente polémico cânone lusófono.

AGOSTINHO MENDES DE CARVALHO (UANHENGA XITU): O PERCURSO DE UM NACIONALISTA ANGOLANO

JOSÉ CARLOS VENÂNCIO

> Vamos angolanos, todos, sem distinção de raça e cor, irmanados no mesmo ideal para a grande tarefa que nos espera.
>
> UANHENGA XITU, excerto de um discurso de 1974

Políticos africanos e biografias

O número de biografias sobre políticos africanos não tem sido relevante, o que contrasta com o número de autobiografias que os mesmos têm feito publicar, num esforço de ponderação sobre os 50 anos de independência dos respetivos países. Motivos vários estarão por detrás do número inexpressivo de biografias publicadas. Kwame Nkrumah, Patrice Lumumba e, mais recentemente, Nelson Mandela têm sido algumas das exceções. O percurso crítico de muitos dos líderes nacionalistas, o fracasso das suas políticas quanto à implementação da democracia e ao desenvolvimento prometido pela "providência" nacionalista são, certamente, razões de peso a justificarem o desinteresse de potenciais biógrafos.

No que respeita aos políticos da África de língua portuguesa, este quadro não se altera. Poucas têm sido as biografias sobre eles. Amílcar Cabral será, porventura, entre eles, a figura mais biografada. Patrick Chabal, professor do King's College (Londres), dedicou-lhe há uns anos

102 Ensaios Lusófonos

a sua tese de doutoramento (*Amilcar Cabral. Revolutionary Leadership and People's War*, 1983)[1] e, mais recentemente, o jornalista angolano António Tomás publicou uma biografia sua, intitulada *Fazedor de Utopias. Uma biografia de Amílcar Cabral* (2007). Um ano depois, Julião Soares Sousa, um historiador de origem guineense, defendeu, na Universidade de Coimbra, uma tese a ele igualmente dedicada, a que deu o título de *Amílcar Cabral e a Luta pela Independência da Guiné e Cabo Verde*[2].

Acresce a estas três biografias um grande número de estudos apenas parcialmente biográficos, muitos dos quais insertos nas atas dos dois simpósios internacionais dedicados à figura de Amílcar Cabral. Foram ambos realizados na Cidade da Praia e tiveram como propósito principal aferir e manter atualizado o seu legado político e intelectual. O primeiro, ocorrido em 1983, desenrolou-se sob o lema "Continuar Cabral"[3] e o segundo, acontecido em 2004, pela ocasião do 80.º aniversário do homenageado, aconteceu numa conjuntura de pós-Guerra Fria e, em concomitância, debruçou-se sobre o lugar de "Cabral no cruzamento de épocas"[4].

Jonas Malheiro Savimbi foi outro político afro-lusófono a ser alvo de uma biografia. O biógrafo foi Fred Bridgland, um jornalista britânico, que, em meados dos anos 80, escreveu e publicou uma empolgante biografia do líder em apreço, intitulada *Jonas Savimbi: a Key to Africa*[5]. Em 2005, Acácio Barradas organizou, com a contribuição de vários estudiosos e escritores, uma biografia dedicada a Agostinho Neto (*Agostinho Neto. Uma Vida sem Tréguas: 1922-1979*, 2005), o primeiro presidente da República (Popular) de Angola. Um ano depois, José Eduardo dos Santos, o segundo presidente, foi igualmente agraciado com uma biografia, da autoria de Manuel Pedro Pacavira, *José Eduardo dos Santos: Uma Vida em Prol da Pátria* (2006). Mais recentemente, João Paulo Ganga publicou, em edição de autor, o primeiro volume da biografia do líder histórico da FNLA (Frente Nacional de Libertação de Angola), Holden

---

[1] Edição da Cambridge University Press. O livro dispõe de uma 2.ª edição, datada de 2003, sob a responsabilidade da Africa World Press, Inc., Londres.

[2] Publicada em livro com o título: *Amílcar Cabral (1929-1973). Vida e Morte de um Revolucionário Africano*, Lisboa, Nova Vega, 2011.

[3] Cf. *Continuar Cabral. Simpósio Internacional Amílcar Cabral*, Lisboa, Grafedito/ Prelo, Estampa, 1984.

[4] Cf. *Cabral no Cruzamento de Épocas. Comunicações e Discursos Produzidos no II Simpósio Internacional Amílcar Cabral*, Praia, Alfa Comunicações, 2005.

[5] Editada em Portugal, em 1988, pela editora Perspectivas & Realidades.

Roberto. A obra, saída para os escaparates em 2009, tem por título *O Pai do Nacionalismo Angolano. As Memórias de Holden Roberto* (I vol. 1923-1974).

No que a Moçambique diz respeito, duas biografias merecem referência: uma devida a Christie Iain, sobre Samora Machel (*Samora – Uma Biografia*, Maputo, 1986) e, mais recentemente, uma outra biografia dedicada a Armando Guebuza (*Guebuza. A Paixão pela Terra* (2004)). Escreveu-a Renato Matusse.

Se alargarmos o nosso foco analítico aos estudos biográficos, um dos políticos que tem granjeado mais atenção dos investigadores é Agostinho André Mendes de Carvalho (Uanhenga Xitu), um homem que pertence à primeira geração de nacionalistas, *i.e.*, à geração que começou a manifestar-se nos anos 40 do século XX e que, partilhando com os anteriormente referidos muitas das particularidades do percurso nacionalista, deles se destaca pelo facto de esse mesmo percurso incorporar a transição, no espaço de uma vida, da mundividência e preceitos das sociedades tradicionais para as sociedades modernas. É, consequentemente, um político que mantém muitos dos referentes tradicionais, nomeadamente o uso, sempre que ajustado, da língua materna, o kimbundu. É, ou foi, de certa maneira, acompanhado, nessa faceta de proximidade com os valores e usos tradicionais ou étnicos, por Jonas Malheiro Savimbi, conquanto neste a referida proximidade tivesse muito a ver com a sua postura ideológica e a sua prática política. Na verdade, a caminhada para a modernidade, no seu caso, esteve a cargo do avô, Sakaita Savimbi, e do pai, Loth Savimbi. Diferentemente de Uanhenga Xitu, Jonas Savimbi teve a possibilidade de frequentar, durante o período colonial, o liceu Diogo Cão [hoje Escola (do Ensino de Base do Nível II) Mandume], estudando, mais tarde, Ciência Política na Suíça. Atingiu o estatuto de académico ainda durante a vigência do sistema colonial no seu país, no que foi acompanhado por Amílcar Cabral, Agostinho Neto e Eduardo dos Santos[6].

---

[6] Amílcar Cabral frequentou o Liceu do Mindelo (Cabo Verde) e licenciou-se, em 1950, em Engenharia Agrónoma no Instituto Superior de Agronomia, em Lisboa. Agostinho Neto frequentou o Liceu Salvador Correia de Sá, em Luanda, e estudou Medicina nas Universidades de Coimbra e Lisboa, tendo concluído o curso em 1958. José Eduardo dos Santos frequentou o Liceu Salvador Correia de Sá e concluiu o curso de Engenharia dos Petróleos na União Soviética, em 1969.

Alguns dados biográficos

Agostinho Mendes de Carvalho nasceu em 1924 em Calomboloca, localidade do concelho de Catete, a cerca de 100 km de Luanda para sudeste. Após uma iniciação social feita em moldes tradicionais, descrita no seu livro, *O Ministro* (1990/2005), ingressou na escola da missão metodista da sua terra, onde fez parte da sua formação escolar. Transfere-se posteriormente para Luanda, alojando-se no internato da respetiva igreja, onde também residia aquele que, anos depois, será o primeiro presidente de Angola, Agostinho Neto. Nasce entre ambos uma amizade que durou até à morte, se não prematura, pelo menos inesperada, de Neto, em 1979.

Em Luanda tira o curso de enfermagem, profissão que veio a exercer durante vários anos e que está na origem da escrita da novela *Mungo* (2002)[7], localidade da província do Huambo, para cujo posto sanitário fora nomeado após ter terminado o curso e onde fora mal recebido pelas entidades locais e pela população branca[8]. José das Quintas, enfermeiro branco, o herói da novela em apreço, cujo comportamento fora igualmente recriminado pelas mesmas entidades por se ter apaixonado por uma jovem africana, Luciana, acaba, neste pressuposto, por ser um alter-ego do próprio autor. Mais tarde, já após a independência de Angola, estuda Ciências Políticas na República Democrática Alemã.

Desenvolve atividade política, começando por integrar e dirigir o Grupo dos Enfermeiros, que, segundo Edmundo Rocha[9], teria fortes ligações à UPA (União dos Povos de Angola), o que é, de certa maneira, confirmado pelo próprio Agostinho Mendes de Carvalho, no livro *O Ministro*[10], quando descreve a sua deslocação a Léopoldville, em dezembro de 1958, para "(…) alargar o eixo de clandestinidade (…)". Encontrou-se

---

[7] A 1.ª edição é de 1980, com um título *Os Sobreviventes da Máquina Colonial Depõem…*, que passará para subtítulo na edição de 2002. Assim, o título desta última edição é o seguinte: *Mungo. Os Sobreviventes da Máquina Colonial Depõem…*, Luanda, Nzila.

[8] A edição de 2002 traz, a título de preâmbulo, a transcrição em fac-símile de um artigo de informação, mas que também é de opinião, do semanário *Voz do Planalto*, de 16 de março de 1950, onde, de uma forma racista e grosseira, se insurge contra o recém-chegado enfermeiro. "Angola fora / do Mungo Chegou enfermeiro, mas é – preto!", reza o título.

[9] In *Angola. Contribuição ao Estudo da Génese do Nacionalismo Angolano. Período de 1950 a 1964*, 2.ª ed., Lisboa, Dinalivro, 2009, p. 110.

[10] Edição da União dos Escritores Angolanos, 1990, p. 75.

Agostinho Mendes de Carvalho (Uanhenga Xitu)

aí com Armando Ferreira da Conceição, Inocência Van-Dúnem, António Josias e Barros Necaca, então líderes da UPNA (União dos Povos do Norte de Angola), organização antecessora da UPA. Holden Roberto não se encontrava, na altura, em Léopoldville, mas sim em Accra, capital do Gana, onde participava na I Conferência dos Povos Africanos, realizada sob os auspícios de Kwame Nkrumah[11].

Na sequência do seu envolvimento político, Mendes de Carvalho é preso em 1959 e, posteriormente, em 1962, enviado para o Campo de Concentração do Tarrafal, então reaberto para aprisionar os nacionalistas das colónias. Permanece preso até 1970. Foi neste período que despertou o seu interesse pela literatura, como exercício de evasão e de sublimação. Desta altura data aquele que será, porventura, o seu texto mais conhecido, o conto "Mestre Tamoda".

Após a independência, foi nomeado Ministro da Saúde do primeiro governo angolano, presidido por Agostinho Neto. Foi depois nomeado Embaixador Extraordinário e Plenipotenciário do seu país na República Democrática Alemã, assistindo simultaneamente a Polónia e a Checoslováquia e, por fim, eleito deputado. Termina, aliás, a sua carreira política (no sentido profissional do termo) nesta última condição, a de deputado.

Enquanto militante do MPLA, foi membro do Comité Central do partido/movimento, quer na condição de efetivo, quer de suplente, alternância ou instabilidade que poderá ter a ver com o seu espírito crítico e consequente distanciamento em relação às políticas seguidas pela direção do partido, no que terá violado frequentemente o princípio de centralismo democrático então partidariamente instituído.

Desta breve apresentação ressaltam dois aspetos que me parecem importantes para a caracterização da história de vida de Uanhenga Xitu. Um tem a ver com a sua ascensão social e política, em que protagonizou um processo de transculturação da sociedade tradicional para o topo da sociedade moderna no decurso de uma só vida, o que lhe permitiu manter, com alguma autenticidade, uma relação estreita com esse mesmo mundo, que tem sido uma das suas fontes de legitimação política. Não que o seu caso seja propriamente exceção em África. É, aliás, no que à sua geração se refere, a norma. Angola apresenta, porém, algumas especificidades a esse respeito. Não obstante a prevalência de uma forma generalizada do

---

[11] A UPNA foi o único movimento angolano de libertação que se fez representar em tal evento.

referente étnico na construção das identidades individuais[12], uma parte da elite política, por razões que se prendem nomeadamente com a presença portuguesa na região de Luanda e de Benguela desde o século XVI, perdeu ou deixou esmorecer os seus laços etnolinguísticos. O segundo aspeto prende-se com um compromisso que, sendo também patriótico[13], é sobretudo nacionalista. Na verdade, em qualquer das circunstâncias da sua vida política, quer nas que foi mais crítico, quer nas que foi menos crítico, dificilmente as suas posições são compreensíveis fora do enquadramento ou paradigma nacionalista. Entenda-se por paradigma nacionalista, neste contexto, a função referencial atribuída ao conceito de nação a partir das décadas de 30/40 do século passado.

O compromisso nacionalista

Mendes de Carvalho pertence à primeira geração[14] de nacionalistas africanos, partilhando essa condição com outros políticos e dirigentes, tais como Jomo Kenyatta (1894-1978), Agostinho Neto (1922-1979), Amílcar Cabral (1924-1973), Léopold Sédar Senghor (1906-2001), Sékou Touré (1922-1984), Houphouët Boigny (1905-1993), Edward Mondlane (1920-1969), Kwame Nkrumah (1909-1972), Patrice Lumumba (1925-1961) e Kenneth Kaunda (1924-). Foi a geração que logrou conduzir os seus países à independência e que os governou, na esmagadora maioria dos casos, em regime de partido único, beneficiando, para tanto, do facto de o mundo

---

[12] Cf., a propósito, Paulo de Carvalho, "Estado, nação e etnia em Angola", *Revista Angolana de Sociologia,* n.º 1, 2008, p. 67.

[13] Esta assunção remete para o conceito de pátria, para a terra do pai, a terra dos antepassados. Diferentemente do conceito de nação, pátria pressupõe a existência de um território, de um local de nascimento, em relação ao qual se partilha uma herança cultural comum. É, por conseguinte, um conceito de teor geográfico e, consequentemente, mais primordial que o de nação, que vive sobretudo de valores e solidariedades construídas, próprias de ambientes de modernidade e de complexidade funcional. Cf., a respeito, entre outros, Ernest Gellner, *Nações e Nacionalismo,* Lisboa, Gradiva, 1993, pp. 14 e segs.; Paulo de Carvalho, *Angola, Quanto Tempo Falta para Amanhã? Reflexões Sobre as Crises Política, Económica e Social,* Lisboa, Celta Editora, 2002, pp. 4 e segs.

[14] Tenho em conta na configuração desta "geração" não propriamente o nascimento e o tempo de vida dos seus protagonistas, mas sim a incidência de uma parte importante do seu exercício político num tempo deveras dominado pelo projeto nacionalista: os anos 50 e 60 do século passado.

Agostinho Mendes de Carvalho (Uanhenga Xitu)

de então estar dividido em dois blocos político-militares por via da chamada Guerra Fria. Aliás, desde cedo que esta se fez sentir no movimento nacionalista africano. O início dos anos 60 do século XX assistiu à divisão deste movimento em dois grupos de países: o de Casablanca, agendado ao "mundo socialista", e o de Monróvia, comprometido com o "mundo capitalista". A fundação da Organização da Unidade Africana, em maio de 1963, em Addis Abeba, veio colmatar, de certa forma, esta divisão, conquanto tenham prevalecido os princípios defendidos pelo grupo de Monróvia, isto é, de uma organização não-federativa, limitada a alguns pactos, tais como o da não-ingerência nos assuntos internos de cada um dos Estados e a não alteração das fronteiras herdadas do período colonial, *i.e.*, respeito recíproco da soberania e da integridade territorial (art.º 3)[15].

Na sua definição estratégica, porém, são aprovados princípios e medidas que significam alguma cedência ao defendido pelo grupo de Casablanca. Entre as medidas então tomadas, conta-se a criação de uma Comissão de Libertação, sediada em Dar-es-Salam, que, de qualquer modo, por razões várias, acabou por nunca ser devidamente operativa[16]. No que diz respeito aos princípios, a cedência manifestou-se sobretudo na aprovação dos que consubstanciaram a definição do que é um movimento de libertação, cuja vigência não deixou de ser importante para o desenvolvimento do nacionalismo em África, mormente na de língua portuguesa, onde, como se sabe, foi o mesmo acompanhado pelo desencadeamento de lutas armadas. Excluídos dessa definição ficaram os movimentos de libertação no seio de Estados já independentes, consubstanciando-se, desta forma, os princípios da não ingerência e da integridade territorial.

A esta geração de nacionalistas e governantes são imputadas responsabilidades[17] pelo que correu mal nos seus países; são responsabilizados pelo fracasso do projeto desenvolvimentista, que estaria implícito no pro-

---

[15] A secessão da Eritreia foi a única exceção nos 50 anos de independências africanas. A União Africana, entretanto instituída, continua, a par doutros objetivos programáticos, que a aproximam da experiência institucional da União Europeia, a salvaguardar estes dois princípios. Cf., p. ex., os princípios constantes da Declaração de Lomé (Declarations and Decisions Adopted by the Thirty-sixth Ordinary Session of the Assembly of Heads of State and Government), de 12 de julho de 2000.

[16] Cf. Manuel Jorge, *Para Compreender Angola*, Lisboa, Publicações Dom Quixote, 1998, p. 98.

[17] Alguns dos críticos eram, e são, intelectuais, escritores e artistas, que inicialmente estiveram identificados com os que vieram a optar pela via da governação e da

grama nacionalista; são culpabilizados, e com justificação, pelos inúmeros atropelos aos direitos humanos; por má governança e pela corrupção que, a dada altura, se apoderou dos aparelhos estatais e dos setores formais da economia, corroendo-os por dentro. E são ainda criticados pelo facto de terem desconsiderado o papel das entidades tradicionais e respetivas idiossincrasias na construção do Estado pós-colonial.

Será, contudo, legítimo fazer-se uma distinção entre os que se transformaram em ferozes ditadores e os que, governando em regime de partido único, conseguiram implementar um certo humanismo à sua governação, como foi, por exemplo, o caso de Kenneth Kaunda ou mesmo de Jomo Kenyatta, não obstante as críticas contundentes que são dirigidas a este, por aquele que é, porventura, o maior escritor queniano, Ngugi wa Thiong'o. A par de tal distinção, historicamente legitimada, há que salvaguardar uma das figuras citadas: a de Léopold Sédar Senghor.

Diferentemente dos seus pares, Senghor procurou governar em democracia, o que conseguiu em parte pela filiação que manteve para com a antiga metrópole, a França, numa relação privilegiada, designada então, nos meios marxistas, por neocolonialismo. Seja como for, antes de Nelson Mandela, foi Léopold Senghor o primeiro político africano a abdicar do poder, pioneirismo que nem sempre lhe é reconhecido.

Apontei até agora os aspetos negativos imputados à primeira geração de nacionalistas. Pela sua ponderação descontextualizada, poder-se-ia concluir que o nacionalismo e as independências se reverteram de uma forma mais negativa do que positiva para África. E não restam dúvidas quanto ao lado pernicioso e condenável de muitos dos governos pós-coloniais, mas o nacionalismo, mormente o africano, foi e é muito mais do que a justificação das autonomias políticas. O impacto positivo dos nacionalismos está para além dos indicadores de ordem material, conquanto alguns países nos últimos anos tenham registado, também neste domínio, progressos decisivos e assinaláveis. Mas retomando a ideia de que o lado positivo das independências está para além deste indicador, chamei a atenção, em trabalho recente[18], para o facto de que o nacionalismo africano, para além de partilhar as características do nacionalismo

---

administração. Afastaram-se das práticas governativas destes, denunciando a desvirtuação do projeto nacionalista.

[18] José Carlos Venâncio, *O Facto Africano. Elementos para uma Sociologia da África*, Recife, Fundação Joaquim Nabuco/Editora Massangana, 2009.

em geral, tinha uma particularidade, que era a de ter servido de catarse no reencontro das elites africanas com referentes culturais tradicionais, com a mundividência da grande maioria dos africanos, que, diferentemente dessas mesmas elites, quando não foi seriamente prejudicada, permaneceu à margem das benesses proporcionadas pelos sistemas coloniais. A função catártica em apreço foi, porém, mais longe, não se limitando ao plano interno dos respetivos países. Permitiu igualmente aos africanos a sua afirmação perante um mundo dominado pela idiossincrasia do homem branco, com reflexos quer na governação dos seus países, quer na presença dos africanos em organizações internacionais vocacionadas para a governação global, como sejam a ONU (Organização das Nações Unidas) e a UNESCO (United Nations Educational, Scientific and Cultural Organization). Desde então, os africanos, através dos seus representantes estatais e diplomáticos, passaram a ombrear, pelo menos no plano formal, com os restantes povos do mundo, incluindo os europeus, alguns dos quais antigos colonizadores.

Esta conquista (porque, na verdade, é disso que se trata) pode, numa primeira abordagem, parecer de somenos importância, mas ela trouxe dignidade ao homem negro, considerado pelo pensamento político e social europeu, sobretudo a partir do Iluminismo, como infra-humano e como estando fora do curso da História. A esse respeito, foi um grande passo dado pelo homem negro e, porque ninguém é verdadeiramente livre enquanto oprime, pela própria humanidade.

A emergência do escritor

É em função deste contexto, que subentende um olhar mais endógeno que exógeno das questões africanas[19], que deve ser analisada e compreendida a ação de Uanhenga Xitu, não apenas como político (diplomata e deputado), mas também como escritor.

Comecemos por esta última faceta da sua personalidade, descoberta ou evidenciada, como vimos, durante o cativeiro na prisão do Tarrafal, em Cabo Verde. Os seus textos, com a exceção de *Mungo. Os Sobreviventes da Máquina Colonial Depõem...*, têm por palco a cidade de Luanda e

---

[19] Cf., a respeito, Victor Kajibanga, "Saberes endógenos, ciências sociais e desafios dos países africanos", *Revista Angolana de Sociologia*, n.º 2, 2008, pp. 7-14.

o seu interior próximo, a Funda, Calomboloca, a terra do autor, Catete, etc.. Trata-se de locais que distam de Luanda entre 40 e 100 quilómetros e integram uma região onde a presença portuguesa se fez sentir de maneira acentuada, pelo menos desde o século XVI. Dessa presença resultaram influências e processos de miscigenação cultural e linguística que configuraram maneiras de estar e de viver partilhadas pelas suas personagens. 'Mestre' Tamoda, Manana, Filito, Mafuta e Kahitu são alguns dos protagonistas dessa miscigenação. Fazem-se valer de um *status* que é definido pela competência que têm, ou julgam ter, na língua portuguesa. O autor, não deixando naturalmente de admitir a importância de tal competência como forma de sobrevivência ou contestação na sociedade colonial, afasta-se do mundo das suas personagens para as criticar, por vezes para ridicularizar o seu pretensiosismo. Procede assim em relação ao 'Mestre' Tamoda e em relação a Kahitu. Esse afastamento é também a legitimação da mensagem de fundo que pretende transmitir. Não é, pois, a aculturação, enquanto processo, que é alvejada pela acutilância do seu olhar crítico, nem tampouco a crença no sobrenatural e no poder mágico dos feiticeiros e curandeiros. O que é posto a ridículo é o lado perverso desse processo, ou seja, a inautenticidade com que alguns assumem a modernidade, a aprendizagem do idioma e dos valores culturais dos colonizadores. O 'Mestre' Tamoda, quer no conto do mesmo nome, quer em *Os Discursos do 'Mestre' Tamoda* (s.d.), é a personificação plena dessa inautenticidade. Manana, a principal personagem do romance do mesmo nome, acabou por ser vítima da indecisão dos seus familiares próximos quanto à escolha dos tipos de cura a seguir: se os da medicina tradicional, se os da medicina moderna.

Igualmente vítima da sua inacabada e, como tal, inautêntica, competência linguística e cultural em português foi Kahitu. Não é apenas o facto de esta personagem ser paraplégica que explica o cariz tragicómico que caracteriza a narrativa a que dá o nome. O tragicómico acompanha, pois, em Uanhenga Xitu, o percurso de todas as personagens que assumem de forma desmesurada a modernidade, assim como a cultura e a língua do colonizador.

Neste ponto, Uanhenga Xitu afasta-se de Alfredo Troni, o autor de *Nga Mutúri* (1882), para quem os espaços vazios derivados do contacto entre a cultura europeia e a africana apenas serviam para provocar o riso. O século de colonização que separa os dois autores, assim como as suas diferentes origens – Troni era, na verdade, um autor português radicado em Angola –, explicam provavelmente a componente trágica que Xitu adicionou aos seus textos, sem que esse lado trágico se sobreponha, como vimos, à mensagem de fundo que deles também é devido extrair: a procura de consenso. Apenas este desiderato autoral nos permite entender uma personagem como José das Quintas do romance *Mungo*[20], que é tão carinhosamente tratado pelo autor e que, de certa maneira, se perfila como o seu *alter ego*. José das Quintas é um jovem enfermeiro português, bisneto de um encarregado dos celeiros do rei, que, por desejo de aventura, desembarca um dia em Angola para trabalhar na sua profissão. Renega toda a teia de influências que um amigo estaria em condições de mover e segue para o posto do Mungo, onde havia sido temporariamente colocado. É neste pequeno microcosmo da sociedade colonial que descobre a máquina do referido sistema, manifestando, contra a mesma, atitudes que desgostaram o chefe do posto, os comerciantes portugueses e os padres católicos. Assinale-se, entretanto, que o comportamento destes últimos, inclusivamente a caracterização do seu discurso, deixa antever laivos de intertextualidade com a trilogia de Castro Soromenho [*Terra Morta* (1949), *Viragem* (1957) e *A Chaga* (1970)]. Mungo desempenha um papel idêntico ao de Camaxilo, a vila que é palco da ação do primeiro e do último romance de Soromenho. A única diferença é que, ao contrário do aspirante administrativo Joaquim Américo do romance *Terra Morta*, personagem com a qual o autor realiza homologia[21], José das Quintas foi para Angola para ficar. Assume a angolanidade e projeta-se como uma das forças anímicas da Angola do futuro. Prende-se, em consonância, de amores por Luciana, uma jovem local ainda presa ao mundo da sua cultura e da sua aldeia. Mais uma vez, os espaços vazios que resultam da interpenetração das duas culturas geram riso e tragédia em Xitu. O desenlace da narrativa é, pois, trágico. Luciana acaba por ser mordida por uma cobra e morrer. Da mesma forma que o fim trágico doutras personagens de Uanhenga Xitu, tais como 'Mestre' Tamoda, Manana e Kahitu, não deve ser visto como uma abnegação do autor em relação ao

---

[20] O que condiz com as palavras simpáticas que, no extratexto, dedica ao soldado português, José Luís de seu nome, que o acompanhou no barco de Luanda até ao Tarrafal de Santiago, quando para lá seguiu preso: "Ao desembarcarmos falaste ao ouvido: 'Coragem, está para breve a vossa libertação, cuidado com os informadores' – ganhei a vida".

[21] José Carlos Venâncio, *Uma Perspectiva Etnológica da Literatura Angolana*, 2.ª ed., Lisboa, Ulmeiro, 1993, pp. 52 e segs.

mundo que se tece do contacto entre a cultura portuguesa e as culturas locais, a morte de Luciana, no fim da narrativa, não deve ser interpretada como o desenlace de um amor impossível. Este, acidentalmente contrariado, ficou para sempre como semente para as gerações futuras. Nem o chefe de posto, nem os comerciantes, nem tampouco as forças sobrenaturais que terão levado a cobra a morder Luciana, conseguiram destruí-lo. Destruíram uma vida, mas não a razão de viver.

A procura de consenso que subjaz aos textos de Uanhenga Xitu como mensagem de fundo deriva em muito da proximidade do sujeito empírico às sociedades e ambientes que descreve e que, em termos de escrita ou palavra literária, o aproxima dos *griots* da África ocidental e, em termos de posicionamento social e político, o legitima como "mais--velho", como alguém que deve ser respeitado.

No que diz especificamente respeito à sua tarefa enquanto escritor, confessa-o numa palestra realizada na Universidade de São Paulo, a 25 de agosto de 1983, apensa no volume *Os Discursos do 'Mestre' Tamoda*: "falar sobre a minha obra literária e a minha experiência como escritor de raízes populares – diz – não é tão fácil, a quem, como eu, escreveu, não com a intenção de ser escritor, mas, apenas como um registador de algo que se passava no meio e no ambiente da sua convivência" (p. 171).

Tal posicionamento e o distanciamento que também tem sabido manter em relação ao mundo que descreve – onde se manifesta, algumas vezes, o etnógrafo, noutras, o crítico social – constituem elementos assaz importantes para o desenvolvimento de um tipo de romance que, de alguma forma, reflita especificidades das sociedades africanas. Nos anos 70 do século passado, Norman Stokle[22] chamou a atenção para um dado que continua a manter a sua atualidade: a importância que teve para a africanização do romance o facto de o escritor francófono Francis Bebey ter suspendido frequentemente o plano narrativo dos seus textos, para, como autor, intervir diretamente junto dos leitores. Uanhenga Xitu, em consonância com a proximidade, que mantém e cultiva, em relação à sociedade dita ou tida como tradicional, procede precisamente da mesma

---

[22] Norman Stokle, "Towards an Africanization of the Novel: Francis Bebey's Narrative Technique", *in* K. Ogungbesan (ed.), *New West African Literature*, Londres, Heinemann, pp. 104-115.

Agostinho Mendes de Carvalho (Uanhenga Xitu)

forma. Não é, assim, em vão que Salvato Trigo[23] o tenha considerado como "(...) um dos maiores africanizadores da literatura angolana".

Estas características estão presentes naquele que é, porventura, o livro que gerou maior impacto político. Refiro-me à obra *O Ministro*, que apresenta três dimensões: uma de teor memorial e autobiográfico, que, conjuntamente com uma outra de feição ensaística, respondem, em grande medida, pela reação que suscitaram e continuam a suscitar no leitor, pelo impacto político referido. A terceira dimensão é de motivação ficcionista e, neste aparte, a obra continua o filão romanesco e contista do autor.

No que diz respeito à dimensão memorial, há todo um considerar de situações, opções e episódios políticos, cuja descrição não prescinde de um relacionamento estreito com a história do MPLA, partido do qual o autor tem sido um destacado militante, conquanto nem sempre, como vimos, tenha estado de acordo com as diretrizes superiormente adotadas. De certa maneira, Uanhenga Xitu, no exercício desta dimensão ou vertente do livro em apreço, insere-se na tradição autobiográfica a que se tem vindo a assistir junto dos políticos e intelectuais africanos da primeira geração de nacionalistas, a qual estará, por sua vez, na continuidade das primeiras autobiografias dos "educated Africans". *The Autobiography of Kwame Nkrumah* (1957) e *Zambia Shall Be Free. An Autobiography* (1962), devidas a Kenneth Kaunda, são das primeiras autobiografias escritas por nacionalistas. Outras se seguiram, sendo que muitas, como acontece no livro de Uanhenga Xitu, não são propriamente autobiografias, contendo apenas elementos autobiográficos. Em qualquer das circunstâncias, emerge como principal preocupação do ato de escrita o balanço da atividade do próprio enquanto político ou enquanto intelectual. Consoante o posicionamento do seu autor, assim os textos em apreço assumem mais o cariz de autocrítica ou de denúncia política.

A vertente ficcionista de *O Ministro* segue, como já referido, o jeito romanesco e contista do seu autor. Personagens como Toni, Kuteku, Zequinha, Malafuaia e Rumba habitam o mundo de personagens já conhecidas, como Tamoda, Filito e Manana. É o mundo marcado pela transição cultural entre o tradicional e o moderno, referentes em função dos quais vários investigadores da obra de Xitu se têm atido, merecendo

---

[23] Salvato Trigo, "Uanhenga Xitu – da oratura à literatura", *in* Dário de Melo e Jacques dos Santos (orgs.), *O Homem da Quijinga*, Luanda/Lisboa, Edições Chá de Caxinde/Prefácio, 2007, pp. 177-183.

especial atenção a respeito o ensaio de Ana Lúcia Lopes de Sá (2005), provavelmente o estudo mais acabado sobre a obra literária em apreço. A única diferença entre o mundo de Tamoda e o de Toni e demais personagens de *O Ministro* é que estes assumem a sua modernidade num período posterior à independência; enquanto Tamoda e Manana estavam aquém do poder, Toni e Kuteku exercem-no e não sempre no melhor sentido, pelo que acabam por ser alvo das críticas autorais. Xitu serve-se delas para explorar de forma risível a dicotomia entre mundo urbano e rural que se acentuou significativamente nos primeiros anos após a independência, numa altura em que a guerra civil não havia ainda assumido a dimensão que veio a assumir em fins dos anos 80 e anos 90 do século passado. Como ele, outros autores exploraram igualmente tal dicotomia numa altura em que ainda parecia ser reversível a migração campo-cidade. Refiro-me a Pepetela, com *O Cão e os Caluandas* (1985) e Manuel Rui com *Quem Me Dera Ser Onda* (1984).

Diferentemente destes últimos, que com tais títulos deram corpo à corrente de sátira social da literatura angolana, o lado ficcional de *O Ministro* vai mais longe, enveredando para uma sátira de cariz político. Não o faz de forma tão contundente como Manuel dos Santos Lima no seu livro *Anões e Mendigos* (1984). Ao contrário deste, Xitu não põe em causa a via comunista e unitária escolhida pelo MPLA para a consolidação da sociedade civil e a criação da nação. O sistema político implantado pelo movimento/partido no governo não é posto em causa. Embora com distanciamento crítico, assume, na verdade, o discurso do poder, sem que este compromisso se reverta obrigatoriamente em desmerecimento estético. A frontalidade ideológica com que passa em revista a história política angolana e a originalidade estilística com que trata as matérias relacionadas com o pós-independência fazem, pois, do livro *O Ministro* uma das peças mais significativas da literatura angolana.

O político e o diplomata

O seu lado contestatário é também de tolerância e de compromissos. Dois textos são particularmente elucidativos a esse respeito, pelo que têm de ensaístico e programático, assim como de autobiográfico. Refiro-me ao livro *O Ministro* e ao ensaio "Ponto prévio, Senhor Presidente", inserto no volume *Cultos Especiais* (1997). Em ambos, assume-se como "o mais-velho", o ancião das cortes tradicionais, a quem eram pedidos conselhos e ajuda, mas também a quem reconheciam legitimidade bastante para criticar o que estava mal. E Mendes de Carvalho transporta esse papel do exercício do poder nas sociedades tradicionais para a sociedade moderna, não tendo, em consonância, qualquer pejo em criticar medidas e condutas do seu próprio partido, mesmo que, para o efeito, se veja obrigado a arredar o seu lado político da narração, como o fez, por exemplo, no capítulo de *O Ministro* dedicado à figura do Cónego Joaquim Manuel das Neves, onde escreve: "Atenção, que neste momento sou escritor" (p. 249).

O seu espírito independente e o compromisso que mantém com a mundividência tradicional fazem dele um sábio; detentor de uma sabedoria que vem do conhecimento que tem dos dois mundos em causa, em relação aos quais alimenta, por sua vez, um certo distanciamento. Não deixa, por conseguinte, de criticar aspectos do exercício tradicional do poder que, quando transportados para a sociedade moderna, redundam em clientelismo ou em neopatrimonialismo, como o mesmo é referido na tradição weberiana. É elucidativo a esse respeito o diálogo entre os anciãos da terra natal do Ministro Kuteku (in *O Ministro*) e o próprio Ministro, de quem, com a sua visita, tudo se esperava, mas que nada pôde resolver:

> – Aiii! Espera ainda, nosso filho – diz um dos anciões –, desde que a gente está aqui, da sua boca só ouve não, não, não, afinal é nosso ministro que se chama: Não! (p. 191).

Os anciãos, fazendo prevalecer o direito costumeiro, alimentavam expectativas em relação ao ministro saído do seu meio, que, por sua vez, só dessa forma, atribuindo alguma benesse, granjearia o respeito da comunidade.

De qualquer modo, diferentemente do que foi o projeto e a atuação de muitos dos nacionalistas da sua geração, Agostinho Mendes de Carvalho não deixa de atribuir particular importância às autoridades tradicionais, criticando, nomeadamente, a sua marginalização do processo constitutivo do Estado pós-colonial:

> Quando se pensou e começou – diz, não sem alguma ironia – a instalar o poder do Movimento, depois partido MPLA-PT, houve uns lapsos graves. Os sobas e outras autoridades tradicionais começaram a ser substituídos por uns indivíduos (Camaradas) cognominados Comités (*Ibidem*, p. 193).

116 Ensaios Lusófonos

Antecipou-se, desta maneira, ao esforço que alguns líderes atuais vêm empreendendo no sentido da recuperação das mundividências, saberes e formas de exercício político tradicionais, sem que consigam ou queiram, na verdade, implementar o que sugerem:

> (…) nadie cree – escreve Ferran Iniesta[24] – que el ugandés Yoweri Museveni se haya convertido, súbitamente, en un sincero defensor de las antiguas monarquías ni que el sudafricano Thabo Mbeki haya renunciado a su idea de un moderno *African Renaissance*[25] a favor de una recuperación de los poderes étnicos (…).

A sua atuação enquanto diplomata não pode ser entendida sem a conjuntura nacionalista que permitiu, mesmo junto dos países de Leste, aparentemente libertos de algumas das idiossincrasias do mundo ocidental, a afirmação do homem negro em pé de igualdade com os restantes povos da humanidade. Mendes de Carvalho foi, como vimos, embaixador Plenipotenciário na República Democrática Alemã, com responsabilidades de assistência na Polónia e na Checoslováquia. A sabedoria e a agilidade intelectual do "mais-velho" africano estiveram presentes nesses atos, sendo que um deles, ocorrido na feira do livro de Frankfurt, teve a ver com a atribuição, em 1986, do Prémio Noma (prémio japonês destinado a incentivar a edição de livros em África) ao livro de António Jacinto, *Sobreviver em Tarrafal de Santiago* (Luanda, 1985). Na altura, Johannes Rau, ministro presidente do Estado Federado da Renânia do Norte-Vestefália, mais tarde Presidente da República Federal da Alemanha, deslocou-se propositadamente de helicóptero a Frankfurt para uma importante reunião com o então embaixador angolano na República Democrática Alemã, Agostinho André Mendes de Carvalho[26]. Negociava-se a abertura de uma embaixada de Angola na República Federal da Alemanha.

---

[24] Ferran Iniesta, "Introducción. La frontera ambígua. Tradición y modernidad en Africa", *in* Ferran Iniesta (Ed.), *La Frontera Ambígua. Tradición y Democracia en Africa*, Barcelona, Ediciones Bellaterra, 2007, pp. 9-32.(nota de rodapé minha).

[25] Há, de qualquer modo, uma pergunta que fica sempre por responder: será que a dinâmica de inserção das sociedades africanas no sistema mundial, dominado pela ideia de modernização, pelo capitalismo e pelo neoliberalismo, permite a recuperação de tal passado, de tal protagonismo? Não é uma resposta simples (nota de rodapé minha).

[26] Não participando na reunião havida, testemunhei, porém, toda a sua envolvente. Aliás, a amizade que nos une permitiu-me testemunhar este e outros atos do então embaixador Agostinho Mendes de Carvalho.

A sua ação diplomática, em geral, e esta ação, em particular, revestiu-se ainda da maior importância por três razões que me parecem deveras significativas:

1) A vigência da Guerra Fria e o facto de o Estado anfitrião, a República Federal da Alemanha, ser um dos polos importantes dessa contenda;
2) Na altura, a proximidade, em termos políticos e estratégicos, de Angola do Bloco de Leste, o polo oposto;
3) O confronto, no plano internacional, do Estado angolano e do governo do MPLA com um dos movimentos insurgentes mais significativos não só em relação à África pós-colonial, como em relação ao próprio Terceiro Mundo. Refiro-me à UNITA (União Nacional para a Independência Total de Angola), movimento que patenteava elevada autonomia política em relação aos seus patronos[27] e cujo líder, Jonas Savimbi, acabava de ser recebido, em janeiro desse ano (1986), por Ronald Reagan, o presidente dos Estados Unidos da América, no âmbito de uma visita aos Estados Unidos da América classificada como semioficial[28].

A sabedoria do mais-velho, indicador de uma mundividência africana que deve ser preservada, impôs-se, assim, no centro de um turbilhão de interesses, de que o governo do MPLA e a própria Angola beneficiaram, ao verificar-se, mais tarde, a abertura da respetiva embaixada. Aliás, seria esse, segundo Belarmino Van-Dúnem (2009), um dos principais desígnios da diplomacia angolana na altura, que era o de reforçar o prestígio e intensificar "(...) o conhecimento correcto da realidade nacional (entenda-se angolana) na Europa ocidental".

O propósito deste artigo foi o de fazer uma leitura da vida e da ação de uma das mais importantes figuras angolanas da atualidade, Agostinho André Mendes de Carvalho (Uanhenga Xitu). Procurei demonstrar que o homem que está por detrás do escritor, em cuja escrita deixa transparecer um conjunto de valores e de paradigmas comportamentais, se manifesta com igual sagacidade e equilíbrio na sua vida política e diplomática.

---

[27] Christopher Clapham, *Africa and the International System. The Politics of State Survival*, 2.ª ed., Cambridge, Cambridge University Press, 1996, p. 237.

[28] Jardo Muekalia, *Angola: a Segunda Revolução. Memórias da Luta pela Democracia*, Porto, Sextante Editora, 2010, p. 208.

É sempre o mesmo Uanhenga Xitu a manifestar-se em qualquer dessas facetas; um nacionalista que gere compromissos em prol de objetivos nobres, que passam pela dignidade do homem negro, pela valorização do mundo das entidades tradicionais e pelo diálogo intercultural. Agostinho Mendes de Carvalho transpôs o seu tempo; vindo da primeira geração de nacionalistas, o seu legado político, cultural e humano inscreve-se, com plena propriedade, no conjunto de expectativas que o século XXI, à revelia dos piores prenúncios, tem vindo a proporcionar um pouco por todo o mundo: o aprofundamento do diálogo intercivilizacional.

O ESCRITOR DO INCONFORMISMO MACAENSE:
HENRIQUE DE SENNA FERNANDES[1]

JOSÉ CARLOS VENÂNCIO

> Outros lá, nessa Lisboa,
> A privada galardoa,
> Com medalhas e brasões:
> Cavalguem belos telizes
> Sejam ricos e felizes,
> Sejam tudo...eu sou Camões
>
> JOSÉ DOS SANTOS FERREIRA (Adé)

Talvez valha a pena começar por explicar o título. Porquê inconformismo? O termo, em si, remete-nos para um sentido de resistência, senão de subversão; um sentido que poderá igualmente traduzir-se por uma atitude que contraria o *sistema*, tal como este é entendido por Jürgen Habermas, que o contrapõe ao *mundo da vida, ao nosso mundo da vida,* por assim dizer, que por aquele (pelo sistema, entenda-se) é colonizado[2]. Este sentido não é, aliás, muito diferente do significado atribuído ao referido termo pelo *Dicionário da Língua Portuguesa Contemporânea* da Academia das Ciências de Lisboa, onde inconformismo surge referido como modo "(...) de ser ou atitude de quem não se submete aos hábitos e normas dominantes".

Não é propriamente este o sentido com que o termo em questão foi utilizado no título. Pretendo relevar a afirmação de uma diferença que

---

[1] Ensaio publicado na revista *Tempo Tríbio*, vol. 1, n.º 1, Recife, 2006, pp. 78-92.
[2] José Carlos Venâncio, *A Dominação Colonial. Protagonismos e Heranças*, Lisboa, Editorial Estampa, 2005, p. 118.

120 Ensaios Lusófonos

nem sempre foi entendida na sua devida dimensão, quer pelo país administrante, neste caso, Portugal, quer pelo país de acolhimento, a China. Por "devida dimensão" entendo a potenciação da especificidade cultural e humana de Macau para o entendimento diplomático, e não só, entre dois povos que tanto se desconhecem. De referir que, no que respeita à política colonial, no passado, e à atual política externa portuguesa (quando entendida, claro, no sentido de "longa duração"[3]), tal desmerecimento não é, propriamente, novidade. Encontramos, por exemplo, ressentimentos idênticos aos manifestados por Senna Fernandes, em frequentes intervenções públicas, junto de atores de comunidades idênticas de África e, salvaguardadas as diferenças históricas e sociológicas, no próprio Brasil.

Inconformismo traduz, assim, mais do que abandono ou marginalização[4], a consciência, a par de um patriotismo afirmado[5], do não aproveitamento das capacidades locais em prol de um futuro melhor para todos, de um futuro que tanto beneficiaria os metropolitanos, como os que são objeto desse desmerecimento. Particularmente elucidativas a este respeito são as palavras do historiador e político macaense da I República, Carlos Augusto Montalto de Jesus, insertas no opúsculo *O Que Será de Portugal?* (Lisboa, 1912)[6]:

> Com uma colónia bem precária na China, nem se cuidou de ter um ministro em Pequim durante a crise; e, afinal nomeado, o ministro é detido cá (entenda-se Portugal). Apesar de todas as mudanças no Extremo Oriente, ainda se nomeia um só ministro para Pequim e Tóquio. (…) [Mal posso esquivar-me de dizer que, conhecendo melhor do que ninguém a nossa desgraçada situação no Extremo Oriente, debalde tentei salvar o nome português de mais desprestígio ultimamente].

---

[3] Não está aqui em causa a política externa deste ou daquele governo. Trata-se antes de entender essa política numa perspetiva alargada, estrutural, profunda.

[4] Que é, por exemplo, o sentido referido por António Conceição Júnior, no prefácio (datado de janeiro de 1995) que escreveu para a 4.ª edição do livro de sua mãe, Deolinda da Conceição, *Cheong-sam. A Cabaia* (Macau, 1995): "Mesmo que nos ignorem, não deixamos de existir. Existir é a nossa força. Fomos e somos aqueles que legitimaram a presença portuguesa (em Macau, subentenda-se!). Porque aqui nascemos falando em português" (p. 12).

[5] David Brookshaw, "Imperial Diasporas and the Search for Authenticity. The Macanese Fiction of Henrique de Senna Fernandes", *Lusotopie*, 2000, pp. 271-282.

[6] Cit. de Carlos A. Gonçalves Estorninho, "Em jeito de introdução. Macau histórico – a glória e o martírio de Montalto de Jesus", *in* C.A. Montalto de Jesus, *Macau Histórico*, Macau, Livros Oriente, 1990, p. 13.

Sendo seguramente abusivo estender a consciência desse não aproveitamento ao longo período da presença portuguesa no Sul da China, o certo é que, por estas palavras, se poderá concluir que os motivos de um tal inconformismo não são de hoje. Têm sido recorrentes ao longo da História.

Importa igualmente que nos debrucemos sobre um outro vocábulo qualificativo constante do título: macaense. Em princípio designará tudo o que tem a ver com Macau, território que regista a presença portuguesa desde o século XVI. A "colónia", que então aí se estabeleceu, conheceu, ao longo dos séculos – como seria, aliás, previsível – alterações de estatuto que podem ser agrupadas em função de duas grandes conjunturas: a mercantilista e a capitalista. A vigência desta última, onde se integra a fundação da colónia de Singapura em 1819 e da colónia de Hong Kong em 1840, proporcionou, seguindo o quadro teórico proposto por Immanuel Wallerstein[7], a emergência da economia mundial. Assistiu-se, desta forma, ao longo das duas conjunturas, à oscilação entre um estatuto que aproximava Macau do que poderá ser considerado como uma feitoria[8] e um outro estatuto, visível sobretudo após a criação da colónia de Hong Kong, que submetia o território a uma dominação colonial mais evidente.

---

[7] *The Modern World System I. Capitalist Agriculture and the Origins of the European World-Economy in the Sixteenth* Century, Nova Iorque, Academic Press, 1974; *The World-System II: Mercantilism and the Consolidation of the European World-Economy, 1600-1750,* Nova Iorque, Academic Press, 1980. Segundo este autor, a emergência da economia mundial foi antecipada pela vigência doutras economias-mundo, nomeadamente a europeia. Embora estas se relacionassem, entre si, através do comércio, não partilhavam a mesma divisão de trabalho, fator nuclear na articulação e hierarquização proporcionadas pelo capitalismo industrial e pelo colonialismo moderno, de que resultou a referida economia mundial.

[8] O historiador de Macau Fok Kai Cheong designa o estatuto especial granjeado pela colónia aquando da sua instituição por "fórmula Macau": "(...) a fórmula Macau foi criada – diz – pelo governo local como um ajustamento ao 'sistema tributário' de comércio Ming, de maneira a permitir uma troca económica de valores reais com os Portugueses" (Cf. Fok Kai Cheong, *Estudos Sobre a Instalação dos Portugueses em Macau*, Lisboa, Gradiva, 1996, p. 57). De assinalar ainda que a assinatura, em 1887, do Tratado de Amizade e Comércio entre Portugal e a China, confirmando a ocupação e o governo perpétuos de Macau e de suas dependências por Portugal, não foi conclusivo quanto à questão da soberania, que terá continuado a pertencer à China. Esta situação veio a ser confirmada em 1979, aquando do reatamento das relações diplomáticas entre os dois países. Consignou-se então Macau como um território chinês sob administração portuguesa.

Ao longo do período *mercantilista* emergiu no território uma cultura mestiça, protagonizada por uma comunidade, também ela biologicamente mestiça, que se autodenomina, por razões identitárias e de diferenciação, macaense. Este é o sentido restrito do termo. Se o anterior pode ser considerado como um sentido alargado, este é limitado e é, como tal, reconhecido e referido pela literatura da especialidade. Macaenses são, nesta aceção, membros de uma comunidade cuja unidade decorre da sua situação de mestiços biológicos e culturais, falantes do *patois* (cf. entrevista anexa), um crioulo derivado do português, como o são outros, quer na Ásia (cf. o *papiá kristang*), quer no Atlântico (Cabo Verde, Guiné--Bissau, São Tomé). O catolicismo é outro dos seus traços distintivos[9].

Uma parte significativa dos macaenses, dada a sua qualidade de intermediários naturais, pertencia, sob a administração portuguesa, aos estratos mais elevados da sociedade de então, donde puderam ser entendidos como um grupo de *status*, para utilizar um conceito devido a Max Weber. Segundo este autor, são tais grupos constituídos tanto por membros que ocupam posições cimeiras nas sociedades, no que se confundem com as respetivas elites, como deles também fazem parte elementos que, partilhando das suas características culturais, linguísticas e/ou somáticas, pertencem a estratos sociais baixos. Têm, não obstante esta condição, a possibilidade de invocar a solidariedade de grupo e, por via dela, ascender a estratos superiores com maior facilidade do que os que com eles partilham das mesmas condições de classe, mas que não pertencem ao grupo.

Geralmente, a implementação de tais solidariedades resulta em clientelismos, em favoritismos que contrariam o funcionamento de um estado de direito, de um estado moderno, que se quer fundamentado na universalidade da lei. No caso específico dos macaenses, porém, qualquer apreciação do papel por eles desempenhado durante a administração portuguesa não deve negligenciar uma característica sua, a do bilinguismo, que, numa sociedade onde os governantes não falavam a língua dos

---

[9] Cf., a respeito, João de Pina Cabral & Nelson Lourenço, *Em Terra de Tufões. Dinâmicas da Etnicidade Macaense*, Macau, Instituto Cultural de Macau, 1993, p. 22; David Brookshaw, "Imperial Diasporas and the Search for Authenticity. The Macanese Fiction of Henrique de Senna Fernandes", *art. cit.*; Maria Manuela Vale, "A escrita da cidade e a narrativa macaense", *Revista de Filología Románica*, 2001, Anejos, II, pp. 301-322.

O escritor do inconformismo macaense: Henrique de Senna Fernandes   123

governados e vice-versa, constituiu, por mérito próprio, um importante corredor de ascensão social.

Henrique de Senna Fernandes é macaense neste sentido restrito e a sua obra literária revela, como veremos, a consciência dessa identidade. Mas será que essa mesma identidade ou condição responde, em exclusivo, por aquilo que se poderá designar por literatura macaense? Ao admitir-se esta hipótese como verdadeira, relegaríamos experiências literárias como a de Wenceslau de Morais, Camilo Pessanha, Rodrigo Leal de Carvalho, Fernanda Dias, entre outros, para a situação de escritores portugueses de Macau. E, na verdade, o leque dos que assim podem ser considerados é vasto, conquanto alguns, por razões que se prendem sobretudo com a sua vivência do território, se aproximem mais do que outros da tradição literária, também ela breve, evidenciada pelos escritores macaenses *stricto sensu*. Escritores como Lou Mao, Liao Zixin, Lio Chi Heng, Yao Feng, entre outros, seriam, em contrapartida, escritores chineses de Macau.

Esta seria uma hipótese de classificação da literatura produzida em Macau ou a seu propósito. Segue, de certa maneira, os critérios apontados por Fernando Cristóvão[10] para a definição da literatura como sistema nacional (o linguístico, o temático-estilístico, o jurídico-político, o histórico-geográfico e o comunicativo), para cuja elaboração contribuiu a sua experiência de estudioso da literatura brasileira, cujo processo de autonomização em relação à literatura portuguesa serviu, de certa maneira, como paradigma para a formação e classificação das literaturas africanas de língua portuguesa, como adiante se verá. A esses critérios, talvez sob a condição de um olhar mais sociológico, acrescentaria outro: o ideológico. A importância deste critério tem diretamente a ver com a intenção autoral e, nessa medida, pode ser visto não propriamente como um critério, mas sim como uma enfatização, pelo lado da personalização, do critério temático-linguístico.

O quadro conceptual de Fernando Cristóvão, de que resulta a consideração como "nacionais todos os autores e obras que circulam num determinado sistema comunicativo cultural-literário nacional, usadas e entendidas como fazendo parte dele" (p. 32), não é muito diferente do que se poderá deduzir, para o propósito da argumentação que se procura desenvolver, do conceito de campo literário do sociólogo francês Pierre

---

[10] "A literatura como sistema nacional", *in Cruzeiro do Sul, a Norte. Estudos luso--brasileiros*, Lisboa, INCM, 1983, pp. 13-43.

Bourdieu[11]. Por campo literário entende Bourdieu um sistema literário a que corresponde um espaço regional ou nacional, onde pontifica um poder político e onde interagem vários atores sociais: os que se ocupam do livro enquanto simples mercadoria (informáticos, compositores de texto, encadernadores, *designers*, editores, vendedores, etc.), que, nessa qualidade, configuram o subcampo económico, e os que dele tratam como produto artístico-cultural (o próprio escritor, críticos literários, leitores, etc.), que, nessa qualidade, dão voz ao subcampo simbólico. A comunicação entre os vários atores, que acontece sob a égide e em coordenação com o mercado[12] e o poder político, é um dos fatores mais importantes, se não o mais importante, para a viabilização do campo literário enquanto sistema.

Macau, dividido entre dois mundos linguístico-culturais, que entre si pouco ou nada comunicam, não cumpre, na verdade, tais critérios[13]. Nem sei se a recente proposta (depreendo-a como tal) de um dos seus mais conhecidos editores, Rogério Beltrão Coelho, citado por Joyce Pina em reportagem publicada no semanário *Ponto Final*[14], seria a solução: (…) "qualquer coisa que se faça hoje – diz – deve ser traduzido para a 'outra' língua. É a única forma de coexistir e conviver culturalmente". Para além dos custos envolvidos, que, dada a exiguidade do mercado[15], teria de ser governamentalmente suportada, a tradução, em si, poderia

---

[11] *Les Règles de L'Art. Genèse et Structure du Champ Littéraire*, Paris, Seuil, 1992.

[12] Situações como a de Angola, sob o regime de partido único (1976-1992), não seria passível de ser abordada através do conceito de campo literário, porque, como se poderá deduzir da proposta bourdiana, nela apenas são contempladas as sociedades abertas e de mercado. O *boom* editorial angolano dessa altura, patrocinado pela União dos Escritores Angolanos, decorreu sobretudo da vontade política do partido no poder (o MPLA), que, para além do desenvolvimento da literatura angolana e não obstante os bons textos que foram produzidos e publicados, pretendeu tirar também dividendos políticos.

[13] A situação de Macau distingue-se, a este propósito, da belga e da suíça, exemplos apresentados e tratados por Fernando Cristóvão, por duas razões, fundamentalmente: 1) a divisão entre as comunidades portuguesa e chinesa em Macau é mais profunda do que a que se verifica entre as comunidades desses países; 2) diferentemente do que acontece nesses países, em Macau nunca se pôs a hipótese de as respetivas comunidades virem a constituir-se em nação.

[14] Com o título: "Último dia do colóquio 'Caminhos da Escrita'. Escritores de Macau em língua chinesa despertam depois da transição".

[15] Mesmo para os títulos escritos em chinês observa-se a exiguidade do mercado. Segundo Lio Chi Heng, editora do *Macao Daily News*, os títulos que também publica não excedem os 1000 exemplares por tiragem, embora alguns deles cheguem a Hong Kong (*Ponto Final* de 21.06.2006).

O escritor do inconformismo macaense: Henrique de Senna Fernandes   125

não garantir a troca de experiências, tais como elas foram sentidas pelos atores no ato da escrita, nem tampouco garantiria partilha de um património estilístico comum. Noutras palavras: poderia não garantir o convívio entre escritores e demais agentes envolvidos no ato de escrita a montante do mesmo.

Esta posição crítica em relação à consideração de Macau como um campo literário não invalida que, num sentido lato e sobretudo pragmático, se encare a literatura produzida em Macau, ou com Macau como pano de fundo, como sendo macaense. Esta assunção tem, aliás, nos nossos dias, um aliado forte, que é a globalização. Com ela tem-se assistido, um pouco por toda a parte, ao acentuar de multiculturalidades, à emergência de desterritorializações culturais, que, enquanto tais, relativizam as pertenças culturais que não deixaram de estar na base dos modelos propostos quer por Fernando Cristóvão, quer por Pierre Bourdieu. Porém, esta visão alargada da pertença macaense pouco nos ajuda quanto ao entendimento das experiências literárias em apreço. A sua aceitação importa um empobrecimento dos quadros de referência, o que, por sua vez, se poderá repercutir negativamente nos próprios autores e nas literaturas que produzem. Ficam estas confinadas a uma experiência societal, a de Macau, que, não obstante as suas particularidades e a importância que elas têm no mundo e para o mundo, não deixa de estar aquém da importância que uma China ou uma Lusofonia podem despertar.

A importância do percurso lusófono

Na impossibilidade de se equacionar, pelo menos por enquanto, um campo literário macaense, pelas razões acima apontadas, a valorização das obras literárias em língua portuguesa produzidas em Macau ou ao território referidas continuará a processar-se através da sua indexação ou à tradição literária portuguesa ou ao que se poderá designar por percurso lusófono ou, num propósito mais literário, pelo cânone das *literaturas africanas e asiáticas em língua portuguesa*, adiante designado por cânone lusófono. O conceito de cânone é aqui entendido não tanto como norma sustentada num conjunto de livros de estudo obrigatório, mas sim como "(…) a relação de um leitor e de um escritor individuais com aquilo que foi preservado de entre tudo o que foi escrito"[16].

---

[16] Harold Bloom, *O Cânone Ocidental*, Lisboa, Temas & Debates, 1997, p. 28.

Trata-se de um processo de sucessivas autonomizações literárias em relação à literatura portuguesa, moldado, em muito, pela experiência linguístico-cultural brasileira, que, pelo menos desde o século XVII (penso nomeadamente na estada de Gregório de Matos em Angola como degredado), desempenhou uma função matricial em relação às outras literaturas. A língua portuguesa chegou ao Brasil com os primeiros navegadores. Não serviu, obviamente, de meio de comunicação nos primeiros encontros, magistralmente registados por Pêro Vaz de Caminha na sua *Carta* endereçada a D. Manuel sobre o descobrimento do Brasil. Prevaleceu, nessa altura, a comunicação gestual:

> /mostrarã lhes huũ pagagayo pardo que aquy ocapitam traz. / tomarão logo na mão e acenaram peraa trra como que os avia hy. / mostraranlhes huũ carn.ʳᵒ nõ fezeram dele mençam. mostraranlhes huũa g.ᵃ casy aviam medo dela e nõ lhe queriam poer a mão edespois atomaram coma espamtados[17].

Mas com o tempo, com a fixação e com o domínio de que os alienígenas passaram a dispor nas relações que foram mantendo com os indígenas, a língua portuguesa foi-se impondo como meio de comunicação, adaptando-se às novas realidades e gentes, incorporando interferências, primeiro, das línguas ameríndias e, depois, das africanas. A colonização em curso, orientada para o povoamento e, como tal, implicando a transferência de um número significativo de pessoas, e o interesse que a economia brasileira paulatinamente foi ganhando no seio da então nascente economia-mundo europeia levaram a que a língua portuguesa se impusesse às restantes não só enquanto língua falada mas também enquanto língua escrita. Esta imposição, consumada, em termos legais[18], no consulado pombalino, foi o resultado de necessidades que, na falta de melhor termo, designaria por infraestruturais: a legislação governamental, a documentação dos espaços e das gentes, o ensino da religião,

---

[17] Transcrição de Jaime Cortesão, *A Carta de Pêro Vaz de Caminha*, Lisboa, INCM, 1994, p. 105. O excerto em apreço, adaptado à linguagem atual pelo mesmo autor, resultou no seguinte: "Mostraram-lhes um papagaio pardo que o capitão trazia consigo; tomaram-no na mão e acenaram para a terra, como quem diz que os havia ali. Mostraram-lhes um carneiro: não fizeram caso. Mostraram-lhes uma galinha; quase tiveram medo dela: não lhe queriam pôr a mão; e depois a tomaram como que espantados" (p. 159).

[18] *Directório*; resoluções de 3.5.1757 (imposição aplicada ao Pará e ao Maranhão) e de 7.8.1758 (tornada extensível a todo o Brasil). Cf. a este respeito Paul Teyssier, *História da Língua Portuguesa*, Lisboa, Editora Sá da Costa, 1993.

O escritor do inconformismo macaense: Henrique de Senna Fernandes   127

etc.; como o foi igualmente por necessidades superestruturais, estas diretamente relacionadas com aspetos morais, identitários e políticos. A institucionalização do ensino formal, a cargo da Igreja, mormente dos jesuítas, contribuiu para essa imposição, não deixando, porém, de simultaneamente proporcionar a sua autonomização em termos lexicais, sintáticos e, sobretudo, retóricos. Do domínio e do uso que se fez da língua a este nível emergiu uma literariedade (qualidade que transforma um texto instrumental em literário) que, sendo em língua portuguesa, deixava antever que de literatura brasileira se trataria futuramente. A poesia satírica de Gregório de Matos, poeta do século XVII, barroco no estilo, é um exemplo dessa literariedade autonomizante. O mesmo se poderá dizer do Padre António Vieira, sobretudo em referência a alguns dos sermões.

Mas foi o romantismo que levou mais longe o questionamento identitário na colónia e, em consequência disso, a afirmação de uma literariedade mais marcadamente brasileira. Para tanto terá contribuído o nacionalismo emergente, expresso no indianismo de Gonçalves Dias e de José de Alencar. Da obra de ambos ressalta a preocupação – já presente em Vieira, embora por razões fundamentalmente humanitárias[19] – de atribuir um lugar nacional aos que até então tinham vivido arredados dos destinos da sociedade colonial, que o mesmo será dizer, da comunidade societária[20] que configurou o Brasil independente.

Essa preocupação resultou na eleição de uma das temáticas dominantes da literatura brasileira, extensível, de resto, às restantes literaturas sul-americanas, que é a da tradução do outro, em princípio iletrado, e que tanto pode ser indígena, como africano, rural ou sertanejo. Euclides da Cunha, com *Os Sertões*, os romancistas nordestinos (José Lins do Rego, Graciliano Ramos, entre outros), Mário de Andrade com o seu *Macunaíma*, Jorge Amado com a maior parte da sua obra e, mais recentemente,

---

[19] Cf. Adriano Moreira, "Vieira: a coragem do possível", *Academia Internacional da Cultura Portuguesa – Boletim*, n.º 25, 1993, p. 343.

[20] Conceito devido a Talcott Parsons, significando um núcleo social e intelectual, entendido ele próprio como um sistema, que, em relação ao todo social onde se insere, desempenha um papel formador e integrador. Este papel é possível de ser desempenhado porque a comunidade societária é "(…) 'portadora' de um sistema cultural suficientemente generalizado e integrado a fim de legitimar a ordem normativa". Cf. Talcott Parsons, *Sociedades. Perspectivas Evolutivas e Comparativas*, São Paulo, Livraria Pioneira, 1969, p. 34.

escritores como João Ubaldo Ribeiro (sobretudo com *Sargento Getúlio* e *Viva o Povo Brasileiro*) e Márcio de Souza, autor, entre outros textos, de *Galvez, Imperador do Acre*, comprovam esta isotopia do texto literário brasileiro. Desta opinião é, de resto, grande parte da crítica literária, que tem, pois, realçado a marca rural dessa literatura[21].

O desenvolvimento das letras brasileiras foi acompanhado, desde muito cedo, com alguma atenção por comunidades de língua portuguesa sedeadas do outro lado do Atlântico. Durante o período mercantilista foram sobretudo os dois núcleos urbanos do espaço que veio a constituir-se como colónia de Angola (Luanda e Benguela[22]) – a fazê-lo. As relações comerciais que o Brasil manteve com Angola durante este período, assentes fundamentalmente no comércio de escravos, fez com que as elites angolanas, a par dos negócios, em muito determinados pelos interesses brasileiros, se revissem também na vivência das elites brasileiras, nos seus costumes, gostos e criatividade literária. Vários têm sido os estudos desenvolvidos nos últimos anos mostrando esta conexão. Carlos Pacheco (1990) tentou reconstruir a biografia do poeta José da Silva Maia Ferreira, o primeiro autor angolano a publicar a sua poesia em livro [*Espontaneidades da Minha Alma – às Senhoras Africanas* (1849)] que, pertencendo a uma das mais ilustres famílias angolanas da primeira metade do século XIX, repartiu as suas vivências e negócios entre Angola (Luanda e Benguela), Nova Iorque e Rio de Janeiro.

Mais recentemente, Francisco Soares (2000) trouxe novos dados à biografia de Maia Ferreira, fazendo um levantamento sistemático do *Diário de Pernambuco* dos anos 20 e 30 do século XIX. Não só registou

---

[21] Cf., por exemplo, Alfredo Margarido, "De Joyce a Guimarães Rosa", *Nova Renascença*, 44, 12, 2002, pp. 69-74. O autor confronta a obra de Guimarães Rosa com a de James Joyce. Ao contrário do que é usualmente aceite – di-lo –, estes escritores divergem mais do que convergem. De comum têm apenas a exacerbação do sentimento nacional, transposto para a subversão das línguas em que escrevem. Joyce, em cuja obra "(…) não há campo nem camponeses (…)" (p. 74), subverteu o idioma de escrita para afirmar uma postura universalista, criar espaço para uma outra (...) "língua em que possam estar presentes todas as demais línguas, vivas ou mortas, europeias ou outras" (p. 71). Guimarães Rosa, pelo contrário, teria uma postura regionalista, procurando realçar o particular com o registo do linguajar do interior de Minas.

[22] Em 1779, o governo de Benguela, até aí uma capitania/presídio com independência administrativa, judicial e financeira em relação a Luanda (entenda-se Luanda e respetivo *hinterland*), passa a depender diretamente de Luanda e integra-se, por essa via, na então chamada "Colónia de Angola".

O escritor do inconformismo macaense: Henrique de Senna Fernandes   129

a presença de familiares do poeta no Recife e em Olinda, como pôde igualmente concluir que as suas referências textuais eram, apesar de um certo atraso – para o que se poderá responsabilizar a periferização de Angola em relação ao Brasil – as mesmas que moviam os seus colegas brasileiros, *i.e.*, a de um neoclassicismo sub-repticiamente assumido e a de um entusiasmo pela retórica romântica. Terá contribuído para o fortalecimento deste entusiasmo o convívio que o poeta manteve no Rio de Janeiro com João d'Aboim e Gonçalves Dias.

Entretanto o Brasil torna-se independente; Angola e as restantes colónias e feitorias africanas passam a ser olhadas por Lisboa com outros olhos. Ganham interesse económico e, como tal, a presença colonial intensifica-se. Portugal acompanha nesta viragem as restantes potências europeias que na Conferência de Berlim (1884-85) partilharam entre si o continente, formalizando aquilo que já então era evidente: a colonização moderna da África. Se durante o mercantilismo o Brasil era lugar de passagem quase obrigatória para quem quisesse deslocar-se de Luanda para Lisboa, pois eram raras as rotas marítimas nesse sentido[23], com a nova conjuntura colonial essa situação altera-se. Com ela, a atenção dos intelectuais africanos vira-se para a vida cultural da metrópole[24], para o que terá igualmente contribuído:

1) o condicionamento ideológico de Lisboa, enquanto capital do império;
2) a indefinição por que passou, após o romantismo, a literatura brasileira no que diz respeito ao desenvolvimento de uma literatura autêntica, que o mesmo será dizer, nacional[25].

---

[23] José CarlosVenâncio, "The region as a reference for artistic creativity: the importance of regional identity for the distinctiveness of the lusophone literatures", in Fredrik Engelstad *et al.* (eds.), *Comparative Social Research. Regional Cultures*, vol. 17, Stanford /Connecticut/Londres, Jai Press Inc., 1998.

[24] Cf., por exemplo, a este respeito, o prefácio de Francisco Soares ao livro do poeta oitocentista Pedro Félix Machado, *Sorrisos e Desalentos*, Lisboa INCM, 2000.

[25] José Carlos Venâncio, *Colonialismo, Antropologia e Lusofonias. Repensando a Presença Portuguesa nos Trópicos*. Lisboa, Vega, 1996, pp. 169 e segs. Alguns dos mais significativos movimentos literários que se seguiram ao romantismo foram sobretudo de ordem cosmopolita (cf., por exemplo, o parnasianismo e o simbolismo). Esta tendência da literatura brasileira teve, por outro lado, correspondência no mundo político e intelectual, seguidor, na altura, do que se passava em França e na Inglaterra. Um dos intelectuais e políticos brasileiros que assim terá procedido foi Joaquim Nabuco, cuja

130   Ensaios Lusófonos

Esta indefinição apenas verá o seu fim com o advento do modernismo e do regionalismo nordestino nos anos 20 e 30 do século XX, movimentos que, por sua vez, propiciaram o retorno dos intelectuais africanos às matrizes brasileiras. Especialmente eficaz nesse propósito foi o regionalismo nordestino, cuja influência entre os escritores e poetas cabo-verdianos foi realçada, nos seguintes termos, por Baltasar Lopes, um dos fundadores da revista *Claridade*:

> Há pouco mais de vinte anos, eu e um grupo reduzido de amigos começámos a pensar no nosso problema, isto é, no problema de Cabo Verde. (...) Ora aconteceu que por aquelas alturas nos caíram nas mãos (...) alguns livros que considerámos essenciais *pro domo nostra*. Na ficção, o José Lins do Rego do *Menino de Engenho* e do *Banguê*, o Jorge Amado do *Jubiabá* e do *Mar Morto* (...) [e] em poesia foi um 'alumbramento' a 'Evocação do Recife', de Manuel Bandeira[26].

Reação idêntica tiveram representantes do que se poderá considerar como o modernismo angolano, movimento ou tendência que teve um papel de relevo entre os intelectuais angolanos a residirem em Angola, no processo que os conduziu à consciencialização cultural. Mário António, tido como um dos representantes do movimento, confirmou essa influência num poema intitulado "Canto de farra"[27].

Por razões que se prendem com a natureza e objetivos da colonização, não encontramos noutras colónias africanas movimentos idênticos ou, melhor dizendo, com o mesmo ímpeto. As formas de colonização pré-capitalistas encetadas por Portugal em Cabo Verde e em Angola, os processos de miscigenação daí decorrentes (de uma forma quase generalizada em Cabo Verde e mais restritamente em Angola) estarão na origem da especificidade dos dois processos de consciencialização cultural ocorridos nestas regiões, assentes, como vimos, na assunção, por parte dos seus intelectuais, da semelhança das suas regiões com o Nordeste brasileiro.

---

atenção se virou fundamentalmente para filósofos e pensadores de origem francesa e britânica, como Adolphe Thiers e Walter Bagehot. Cf. a este propósito Vamireh Chacon, *Joaquim Nabuco: Revolucionário Conservador (sua Filosofia Política)*, Brasília, Senado Federal, Conselho Editorial, 2000.

[26] Baltasar Lopes, *Cabo Verde Visto por Gilberto Freyre* (Apontamentos lidos ao microfone da Rádio e Barlavento), Praia, Imprensa Nacional, 1956, p. 5.

[27] Publicado primeiramente em 1962, in *Chingufo: Poemas Angolanos*, Lisboa, Agência Geral do Ultramar, republicado um ano depois em *100 poemas*, Luanda, ABC, 1963.

O escritor do inconformismo macaense: Henrique de Senna Fernandes   131

Caracterizava-se este então pela dicotomia entre a zona costeira, a dos engenhos de cana-de-açúcar (e eventualmente das fazendas de café)[28], e a zona do sertão, semiárida e dependente do pastoreio. Em ambas as partes da dicotomia, a mestiçagem constituía, e continua naturalmente a constituir, uma tónica dominante. O Nordeste reunia assim, enquanto região, características passíveis de serem reivindicadas como suas, ou semelhantes às dos seus meios, tanto por cabo-verdianos[29] (em atenção à zona do sertão), como por angolanos de Luanda e Benguela (tendo fundamentalmente em conta a zona do canavial).

Depois deste momento, marcado pela assunção da semelhança, que, não sendo propriamente inicial é, em termos históricos, determinante para a formação, a par do pan-africanismo e da negritude (o que é válido sobretudo para Angola), das literaturas cabo-verdiana e angolana enquanto literaturas nacionais, os dois processos divergem. Os intelectuais e políticos cabo-verdianos não se depararam, após a independência do seu país, com uma realidade humana e cultural, até aí amorfa ou silenciada, a urgir integração no todo nacional. O mesmo não se pode dizer dos angolanos. E quem diz angolanos, diz moçambicanos e guineenses, pelo que o desenvolvimento do que depois se converterá no arquitexto das respetivas literaturas nacionais passará a espelhar, sobretudo com o advento do romance, a dualidade cultural que condicionava a vida nesses países. Este dualismo, que junto das elites culturais e políticas, sobretudo quando brancas e mestiças, terá sido assumido com alguma angústia, não é, em termos fenomenológicos, diferente do sentido pelos escritores brasileiros, configurando, como vimos, junto da literatura que produziram, aquela que é, porventura, a sua grande isotopia. No que se

---

[28] Depende se incluímos ou não a (sub-)região da Baía na do Nordeste.

[29] A título de curiosidade, talvez valha a pena mencionar que o gado da região sertaneja teria sido levado de Cabo Verde. Cf. Darcy Ribeiro, *O Povo Brasileiro. A Formação e o Sentido do Brasil*, São Paulo, Companhia das Letras, 1995, p. 338. Esta observação remete, por sua vez, para uma anterioridade histórica que é reivindicada por alguns dos intelectuais cabo-verdianos, como é o caso de Manuel Lopes em entrevista publicada no *Boletim de Cabo Verde*, XI, 121, 8: (…) "nós outros em Cabo Verde – diz –, mal damos por isso, naturalmente. Nem a culpa seria dos cabo-verdianos se as afinidades fossem maiores. Seria antes daqueles que, outrora, ensaiaram em Cabo Verde a grande aventura social do Brasil". Cit. de Grabriel Fernandes, *A Diluição de África: Uma interpretação da Saga Identitária Cabo-Verdiana no Panorama Político (pós)Colonial*, Florianópolis, UFSC, 2002, pp. 101-102.

132 Ensaios Lusófonos

refere às literaturas africanas[30], encontramos tal preocupação na poesia dos anos 50 (penso nomeadamente em António Jacinto), nos romances de Pepetela, na poesia de Ruy Duarte de Carvalho, todos angolanos, assim como na obra do moçambicano Mia Couto, entre outros. Nalguns casos, como é o de Pepetela e, de certa forma, o de Manuel Rui (sobretudo em atenção ao romance *Rioseco* (Lisboa 1977)), é possível inferir dos seus textos um propósito explícito de construção da nação, noutros, como o de Mia Couto, dificilmente chegaremos a tal conclusão.

Este cânone, que, de forma menos enfática, poderá apenas ser considerado como um percurso de escrita e de estética, ao constituir-se, tem confirmado, no âmbito da Lusofonia, o desempenho do seu núcleo duro, circunscrito ao espaço atlântico (no que condiz com o que Wallerstein entende por economia-mundo europeia), mais propriamente às regiões de miscigenação antiga, Nordeste brasileiro, Cabo Verde e os espaços urbanos mais antigos de Angola, Luanda, Benguela e respetivos *hinterlands*. E talvez não seja por acaso que escritores oriundos destas regiões, herdeiros das matrizes modernistas, vejam hoje, numa situação de pós-nacionalismo, os seus textos rececionados e valorizados mais em função do contexto lusófono do que propriamente dos respetivos contextos nacionais. Refiro-me, entre outros, a Pepetela, Germano Almeida e, sobretudo, a José Eduardo Agualusa, que tem incluído recorrentemente a realidade brasileira na sua narrativa[31], e a Mia Couto, conquanto este não propriamente por razões de filiação na corrente modernista do seu país, que não foi assim tão significativa, mas porventura na do Brasil, em atenção sobretudo à obra de Guimarães Rosa, e na de Angola, em que sobressaiu a de Luandino Vieira.

---

[30] Não perder de vista o facto de que o cânone das literaturas africanas, maioritariamente escritas nos idiomas da colonização, se formou, na verdade, a partir de movimentos sociais e culturais, tais como o nativismo, o pan-africanismo e a negritude. A reivindicação identitária e valorativa do homem negro, determinante em qualquer um dos movimentos em causa, acabou por se constituir, assim, em matriz definidora dessas literaturas, proporcionando a sua autonomização em relação às literaturas metropolitanas e coloniais. Este quadro, válido para a globalidade das literaturas africanas, é, enquanto tal, igualmente aplicável à África de língua portuguesa. Esta apresenta, porém, os particularismos de ordem histórica já referidos, que levaram a que escritores cabo-verdianos e angolanos se tivessem revisto nas experiências brasileiras e configurassem, com esse ato, uma importante fatia do que se poderá considerar como cânone das literaturas africanas em língua portuguesa.

[31] Ver nomeadamente *Nação Crioula* (Lisboa, 1997), *Fronteiras Perdidas* (Lisboa, 1998) e *O Ano em que Zumbi Tomou o Rio* (Lisboa, 2002).

O escritor do inconformismo macaense: Henrique de Senna Fernandes   133

A literatura macaense. **Henrique de Senna Fernandes**

José dos Santos Ferreira (Adé), Deolinda da Conceição e Henrique de Senna Fernandes são alguns dos escritores da literatura macaense, entendida esta no seu sentido restrito. São escritores oriundos da comunidade macaense, representando, em termos discursivos e literários, as suas mundividências, anseios, medos, valores, etc. Deles é Henrique de Senna Fernandes o mais prolífico e também o que apresenta a obra que mais se ajusta ao cânone ou percurso lusófono, o que, noutros termos, significa que, por essa via, poderá a mesma ser mais valorizada. Várias serão as razões que estarão por detrás desta aproximação ou apenas possibilidade de enquadramento. A sua vivência enquanto estudante "ultramarino" em Coimbra, numa altura em que se faziam ouvir as primeiras vozes contestatárias, de sabor nacionalista, por parte de estudantes das colónias, reunidos em torno da secção coimbrã da Casa dos Estudantes do Império, é, seguramente, uma dessas razões[32], que, enquanto tal, configura uma das dimensões da sua obra. Outra terá a ver com o sentimento de não pertença à terra[33], que no caso dele assume claramente foros de alogeneidade, refletindo-se na forma como representa o Outro, desta feita chinês, e, sobretudo, no esforço de aproximação à comunidade chinesa, de Macau ou da China, que, nos seus textos, desempenha, por vezes de forma diluída, uma função discursiva matricial. Trata-se de uma postura que não difere, na essência, da sentida pelos escritores brasileiros do romantismo e do modernismo e, sobretudo, não se distingue da que, no caso das literaturas angolana e, de certa maneira, moçambicana, foi assumida por escritores mestiços e brancos. A mestiçagem surge neste

---

[32] De referir que a influência neorrealista, oportunamente apontada por Brookshaw (2000, p. 275), não entra em contradição com a influência anticolonialista supracitada. Elas são complementares. Os nacionalistas foram beber à mesma fonte neorrealista.

[33] Isto quando paradoxalmente os macaenses são igualmente conhecidos como "filhos da terra", expressão que era, aliás, aplicada a outros espaços de colonização portuguesa para identificar grupos sociais e/ou propósitos de identificação congéneres. O sentimento de não pertença à terra no caso específico de Macau, que se traduz sobretudo na impossibilidade sentida pelos macaenses de virem um dia a pertencer à China, é colmatado por um forte sentimento patriótico em relação a Portugal. São disso exemplo os seguintes versos de José dos Santos Ferreira (Adé) sobre a transição do território da administração portuguesa para a chinesa: "E Macau passará de mansinho / Da pátria para outra mão". (In José dos Santos Ferreira, *Doci Papiaçám di Macau*, Macau, Instituto Cultural de Macau, 1990, p. 115).

contexto como mais do que um referente identitário, como um compromisso histórico[34].

No que se refere à primeira razão ou dimensão, a temática do seu conto "A-Chan, a tancareira", escrito em 1950 e galardoado com o prémio Fialho de Almeida dos Jogos Florais da Queima das Fitas desse ano[35], indica a aproximação, mesmo que de forma desvanecida, do seu autor à mundividência anticolonial então em voga entre os estudantes das colónias. A-Chan, uma tancareira (condutora de tancá, embarcação tradicional de transporte de pessoas e de mercadorias) do Porto Interior de Macau, apaixona-se por um marinheiro português, Manuel, de quem tem uma filha, que, depois, resignada com o seu próprio destino e na esperança de um futuro melhor para a criança, deixa-a partir com o pai.

> Quando o apito estrugiu mais uma vez, Manuel estendeu os braços para a tancareira humilde. A-Chan mirou-o num instante e depois, suavemente, entregou-lhe a filha pequenina, murmurando numa derradeira solicitude maternal.
> – Cuidadinho... cuidadinho...[36].

A denúncia da *sombra colonial*, expressão que utilizo por razões que se prendem com a especificidade jurídico-política de Macau, não reside apenas na entrega da filha. Ela está patente também na relação amorosa que os dois mantêm, conquanto o comportamento, de resignação, de A-Chan deva ser igualmente explicado pela sua própria história de vida (fora vendida como escrava, *mui-chai*, à "Velha" proprietária do tancá) e pela educação tradicional chinesa, sobretudo no que respeita às mulheres, educadas para serem submissas em relação aos homens. "Na velha China, – diz Luís Gonzaga Gomes, escritor e sinólogo macaense – entre a classe remediada e a dos mandarins, a mulher era considerada como um ser inferior ao homem. A fim de ela se convencer do seu pouco mérito (...) proibiam-na, desde a idade dos sete anos, de dormir

---

[34] Interessante referir que, com o mesmo sentido, surge hoje em autores brancos da África do Sul, como J. M. Coetzee. Refiro-me especificamente aos romances *Age of Iron* (1990, trad./ed. port. de 1995/2003) e *Disgrace* (1999, trad./ed. port. de 2000).

[35] Primeiramente publicado em Angola, ainda no período colonial, na coleção *Cadernos Capricórnio*, dirigida por Orlando de Albuquerque, mais tarde incluído no volume *Nam Van. Contos de Macau*.

[36] Henrique de Senna Fernandes, *Nam Van. Contos de Macau*, 2.ª ed., Instituto Cultural, 1997, p. 120.

O escritor do inconformismo macaense: Henrique de Senna Fernandes   135

sobre a mesma esteira dos seus irmãos"[37]. Nas classes mais baixas, ainda segundo o mesmo autor, tais costumes não seriam observados com tanta rigidez, conquanto existissem.

Os efeitos desta educação estão presentes na moldagem das personagens femininas, mormente chinesas, da obra de Senna Fernandes, conquanto não as esvazie de vontade própria e de espírito de iniciativa. São, até certo ponto, subversoras ou "transgressoras"[38], expressão esta de Maria Manuela Vale (2001:313), da ordem estabelecida. A-Chan foi-o em relação ao seu mundo tradicional, sucumbiu, porém, perante a ordem colonial[39].

Outros exemplos poderiam ser apontados para ilustrar esta razão ou, melhor dito, dimensão da sua obra. Qualquer das suas obras maiores, *A Trança Feiticeira* (1993) ou *Amor e Dedinhos de Pé* (1994), contém elementos que justificam essa aproximação. Quanto mais não seja porque se reportam estilisticamente a escritores como Eça de Queirós e, sobretudo, Camilo Castelo Branco[40], que serviram igualmente de inspiração a outros escritores lusófonos.

Em qualquer desses romances, de forte pendor autobiográfico, as personagens principais masculinas, macaenses "de gema", têm, no início das narrativas, um comportamento despreocupado em termos financeiros e políticos, uma postura de *meninos de bem*, que só era possível à sombra da relação colonial que, entretanto, mesmo que subtilmente, prevalecia. Em qualquer dos romances há uma crítica ou autocrítica implícita a este comportamento e, num plano mais objetivo, uma crítica, mesmo que subjetivamente não assumida, ao *status* colonial.

---

[37] Luís Gonzaga Gomes, *Curiosidades de Macau Antiga*, 2.ª ed., Macau, Instituto Cultural, 1996, p. 159.

[38] Aspas no original.

[39] Entre os poucos contos de Deolinda da Conceição que se aproximam de uma "temática mais lusófona", digamos assim, está um que tem por título "A esmola", cujo conteúdo é muito próximo do conto de Senna Fernandes. Desta feita é uma mãe chinesa que, à despedida do filho para a metrópole, não é por este reconhecida como tal perante os colegas e respetivas famílias. Contrariando o que havia sido supostamente combinado, aparece no cais a chorar alto e, ao aproximar-se do filho, recebe, em vez de uma manifestação de afeto, uma esmola. Ao insólito da situação responde: "- Ele deu-me uma esmola, ele deu-me uma esmola, em troca da vida que lhe dei!".

[40] Veja-se, por exemplo, Uanhenga Xitu, nomeadamente a sua novela *Os Sobreviventes da Máquina Colonial Depõem...*, Luanda, Editorial Nzila, 2.ª ed., 2002.

No que respeita à segunda razão, assumida igualmente como dimensão, deveras a mais importante da sua obra, vários são os exemplos desse esforço de aproximação à comunidade chinesa. O romance *A Trança Feiticeira*, até pelo seu teor autobiográfico, é seguramente o exemplo mais significativo a esse respeito. Tem por enredo a história de amor entre Adozindo, um macaense de boas famílias, e A-Leng, uma aguadeira, história essa passada na primeira metade do século XX, altura em que a comunidade macaense se encontrava no seu apogeu (cf. entrevista em anexo). Adozindo, assinale-se, é repetidas vezes designado ao longo do romance por Belo Adozindo, em alusão à sua vaidade e à postura sedutora em relação ao género feminino. Com uma vida economicamente folgada, poucas ou nenhumas eram as suas preocupações quanto ao futuro, até que conheceu A-Leng, que, com a sua longa trança, suscitou a paixão de Adozindo. Casaram-se e tiveram filhos, mas os pais de Adozindo, briosos da sua condição social, em muito identificável com a de "macaense", rejeitaram a opção do filho. Aurélio, o pai, apenas no fim da vida se aproximou do filho. Fá-lo numa largada de papagaio de papel, a que o filho e os netos se entregavam num momento de lazer. Recordando-se dos tempos em que acompanhava o filho em tais momentos de descontração, diz:

> – Então estes são os meus netos.
> – Sim, Paulo, Jaime e Maria Antónia ou Tónia, como lhe chama a mãe. Tenho outra em casa, a Lígia, de sete meses. Meninos beijem o avô.

A aproximação à comunidade chinesa, a eleição da condição macaense ou, melhor, da condição mestiça como plataforma de entendimento e de vivência, são intenções evidentes no romance, que, como já referido, tem um elevado teor autobiográfico, como se verifica em entrevista que concedeu a Inácia de Morais[41]. Como Adozindo, Senna Fernandes desposou igualmente uma senhora chinesa contra a vontade da família. A reconciliação dá-se em Hong Kong aquando de uma hospitalização do pai, altura em que a futura esposa se prontificou a ficar no local a fazer companhia ao futuro sogro. Em conversa mantida em junho de 2006,

---

[41] Entrevista concedida no âmbito da investigação que a autora realizou para a preparação da sua tese de doutoramento na Universidade de Macau, intitulada *O Feminino na Literatura Macaense*.

O escritor do inconformismo macaense: Henrique de Senna Fernandes

confidenciou-me que esteve para incluir no enredo do romance uma ida a Hong Kong com propósitos muito idênticos.

O teor autobiográfico é igualmente verificável naquela que pode ser tida como a sua obra-prima, *Amor e Dedinhos de Pé*. Refiro-me sobretudo à já mencionada personagem principal masculina: Francisco da Mota Frontaria, mais tarde conhecido como Chico-Pé-Fêde, ilustre descendente "(…) dos Frontarias lorcheiros (de lorcha, veleiro de médio porte), que tanto se tinham distinguido no tráfico de mercadorias pelos diversos portos da China e na luta contra os piratas, no último quartel do século XVIII e na primeira metade do século XIX". É o representante de uma ilustre família macaense, que, em Angola, encontraria correlato na condição de "família crioula"[42] e que no Brasil se designaria de "família quatrocentona".

Há uma terceira dimensão detetável na sua obra. Esta prende-se com o olhar ocidental, que não deixa de ter sobre o mundo chinês, que, mais do que Camilo Pessanha ou Wenceslau de Morais, nos lembra sobretudo escritores como Pearl Buck, uma das grandes responsáveis pela imagem que o Ocidente tinha da China na primeira metade do século XX. Acompanha-o neste desiderato, e de forma mais evidente[43], Deolinda da Conceição, outra escritora macaense. O conto "A desforra dum china-rico", inserto no volume *Nam Van*, é, porventura, o texto mais elucidativo desse olhar que, não obstante a distância, não deixa de ser comprometido, como era, aliás, o de Pearl Buck. Trata-se de um conto em que se relata a vingança de um chinês rico, de nome Cheong, originário de Cantão, a viver ou refugiado em Macau, para onde terá vindo (?) após a ocupação japonesa de Cantão no âmbito da Guerra Sino--Japonesa. É nessa altura, dois ou três dias após o início da II Guerra Mundial, numa viagem marítima entre Cantão e Macau, que o narrador,

---

[42] O termo não é isento de controvérsia; em parte devido ao facto de os próprios, pelo menos em termos formais e por razões exteriores ao fenómeno, nomeadamente políticas, não se reconhecerem como tal. Sobre o entendimento dessa condição como grupo de *status*, cf. José Carlos Venâncio, Adriano Moreira (coords.) *Lusotropicalismo: uma Teoria Social em Questão*, Lisboa, Vega, 2000; e José Carlos Venâncio, *A Dominação Colonial. Protagonismos e Heranças*, Lisboa, Editorial Estampa, 2005.

[43] Cf. Brookshaw, 2002, p. 71. De referir que António da Conceição Júnior, no já citado prefácio à 4.ª edição de *Cheong-Sam*, não partilha propriamente desta opinião, sem que, contudo, justifique a sua posição.

descendo o delta, vê pela primeira vez o herói do conto: "um chinês alto e magro, de óculos escuros, encostado à amurada do navio" (p.104).

Casado com Pou In, filha de Leong "(…) dos barcos da carreira do delta (p. 108)", por negociação entre as duas famílias, descobre, mais tarde, que a mulher lhe era infiel com um ator de teatro, de nome Wong. Sabendo das fraquezas deste pelo sexo feminino, contrata uma bonita mulher, conquanto leprosa, que "(…) era como uma maçã exteriormente muito linda, mas toda podre por dentro" (p.142), para seduzir o ator, o que veio a acontecer e a infetar os dois amantes. A vingança estava consumada. Restava-lhes, depreende-se, a zona do delta que "(…) servia de valhacouto de leprosos, expulsos de toda a parte, pelo pavor supersticioso da população" (p. 105).

De referir que a representação da mulher neste conto, quer a da personagem Pou In, membro de um estrato social elevado, quer a da escrava A-Yeng, está muito condicionada pela já referida idiossincrasia tradicional chinesa, que o autor, muito ao sabor etnográfico, se propôs traduzir. Diferente é a representação da mulher do seu meio social, para a qual concorre uma confessada condição latina[44], como é o caso das personagens Victorina (*Varapau-de-Osso*) do romance *Amor e Dedinhos de Pé* e de Candy, do conto homónimo constante do volume *Nam Van*, construídas estas na base de uma interação profunda entre narrador e mundo narrado.

Em qualquer das dimensões relevadas, sobressai o ficcionista, o contador de histórias, o que é evidente, até na forma como a narrativa é iniciada, não só no conto acima analisado, como também nas narrativas (contos, novelas?) constantes do volume *Mong-Há* (1998). Refiro-me expressamente a "Um milagre de Natal", com um certo sabor a romance iniciático, "Ódio velho não dorme" e "Yasmine".

Henrique de Senna Fernandes é, sobretudo, um contador de histórias; vividas umas (daí o interesse sociológico da sua obra), ouvidas contar outras. Reparte essa característica no mundo da literatura em língua portuguesa com escritores como Uanhenga Xitu (Angola) e, no que respeita expressamente à vertente ficcionista, com Pepetela, escritor igualmente angolano. Têm o dom de cativar a atenção do leitor desde o

---

[44] São vários os momentos da sua obra em que, de forma mais ou menos explícita, reivindica a condição latina. A referência ao "abraço latino" no conto/narrativa "Yasmine" (p. 271), do volume *Mong-Há*, é um desses momentos.

O escritor do inconformismo macaense: Henrique de Senna Fernandes 139

início das suas narrativas e, também por aqui se mostra a afinidade de Senna Fernandes com o percurso ou cânone lusófono, que o mesmo será dizer, com pressupostos modernistas de raiz luso-atlântica.

Sendo um escritor cuja obra é sobremaneira valorizada – e esta é a tese que tentei defender ao longo do artigo –, quando confrontada ou inserida no cânone lusófono, a terceira dimensão da obra, onde se descortina um olhar que é ocidental quando descreve mundos e mundividências chinesas, remete-a também para a tradição, para o arquitexto português, onde nomes como os de Camilo Pessanha e Wenceslau de Morais ocupam lugar cimeiro. Para além destes escritores, e do próprio Senna Fernandes, a esta tradição pertencem igualmente escritores como Deolinda da Conceição, Luís Gonzaga Gomes e Maria Pacheco Borges, que com ele partilham a condição macaense, e Rodrigo Leal de Carvalho e Fernanda Dias, estes de origem metropolitana.

Não deixa de ser igualmente um escritor de Macau, não obstante as apontadas fragilidades do território enquanto campo literário. E partilha esta condição com escritores de língua chinesa, tais como Lio Chi Heng, Yao Feng e Liao Zixin.

A INVENÇÃO DO *ESPAÇO LUSÓFONO*: A LÓGICA DA RAZÃO AFRICANA*

INOCÊNCIA MATA**

Ninguém vive suspenso – ou dissolvido – na pura luz do presente. Seria utópico – e mesmo pouco interessante – esperar que os três anéis do espaço lusófono se fundissem num só.

EDUARDO LOURENÇO

1. Os caminhos de um projeto chamado *Lusofonia*

Embora muitos pensadores da *questão lusófona* considerem a *Lusofonia* uma categoria que permite atualizar a diversidade cultural do espaço onde se tem a língua portuguesa como *sujeito* ou *objeto*, o termo, apesar de muito utilizado em Portugal e nos países de África que a têm como língua oficial e/ou nacional, não tem tido uma receção pacífica. Na verdade, nada tem de *anódino*, ainda que não consciente, como bem lembra o eminente pensador português, Eduardo Lourenço:

> (...) nem aqui, nem em parte alguma, devemos fazer de conta (...) que o conteúdo e, sobretudo, o eco deste conceito de aparência tão inocente arrastem consigo as mesmas imagens, os mesmos cortejo de fantasmas, os

---

* Publicado em: Maria Adelina Amorim, Maria José Craveiro & Maria Lúcia Garcia Marques, *HOMO VIATOR: Estudos em Homenagem a Fernando Cristóvão*. Lisboa, Edições Colibri, 2004. O texto sofreu algumas alterações para se adaptar ao projeto atual.

** Professora na Área de Literaturas, Artes e Culturas. Investigadora do Centro de Estudos Comparatistas da Faculdade de Letras da Universidade de Lisboa.

142 Ensaios Lusófonos

mesmos subentendidos e mal-entendidos, nos diversos espaços que atribuímos, sem uma onça de perplexidade, à ideal e idealizada esfera lusófona[1].

Apesar de se poder trabalhar para extirpar quaisquer pretensões mais constrangedoras das intenções intercomunitárias e transterritoriais que se pretende que prevaleçam neste presente, de uma forma *desestatizada*, *desinstitucionalizada*, entre os sujeitos envolvidos no *projeto lusófono*, é preciso, de facto, ter em conta que o termo é de cunho e causa portugueses. Talvez por isso, enquanto os africanos oscilam entre a sua aceitação e a sua recusa, o termo nem sequer história tem entre os brasileiros – e nem será, parece-me, por se considerarem *"filhos de si mesmos"*, como refere Eduardo Lourenço num estudo sobre a relação (de ressentimento) entre o Brasil e Portugal[2].

Uma das primeiras reflexões sobre tal noção – porventura hoje em vias de conceituação – data de 1992, um texto intitulado "Lusofonia: cultura ou ideologia?", do moçambicano Lourenço do Rosário, publicado na revista *África Hoje*. A reflexão de Lourenço do Rosário, motivada pelo facto da então Comunidade Europeia ter resolvido "considerar o grupo dos Cinco Países Africanos de Língua Oficial Portuguesa como entidade regional com natureza jurídica no âmbito do ACP/CE"[3], punha a tónica em dois aspetos importantes: o primeiro é que, com o desmantelamento do último império colonial europeu em África, haveria – como houve – um movimento centrífugo decorrente da procura de rumos próprios por cada um dos países no contexto regional e mundial; o segundo é que, não obstante a língua portuguesa ser o "monumento histórico mais valioso para a aferição da presença portuguesa no mundo"[4], a língua, só por si, não constitui justificação para conceções de natureza centrípeta. Lourenço do Rosário, que fazia estas considerações numa altura em que o termo

---

[1] Eduardo Lourenço, A *Nau de Ícaro seguido de Imagem e Miragem da Lusofonia*, Lisboa, Gradiva, 3.ª edição, 2004. pp. 174-175.

[2] Eduardo Lourenço, *op. cit.*, p. 136.

[3] Lourenço do Rosário, "Lusofonia: Cultura ou Ideologia?", *África Hoje*, Lisboa, agosto de 1992. Inserido no livro *Singularidades I* (Lisboa, Edições Universitárias Lusófonas, 1996, pp. 35-38) e, já revisto e ampliado, em *Singularidades II* (Maputo, Texto Editores, 2007, pp. 174-178). O facto de Lourenço do Rosário ter optado por resgatar sucessivamente o artigo dá a medida da importância que o autor, presidente do Fundo Bibliográfico de Língua Portuguesa, atribui à questão.

[4] *Idem, ibidem.*

A invenção do *espaço lusófono*: a lógica da razão africana 143

ainda era titubeante em termos de uso, quer ideológico quer cultural, concluiria que, de certo ponto de vista, o termo era legítimo enquanto referisse "uma visão que permita determinar o conjunto que ao longo da História teve Portugal, língua e cultura, como elementos aglutinadores"[5].

Do que me parece estar Lourenço do Rosário a falar, então, é da visão estratégica na adoção deste termo para fazer frente à força globalizante de outros blocos histórico-linguísticos e de aproximações ideológico-culturais que se constituíram, por razões históricas, como comunidades com interesses convergentes, ou, pelo menos, sob a punção de certos condicionalismos: a Anglofonia, a Francofonia e a Hispanofonia – e, dada a dinâmica gerada pela queda do Muro de Berlim, a recente Germanofonia, embora esta pareça ter condições de se realizar apenas internamente, isto é, no coração da própria Europa. De facto, para além da funcionalidade deste termo, *Lusofonia*, num plano puramente de economia linguística – para substituir a expressão "de língua portuguesa", afinal um dos argumentos de alguns defensores do termo –, há, de facto, a necessidade de se fazer frente à condição periférica dos países de língua portuguesa – seja Portugal, sejam os Cinco (talvez com a exceção de Angola), uma vez que o Brasil não é um exemplo de perifericidade regional. E é precisamente por causa da tal fragilidade comum que me parece importante ver a Lusofonia como um instrumento ideológico.

Embora talvez não caiba no âmbito desta reflexão uma abordagem abrangente que englobe os aspectos sociopolítico e económico, no que diz respeito à África, um olhar superficial pelos manuais de economia mundial informa-nos sobre a *décalage* entre os termos das relações económicas externas dos países africanos deste projeto, sobre o seu estado atual quanto aos produtos internos e ao seu lugar no processo de mundialização. Por isso, os duzentos milhões de falantes que a contabilidade aritmética credita no mundo da língua portuguesa – e Fernando Cristóvão reitera o número de duzentos e dez milhões no seu artigo intitulado "Os três círculos da lusofonia"[6] – não fazem, só por si, o prestígio e a força da língua, de que nem sequer todos os intelectuais estão conscientes: é que a primeira falibilidade para a legitimação estatutária desse *espaço*

---

[5] *Idem, ibidem.*

[6] Fernando Cristovão, "Os três ciclos da Lusofonia", *Revista Humanidades*, setembro de 2002. Ideia desenvolvida, também, em Fernando Cristóvão, "Lusofonia", in Fernando cristovão (dir. e coord.) *et al, Dicionário Temático da Lusofonia*, Lisboa, Texto/Aclus, 2005, pp. 652-656.

144 Ensaios Lusófonos

lusófono decorre do estatuto secundário desses países no jogo mundial, gerador de um complexo de inferioridade entre os seus falantes, muitos deles ilustres. É esse complexo que talvez explique que em fóruns em que o português é uma das línguas de trabalho, como, por exemplo, alguns dos quais realizados na Faculdade de Letras da Universidade de Lisboa, e em fóruns em que falantes do português surgem precisamente como falantes do português, participantes haja (professores e cientistas) que "prefiram" apresentar as suas comunicações em francês ou – melhor! – em inglês...

Como já referi em outro lugar[7], duas décadas depois da reflexão de Lourenço do Rosário, e após discursos antagónicos, apologéticos e de recusa, a discussão continua, agora menos emotiva e sem argumentos de afetividade, mas com intuitos que visam o desvelamento das razões históricas, ideológicas e pragmáticas sobre a (i)legitimidade do termo e sobre a sua conceituação. Entretanto, aconteceu a CPLP – Comunidade dos Países de Língua Portuguesa –, que seria, desiderativamente, o instrumento maior da Lusofonia, presidida, primeiramente, por um espírito hegemónico que concentra as suas "movimentações" no império da língua portuguesa. Parece ser esta a ideia sugerida por Eduardo Lourenço quando, em *A Nau de Ícaro seguido de Imagem e Miragem da Lusofonia*, afirma:

> Não sejamos hipócritas, nem sobretudo voluntariamente cegos: o sonho de uma Comunidade dos Povos de Língua Portuguesa[8], bem ou mal sonhado, é por natureza – que é sobretudo história e mitologia – um sonho de raiz, de estrutura, de intenção e amplitude lusíada.[9]

No percurso de consolidação conceptual deste termo, que passa pela estação da "imagem e miragem da lusofonia", também Alfredo Margarido o considera um "novo mito português". Com efeito, no seu livro

---

[7] Ver: Inocência Mata, "A viagem da língua portuguesa e os meandros das identidades lusófonas, *'a reinvenção do ser e do estar'*", *in* Maria Luísa Leal, Mª Jesús Fernández & Ana Belén García Benito, *Invitación al Viaje*, Série Estudios Portugueses/29, Mérida, Junta de Extremadura, 2006.

[8] (Nota minha) Na verdade, a sigla significa "Comunidade dos Países de Língua Portuguesa" – e não "Povos". Eduardo Lourenço, em vários momentos deste livro, utiliza sempre a segunda palavra – Povos –, não sei se propositadamente se por desconhecimento/engano. Se for este o caso, como me parece, julgo que a minha leitura das palavras do eminente pensador não as desvirtua; se for o primeiro caso, então a ironia não me permitiria tais interpretações. Corro o risco desta presunção.

[9] Eduardo Lourenço, *op. cit.*, p. 163.

A invenção do *espaço lusófono*: a lógica da razão africana

A Lusofonia e os Lusófonos: Novos Mitos Portugueses (2000), Alfredo Margarido, referindo-se à "redescoberta da língua como 'força imperial'", afirma que a *intelligentsia* de Portugal e dos países que foram colónias portuguesas apressaram-se a organizar uma ideologia explicativa da força aglutinadora da língua portuguesa, sem perceberem que esse lugar da língua portuguesa – e, por consequência, o lugar subalterno na dinâmica nacional das outras línguas do mesmo espaço – faz evidenciar hierarquias linguísticas que mais não são de um duplo das hierarquias sociais e raciais[10]. Segundo o autor, ao fazê-lo, essa elite portuguesa e africana (cultural e política) reedita um comportamento colonial, concedendo à língua portuguesa o estatuto de "língua imperial", pois ela, a elite, acaba por proceder ao exacerbamento da língua como "o agente mais eficaz da unidade dos homens e dos territórios que foram marcados pela presença portuguesa"[11] – o que, lembra ainda a propósito Alfredo Margarido, nem a ideologia colonial portuguesa lograra fazer (embora se possa pensar que o tenha tentado).

Estas considerações vão na contramão das ideias do *lusófilo* Fernando Cristóvão, com a proposta dos "três círculos da lusofonia", expandindo, portanto, o projeto para além dos falantes e abrindo-o a um domínio *andersoniano* de "comunidade imaginada". Para Fernando Cristóvão, a negação da existência da Lusofonia demonstraria preconceito ou má-fé. Este professor português de literatura brasileira pensa a Lusofonia como "um certo património de ideias, sentimentos, monumentos e documentação", isto é, uma construção quotidiana não apenas "na descoberta do património linguístico e cultural comum e anexo, mas, sobretudo, na multiplicação de laços entre instituições e grupos profissionais dos oito, em ações de cooperação, na valorização dos afetos"[12] – o critério da afetividade que pode ser, a meu ver, uma das maiores perversidades na relação entre estes países.

---

[10] Alfredo Margarido, *A Lusofonia e os Lusófonos: Novos Mitos Portugueses*, Lisboa, Edições Universitárias Lusófonas, 2000, p. 61.

[11] Alfredo Margarido, *idem*, p. 57.

[12] Fernando Cristóvão, "Os três círculos da Lusofonia", *art. cit.*, p. 3.

146 Ensaios Lusófonos

2. As implicações de uma utopia chamada *Lusofonia*

Foi, por isso, desafiadora a proposta temática de um fórum de discussão para o qual fui convidada, em dezembro de 2002, sobre *Historia Comparada e Espaços Interculturais: as Literaturas da Península Ibérica*. Tratou-se de um seminário organizado pelo Comité para la Historia Comparada de las Literaturas en Lenguas Europeas, (versão espanhola do CHLEL – Coordinating Committee for the Comparative History of Literatures in European Languages Series do ICLA – Associação Internacional de Literatura Comparada), que decorreu na Universidade de Santiago de Compostela e que intentou – e, ao que me parece, bem conseguiu – incluir no mesmo *corpus* tanto as literaturas espanhola e portuguesa quanto as latino-americanas e as africanas. Reitero, hoje, anos depois, a questão que então levantei e que me permitiu um raciocínio em abismo: o que têm as literaturas africanas a ver com o universo da *ibericidade*?[13] Todos concordamos que literaturas da Península Ibérica não são! Portanto, convocá-las significa que, à partida, se considera que, sem perderem a sua dimensão nacional, com identidades históricas e culturais específicas, partilham espaços comuns de convergência intercultural, o que tem vindo a dinamizar não apenas as perspetivas críticas como até as próprias configurações estéticas. Podemos, por isso, concordar com a ideia de um espaço literário comum, que seria uma vertente do espaço linguístico de "origem ibérica", de derivação atlântica, com elementos através dos quais é possível marcar "a diferença e o contraste com as características de outros povos de outras fonias"[14].

Seria, portanto, em nome de uma estratégia de afirmação de um território ideológico-cultural, com ancoragem histórica, que se poderia falar de *espaço lusófono*. É como se se tratasse de um processo de identificação com a "causa ideológica da língua" – o facto de o português ser ainda uma língua periférica[15]: assim, poder-se-ia falar da Lusofonia como um

---

[13] O mesmo sentimento me invadiu aquando do fórum sobre "A Latinidade em Questão", na sua derivação africana localizada em São Tomé e Príncipe, em que, passada a perplexidade, falei sobre *"Latinité en Contact*: São Tomé Príncipe na rota da diáspora latina", Colloque International: *Latinité en Question*, Maison de l'Amérique Latine, Paris, du 16 au 19 mars, 2004.

[14] Fernando Cristóvão, *ibidem*.

[15] Já referi, em outro lugar, os fatores dessa perifericidade. Ver: Inocência Mata, "A periferia da periferia", *Discursos: Estudos de Língua e Cultura Portuguesa*, Lisboa,

A invenção do *espaço lusófono*: a lógica da razão africana — 147

compromisso de alteridades, de múltiplas identidades históricas unidas por um sentimento de pertença a uma *outra* entidade, que se internacionaliza pela língua portuguesa, num mundo globalizado e permeável a relações de hegemonia em termos linguísticos e culturais (decorrentes de relações de poder económico), em que não apenas os agentes como os produtos são diferentes, e, por essa diferença, secundarizados, não raro ostensivamente.

Mas ostensivamente também são marginalizados, no jogo de forças mundiais, escritores outros, de quaisquer outras línguas, oriundos de espaços geográficos periféricos, como a África – e, mesmo esta, com graus de perifericidade. Por isso, reafirmo que a Lusofonia – conceito que continua a carecer de expulsão de quaisquer pretensões hegemónicas, dadas a sua abrangência globalizante e a apetência de algumas agências para se erigirem a modelo – pode ver-se como fator aglutinador. Apesar disso, estou convencida de que a lusofonia dos africanos talvez não seja tão diferente das outras fonias africanas (literárias e não apenas) em termos da sua condição periférica, pois "a língua em que constroem um espaço de identidade é sobretudo uma linguagem cultural, mais do que verbal"[16]: portanto, esta fonia lusa, como essoutras francesa ou inglesa, para cumprir a sua função aglutinadora, terá de funcionar como espaço de várias culturas em diálogo interlínguas.

O património comum de que se fala não é apenas a língua portuguesa, mas sobretudo um determinado lastro cultural e histórico, evidenciado num sistema cultural de vasos comunicantes, construídos nos espaços do além-mar. É que, apesar de a cultura e a literatura nacionais dos países africanos de língua oficial portuguesa poderem ser designadas como *lusófonas* ou de *expressão portuguesa* – Fernando Cristóvão fala até de "nações lusófonas", expressão que me parece, no mínimo, polémica, embora o autor não preconize a existência de uma só cultura nesse espaço –, e, esta designação estar a ser matéria de cada vez maior e necessária problematização, não incomoda a ideia, que carece, no entanto, de relativização, de que as literaturas africanas em/ de língua portuguesa fazem parte de um amplo sistema que se distingue dessoutros em línguas inglesa, francesa, árabe ou suaíli. No entanto, no

---

Universidade Aberta, n.º 9, fevereiro de 1995.

[16] Inocência Mata, *Literatura Angolana: Silêncios e Falas de uma Voz Inquieta*, Lisboa, Mar Além/Luanda, Kilombelombe, 2001, p. 47.

caso das literaturas africanas, diferentemente de suas congéneres portuguesa e brasileira, é preciso não esquecer que essa literatura constitui parte – uma parte significativa, é verdade – dos sistemas literários dos países africanos de língua portuguesa, que incluem também produções em línguas africanas, crioulas e autóctones. É com esse subsistema que não se inscreve em português, muito incipiente ainda, que essoutro em português partilha, se não a língua, o sistema cultural (o imaginário, as imagens, a representação das vivências e da sociedade, enfim, uma série de signos culturais) que lhes serve, a ambos, de ancoragem e onde o português africano vai engendrar a sua poética da diversidade. Afinal, como lembra Eduardo Lourenço, em afirmação que resgato da epígrafe, "ninguém vive suspenso – ou dissolvido – na pura luz do presente. Seria utópico – e mesmo pouco interessante – esperar que os três anéis do espaço lusófono se fundissem num só"[17].

Como conciliar, então, esta realidade, isto é, como designar a totalidade das literaturas dos países africanos de língua portuguesa? Se *lusófonas*, a designação deixará de lado essoutro subsistema inscrito em idiomas outros. Como entender, então, a expressão *espaço lusófono* – ou sua derivada, *lusofonia literária* – considerando que ela se reporta a sistemas que também se atualizam em outras línguas, autóctones e crioulas (embora este último *corpus* possa ser considerado escasso)? Por outro lado, designar as literaturas deste espaço a partir de uma matriz originariamente exógena não será institucionalizar a relação hegemónica – quase glotofágica – entre a língua portuguesa e as outras línguas em presença nesses países e que também são línguas de cultura? A longínqua afirmação do eminente Celso Cunha, segundo o qual "a capital da língua portuguesa está onde estiver o meridiano da cultura"[18], não poderá acabar por corroborar a ideia de que há uma hierarquia de espaços culturais, considerando que os há sem meridiano, isto é, sem representação? É que tendo em conta que diferenças históricas, geográficas, sociais e étnicas dão sentires, sabores, valores e saberes diferentes, lógico é que as suas representações tenham de ser diferentes, novas, embora usando – repito, *usando* – um mesmo veículo linguístico. Não se trata de preciosismo *chauvinista*, mas do reconhecimento de que uma língua tem diferentes poéticas (palavras, sonhos, ressonâncias e imagens) que conformam imaginários

---

[17] Eduardo Lourenço, *op. cit.*, p. 172.
[18] Celso Cunha, *Uma Política do Idioma*, S. José, Rio, 1964, p. 38.

A invenção do *espaço lusófono*: a lógica da razão africana

diversos, por conseguinte, linguagens diferentes, que o mesmo é dizer, expressões diferentes. Ora, todas essas expressões culturais realizam-se num meridiano, isto é, dentro de uma norma, ainda que marginalizada, ou, pelo menos, não assimilada, por vezes ostensivamente desqualificada, pelo cânone ocidental. Além de que a designação globalizante acentua a existência dessas expressões culturais, no caso literárias, mas não a sua diferença: de facto, se é preciso lembrar, com Pierre Bourdieu, que "na lógica propriamente simbólica da distinção, *existir* não é somente *diferir* mas ser reconhecido como legitimamente diferente", é preciso insistir também que "qualquer unificação que assimile aquilo que é diferente encerra o princípio da dominação de uma identidade sobre outra, da negação de uma identidade por outra"[19].

Por outro lado, as literaturas africanas em línguas originariamente europeias, sendo legitimadas com base numa crítica estrangeira – mormente europeia, da antiga metrópole – pensam-se dentro de um sistema que é legado branco-ocidental[20] e em formas em que se propõem vazar experiências africanas. Assim, as suas estratificações literárias (modais, genológicas e funcionais) buscam-se na tradição literária ocidental, em formas que logram conter a experiência africana. Portanto, este é um condicionamento, histórico e inevitável, e porventura inconsciente, a que está submetido o escritor africano. Diz, a propósito, o crítico beninense Noureini Tidjani Serpos:

> (...) quand l'écrivain africain se met à produire, consciemment ou non, il est déjà sommé d'identifier sa pensée dans les formes idéologiques appelées roman, théâtre, etc. Peu importe, semble-t-il, que sa culture ait connu ce genre de différenciations littéraires ou non.[21]

Parece-me, pois, razoável afirmar, com Tjidani Serpos, que, quando o escritor africano produz, as ressonâncias literárias que ele convoca,

---

[19] Pierre Bourdieu, *O Poder Simbólico*, Lisboa, Difel, 1989, p. 129.

[20] Deve, por isso, entender-se aqui a expressão metafórica que designa civilização e cultura branco-ocidental numa relação nefasta de *desculturação* que consiste no declínio ou desaparecimento da cultura tradicional sendo, portanto, contrário ao processo *aculturativo* que designa a "existência de contactos directos e prolongados entre culturas diferentes e que se caracterizam pela modificação ou pela transformação de um ou dois tipos culturais em presença" (Michel Panoff & Michel Perrin, *Dicionário de Etnologia*, Lisboa, Edições 70, 1979, p. 11).

[21] Noureini Tidjani Serpos, *Aspects de la Critique Africaine*, Paris, Éditions Silex/ Lomé, Éditions Haho, 1978, p. 8.

e que o orientam, para servirem de modelo ou para serem subvertidas, provêm da tradição com a qual o escritor sempre se relacionou literariamente, desde o início do seu percurso da educação formal. Por isso, é difícil ignorar os condicionalismos inerentes à instituição literária em África. Essa condição tem a ver com o lugar sociológico da literatura nessas sociedades – designadamente como fautor identitário e como subsidiária que tem sido do projeto de construção nacional e cívica. Estão, no entanto, conscientes, autores e críticos, que, embora sistemas autónomos, não se operou a sua autonomização em relação à "literatura central", isto é, em relação às instâncias externas de legitimação literária. De facto, a dependência das instâncias de legitimação europeias continua: veja-se a ânsia com que os escritores encaram a possibilidade de serem publicados na antiga metrópole – o que, do ponto de vista individual, é perfeitamente legítimo, embora a questão requeira uma análise menos *fulanizada* e mais desapaixonada, cultural e científica. Em todo o caso, esta situação é muito perversa para o sistema literário nacional africano, quando se pensa, por exemplo, que tal estatuto – a internacionalização por via da publicação na antiga metrópole e quase exclusivamente na língua dessa metrópole – é prova de qualidade literária, com a perversa ilação que daí decorre (não ser publicado na antiga metrópole é prova de que o escritor não é bom).

Por outro lado, a receção efusiva, na antiga metrópole, de escritores de determinado segmento e determinada escrita (como é a situação que se vive em Portugal) parece ser sinal de uma relação de que, numa perspetiva de globalização, as sociedades hegemónicas também precisam: aí, no "além-mar perdido", procuram o outro, o diferente, o exótico... Mas, concomitentemente, o "mesmo" para continuarem a pensar-se simultaneamente "imperiais" mas "cosmopolitas" e abertas. Vale aqui convocar mais uma vez Eduardo Lourenço, numa das suas epígrafes, "o passado também tem futuro"[22]. Há uns anos, o escritor moçambicano Mia Couto "lamentava" o facto de aos escritores africanos ser exigido o "passaporte para provar que são tipicamente africanos. Têm de transportar os seus valores históricos, tradicionais. Isto é uma armadilha terrível, porque o valor de um livro é o seu carácter universal"[23]. Segundo Mia Couto, tal

---

[22] Eduardo Lourenço, *op. cit.*, p. 161.
[23] Mia Couto, "Procuro um mundo em estado de infância, usando uma língua também em estado de infância", Entrevista, *Público*, Mil Folhas, 28 de setembro de 2002, Lisboa.

A invenção do *espaço lusófono*: a lógica da razão africana

exigência empurra os escritores para um *ghetto*. Note-se, por outro lado, a apetência, quase obsessiva, de alguns escritores para a transnacionalidade, isto é para a assunção daquilo a que eu chamaria identidade *hifenizada*, para parafrasear Homi Bhabha: luso-angolana, luso-moçambicana, luso--são-tomense...

Embora eu entenda que assim como um sujeito pode participar de várias identidades, também um objeto pode estar no cruzamento do diálogo entre várias aproximações culturais, essa literatura e a sua crítica afirmam buscar a universalidade – condição que, sabemos todos, se tornou (quase) sinónima de difusão e se confunde com a capacidade de *mediatização* – como se *universal* se opusesse a *local*[24]! A dimensão universal, de intenção *pré-textual*, de uma obra pode resultar numa perversa rasura dos signos identificadores da sociedade de que emerge – e isso sem que se queira cair em qualquer "beligerante isolacionismo"[25]. No entanto, esta parece ser, pelo menos nos estudos literários africanos em Portugal, uma bandeira, buscando-se, como tem acontecido, legitimar a africanidade e, simultaneamente, a transnacionalidade de certos escritores que são portugueses contemporâneos de motivação africana, dinamizando os fatores de comunicação que condicionam a receção. Lembro, a propósito, uma situação ocorrida nas *II Pontes Lusófonas* de Maputo, realizadas pelo Instituto Camões[26]: Helder Macedo, escritor português nascido e "criado" em Moçambique, perante uma consideração de que (também) seria "escritor moçambicano", respondeu que se considerava um escritor

---

[24] Trata-se de uma questão tão inquietante que de há alguns anos a esta parte tenho vindo a debruçar-me sobre ela a partir de diferentes perspetivas: "O universal e o local nas literaturas africanas: uma dicotomia sem suporte", Revista *ECOS – Estudos Linguísticos e Literários*, 2 (UNEMAT, Cáceres, Mato Grosso, janeiro 2004); "'Even Crusoe needs a Friday': os limites dos sentidos da dicotomia universal/local nas literaturas africanas", *GRAGOATÁ*, Revista do Programa de Pós-Graduação em Letras, 19, UFF (Universidade Federal Fluminense), 2.º semestre 2005, 2006; "On the Periphery of the U*niversal* and the Splendour of Eurocentrism", a integrar o 4.º volume das publicações do âmbito do *DISTRAE – DISLOCATING EUROPE: Post-Colonial Perspetives in Literary, Anthropological and Historical Studies*, do Centro de Estudos Comparatistas da Universidade de Lisboa (no prelo); e, finalmente, "Para uma geocrítica do eurocentrismo", *IV Encontro de Professores de Literaturas Africanas de Língua Portuguesa*, 8 a 11 de novembro de 2010, Ouro Preto, Minas Gerais (no prelo).

[25] Antonio Cornejo Polar, *O Condor Voa: Literatura e Cultura Latino-Americanas*, organização de Mario J. Valdés, Belo Horizonte, Editora UFMG, 2000, p. 22.

[26] Ver meu depoimento em Francisco Belard, "Depois das Pontes", Cartaz, *Expresso*, n.º 1405, 2 de outubro de 1999, Lisboa, pp. 8-9.

português que englobava na sua história a vivência de África. Tendo vivido e estando a viver fora de Portugal, tampouco se considerando escritor da diáspora, afirmou que para ele Moçambique é mais um tempo (de infância) do que um espaço; que Moçambique sempre fora para ele um lindo jardim – até perceber que o jardim não era seu mas do vizinho! E o seu romance *Partes de África* (1991), uma obra de ficção que integra registos que a memória cultural (individual e coletiva) atualiza, é um excelente exemplo de como Portugal e, portanto, a *portugalidade* cultural, de que a literária é uma vertente, é hoje uma nação que incorpora elementos de culturas diversas, não europeias, elementos que já fazem parte do imaginário português. Pois se Portugal foi, durante quinhentos anos, um império, como pensar a cultura portuguesa sem a componente africana, sem que um escritor que a atualize tenha que reivindicar uma qualquer nacionalidade africana?! Não são também *A Nau de Quixibá*, de Alexandre Pinheiro Torres, *Oríon*, de Mário Cláudio, ou *Equador*, de Miguel Sousa Tavares, exemplos de literatura portuguesa de motivação/ expressão africana?

Apesar de concordar com Machado de Assis (sempre tão atual!) de que "não há dúvida que uma literatura, sobretudo uma literatura nascente, deve principalmente alimentar-se de assuntos que lhe oferece a sua região"[27], não pretendo com as minhas considerações sugerir que as literaturas africanas devam perspetivar-se dentro de um esquema de estreito "espírito nacional". Há, pois, que estar atento às "doutrinas absolutas", que, contaminando as análises literárias, empobrecem a literatura. Porém, sem que se queira "sociologizar o conhecimento da literatura", é preciso não cair na tentação da limitação do fenómeno literário por via de uma crítica imanente que, segundo Polar, "pressupõe em definitivo a renúncia a se entender a literatura como atividade concreta de homens concretos"[28].

3. Fechando a reflexão...

E, perante isso, o que faz o crítico africano, ele próprio formado dentro da tradição cultural do escritor? *Grosso modo*, esse crítico, que hoje já

---

[27] Machado de Assis, "O instinto de nacionalidade" (1873), *Crítica Literária*, Rio de Janeiro/Porto Alegre, ed. Jackson, 1955, p. 135.

[28] Cornejo Polar, *op. cit.*, p. 20.

A invenção do *espaço lusófono*: a lógica da razão africana   153

não é levado pela tentação do critério político – como já aconteceu nos primórdios dos estudos literários africanos de língua portuguesa – tende a valorizar a canonicidade da obra, segundo o "cânone ocidental", não importa aqui o que isso possa ser. É por isso que o crítico senegalês Pathé Diagne, para quem o crítico africano está essencialmente voltado para a literatura de "expressão estrangeira", afirma que o olhar desse crítico é inevitavelmente estruturado pela sua educação, para concluir, de forma lapidar, que "o crítico africano é um europeu exótico"[29].

É preciso ter presente que se a literatura é um campo produtivo de interação cultural, a literatura dos países que emergem da situação colonial é, neste âmbito, mais complexa pois tem a ver também com a interação semiótica entre a tradição escrita e os saberes da tradição oral que constituem o substrato da sua cultura e que passaram por um processo de violência colonial – complexo que Walter Mignolo designou por "semiose colonial", entendido como instrumento que permite a análise do discurso literário num contexto colonial, que o autor estende também ao pós-colonial[30]. Por isso, nunca é demais lembrar o crítico peruano Cornejo Polar que reafirma "o caráter transitivo da crítica em relação à criação literária e a ininteligibilidade desta como categoria autônoma, desligada do processo histórico da cultura – que é um processo social concreto"[31]. Isto é: que a crítica africana – Polar fala da crítica latino-americana e eu extrapolo, a partir das suas reflexões, para o contexto africano – deve considerar-se parte integrante do processo de desenvolvimento cultural do país, de um projeto coletivo que se cumpre com a concorrência de vários tempos; que hoje são utópicos, feitos de *diferença* e *pluralidade*, tanto em termos de dissensos internos quanto em termos de confraternidade e solidariedade próprias de um espaço de unidade "imposta" pela dinâmica imperial da globalização cultural (vejam-se os blocos regionais africanos). Afinal, a funcionar como projeto aglutinador e afirmativo, expresso na apologia de um ideário transcultural atualizado numa alegoria de origem comum, sem urgências de ordem defensiva, a Lusofonia não deverá ser uma galáxia.

---

[29] Pathé Diagne, "La critique littéraire africaine", *in* AAVV, *Le Critique Africain et son Peuple comme Producteur de Civilisation*, Colloque de Yaoundé (16-20 avril, 1973), Paris, Présence Africaine, 1977, p.432.

[30] Walter Mignolo, "Canon and Corpus: an alternative view of comparative literary Studies in colonial situations", *Dedalus*, n.º 1, december 1991, pp. 219-244 (p. 235).

[31] Cornejo Polar, *op. cit.*

A VIAGEM DA LÍNGUA PORTUGUESA
E OS MEANDROS DAS IDENTIDADES LUSÓFONAS

INOCÊNCIA MATA

> Em cada gesto do poeta, as palavras possuem-
> -se de gestos, como se fossem outras, e, tam-
> bém, no texto, por cada leitura, umas vezes
> afiguram-se muito novas, outras vezes muito
> antigas, outras ainda quase eternas.
>
> MANUEL RUI

1. As premissas da questão

Em outubro de 2003, a Universidade de Extremadura, na fronteira de Portugal, organizou um interessante colóquio subordinado ao tema "Lusofonia e Viagens". Tratou-se, para mim, de um tema curioso, a todos os títulos: pelo lugar – por isso, quero fixar aqui os dois sentidos desta palavra, "fronteira": limite e margem; e pelo facto de esta formulação sugerir um singular e não um plural: *Lusofonia*, em vez de lusofonias. Sem contar com o facto de uma instituição espanhola, mesmo se *fronteiriça*, ter ido buscar um *lugar*[1] que ainda provoca constrangimentos, apesar de estar a ser adotado cada vez mais incondicionalmente.

Por isso, pareceu-me importante trazer algumas reflexões que tivessem que ver com *a* viagem da língua portuguesa, e suas mediações culturais pela África, a questão da existência de um *espaço lusófono*, também na

---

[1] Sempre que utilizar este termo com sentido de *locus* (cultural ou literário), ele será marcado graficamente a itálico.

sua vertente literária – portanto, a *lusofonia literária*. E, paralelamente a esta, impôs-se-me uma outra questão: em que condições esse espaço da *lusofonia literária* – a existir algum – pode ser extensivo aos africanos, sem que estes se vejam objetos de um projeto alheio, isto é, participantes da *lusofonia dos outros*, na moldura da continuidade de uma relação de pertença que o prefixo "pós", de pós-colonialismo, apenas encoberta e, por isso, legitima?

Muito utilizado em Portugal e em alguns segmentos africanos, em África, na esteira de outros alinhamentos histórico-ideológicos (a Francofonia, a Anglofonia), poucos eram, pelo menos nos inícios dos anos 2000, os que no Brasil consideravam este termo – Lusofonia – funcional, apesar de muito utilizado em Portugal e em África, com pequenas exceções, entre as quais a honrosa exceção de José Aparecido de Oliveira e, talvez, de Affonso Romano de Sant'Anna[2]. Em África, uma das primeiras abordagens da questão data de 1992, numa reflexão do moçambicano Lourenço do Rosário intitulada "Lusofonia: cultura ou ideologia?", motivada pelo facto de a então Comunidade Europeia ter resolvido "considerar o grupo dos Cinco Países Africanos de Língua Oficial Portuguesa como entidade regional com natureza jurídica no âmbito do ACP/CE". Nesse texto, o autor punha a tónica na importância da construção de uma ideia aglutinadora de um conjunto de agentes com uma história comum e fragilidades (regionais e mundiais) comuns. Porém, ainda hoje, mais de uma década depois desta primeira reflexão, a adesão ao termo-conceito ou a sua recusa têm feito correr muita tinta, com intuitos que visam ao desvelamento das razões históricas e ideológicas sobre a (i)legitimidade do termo e sobre a sua conceptualização. Cito, pela natureza (contra-)argumentativa de duas posições (de recusa e de adesão, respetivamente), as contribuições de Alfredo Margarido e de Fernando Cristóvão.

No seu livro *A Lusofonia e os Lusófonos: Novos Mitos Portugueses*, Alfredo Margarido considera que a ideia de um *bloco* em redor da língua portuguesa não é mais do que a reedição de um comportamento colonial que concede à língua portuguesa o estatuto de "língua imperial", pois se

---

[2] Ver o artigo "Lusofonia: mentiras e realidade", de Affonso Romano de Sant'Anna, apresentado no 6.º Congresso da AIL – Associação Internacional de Lusitanistas (Rio de Janeiro, julho de 1999): www.geocities.com/ail_br.

A viagem da língua portuguesa e os meandros das identidades lusófonas 157

acaba por proceder ao exacerbamento da língua como "o agente mais eficaz da unidade dos homens e dos territórios que foram marcados pela presença portuguesa"[3] – o que, ainda segundo Alfredo Margarido, nem a ideologia colonial portuguesa lograra fazer. Ideia a que o *lusófilo* Fernando Cristóvão contrapõe, no seu artigo sobre "Os três círculos da lusofonia", referindo que a Lusofonia deve ver-se como uma construção de "um certo património de ideias, sentimentos, monumentos e documentação", isto é, uma construção quotidiana não apenas "na descoberta do património linguístico e cultural comum e anexo, mas sobretudo na multiplicação de laços entre instituições e grupos profissionais dos oito, em acções de cooperação, na valorização dos afectos"[4].

Entre as duas visões, certamente legítimas, parece haver uma hipótese de negociação. Para tal, talvez conviesse partir do princípio de que não é apenas a língua portuguesa a constituir o património comum dos possíveis sujeitos desse espaço a construir, senão também determinado lastro cultural e histórico, evidenciado num sistema cultural de vasos comunicantes, construídos nos espaços do além-mar. Assim, em nome de uma estratégia de afirmação de um território ideológico-cultural, com ancoragem histórica, talvez se possa falar de Lusofonia como um projeto que intenta a identificação com a "causa ideológica da língua".

Essa causa tem a ver com o facto de o português ser ainda uma língua periférica na Europa e em África, principalmente[5]: a língua tornando-se instrumento bastante num processo que vise uma "acção afirmativa", tanto política quanto ideologicamente, contra a primazia de blocos linguísticos mais poderosos; porém, funcionando como um compromisso de alteridades, de múltiplas identidades históricas unidas por um sentimento de pertença a uma *outra* entidade que se internacionaliza pela língua portuguesa, num mundo globalizado e permeável a relações de hegemonia em termos linguísticos e culturais, consequência de outras hegemonias que talvez não caibam no âmbito desta reflexão. É desse compromisso

---

[3] Alfredo Margarido, *A Lusofonia e os Lusófonos: Novos Mitos Portugueses*, Lisboa, Edições Universitárias Lusófonas, 2000, p. 57.

[4] Fernando Cristóvão, "Os três círculos da lusofonia", Revista *Humanidades*, setembro de 2002, Lisboa, p. 3.

[5] Já referi, em outro lugar, os fatores dessa perifericidade. Ver, Inocência Mata, "A periferia da periferia", *Discursos: Estudos de Língua e Cultura Portuguesa*, Universidade Aberta, n.º 9, fevereiro de 1995, Lisboa.

158   Ensaios Lusófonos

de identidades, dessa negociação de sentidos culturais, com derivações centrífugas, que fala Eduardo Lourenço ao afirmar:

> O imaginário lusófono tornou-se, definitivamente, o da *pluralidade* e da *diferença*, e é através desta evidência que nos cabe, ou nos cumpre, descobrir a continuidade e a fraternidade inerentes a um espaço cultural fragmentado, cuja unidade utópica, no sentido de partilha em comum, só pode existir pelo conhecimento cada vez mais sério e profundo, assumido como tal, dessa pluralidade e dessa diferença. Se queremos dar algum sentido à galáxia lusófona, temos de vivê-la, na medida do possível, como inextricavelmente portuguesa, brasileira, angolana, moçambicana, cabo-verdiana e são-tomense. Puro voto piedoso?[6]

Ignorando a ausência da Guiné-Bissau (certamente por distração, uma vez que em 1987, data deste texto, Timor-Leste ainda não era um Estado) e o facto de eu discordar da visão da Lusofonia como uma galáxia (que é, afinal, uma entidade múltipla, é verdade, mas isolada), julgo que poucos discordarão desta visão plural e heterogénea desse espaço histórico que se quer reconstruir e preservar, mesmo que se discorde do espírito hegemónico que preside a tais "movimentações" reconstitutivas, que estão concentradas no império da língua portuguesa.

2. O "problema" e suas visões: uma questão de "herança"?

De facto, o que pode chocar em qualquer reflexão sobre a língua é a oposição entre a necessidade da sua preservação e a diversidade que ela potencia e inevitavelmente realiza: portanto, oposição entre difusão e expansão necessárias à homogeneização do sistema, sem obliterar as várias valências culturais que o *saber-sentir* dos falantes dos espaços recetores desta língua que em África não a têm como único idioma de construção identitária. Uma língua que pretenda atingir a multiculturalidade – ou melhor, que a queira manter, porque penso que, apesar de tudo, a língua portuguesa já a atingiu –, tem de conciliar a sua dimensão universalizante com a *heterogeneização* cultural para o que ela remete. Esta é uma filosofia pedagógica – no sentido de visar uma educação contra a ideia de que a língua tem proprietários.

---

[6] Eduardo Lourenço, *A Nau de Ícaro seguido de Imagem e Miragem da Lusofonia*, Lisboa, Gradiva, 3.ª edição, 2004, p. 112.

A viagem da língua portuguesa e os meandros das identidades lusófonas 159

É essa filosofia que subjaz às considerações de Manuel Rui num texto de 1991 intitulado "Só percurso pelo discurso", a propósito da viagem da literatura angolana na língua portuguesa e da combustão das palavras ao longo do tempo da língua, que citarei sem parcimónia:

> A herança das palavras.
> O poeta, em sua intocável torre arrebatadora, apodera-se das palavras como elementos originários, quase de génesis. Não como se "no princípio era o verbo", mas numa reinvenção do ser e do estar. Como se as palavras se circunscrevessem a uma herança, aberta, a herança das palavras. Carentes de arrumação.
> E por cada vez que o poeta coloca as palavras, as próprias se instigam de um mágico peso específico, inserido em alquimia de *locus* singular de *ab initio* para gestação.
> Cada gesto de arrumar é sempre o primeiro.
> Em cada gesto do poeta, as palavras possuem-se de gestos, como se fossem outras, e, também, no texto, por cada leitura, umas vezes afiguram-se muito novas, outras vezes muito antigas, outras ainda quase eternas.
> Quantos textos terá um texto?[7]

Falar, assim, de "Lusofonia e Viagem" deverá pressupor o desvelamento de um macro texto cultural composto de várias vozes dialetais mas dialogantes. Por isso, o primeiro impulso é referir o processo de apropriação da língua portuguesa empreendido pelos escritores africanos e brasileiros, que vêm transformando a "sintaxe lusíada" em língua "da boca do povo", "em língua errada do povo/Língua certa do povo" (Manuel Bandeira, "Evocação do Recife"), corroborando a máxima alencariana – em resposta a Pinheiro Chagas, que criticava as "incorrecções" do "velho português" de *Iracema* (1865) –, de que a língua é a nacionalidade do pensamento como a pátria seria a nacionalidade do povo. Assim, pode Virgílio de Lemos cantar no seu poema "A tragédia e a língua" (poema dedicado "ao Luís de Camões e ao Fernando Pessoa")[8] o seu anseio de recriar a língua para reconciliar "a tragédia e a língua"...

---

[7] Manuel Rui, "Só percurso pelo discurso", *in* AAVV, *Repensando a Africanidade*, Anais do I Encontro de Professores de Literaturas Africanas de Língua Portuguesa (1-4 de outubro de 1991), Niterói, UFF, 1995, pp. 87-88.

[8] Virgílio de Lemos, *Ilha de Moçambique – a Língua é o Exílio do que Sonhas*, Maputo, AMOLP, 1999.

A tragédia e a língua

(Ao LUÍS DE CAMÕES e ao FERNANDO PESSOA)

Fora ou dentro, a língua é luz
da alma, sendo seu próprio corpo
vegetal. Na folha sem branco
passeia-se o nada recriado.

Sol, sendo luar, no desvelar reside
o segredo do criado, e na paleta
esquecida, vive ainda o morto,
duplo mergulho no texto e na deriva.

E é face ao mesmo mar de teus anseios
que neste outro olhar recrio o gesto
e reconcilio a tragédia e a língua.

Ilha de Moçambique, 10 de Junho de 1957

Por isso também vale regressar à questão de Manuel Rui: quantos textos culturais terá um texto literário? Julgo que, entre outras ideias que se poderiam extrair do texto de Manuel Rui, ele próprio ferreiro de língua que pouco já tem a ver com a "última flor do Lácio" (Olavo Bilac), a que importa reter aqui, tem subjacente uma dupla explicitação: que a língua, em que se concentra a herança de um fazer histórico, exige uma constante *reinvenção do ser e do estar*, para ir respondendo ao processo identitário angolano. Vale, neste contexto, convocar outro longínquo poema de 1967, "O idioma é a pátria", do poeta são-tomense Marcelo da Veiga (num sentido bem distante dessoutro que vulgarmente se retira da "pátria da língua" de Bernardo Soares) – Marcelo da Veiga que afirma a mesma ideia: a de que o esplendor de uma língua advém do uso que dela se fizer:

Lá [na língua] é que [o povo] tem a raiz;
E lá é que tem o seu chão.
É lá que se ouve o que diz
Sua alma na solidão.[9]

---

[9] Marcelo da Veiga, *O Canto do Ossobó*, Linda-a-Velha, Edições ALAC, 1989.

A viagem da língua portuguesa e os meandros das identidades lusófonas   161

Assim, o que a afirmação de José de Alencar, tão atual, significaria também hoje remete para o trabalho de artesania verbal (lexical, sintática e translinguística) de que são exemplos ilustrativos obras de escritores como Guimarães Rosa, Uanhenga Xitu, Luandino Vieira, Ascêncio de Freitas, Mia Couto – para referir os mais conhecidos –, mas também, e mais recentemente, alguns outros; de facto, parece-me que estamos perante a transformação de tensões em reinvenções translinguísticas mais do que apenas tensões linguísticas, que revelam uma fragmentação identitária inicial e em que os registos verbais (metonimicamente conotados com o saber ainda hegemónico da letra) ganham significações que apontam para um conflito produtivo entre sistemas culturais de veículos idiomáticos diferentes. Trata-se aqui de um funcionamento conflitivo porventura próprio de contextos multilingues, como são as realidades africanas aqui consideradas; ou como são as realidades culturais e sociais da realidade brasileira. Essa filosofia reinventiva, eu diria até metalinguística, ilustra bem a necessidade de uma nova geografia linguística, uma nova ideologia linguística para pensar e dizer o país e expressar o *saber-sentir* de um país cuja cultura popular e social está muito distante do espaço matriz. Essa "nova" língua traz registos que comportam formas específicas de enunciação, melhor, de enunciados de saberes e sentires diferentes.

Ora, tal realidade de *pluralidade* e *diferença* culturais que se manifesta na literatura tem de implicar, por isso, uma metodologia de abordagem simultaneamente estrutural e funcional no ensino do português e das culturas (literaturas, no caso) que ela veicula. Ambos os métodos intentariam objetivos diferentes, tanto o sistema linguístico em si, como o sistema cultural expresso no mesmo idioma. Para a sua realização, há que convocar estratégias que permitam explorar não apenas as especificidades de cada expressão que a literatura capta, mas também chegar ao conhecimento de realidades culturais próximas para que seja reforçada a familiarização com variedades de um mesmo veículo de expressão cultural de outros povos que nele se inscrevem como segmentos de um universo plural e que trazem para esse universo valências geradas em outras complexos civilizacionais.

Por isso, para terminar, ainda as dúvidas mais do que metódicas de Manuel Rui:

> Mas há receita para este ofício [de ensinar literatura outra e de escrever sobre ela, acrescento eu]? E sobre o seu produto? Será que pode haver

outra leitura por ferramentas de outro ofício? Mas haverá ou não haverá receitas sobre o ofício?[10]

Se houver, gostaria de facto de as conhecer! Em todo o caso, do que estou plenamente convencida é de que, dentro ou fora dos espaços nativos ou nativizados do português, o ensino desta língua e das literaturas que nela se inscrevem – nunca é demais repeti-lo – tem de pressupor a utilização de textos literários *outros*, que revelem a *outridade* deste sistema linguístico e cultural. Para que o diverso não seja visto como uma realidade *guetizada*, feita de manifestações folclóricas que ficam encravadas nas intenções de discursos politicamente corretos. Mesmo porque uma pedagogia do português ou das literaturas de língua portuguesa que não considere a multitude de culturas em interação, com as quais os portugueses se relacionaram, se relacionam e com os quais partilham também parte da sua identidade, é contra a própria filosofia da língua portuguesa cuja história é multicultural: longe vão, assim, os tempos de Olavo Bilac e da *sua* "última flor do Lácio"...

Cáceres, novembro de 2003

---

[10] Manuel Rui, *Op. cit.*, p. 91.

NO FLUXO DA RESISTÊNCIA: A LITERATURA, (AINDA) UNIVERSO DA REINVENÇÃO DA DIFERENÇA[1]

INOCÊNCIA MATA

*Encontro **pátria** na **minha** língua portuguesa.*

MIA COUTO[2]

1. Reeditando uma formulação?

Como quase sempre acontece quando alguém com uma projeção mediática, como é Mia Couto, faz uma afirmação menos habitual, todos a celebram efusivamente; todavia, como também acontece amiúde, poucos se preocupam em aprofundar as implicações do que é dito.

Parece-me que foi o que aconteceu com esta afirmação do escritor moçambicano – "a minha *pátria* é a *minha* língua portuguesa" –, há cerca de uma década, em 2000. E, no entanto, a frase original havia passado, ela própria, pelo mesmo processo de uma (má) leitura mitificante: a afirmação "a minha pátria é a língua portuguesa", de Bernardo Soares (*O Livro do Desassossego*), tivera o mesmo destino: porque o contexto desta afirmação foi (não quero crer que deliberadamente) rasurado, ela passou a apontar para uma outra interpretação que desconsidera, precisamente, o que o seu autor quis valorizar: que apenas lhe importava a língua em que *vivia*!

---

[1] Publicado na Revista *Gragoatá*. Programa de Pós-graduação do Instituto de Letras da Universidade Federal Fluminense, n.º 27, 2.º semestre de 2009, Niterói, 2010.

[2] Mia Couto, "Encontro pátria na *minha* língua portuguesa", Entrevista, separata Pública, *Público*, 16 de janeiro de 2000.

Ao desferir a segunda desconstrução interpretativa ao tão *ideologizante* binómio pátria/língua, Mia Couto introduz na discussão outro binómio, cultura/expressão, que contém a pressuposição de que a dinâmica de uma língua procede da interação estabelecida entre a língua e a cultura, entre o falante e a sociedade. Assim, por este binómio é possível perceberem--se as estratégias criativas dos falantes de outras geografias culturais e dos escritores dos países africanos de língua oficial portuguesa que, por razões históricas, se vêm internacionalizando numa língua originariamente imposta, hoje apropriada e *nativizada* naqueles espaços (dos Cinco: Angola, Cabo Verde, Guiné-Bissau, Moçambique, São Tomé e Príncipe), dando substância à ideia de que o falante *localiza*-se em vocabulários culturais através dos quais se institui como sujeito cultural, sempre a partir de algum lugar[3]. É por isso que qualquer designação globalizante, como *Lusofonia*, com uma economia linguística incontestável, embora podendo funcionar politicamente, empobrece o universo dos falantes e criadores do idioma de base, na medida em que, se acentua a sua exis-tência perante forças mais hegemónicas – e falo da Francofonia (!), da Anglofonia (!) e da Hispanofonia (!)[4] –, não potencia as diferenças que fazem a sua mais-valia.

Esta questão não é "moderna", já tendo sido equacionada por Gilberto Freyre que, ainda nos idos de 50, afirmara:

> Nações sozinhas, isoladas e estreitamente nacionalistas em suas pre-tensões à autossuficiência são hoje arcaísmos (...) Felizes daquelas com possibilidades de formar, umas com as outras, conjuntos transnacionais de cultura como é o caso das nações e quase nações de língua portuguesa.[5]

Não obstante a necessidade de se estar atento à problemática das relações de poder na arena internacional, quando se reflete sobre a pro-blemática linguística, não se pode desconsiderar que, com mais razão

---

[3] S. Hall, Da Diáspora: *Identidades e Mediações Culturais*, org. de Liv Sovik, Belo Horizonte, Editora UFMG/Brasília, Representação da UNESCO no Brasil, 2003.

[4] E nem o facto de aqueles "blocos de fonias" serem uma realidade política de poder internacional, com repercussões internas, pode constituir motivo suficiente para a adoção incondicional do termo e bloquear qualquer discussão sobre os "desacertos" ide-ológicos que porventura se possam descobrir no seu uso – como na expressão "Portugal e os países lusófonos"...

[5] Gilberto Freyre, *Um Brasileiro em Terras Portuguesas*, Lisboa, Edições Livros do Brasil, s/d [1953], pp. 103-104.

No fluxo da resistência: A literatura, (ainda) universo da reinvenção da diferença 165

na época da globalização em que vivemos, alianças desiguais costumam resultar em dominação, sobretudo quando elas decorrem de antigas relações de desigualdades como são as relações coloniais. É que, como lembra Stuart Hall, na esteira de Antonio Gramsci, não obstante os seus efeitos *diferenciadores*, a globalização está estruturada em dominância[6]. É neste contexto que convoco aqui a reflexão de Alfredo Margarido que, no seu polémico livro significativamente intitulado *A Lusofonia e os Lusófonos: Novos Mitos Portugueses*, considera que:

> A criação da lusofonia parece destinada a interromper o diálogo polémico com os espanhóis, mesmo se esta invenção procura evitar os choques: a lusofonia é apenas o resultado da expansão portuguesa e da língua que esta operação teria espalhado generosamente pelo mundo fora. (...)
> A criação da lusofonia, quer se trate da língua, quer do espaço, não pode separar-se de uma certa carga messiânica, que procura assegurar aos portugueses inquietos um futuro senão promissor, em todo o caso razões e desrazões para defender a lusofonia.[7]

"Carga messiânica" que desconsidera, ao que parece, o "quadro de mundialização que os países de língua oficial portuguesa têm de rever-se a procurar sentidos atualizados para as suas inter-relações dado que, sobre as luzes de passado comum, projetam-se as de outra ribalta de performances internacionais"[8].

Podemos então dizer que a língua portuguesa em que o africano *vive* é a *sua*, africana, a que ele vai reelaborando, e não a que lhe impõe ou impôs um padrão exógeno com uma bissetriz localizada no extremo ocidental da Europa. Por isso, salvaguardadas as nuances ideológicas decorrentes da visão de Octávio Paz quanto à relação Europa/outros mundos, vale convocar a afirmação do Nobel mexicano para quem

> Las lenguas son realidades más vastas que las entidades políticas e históricas que llamamos naciones. Un ejemplo de esto son las lenguas europeas que hablamos en América. La situación peculiar de nuestras literaturas frente a las de Inglaterra, España, Portugal y Francia depende precisamente de este hecho básico: son literaturas escritas en lenguas transplantadas.

---

[6] Stuart Hall, *op. cit.*, p. 59.

[7] Alfredo Margarido, *A Lusofonia e os Lusófonos: Novos Mitos Portugueses*, Lisboa, edições Universitárias Lusófonas, 2000, pp. 11-12.

[8] Maria Aparecida Santilli, *Paralelas e Tangentes: entre Literaturas de Língua Portuguesa*, São Paulo, Via Atlântica, 2003, p. 29.

166 Ensaios Lusófonos

Las lenguas nacen y crecen en un suelo; las alimenta una historia común. Arrancadas de su suelo natal y de su tradición propia, plantadas en un mundo desconocido y por nombrar, las lenguas europeas arraigaron en las tierras nuevas, crecieron con las sociedades americanas y se transformaron. Son la misma planta y son una planta distinta[9].

Embora seja ambígua a ideia de que se tratava de um mundo *por nomear*, retenham-se o jogo semântico e a metáfora das línguas (europeias transplantadas para o "Novo Mundo") como *a mesma planta e uma planta diferente...*

2. Da língua como *nação* ao bilinguismo literário

Ser pátria assim, multilinguística e multicultural,
é ser-se mais rico para a criatividade.

MANUEL RUI (1979)

De entre os usos diferentes que uma língua pode ter, conta-se o uso estético como uma das práticas culturais mais diferenciadoras. Talvez mais em sociedades de "países emergentes"[10], como as dos países africanos, com um passado colonial recente, a literatura torna-se veículo muito importante na construção da identidade cultural de que a literária é uma vertente. Isto é: por razões que têm a ver com a especificidade do processo libertário dos Cinco países africanos de língua oficial portuguesa, a identidade literária tornou-se uma componente fundamental do cadinho da identidade que se pretendeu – e se pretende – nacional. Por isso, embora pouco "pastoral", não é facciosa a reflexão de Alfredo Margarido, no livro acima citado, sobre o afã de "marcação territorial" que esta designação globalizante tem cumprido, face aos outros "espaços

---

[9] Octávio Paz, "Nobel Lecture 1990/ Conferencia Nobel 1990: La búsqueda del presente":
    http://nobelprize.org/nobel_prizes/literature/laureates/1990/paz-lecture-s.html.
[10] Utilizo a expressão no sentido de países recentemente independentes (50 anos ou menos) e não no sentido em que lhe dá a ONU, no seu relacionamento com o Mundo, referindo países em vias de desenvolvimento ou de desenvolvimento médio, grupo em que se inserem os países que se associaram ao G8 para formar o G20 – países de "economias emergentes".

No fluxo da resistência: A literatura, (ainda) universo da reinvenção da diferença   167

de influência" das antigas (?) potências coloniais. Se todos concordam que diferenças históricas, geográficas, sociais e étnicas dão sentires, sabores, valores e saberes diferentes, há que admitir que as suas representações têm de ser diversas ainda que se use um mesmo veículo linguístico, pois, como já foi atrás referido, cada falante *localiza*-se a partir da sua enunciação e se reconhece a partir de um "local cultural". Não se trata de posicionamento beligerante, como soe dizer-se dos que questionam e consideram homogeneizante uma designação como *Lusofonia*; trata-se antes da reivindicação do reconhecimento de que estamos perante usos diversos, isto é, linguagens diferentes, que o mesmo é dizer, expressões diferentes. Na verdade, como ensina Pierre Bourdieu, na dinâmica identitária a simbólica da distinção implica não apenas a *existência* da *diferença* mas também o seu reconhecimento. Na verdade, talvez aqui devesse utilizar *différance*, esse conjunto de estratégias do movimento do jogo que produz efeitos de *diferença*, de que fala Jacques Derrida[11].

Foi isso que os escritores africanos de língua portuguesa, a maior parte dos quais de língua materna portuguesa[12], entenderam desde o início. O que faz com que, hoje, uma marca importante da pós-colonialidade da escrita africana de língua portuguesa seja, precisamente, o lugar e o modo como o escritor africano trabalha e se posiciona na língua portuguesa, depois de proceder ao seu *apoderamento*; língua que foi, paradoxalmente, um *petardo* – a imagem é ainda de Makhily Gassama[13] – contra a língua do assimilacionismo cultural. Porém, se se pôde pensar que o contexto pós-colonial mudaria a pertinência reivindicativa, a questão ainda se põe, hoje, se nos lembrarmos como escritores africanos de língua portu-

---

[11] Jacques Derrida, *Positions*, Paris, Minuit, 1972.

[12] O senegalês Makhily Gassama discorda desta noção de "língua materna": "A notre avis [diz ele] il faut donner à la expression *langue maternelle* une extension plus large: pour nous décourager dans nos entreprises relatives à l'enseignement de nos langues, certains 'spécialistes' nous effrayent en brandissant des chiffres: l'Afrique compte environ 2.000 langues et dialectes ! Ce chiffre, pour nous, est insignifiant: le problème n'est pas de quantité. Toutes ces langues sont créés pour exprimer des valeurs communes, des sensations communes. Elles sont des *langues-sœurs*, ou, si l'on nous permet ces expressions, elles ne sont ni parallèles ni convergentes; elles se superposent. Aussi le baoulé est-il plus apte à exprimer *mes* réalités *sénégalaises* que l'allemand ou le français." *Kuma. Interrogation sur la Littérature Nègre de Langue Française* (poésie-roman), Dakar-Abidjan, Les Nouvelles Éditions Africaines, 1978, pp. 18-19.

[13] Makhily Gassama, *op. cit.*, p. 44.

168   Ensaios Lusófonos

guesa – mesmo aqueles que não instrumentalizam a sua identidade e não transitam, convenientemente, por nacionalidades culturais e literárias de acordo com os seus interesses de momento – aparecem como "escritores portugueses", como aconteceu ainda recentemente com a inclusão do nome de Ana Paula Tavares no *Dicionário de Escritoras Portuguesas*[14]. Por isso, é significativa a afirmação de Luandino Vieira, um dos grandes mestres da reinvenção linguística, com intenção ideológica, para quem "a dimensão linguística (…) continua a ser, evidentemente, um elemento literariamente válido de caracterização de muita coisa: do meio social, da idade, de não sei quê... Como é habitualmente utilizada em qualquer língua e por qualquer escritor"[15].

Para demonstrar os paradoxos dos vieses desta problemática, sobretudo se a compararmos com as outras realidades africanas, relembre-se o escritor nigeriano Chinua Achebe que num artigo de 1975, sobre "The African Writer and the English Language"[16], afirmava que não achava necessário nem desejável que um escritor africano pudesse aprender a língua inglesa de forma a utilizá-la como um *falante nativo*[17] cujo modelo, parece-me, seria, para Achebe, o britânico ou mesmo o norte-americano, o australiano ou o neozelandês. Chinua Achebe remetia-se a uma tão insólita quanto produtiva polémica com o escritor queniano Ngugi Wa Thiong'o, autor do livro *Decolonising the Mind: the Politics of Language in African Literature* (1986)[18], e com sua a afirmação ele convocava várias interpretações, das quais gostaria aqui de privilegiar uma: a que considera alienante e inútil um domínio linguístico perfeitamente desfasado da realidade cultural, psicológica, social, até paisagística e mesológica. É neste sentido que também vai a minha, na medida em que ela se afasta do lugar em que o escritor africano de língua portuguesa se posiciona

---

[14] Conceição Flores, Constância Lima Duarte, Zenóbia Collares Moreira, *Dicionário de Escritoras Portuguesas: das Origens à Atualidade*, Florianópolis, Editora Mulheres, 2009.

[15] Luandino Vieira, "Entrevista", *in* Michel Laban, *Angola: Encontro com Escritores*, vol. I, Porto, Fundação Engenheiro António de Almeida, s/d [1991], p. 420.

[16] Chinua Achebe, "The African Writer and the English Language" (1975), *in* Patrick Williams and Laura Chrisman (eds.), *Colonial Discourse and Post-Colonial Theory – A Reader*, London, Harvester/Wheatsheaf, 1993.

[17] Chinua Achebe, *op. cit.*, p. 433.

[18] Ngungi wa Thiong'o, *Decolonising the Mind: The Politics of Language in African Literature*, London/ Nairobi/Portsmouth N H./Harare, James Currey, 1986.

No fluxo da resistência: A literatura, (ainda) universo da reinvenção da diferença 169

perante esta: por isso creio que esse escritor africano, o de língua portuguesa, talvez não equacionasse a questão nestes termos.

Por outro lado, no seu livro *Retrato do Colonizado Precedido do Retrato do Colonizador* (1957), o tunisino Albert Memmi afirmara que a "dilaceração essencial do colonizado encontra-se particularmente expressa e simbolizada no bilinguismo colonial"[19], ideia que Uanhenga Xitu retomara anos depois para referir o seu trabalho de *kimbundualização* do português (2007). Porém, esse bilinguismo não deve confundir-se com qualquer dualismo linguístico, porquanto a língua está a ser aqui pensada na ampla aceção, isto é, como veículo de cultura. Memmi adianta ainda que o domínio das duas línguas pelo escritor que escreve em situação de colonização (leia-se, no caso, africano) – a saber: a língua europeia, do colonizador, e a língua africana através da qual interpreta o mundo (mesmo que não língua materna, tendo em conta a amplitude conceptual de Makhily Gassama, já citado) – permite ao escritor a participação nos dois "reinos psíquicos e culturais", isto é, a interação mundivivencial e ideológica entre os universos culturais em presença, o africano e o europeu, de que se fazem as literaturas africanas em línguas europeias. Destes dois universos de que fala Memmi emergiu uma *outra língua* cuja construção se realiza entre a *reterritorialização* e a transformação das formas linguísticas que continuam a ser matéria-prima dos escritores que, no entanto, enveredam por caminhos diferentes, neutralizando uma potencial descontinuidade psicocultural e fazendo com que a língua seja lugar de onde se vê o Mundo e em que se traçam os limites do pensar e do agir, para me reportar a uma muito conhecida afirmação de Vergílio Ferreira, por ocasião da receção do "Prémio Europália"[20].

Língua do colonizador e, como tal, da administração e da imprensa, do ensino e da socialização, a língua portuguesa funcionou, durante o período colonial, como língua de assimilação cultural e, por isso, de alienação psicocultural, com eficácia glotofágica reforçada pelas medidas proibitivas em relação à utilização das línguas africanas (autóctones e crioulas). Tais medidas não apenas afetaram o desenvolvimento dessas línguas como também o funcionamento simbólico que qualquer língua tem, a de realizar interpretações culturais da realidade, para além da função

---

[19] Albert Memmi, *Retrato do Colonizado Precedido do Retrato do Colonizador*, Rio de Janeiro, Editora Paz e Terra, 3.ª ed., 1989, p. 69.
[20] Vergílio Ferreira, "A voz do mar", *Prémio Europália*, Bruxelas, 1991.

170 Ensaios Lusófonos

comunicativa. E não obstante as profundas alterações culturais que esta imposição arrastou em África, ela, a língua portuguesa, foi apropriada e *nativizada* e foi através dela que, sob a punção da aspiração emancipatória, se traçou o itinerário do despertar das consciências visando a afirmação identitária – que Amílcar Cabral consideraria como sendo a "fase primária do movimento de libertação"[21]. "Troféu de guerra"?

A Luandino Vieira, escritor consagrado e grande pioneiro do *desconstrucionismo* lúdico da língua portuguesa em África – depois de Guimarães Rosa (que o autor confessa ter lido já *depois* da escrita de *Luuanda*[22], sendo que o primeiro livro de Guimarães Rosa que o autor leu foi *Sagarana*), e décadas antes de Mia Couto, vale sempre lembrar –, é atribuída a afirmação de que a língua portuguesa é um troféu de guerra[23]. Embora eu não seja sensível a esta metáfora pela apologética bélica que sugere uma contenda de que resulta(ra)m vencedores e vencidos, ela, a afirmação, funciona no contexto de uma situação histórica em que um veículo de dominação, a língua, se transformou em veículo de libertação, o que pode parecer uma contradição entre funções e lugares. Porém, contradição que parece fundamentar a classificação de literaturas africanas como "literaturas calibanescas", na esteira de Roberto Fernández Retamar (1980/1986), malgrado a recusa desta expressão, considerada "uma falsa denominação" por Luís Kandjimbo, para quem ela fundamenta "as tentativas de recuperação do espectro reducionista de Caliban [que] se enquadra perfeitamente na elaboração de imagens estereotipadas que decorrem de "quadros de produção" da fase colonial"[24].

---

[21] Amílcar Cabral, *Obras Escolhidas. A Arma da Teoria: Unidade e Luta*, textos coordenados por Mário Pinto de Andrade, vol. I. Lisboa, Seara Nova, 1976, p. 227.

[22] Michel Laban, "Encontros com Luandino Vieira em Luanda", *in* AAVV, *Luandino. José Luandino Vieira e a sua Obra* (Estudos, Testemunhos, Entrevistas), Lisboa, Edições 70, 1980, pp. 27 e 35.

[23] Este é um dos casos interessantes de autoria conhecidíssima, mas ao que parece não documentada. Por isso, perguntei diretamente ao autor: quando, onde? Resposta enviada por e-mail (18 de outubro de 2009):

"Essa afirmação foi feita numa palestra no Centro Uruguaio em Luanda, 1976? E penso que foi publicada no Jornal *Lavra e Oficina* na União dos Escritores. Mas não tenho a certeza.

Saudações.

Luandino"

[24] Luís Kandjimbo, *Apologia de Kalitangi: Ensaio e Crítica*, Luanda, INALD, 1997, p. 39. Por isso Luís Kandjimbo considera, no mesmo artigo, esta denominação

No fluxo da resistência: A literatura, (ainda) universo da reinvenção da diferença   171

Uma língua, todos concordam, desenvolve-se pelo uso que lhe dão os seus falantes. Por outro lado, línguas que não se fixam, morrem: a imortalidade das línguas é um mito que a história universal tem desmontado. É, assim, consensual a ideia de que a medida da vitalidade de uma língua reside na frequência da sua prática. O linguista Jean Calvet, no seu livro *Linguistique et Colonialisme*, refere-se às forças produtivas como fator de desenvolvimento linguístico, para concluir que "cada sociedade tem a linguística das suas relações de produção"[25]. De outra parte, e a um nível de reflexão diferente, embora convergente – como se verá mais adiante, com o adentramento das obras de três escritores –, a literatura é lugar privilegiado para atualização das potencialidades expressivas da língua, pelo processo de representação do pensamento que evidencia. Tal se vê na obra de Mia Couto, escritor muito celebrado pelo "desarranjo" com que acomete a língua portuguesa, com que atualiza, meta-literariamente, essa filosofia sobre a transformação linguística, que, afinal, resultava na *reontologização* da língua, para exprimir novas identidades forjadas em outros contextos, com outros elementos e com outros percursos históricos. Com efeito, elemento privilegiado de assimilação das dinâmicas sociais, promove a interação com o universo que contacta transformando-se em "fator de delineamento de identidade, memória da consciência coletiva, arrastando consigo a conceção do mundo, dos mitos e dos hábitos"[26].

Ora, essas identidades, que têm que pensar-se sempre plurais, mesmo em países menos heterogéneos como Cabo Verde e São Tomé e Príncipe, não se realizam numa só língua – nunca é demais repeti-lo. Além de que, visto a dinâmica da globalização funcionar, pela correlação de forças em presença e em diferença, com uma poderosa carga cultural hegemónica, as identidades nacionais intentam fazer-se sob uma punção centrípeta. Embora esta seja uma outra questão, que talvez não caiba no âmbito desta reflexão, vale dizer que não existe contradição entre coesão e diversidade.

---

um equívoco e propõe a descalibanização das literaturas africanas (pugnando antes pelo seu estatuto de *canibalescas*), pois a denominação traduz, para si, "uma intenção performativa de perpetuar um arquétipo da servidão [Caliban] num simbolismo em que o critério racial parece ser o mais relevante" (p. 42).

[25] Jean Calvet, *Linguistique et Colonialisme*, Paris, Payot, 1974, p. 39.

[26] Fernando Cristóvão, "Diáspora Portuguesa: Línguas e Outros Contornos Culturais", *in* Fernando Cristóvão (dir. e coord.), *Dicionário Temático da Lusofonia*, Lisboa, ACLUS/Texto Editores, 2005, p. 219.

172   Ensaios Lusófonos

Se, em um sentido, a inventividade empreendida pelos escritores se manifesta ao nível das transformações morfo-sintáticas e lexicais – de que entre os exemplos mais visíveis estão as obras de Uanhenga Xitu, Luandino Vieira, Ascêncio de Feitas, Boaventura Cardoso, Mia Couto, entre poucos outros –, seduzindo, logo de início, a curiosidade do leitor, despertando-o para a diferença e a diversidade e convidando-o à identificação da *outridade* e da alteridade inscritas no texto (conforme o leitor é um falante do português ou o tem como língua não-materna), em outro sentido essas diferenças são mais epistemológicas e por isso mais desafiantes. Com efeito, menos visível, porém mais profunda, é a grande metamorfose diferencial realizada ao nível da "ontologia" da língua que a materialidade discursiva regista, porém que a compreensão leitora nem sempre descodifica. Não admira que em *O Último Voo do Flamingo*, num piscar de olho ao leitor, o tradutor moçambicano se afirme incapacitado de traduzir a realidade ao estrangeiro italiano das Nações Unidas, ou que o jovem Mariano de *Um Rio Chamado Tempo, uma Casa Chamada Terra* afirme:

> Não é a língua local que eu desconheço. São esses outros idiomas que me faltam para entender Luar-do-Chão.[27]

O que se passa é que esse processo de reinvenção leva a uma "*outra língua*" do mesmo sistema linguístico, para traduzir *nações* diferentes, através de diferentes articulações literárias visando uma (nova) *ontologização* linguística que atualiza o jogo da representação cultural. Trata-se, como lembram Maria Nazareth Fonseca e Maria Zilda Cury, não apenas da representação, perante o *Outro*, das "diferentes versões dos acontecimentos inusitados do cotidiano da terra moçambicana", mas também de "diferentes códigos, como aquele que possibilita o acesso às experiências vividas pelos personagens introduzidos na trama (…) situações fantásticas, tão próprias das narrativas orais (…) tomadas como motivação de uma escrita que se quer imersa na terra, nas raízes culturais do país"[28]. Por isso julgo mais adequado falar de reinvenção translinguística e não apenas de inventividade linguística.

---

[27] Mia Couto, *Um Rio Chamado Tempo, uma Casa Chamada Terra*, Lisboa, Editorial Caminho, 2003, p. 211.

[28] Maria Nazareth Soares Fonseca, Maria Zilda Ferreira Curry, *Mia Couto: Espaços Ficcionais*, Belo Horizonte, Autêntica Editora, 2008, pp. 24-25.

No fluxo da resistência: A literatura, (ainda) universo da reinvenção da diferença 173

Essa ideia de mundos intraduzíveis que Mia Couto erige como tema de suas obras reforça essoutra de "*outros* idiomas" existentes na língua, que são as crenças, as tradições e as outras linguagens culturais que constroem a "ontologia" da língua e a fazem elemento importante de identidade. O próprio autor fala do "peso da História" advindo do percurso de guerras e dramas feito de materiais humanos sublimes, de histórias individuais e coletivas feitas vozes que disputam rosto e eco nas páginas de seus livros[29].

Vozes e ecos. Não admira que Paul Zumthor, numa visão ainda disjuntiva entre oralidade e escrita, afirme ser este lugar da *voz* que a palavra escrita tem de recuperar. Se, em *A Letra e a Voz*, Zumthor chega a afirmar que "a 'oralidade' é uma abstração; somente a voz é concreta"[30], em *Tradição e Esquecimento* há a ideia de que a preservação da sabedoria e tradição populares, consubstanciadas no código gnómico, comprova que a transmissão não carece de suportes escritos para que a mensagem seja eficazmente descodificada e compreendida, pois o equilíbrio e a dinâmica do conhecimento em "civilizações da voz", que se valem de uma oralidade pura ou primária[31], são suportados pelo compromisso entre memória e esquecimento: nas "civilizações da voz", portanto em comunidades gregárias, a "oralidade" adequa-se à transferência de saber. De outra parte, ao afirmar que essa *voz* só pode ser perpetuada numa literatura em línguas africanas, talvez Ngugi wa Thiong'o não se tenha apercebido desta visão essencialista que subjaz ao estudo da oralidade e suas categorias e que remete, em última instância, para uma ideologia disjuntiva segundo a qual a "lógica" africana é oral, enquanto a da Europa seria a civilização da escrita[32] – dicotomia que estudos mais recentes, como os de Simon Battestini que, em *Écriture et Texte* (1997), recusa o mito de uma África exclusivamente ágrafa dominada pela tradição oral, ideia que tem vindo a justificar a hegemonia de categorias ditas da modernidade, como a lógica da escrita, demonstrando nesse estudo que em

---

[29] "Mia Couto em destaque", *in JL – Jornal de Letras, Artes & Ideias*, 08 de maio de 2007, Lisboa, p. 4.

[30] Paul Zumthor, *A Letra e a Voz* (1987), São Paulo, Companhia das Letras, 1993, p. 9.

[31] Paul Zumthor, *Tradição e Esquecimento* (1988), São Paulo, Hucitec, 1997, p. 37.

[32] Já se sabe que esta questão foi desmistificada por Cheikh Anta Diop, em *Nations Négres et Cultures* (Paris, Présence Africaine, 1954), e por Joseph Ki-Zerbo, em *Histoire de l'Afrique Noire* (Paris, Hatier, 1972). Muitos outros estudiosos africanos, filósofos, linguistas e críticos literários, têm tratado esta questão.

África as duas lógicas sempre coexistiram: Battestini fala da necessidade de "inclusão de um continente de escrituras[33] [a África] como crítica da percepção da escrita"[34]. Com efeito, para Battestini,

> L'*écriture* sera toute trace encodée d'un texte. Par trace, nous comprenons la matérialité résultante d'un geste ayant pour origine une intention de communication d'un texte dans le temps ou dans l'espace. Le système d'une écriture est un ensemble fini d'éléments et de leurs possibilité d'articulations, produit par un choix de signes, acceptés et utilisés collectivement (= script), pour former ces traces conservant et communiquant du texte.[35]

Neste contexto, e não considerando essa hierarquizante lógica disjuntiva, há ainda a referir, no caso dos sistemas literários dos países africanos de língua portuguesa, a importância da literatura de transmissão oral, que mesmo recolhida em línguas originais, se internacionaliza em língua portuguesa, tanto a poesia como a narrativa, com predomínio para esta última produção, sendo o conjunto dessa produção constituído não apenas por contos, lendas, mitos, como também por "formas simples" (André Jolles) do código gnómico. Estes diversos *corpora* funcionam como "locais de cultura" (Homi Bhabha), através dos quais se educa e se veiculam os valores da coletividade, não apenas por via do entretenimento e do lazer, como vulgarmente se afirma, mais ainda através de uma aprendizagem mais formal. Em todo o caso, tais "formas simples" são *locais* de existência de valores culturais sedimentados como suporte civilizacional.

Já atrás afirmei que esse jogo de criatividade autoral, que se realiza no universo da linguagem, mais não é do que o das representações. Com efeito, através da linguagem se procede à valorização e preservação e simultânea transformação da tradição, *locus* seguro de resistência à ideologia cultural assimilacionista que se atualiza, por exemplo no âmbito da instituição literária, num dos objetivos da colonização expresso no artigo 2.º do *Ato Colonial* (1930)[36]: "possuir e colonizar domínios ultramarinos e (…) civilizar as populações indígenas que neles se compreendem".

---

[33] Embora *écriture* seja traduzido, no português europeu, como *escrita*, e não *escritura*, como o é no português do Brasil, opto aqui por esta última tradução porque me parece mais adequada à ideia de registo do escrito, da textura da cultura que Battestini quer significar.

[34] Simon Battestini, *Texte et Écriture : Contribution Africaine*, Québec, Les Presses de l'Université Laval/Paris, Présence Africaine, 1997, pp. 63 e ss.

[35] Simon Battestini, *op. cit.*, p. 21.

[36] Publicado em Decreto-Lei n.º 22 465, de 11 de abril de 1933 e em vigor até 1951.

No fluxo da resistência: A literatura, (ainda) universo da reinvenção da diferença 175

3. Articulações literárias na reinvenção da língua portuguesa: os exemplos de Uanhenga Xitu, Luandino Vieira e Mia Couto

> *O que não pode florir no momento*
> *certo acaba explodindo depois.*
>
> (Outro dito de Tizangara)

Embora eu não considere que sejam exclusivas da língua portuguesa as propriedades que lhe encontra Miguel Torga – "língua dúctil, maleável, de virtualidades infinitas, que em todas as latitudes e longitudes se dá bem"[37] – creio que, longe da "preocupação" de Chinua Achebe, o escritor dos cinco países africanos transforma o português em língua *outra*, ainda que *mesma*, tornando-a património cultural dos povos que a têm como língua *sua*, potenciando a sua "natureza intercultural", sugerida na caracterização de Torga acima transcrita. Assim, para ilustrar o processo de transformação da língua *colonial* em língua *africana*, materna, na esteira do Makhily Gassama, tomarei como exemplos três escritores: Uanhenga Xitu, Luandino Vieira e Mia Couto (na continuidade de Ascêncio de Freitas).

Uanhenga Xitu (Agostinho Mendes de Carvalho, 1924) – cujo nome em kimbundu, sua língua materna, significa "o poder é odiado"[38] – é um dos escritores em que é produtiva a representação da descontinuidade cultural, que resultou da dominação colonial, particularmente em *Mestre Tamoda* (1974) e *Manana* (1974). Mais do que uma tensão linguística, que existe nestes textos, a escrita de Uanhenga Xitu denuncia sobretudo uma tensão na expressão da cultura e da vivência simbólica das personagens, cuja significação não se esgota na *kimbundualização* (termo utilizado pelo escritor) da língua portuguesa. O próprio Uanhenga Xitu fala de bilinguismo como sendo a sua linguagem literária, pelo seu "forte" em "kimbundualizar" algumas palavras, aportuguesar outras, seguindo o seu *ritmo-rumo*, acrescentando que

> A minha escrita foi muito influenciada quer pelos acompanhantes e quer pelo meu estar dentro de uma sociedade. Nasci na sanzala, vim para

---

[37] Miguel Torga, Discurso de recepção do *Prémio Camões*, Ponta Delgada, 10 de Junho de 1989.

[38] Uanhenga Xitu, "Entrevista", *in* Ana Lúcia Lopes de Sá, *A Confluência da Tradição e do Moderno na Obra de Uanhenga Xitu*, Luanda, UEA, 2005, p. 300.

o meio urbano e depois comecei a subir, estudando, lendo, mas nunca esqueci a raiz. Não esqueci, não esqueço.[39]

Com efeito, a tensão, que é representada como resultado da política do assimilacionismo cultural, passa também pela tematização do desfasamento entre a estruturação cultural da língua portuguesa e a expressão de uma vivência conduzida em outros *lugares* não harmoniosos de convivência de diferentes: o português e o kimbundu, mas também a cidade e o campo, a letra e a voz, a modernidade e a tradição. Tamoda, que o autor afirma ter existido, embora não tão "elaborado", e a quem ironicamente o narrador chamava "o novo intelectual", porque se achava "uma sumidade da língua de Camões", num meio em que as pessoas falavam kimbundu, agia como um branco, segundo as gentes, ao responder desrespeitosamente à saudação sem olhar para quem o saudava. "Ele mesmo quando passa na gente parece já é branco..."[40]; além disso,

> Nas reuniões em que estivesse com os seus contemporâneos bundava, sem regra, palavras caras e difíceis de serem compreendidas, mesmo por aqueles que sabiam mais do que ele e que eram portadores de algumas habilitações literárias.[41]

Portanto, mais do que tensões linguísticas devidas à "insuficiência" do código para veicular a alteridade da expressão daquelas realidades angolanas (situação própria de contextos coloniais, de contextos culturais muito distintos ou simplesmente de dominação cultural), parece-me que estamos perante tensões *transdiscursivas*. É por isso que estas tensões revelam uma fragmentação identitária em que os registos verbais (metonimicamente conotados com o saber da *letra*) ganham significações que apontam para um funcionamento conflitivo entre códigos culturais de veículos idiomáticos diferentes (português e kimbundu), como acontece em *Manana*[42]. Neste texto, duas filosofias linguísticas se entrechocam, a do saber da *letra* (representado por Felito) e o da *voz* (representado por Manana e sua família). Pode pensar-se, assim, que, em última instância, o trabalho de Uanhenga Xitu consistiu, mais do que na *kimbundualização*,

---

[39] Uanhenga Xitu, *op. cit.*, p. 298.

[40] Uanhenga Xitu, *Mestre Tamoda e Outros Contos* (1974), Luanda, UEA, 2.ª edição, 1977, p. 27.

[41] Uanhenga Xitu, *op. cit.*, p. 11.

[42] Uanhenga Xitu, *Manana* (1974), Luanda, UEA, 2.ª edição, 1978.

No fluxo da resistência: A literatura, (ainda) universo da reinvenção da diferença **177**

na *oraturização* do sistema verbal português, para o *angolanizar*, isto é, para o transformar em "português chão – um português mal amanhado – que o povo compreende"[43], num jogo de diferenciação que aponta para afirmação identitária por via da *fala*, pois, como lembra Michel Wieviorka, "a experiência da alteridade e da diferença foi, em todos os tempos, acompanhada de tensões e violências"[44].

Esse processo de recriação linguística ultrapassa, portanto, o código linguístico e expande-se, afetando terrenos *transdiscursivos* que, neste contexto, entendo como sendo o complexo cultural que atravessa – tomo ainda as duas obras citadas de Uanhenga Xitu como instância exemplificadora –, tanto a onomasiologia (a onomástica e a toponímia, sobretudo), como a cenarização (o registo das vozes, a rítmica da dicção e a representação dos gestos) e a sugestão musical. Estes elementos são componentes da urdidura textual que rubrica uma forma mimética à narração e permite identificar, na fala literária, a interação entre a escrita autoral e os textos verbais não escritos incorporados nas culturas locais, que se dão a conhecer em português. Afinal, língua "arrancada do seu solo natal e da sua tradição própria"[45] – embora me pareça um pensamento eivado de essencialismo a formulação de "tradição própria", antes se tratando de "tradição original" –; portanto, "língua transplantada" do seu espaço original e não nativizado ainda na *nova* terra. Escalpelizando o projeto assimilacionista, justificado pela "missão civilizadora" do Estado Novo[46], a obra de Uanhenga Xitu significa também a um outro nível, segundo uma perspetiva pedagógica, pela transgressão e pela transformação não apenas da língua padrão, porém ainda da própria tradição que é questionada, tornando-a mais dinâmica, mais dialogante com o ritmo das exigências atuais e mais conveniente à expressão daquilo que Tzvetan Todorov considera "diferenças específicas"[47].

---

[43] Uanhenga Xitu "Entrevista", *in* Michel Laban, *Angola: Encontro com Escritores*, vol. I, Porto, Fundação Engenheiro António de Almeida, s/d [1991], p. 130.

[44] Michel Wierviorka, *A Diferença*, Lisboa, Fenda, 2002, p. 17.

[45] Paz, discurso citado.

[46] Ver: *O Estatuto dos Indígenas das Províncias da Guiné, Angola e Moçambique*, aprovado em 1954, viria a consubstanciar este princípio que vinha plasmado no *Ato Colonial* (1930).

[47] Tzvetan Todorov, *A Literatura em Perigo* (2007), Rio de Janeiro, DIFEL, 2009, p. 77.

178   Ensaios Lusófonos

Outra é a estratégia, porém com a mesma eficácia combativa, de Luandino Vieira perante a língua portuguesa. A linguagem literária de Luandino releva do saber da *letra* de substância coloquial e oral: as suas personagens não são "confusas", vítimas do processo de descontinuidade cultural, nem assimilaram mal o saber académico, como Tamoda, ou sequer são alienadas e complexadas em relação à cultura original, como Felito: são, sim, urbanas e conscientes de que a língua portuguesa é um veículo com futuro se se harmonizar com os substratos culturais e útil se responder às urgências políticas e ideológicas. Tal é a postura de João Vêncio e de Lourentino. Não é, por isso, despicienda a afirmação de Luandino Viera, em entrevista a Michel Laban, no longínquo ano de 1988, quando afirma que as interferências da língua popular e coloquial, oral, dos anos da resistência "hoje não são visíveis porque estão perfeitamente integradas, estão diluídas no discurso (…) sem a carga agressiva que tinham"[48].

Eis porque não me parece que se possa falar da dimensão babélica em Luandino Vieira, como em Uanhenga Xitu: a particularidade reinventiva de Luandino Vieira consiste em fazer emergir as suas personagens de um contexto tendencialmente monolingue, regularmente escolarizado e com uma cultura urbana e, naturalmente, resultando de um processo transculturativo. As personagens luandinas, que são desconstrutoras da língua, são possuidoras de um saber académico que utilizam em prol da causa de libertação política, sociocultural, espiritual e psicológica. Atente-se no seguinte diálogo entre dois jovens *angolenses*, Tomás e Paulo, em "Em Estória de Família (Dona Antónia de Sousa Neto)", uma das três estórias de *Lourentinho, Dona António de Sousa Neto & Eu* (1981), em que Tomás – para quem "sem o [António de]Assis [Júnior] não haverá poesia angolana" – utiliza a palavra *miseke* na sua poesia em vez do plural aportuguesado *musseques*, por respeito ao "património sagrado de nossos ancestres antepassados", revelando um conhecimento do funcionamento do kimbundu e uma análise linguística contrastiva que releva não apenas de uma vulgar competência comunicativa, senão também linguística:

> Tomás – (...) Conhece o Assis?
> Paulo – Qual Assis? O das musicadas?

---

[48] Luandino Vieira *op. cit.*, pp. 418-419.

No fluxo da resistência: A literatura, (ainda) universo da reinvenção da diferença 179

Tomás – Quais musicadas! O dicionário do Assis. Não? Incrível! Pois jovem, conselho numar um: compre o Assis. Numar dois: leia e medite esse dicionário[49]. E talvez eu lhe pareça profético mas a verdade é esta: sem o Assis não haverá poesia angolana!

Temístocles – Bravo! Lugar aos angolenses ilustres! Assis era um preclaro espírito, homem lhano em seu trato...

Damasceno – Um elevado patriota, cultor dessa bela língua portuguesa que é nosso quimbundu materno.

Tomás – Pois. O plural de musseque é miseke, jovem. Mi-se-ke. Com cápa. Segredo artesanal, ainda lhe digo: emendei antes de sair de casa!

Paulo – Mas, quer dizer que faz os poemas com o dicionário?

Olga (interrompendo) – E aquela palavra, Totó, tão poética, a que encontraste?...

Tomás – É verdade! Sem querer, a desfolhar o nosso Assis, dou de caras com aquela palavra altamente poética: masôxi. Má-sô-txi! O dicionário, jovem camarada, é insubstituível para acumular reservas poéticas...[50]

O que faz Luandino Vieira é atualizar uma consciência metalinguística e interlinguística, integrando língua, cultura social e ideologia na performance literária através de estratégicas discursivas para dizer o (então) indizível.

Em ambos, porém, Uanhenga Xitu e Luandino Vieira, a intenção é anticolonial, com um trabalho não de enfoque social explícito e programático da estética neorrealista de combate e de afirmação identitária, contudo através de um trabalho peculiar de/sobre a língua, um dos mais poderosos instrumentos de dominação colonial e o mais emblemático signo de assimilação cultural. Mas em Luandino Vieira a reinvenção é também metalinguística, porque constantemente reflexiva, sendo por isso uma via de resistência e atributo de consciência perante a ambiência insuportável à volta: pressão interior e espiritual, opressão sociocultural e política.

Mia Couto, por seu turno, concilia as duas filosofias de reinvenção linguística, com urdiduras que encenam um *novo* país a fazer-se. Nessa encenação entretecem-se saberes de proveniências várias, mormente das

---

[49] Referência ao *Dicionário de Kimbundu – Português: Linguístico, Botânico, Histórico e Corográfico* (1942?), de António de Assis Júnior.

[50] Luandino Vieira, *Lourentinho, Dona António de Sousa Neto & Eu.*, Luanda, UEA/Edições 70, 1981, pp. 109-110.

margens da nação, para a revitalizar, ela que se tem manifestado apenas pelo saber da *letra*, enquanto o da *voz*, pode dizer-se, continua subalternizado. Veja-se, por exemplo em *A Varanda do Frangipani* (1996), o desprezo que se infere da forma como Vasto Excelêncio tratava os velhos do asilo, ou a distância que separava o Inspetor Izidine Naíta (encarnação de Ermelindo Mucanga) chegado de Maputo para investigar o assassinato daquele: em ambos se denota um comportamento que releva, num caso, da hierarquização dos padrões culturais em presença (Vasto Excelêncio) e, noutro, da diferente ontologia da (mesma) língua que todos falavam.

> Aos poucos, [Ermelindo Mucanga/Izidine Naíta] vou perdendo a língua dos homens, tomado pelo sotaque do chão. Na luminosa varanda deixo meu último sonho, a árvore do frangipani. Vou ficando do som das pedras. Me deito mais antigo do que a terra. Daqui em diante, vou dormir, mais quieto que a morte.[51]

Nenhuma "subversão" linguística (sintática ou morfológica), apenas uma natureza diferente dada às palavras, uma simbologia e uma imagética diversas... Makhily Gassama, que amplifica, estereofonicamente, o âmbito de "língua materna", ao refletir sobre o objeto de pesquisa do escritor europeu e o (negro-)africano, afirma que, enquanto este busca novos *modos de expressão*, aquele pesquisa a *matéria*, que, ambos os materiais, não lhes vêm da mesma maneira: o escritor africano tem atrás de si a cultura africana que lhe é transmitida através da *oralidade*, enquanto o escritor europeu tem como pano de fundo a cultura greco-latina que é transmitida de geração em geração pela escrita[52].

É também esta a filosofia metaliterária de Mia Couto, que assume uma relação privilegiada[53] com a língua em que busca, pelo "desarranjo", construir uma *outra* linguagem sobre o país. Assim, a revitalização translinguística que realiza segue pela via da levedação em português de signos pluriculturais transpostos para a *fala* narrativa em labirintos idiomáticos como forma de resistência ao aniquilamento da memória e da tradição: vozes tradicionais, saber gnómico ("formas simples", segundo André

---

[51] Mia Couto, *A Varanda do Frangipani*, Lisboa, Editorial Caminho, 1996, p. 152.

[52] Gassama, *op. cit.*, p. 21.

[53] Leia-se a entrevista de Mia Couto a Michel Laban, *Moçambique: Encontro com Escritores*, vol. III, Porto, Fundação Engenheiro António Almeida, s/d [1998].

No fluxo da resistência: A literatura, (ainda) universo da reinvenção da diferença

Jolles), estórias obliteradas, vozes e tempos rasurados pela ideologia colonial, que no entanto se mantiveram sussurrantes como se estivessem submersas pela noite colonial... Em todo o caso, mais uma prolífera reinvenção do significante e do significado, uma inventividade mais do que de uma língua, de expressão e sua substância, portanto, ainda da linguagem que em outro lugar formulei da seguinte forma:

> A sua linguagem [de Mia Couto] recria, entre outros, os conflitos entre a língua portuguesa, o idioma hegemónico ontem e hoje, e as muitas línguas autóctones do país, buscando, pela fundação de uma nova geografia linguística, uma nova ideologia para pensar e dizer o país. Assim, é que injecta no código linguístico português a cultura da oratura africana.[54]

4. Afinal, "o que pode a literatura?"[55]

> *A realidade que a literatura aspira compreender é, simplesmente (mas, ao mesmo tempo, nada é assim tão complexo), a experiência humana.*

TZVETAN TODOROV (2007/2009)

Se a transformação por que passa a língua portuguesa faz dela uma planta *diferente*, embora a *mesma*, também é interessante pensar-se que a revitalização translinguística muito deve à literatura cujos agentes, recorrendo às suas competências linguísticas e socioculturais, procedem à exploração das potencialidades expressivas da sua matéria-prima e intentam o embasamento da sua escrita no húmus da *oratura*, da tradição e da sua mundivivência. Com efeito,

> A literatura não nasce no vazio, mas no centro de um conjunto de discursos vivos, compartilhando com eles numerosas características; não é por acaso que, ao longo da história, suas fronteiras foram inconstantes.[56]

---

[54] Inocência Mata, "A alquimia da língua portuguesa nos portos da Expansão: em Moçambique, com Mia Couto". *Scripta* – Revista do Programa de Pós-Graduação em Letras e do CESPUC (Belo Horizonte), v. 1, n.º 2, 1998, pp. 226-268, p. 264.

[55] Título de um capítulo do livro *A Literatura em Perigo*, de Tzvetan Todorov (Rio de Janeiro, DIFEL, 2009).

[56] Tzvetan Todorov, *op. cit.*, p. 22.

182   Ensaios Lusófonos

Assim, os *corpora* das literaturas africanas de língua portuguesa, revelando uma prolífera reinvenção do significante do português, uma inventividade da expressão e sua substância, portanto, de linguagem, perdem o seu alcance se considerarmos que tal reinvenção se fica pelo significante. É que ela atinge terrenos que se prendem com a "diversidade do vivido"[57]. Neste contexto da transtextualização com/de as diversas *escrituras* e oralidades, quão paradoxal é a consolidação da língua portuguesa no Mundo, pela sua dispersa heterogeneidade e heteroglossia civilizacional. Na verdade, a sua amplitude é sobretudo cultural (e não eminentemente pragmática, como o inglês) e tem como *locais* importantes de fertilização identitária tanto a sua preservação como a sua diversidade, necessárias à intercomunicação entre os sistemas cultural e literário (mas não à *confusão* identitária), de acordo com as diferentes experiências. Em todo o caso, não obliterando as várias valências culturais, históricas e mundivivenciais que o *saber-sentir* dos falantes e criadores dos espaços recetores, que não o têm como único idioma, adquirem e atualizam no uso desta língua, através da qual procede à "revelação do mundo", em seu percurso (Todorov), ou ao "autorreconhecimento do social onde se faz a abertura para a alteridade"[58].

E a obra de alguns escritores muito celebrados pelo "desarranjo" com que vêm acometendo a língua portuguesa atualiza, afinal, metaliterariamente, essa filosofia que tem a ver com uma *nova ontologização* da língua portuguesa. Por ela, a nova (pós-colonial) geografia linguística, se procede à exploração das especificidades de cada expressão nacional, nos seus múltiplos desdobramentos, que a literatura capta para chegar ao (re)conhecimento de realidades culturais locais ou apreendidas na sua especificidade. O que reforça, por seu turno, a familiarização com variedades de um mesmo veículo de expressão cultural de outros povos que nele se inscrevem como segmentos de um universo plural que se foi formando a partir da Ibéria, em busca de outros portos da odisseia da expansão portuguesa, que não se pode exigir que seja universalmente celebrada, ainda que para Homi Bhabha, na sua reinterpretação da teoria fanoniana, afirme a simultaneidade da inscrição da violência em ambos os atores: "O preto [leia-se colonizado africano] escravizado por sua

---

[57] Tzvetan Todorov, *op. cit.*, p. 77.
[58] Maria Aparecida Santilli, *op. cit.*, p. 24.

inferioridade, o branco escravizado por sua superioridade"[59]. O certo é que a descoberta, essa, foi certamente bilateral e não "uma ação intransitiva", como a de Colombo[60], e no reconhecimento dessa história deve residir um dos *locus* do respeito da harmonia convivial:

A península *não*[61] parou (…). A viagem continua (…). Os homens e as mulheres, estes seguirão o seu caminho, que futuro, que tempo, que destino[62].

É desse *outro* caminho que fala o poema do angolano João Melo:

Crónica verdadeira da língua portuguesa[63]

"A língua portuguesa é um troféu de guerra"

LUANDINO VIEIRA

A poetisa portuguesa
Sophia de Mello Breyner
gostava de saborear
uma a uma
todas as sílabas
do português do Brasil.

Estou a vê-la:
suave e discreta,
debruçada sobre a varanda do tempo,
o olhar estendendo-se com o mar
e a memória,
deliciando-se comovida
com o sol despudorado
ardendo

---

[59] Homi Bhabha, *O Local da Cultura* (1994), Belo Horizonte, Editora da UFMG, 1998, p. 74.

[60] Tzvetan Todorov, *A Conquista da América: a Questão do Outro* (1982), São Paulo, Martins Fontes, 3.ª ed., 2003, pp. 17-18.

[61] (Nota minha) Advérbio de negação inexistente no texto original.

[62] José Saramago, *A Jangada de Pedra*, Lisboa, Círculo de Leitores, 1999, pp. 340-341.

[63] Poema inédito escrito depois de uma mesa-redonda de escritores no *XXII Congresso Internacional da* ABRAPLIP (Salvador, Bahia, 13 a 18 de setembro de 2009). O poeta confessaria: "Este poema estava a perturbar-me desde Salvador". Por isso, uma vez em Luanda, resolveu passá-lo para o papel…

nas vogais abertas da língua,
violentando com doçura
os surdos limites
das consoantes
e ampliando-os
para lá da História.

Mas saberia ela
quem rasgou esses limites,
com o seu sangue,
a sua resistência
e a sua música?

A libertação da língua portuguesa
foi gerada nos porões
dos navios negreiros
pelos homens sofridos que,
estranhamente,
nunca deixaram de cantar,
em todas as línguas que conheciam
ou criaram
durante a tenebrosa travessia
do mar sem fim.

Desde o nosso encontro inicial,
essa língua, arrogante e
insensatamente,
foi usada contra nós:
mas nós derrotámo-la
e fizemos dela
um instrumento
para a nossa própria liberdade.

Os antigos donos da língua
pensaram, durante séculos,
que nos apagariam da sua culpada consciência
com o seu idioma brutal,
duro,
fechado sobre si mesmo,
como se nele quisessem encerrar
para todo o sempre

os inacreditáveis mundos
que se abriam à sua frente.

Esses mundos, porém,
eram demasiado vastos
para caberem nessa língua envergonhada
e esquizofrénica.

Era preciso traçar-lhe
novos horizontes.

Primeiro, então, abrimos
de par em par
as camadas dessa língua
e iluminamo-la com a nossa dor;
depois demos-lhe vida,
com a nossa alegria
e os nossos ritmos.

Nós libertámos a língua portuguesa
das amarras da opressão.

Por isso, hoje,
podemos falar todos
uns com os outros,
nessa nova língua
aberta, ensolarada e sem pecado
que a poetisa portuguesa
Sophia de Mello Breyner
julgou ter descoberto
no Brasil,
mas que um poeta angolano
reivindica
como um troféu de luta,
identidade
e criação.

Luanda, setembro de 2009

CABO VERDE E A UNIÃO EUROPEIA:
DA PARCERIA À INTEGRAÇÃO?

JOSÉ FILIPE PINTO*

Durante o Império português ou, mais concretamente, durante o Estado Novo, talvez não seja abusivo afirmar que os cabo-verdianos mereceram um tratamento especial por parte de Portugal relativamente àquele que era dispensado aos restantes povos do Império.

De facto, o Estatuto do Indigenato – o Decreto-Lei n.º 39 666, de 20 de maio de 1954, e que a política de autenticidade de Adriano Moreira aboliria a 6 de setembro de 1961 – não se aplicava ao arquipélago e os cabo-verdianos exerceram cargos da mais elevada importância na estrutura vigente, como se comprova pelo facto de o cabo-verdiano Silva Tavares ter chegado a Presidente do Supremo Tribunal Administrativo e, em 1964, os Vice-Presidentes dos Conselhos Legislativos de São Tomé e Príncipe e de Angola serem dois cabo-verdianos, Óscar Pires Ortet e Manuel Arrobas Ferro.

Convém, no entanto, referir que também há quem – como Elisa Andrade – considere que o tratamento privilegiado que Portugal concedia aos cabo-verdianos representava uma manifestação maquiavélica e se destinava a uma posterior utilização dos mesmos como instrumentos da dominação portuguesa[1], posição que parece não colher, pois condena

---

* Doutor em Sociologia Política e das Relações Internacionais. Professor Associado da ULHT. Coordenador da Linha de Investigação em Relações Internacionais do CICPRIS e investigador da Linha em Estudos Africanos e Pós-coloniais.

[1] Elisa Andrade é uma historiadora cabo-verdiana que considera que a política assimilacionista portuguesa se consubstanciou na criação do Seminário Liceu de São Nicolau de onde saiu a primeira fornada dos que partiram para ajudar a administrar as restantes colónias portuguesas.

os cabo-verdianos a uma menoridade intelectual que os impedia de se aperceberem de que estavam a ser usados em proveito alheio.

Ora, hoje, como ontem, as principais riquezas de Cabo Verde assentam na sua posição estratégica e na elevada capacidade intelectual do elemento humano.

Ainda sobre este relacionamento especial, embora passando dos povos para as possessões, importa dizer que, na fase que correspondeu à passagem – curta mas marcante – de Adriano Moreira pelo Ministério do Ultramar, o Ministro pretendeu conceder ao arquipélago cabo-verdiano um estatuto de adjacência, semelhante ao de outros arquipélagos atlânticos sobre soberania portuguesa, como a Madeira ou os Açores. Só que, como o próprio afirmou numa aula, "os sábios de Cabo Verde, ora se reúnem para pedir a adjacência, ora para a rejeitar"[2].

Para desencanto do Ministro, a proposta feita durante a visita ao arquipélago, em 1962, coincidiu com a fase de recusa, pois, na conjuntura de então, a elite cabo-verdiana almejava a concessão de um estatuto semelhante ao de Angola ou de Moçambique[3].

Assim sendo, a exigência desmedida da parte cabo-verdiana inviabilizou a concessão realista do estatuto de adjacência e, com o fim do Ministério de Adriano Moreira, a questão foi esquecida.

Um dos políticos e académicos mais marcantes da atual vida cabo-verdiana, Onésimo Silveira, faz questão de frisar que a História não responde a hipóteses. Respeite-se a sua vontade e não se proceda à análise das conjunturas ou cenários que poderiam derivar da possível adjacência e constate-se, apenas, que quando o 25 de Abril de 1974 abriu caminho para o encerramento do ciclo imperial português, Cabo Verde estava ligado à Guiné por força de um movimento – o PAIGC – que se apresentava perante a comunidade internacional e era reconhecido por esta como o legítimo representante de ambos os povos.

A forma como decorreu a transição do Poder na Guiné-Bissau e em Cabo Verde e a posterior cisão entre os dois países já foram objeto de

---

[2] Cf. José Filipe Pinto, *Adriano Moreira: Uma Intervenção Humanista*, Coimbra, Almedina, 2007, p. 136.

[3] Cf. Adriano Moreira, *A Espuma do Tempo. Memória do Tempo de Vésperas*, Coimbra, Almedina, 2009.

Cabo Verde e a União Europeia: da Parceria à Integração? 189

narração e, por isso, não se considera pertinente repetir aquilo que está publicado e que não parece suscitar dúvidas face à ausência de contestação[4].

No entanto, a cisão entre os dois países e a posterior abertura ao multipartidarismo em Cabo Verde constituem elementos importantes para a problemática deste ensaio.

De facto, depois da abertura, tardia e apressada[5], ao multipartidarismo – que em muitas das ilhas, no que concerne às eleições para o Poder Central[6], quase se reduziu a uma dicotomia partidária ou bipartidarismo –, Cabo Verde tem trilhado um caminho difícil mas de sucesso, que se tem traduzido numa alternância democrática do Poder e numa boa governação que conduz a uma cuidada administração da *res publica* e a uma eficiente gestão das verbas provenientes, sobretudo, da APD e das remessas da diáspora cabo-verdiana.

Ora, face ao desenvolvimento conseguido, ao qual não pode ser alheio o investimento feito na educação, numa conjuntura em que dez novos países entraram, de uma só vez, para a União Europeia e se debatia a adesão da Turquia a essa comunidade, algumas figuras públicas, tanto em Portugal como em Cabo Verde, fizeram questão de realçar que Cabo Verde, devido à sua História, apresentava valores mais próximos da União Europeia do que outros candidatos, como era, por exemplo, o caso da Turquia.

Houve, mesmo, quem lançasse a ideia de uma adesão de Cabo Verde à União Europeia, situação que levou o Governo de Cabo Verde a afirmar publicamente que não apresentara qualquer pedido nesse sentido, mas que

---

[4] Cf. José Filipe Pinto, *Do Império Colonial à Comunidade dos Países de Língua Portuguesa: Continuidades e Descontinuidades,* Lisboa, Instituto Diplomático, 2009.

[5] De facto, o MpD, criado em 1990, na sequência da revisão do artigo 4.º da Constituição – Lei Constitucional n.º 2/III/90 –, ganhou as eleições legislativas e elegeu o seu candidato a Presidente da República em 1991, mas o sistema multipartidário só seria «oficializado» na Constituição de 1992. O voto na nova formação partidária traduziu claramente o desejo de mudança de sistema por parte da população. Sobre o Poder Local em Cabo Verde, designadamente ao nível do género, consulte-se a Dissertação "O Género no Poder Local em Cabo Verde", apresentada por Vera Lúcia Fernandes Sanches no Mestrado em Ciência Política: Cidadania e Governação na ULHT.

[6] No que concerne às eleições para o Poder Local, a situação é completamente diferente porque, por exemplo nas primeiras eleições autárquicas multipartidárias, não foram só o PAICV e o MpD que concorreram. Aliás, em vários concelhos, os dois partidos não apresentaram lista própria, havendo 14 listas de Grupos de Cidadãos nos 14 concelhos então existentes no arquipélago.

não deixava de admitir que, na conjuntura de então, estava interessado no estabelecimento de uma parceria especial com a organização.

Porém, algumas personalidades cabo-verdianas não receberam bem a ideia e vieram a público denunciar aquilo que, na sua leitura, representava uma marca neocolonialista porque consideravam que Portugal se estava a intrometer na vida interna de Cabo Verde e a decidir ou condicionar o seu futuro. Houve mesmo quem considerasse que se pretendia deitar fora *o bebé com a água do banho*, ou seja, que se desejava acabar com a independência de Cabo Verde[7] e reduzir o arquipélago a um protetorado ou a uma região autónoma adjacente a Portugal.

Entre os nomes que se manifestaram contra essa possível adesão estavam personalidades bem conhecidas, como a já referida Elisa Andrade e Germano Almeida[8], o qual, na eventualidade do Governo decidir avançar com uma proposta nesse sentido, exigia um referendo nacional e se prontificava a participar na campanha pelo "não", pois, segundo ele, os cabo-verdianos, apesar da sua cultura mestiçada, não podiam ser europeus porque eram pretos[9].

Talvez interesse reconhecer que a aplicação deste *critério da cor* – um critério obscuro e não em função do tom do adjetivo utilizado – à população da União Europeia privaria da cidadania europeia vários milhões de pessoas nos seus, por agora, 27 países.

Os números na sua objetividade mostram que, em Inglaterra, na zona da *city of London*, os negros britânicos constituíam, em junho de 2007, 4,9% dos residentes e a sua percentagem subia para 10,6% no conjunto de toda a população de Londres[10].

Retomando o fio à meada, o nome e a *praxis* das personalidades[11] envolvidas na petição apresentada em 16 de março de 2005 na Sociedade de Geografia de Lisboa e denominada "O alargamento da União Europeia não pode ignorar a dimensão atlântica" – designadamente Mário Soares e

---

[7] Posição defendida, entre outros, por Corsino Tolentino.

[8] Escritor autor de *O Testamento do Senhor Nepumoceno da Silva Araújo* e *O Mar na Lajinha*.

[9] Afirmação feita num artigo de opinião no jornal *A Semana*.

[10] Fonte: *Office for National Statistics*. De acordo com a mesma fonte, a percentagem da população de britânicos negros em Inglaterra era, na altura, de 2,8%.

[11] Entre essas personalidades figuravam nomes como: Freitas do Amaral, Laborinho Lúcio, Barbosa de Melo, Rui Alarcão, General Silvino Silvério Marques, José Barata-Moura, Emílio Sachetti, Adriano Pimpão, Maria José Ferro, Carvalho Guerra...

Adriano Moreira – aconselhariam mais moderação na avaliação da ideia e na emissão de juízos de valor sobre a mesma.

De facto, pretender atribuir a Mário Soares – um dos principais opositores ao Estado Novo e responsável pela condução do processo descolonizador que, apesar das limitações que lhe apontei numa das obras já referidas, levou à independência de Cabo Verde – ou a Adriano Moreira – o Ministro que, mais de uma dezena de anos antes do 25 de Abril, tivera a ousadia de se assumir como defensor da autonomia progressiva e irreversível do Ultramar – outras intenções que não apenas o desejo de colaboração num projeto suscetível de contribuir para uma melhoria das condições de vida do povo cabo-verdiano representa mais do que um equívoco histórico.

Porém, essa moderação verbal não se verificou porque se confundiram – nem sempre ingenuamente – os conceitos que estavam em jogo e não se concedeu espaço para o cabal esclarecimento daquilo que os promotores da ideia vislumbravam para a mesma, ou seja, a defesa dos interesses de Cabo Verde e, também, da União Europeia face à posição estratégica das Ilhas da Morabeza.

Na realidade, raras vezes, se alguma, a opinião pública cabo-verdiana foi informada de que seria ela a decidir o seu futuro e que as personalidades em causa – os representantes da sociedade civil – apenas se disponibilizavam para tentar que o Governo de Portugal se empenhasse na defesa da ideia junto dos restantes membros da União Europeia.

Além disso, no que concerne à conjuntura interna do arquipélago, não se criaram condições objetivas para que os cabo-verdianos compreendessem que essa adesão não implicava a perda da independência do seu país e estava longe de representar um retorno ao ideal de uma adjacência a Portugal.

Na conjuntura de então, esta desinformação consciente serviu os interesses daqueles que, em nome de um nacionalismo com uma forte componente ideológica – talvez uma reminiscência da lógica mono-racional do período que se seguiu à independência – viam o futuro de Cabo Verde quase exclusivamente virado para África e não percebiam

---

Duas destas personalidades – Freitas do Amaral e Laborinho Lúcio – assinaram a petição a título pessoal, uma vez que o primeiro era Ministro dos Negócios Estrangeiros e o segundo Ministro da República na Região Autónoma dos Açores.

que a globalização tinha conduzido a uma nova ordem internacional com um consequente aumento das interdependências.

Essa corrente de opinião não quis compreender que a petição não pretendia que Cabo Verde virasse as costas a África e abandonasse a Comunidade Económica dos Estados da África Ocidental (CEDEAO) – a eterna questão das falsas incompatibilidades que Portugal também experimenta em relação à integração europeia e à condição lusófona – ou o grupo dos Países da África, Caribe e Pacífico (ACP).

Aliás, sobre estas duas organizações a que Cabo Verde pertence, convém dizer que essa pertença representa uma mais-valia relativamente à União Europeia porque esta detém uma relação privilegiada com os 79 países ACP, como o *Livro Verde* da responsabilidade do comissário português João de Deus Pinheiro se encarregou de provar.

No que diz respeito à CEDEAO, é, igualmente, de todo o interesse da União Europeia que Cabo Verde se assuma como um elemento ativo na gestão de vários dossiers que interessam à UE, nomeadamente no que diz respeito à segurança, porque Cabo Verde é um dos vértices de um triângulo estratégico para a segurança no Atlântico[12], numa conjuntura marcada por fundamentalismos e na qual a subida aos extremos deixou de ser prerrogativa dos Estados.

Aliás, esta pertinência acentuou-se numa altura em que no Norte de África, e em nome de valores defendidos pela União Europeia, surgem movimentos populares que reivindicam o fim de regimes autocráticos com os quais a comunidade tem mantido uma relação pacífica e de poucas perguntas.

Ora, o *efeito Tunísia* pode assumir o *efeito dominó*, como os casos do Egito e da Líbia deixam prever e estender-se mais para Sul, com a agravante de nem todos os países da região disporem de uma sociedade civil tão instruída como a tunisina, situação que poderá vir a ser aproveitada pelos movimentos fundamentalistas sempre atentos às quebras de confiança entre os cidadãos e os detentores do Poder.

Além disso, dossiês como o da emigração e da imigração, o do desenvolvimento económico e o das relações comerciais, apesar de não

---

[12] Os outros vértices são o arquipélago dos Açores e Portugal Continental. Por isso, a segurança no Atlântico depende da Lusosfera, até porque, se for contemplada a extensão para Sul, não se pode esquecer que o Brasil e Angola dispõem de vastas extensões de costa e o triângulo evolucionará para um polígono com um número crescente de lados.

poderem ser tratados apenas a nível regional, não deixam de exigir uma reflexão a esse nível e, por isso, é vantajoso para a UE a condição de membro que Cabo Verde tem na CEDEAO porque este país pode constituir-se como um exemplo ou uma referência para os seus pares.

Retomando a questão da falsa adjacência, isto é, da adesão, talvez não seja descabido pensar que aquilo que os defensores da ideia tinham em mente representa o passo seguinte do acordo que efetivamente se viria a materializar em novembro de 2007, ou seja, uma parceria especial entre a UE e Cabo Verde que garante ao arquipélago uma posição mais vantajosa junto da organização.

Esta parceria assenta em seis pilares: boa governação, segurança e estabilidade, sociedade de conhecimento, luta contra a pobreza, integração regional e convergência técnica e normativa.

Com esta parceria, a comunidade reconheceu os esforços – e o sucesso dos mesmos – feitos por Cabo Verde no que concerne ao respeito pelos direitos humanos, à boa governação própria de um Estado de Direito e à gestão equilibrada que lhe permitiu sair do escalão dos Países Menos Desenvolvidos.

Além disso, a União Europeia e Cabo Verde deram um passo no sentido de ultrapassar a simples relação doador-recetor, de forma a estabelecer uma parceria que possibilite um diálogo político e uma convergência económica entre as duas partes, ou seja, a parceria é assumida como mutuamente proveitosa.

Esta parceria permitiu ao arquipélago estreitar relações não apenas com a UE, como um todo, mas também com as regiões ultraperiféricas dos Estados-Membros, especialmente com os Açores e a Madeira, e ainda com as Canárias, com as quais Cabo Verde partilha laços históricos, culturais, linguísticos e económicos.

Aliás, talvez valha a pena referir que foi num Congresso em Tenerife, no já longínquo ano de 1994, que Mário Soares começou a delinear a ideia de uma aproximação de Cabo Verde aos arquipélagos ultraperiféricos que fazem parte de Portugal e de Espanha.

No entanto, para que a verdade seja acautelada, importa realçar que, nas declarações então proferidas, não consta que Mário Soares tivesse feito depender essa aproximação de uma integração de Cabo Verde num dos dois países ibéricos.

Retomando a questão da relação, a mesma é muito importante para Cabo Verde que passa a beneficiar de ações no âmbito do Fundo Europeu

194 Ensaios Lusófonos

de Desenvolvimento Regional (FEDER-MAC)[13], desde que os projetos sejam comuns a Cabo Verde e a um ou mais desses arquipélagos ultraperiféricos. Na verdade, isoladamente, Cabo Verde não pode beneficiar do FEDER porque não é membro da União Europeia. No entanto, a sua condição ultraperiférica permite-lhe associar-se a uma das regiões ultraperiféricas de um Estado-Membro e concorrer a projetos nesse âmbito.

Aliás, neste momento existem vários projetos a decorrer em Cabo Verde financiados pelo FEDER, uma vez que se trata de projetos conjuntos das Canárias e de Cabo Verde[14].

É claro que já começam a surgir no arquipélago vozes a reclamar o acesso direto por parte de Cabo Verde ao Fundo Europeu de Desenvolvimento (FED) e ao FEDER, esquecidas de que uma parceria especial não dá direito ao estatuto reconhecido diante dos países-membros.

Ora, a constatação anterior parece permitir questionar se a parceria atual, oficialmente designada como "uma transição" ou "um corredor", não acabará por desembocar numa forma mais profunda de relacionamento[15].

De facto, as palavras "transição" e "corredor" têm implícita a presunção da existência de um caminho a percorrer e que conduzirá a um ponto diferente – e talvez ainda algo distante – daquele que caracteriza a posição atual.

Aliás, o governo de Cabo Verde já parece ter percebido a importância de alargar a estrada – mesmo que marítima – que liga o arquipélago à Europa a 27.

Na realidade, o Primeiro-Ministro, José Maria das Neves, participou como observador na XVI Conferência de Presidentes das Regiões Ultraperiféricas da Europa[16], que decorreu nas Canárias – de novo Tenerife,

---

[13] A segunda parte da sigla significa Madeira, Açores e Canárias.

[14] Sobre a questão da cooperação em Cabo Verde confrontem-se as Dissertações "A Política de Cooperação em Cabo Verde", da autoria de Eder Nascimento Monteiro, e "A Cooperação para o Desenvolvimento de Cabo Verde", defendida por Jucelina Alice Figueiredo Ramos Évora. Estas Dissertações foram desenvolvidas no Mestrado em Ciência Política: Cidadania e Governação na ULHT.

[15] As expressões foram proferidas pelo Embaixador de Cabo Verde em Portugal, Arnaldo Andrade Ramos, e fazem parte da Dissertação de Mestrado intitulada "Relações entre Portugal e Cabo Verde antes e depois da Independência", da autoria de Amarilis Barbosa Martins e defendida no âmbito do Mestrado em Espaço Lusófono: Lusofonia e Relações Internacionais na ULHT.

[16] Cabo Verde já esteve representado como observador em três destas cimeiras.

Cabo Verde e a União Europeia: da Parceria à Integração? 195

tal como em 1994 – nos dias 27 e 28 de outubro de 2010 e fez questão de recordar os "laços já tradicionais existentes entre Cabo Verde e os restantes arquipélagos atlânticos da Europa, provenientes ou derivados das afinidades e complementaridades decorrentes da sua pertença comum ao chamado espaço da Macaronésia"[17].

Por isso, José Maria das Neves deu voz aos anseios de Cabo Verde e assumiu publicamente que era o arquipélago que estava "propondo" a criação da região da Macaronésia envolvendo Cabo Verde e três das sete regiões ultraperiféricas da Europa, ou seja, as regiões autónomas dos Açores, da Madeira e das Canárias[18].

Além disso, fez questão de dar a conhecer, embora não no texto do discurso oficial, que já tinha falado com o Primeiro-Ministro de Portugal, José Sócrates, e com o Primeiro-Ministro de Espanha, José Luiz Zapatero, no sentido de estes apoiarem a sua proposta de formação da Macaronésia.

Será que esse caminho representa mais um passo no sentido da realização do desejo feito inevitabilidade da adesão de Cabo Verde à União Europeia?

O futuro encarregar-se-á de encontrar resposta para a questão e de provar se o reconhecimento oficial da inserção de Cabo Verde na "Bacia do Atlântico" não representa já um passo no sentido de uma aproximação ainda maior à Europa a 27, conhecida que é a importância geoestratégica desse espaço para a segurança – a todos os níveis – da União Europeia.

De facto, como os responsáveis cabo-verdianos têm assumido, a integração de Cabo Verde na economia mundial pressupõe a utilização de, pelo menos, quatro eixos:

- A UE, organização com a qual o arquipélago mantém uma circu-lação de pessoas, mercadorias e trocas culturais;
- A África Ocidental, onde essas relações também se verificam, mas numa dimensão menor;
- O Brasil, país lusófono com o qual o relacionamento está em franco progresso;
- A África Austral, onde já se detetam investimentos cruzados com Angola no que respeita à energia, finanças, pesca e agricultura.

---

[17] Excerto do discurso que está disponível no sítio oficial do Governo de Cabo Verde.
[18] As outras Regiões Ultraperiféricas (RUP) são as antigas possessões francesas de Guadalupe, Guiana, Martinica e Reunião.

196 Ensaios Lusófonos

Ora, nenhum dos elementos anteriores coloca em causa a possibilidade da adesão de Cabo Verde à União Europeia. Aliás, descontando aqueles que por uma questão ideológica e idiossincrática se manifestam contra essa adesão, o principal argumento usado para justificar a impossibilidade dessa adesão prende-se com a interpretação do Tratado da União Europeia, designadamente o artigo 49º, que estipula que qualquer Estado europeu que respeite os valores referidos no artigo 1.º-B, ou seja, respeite os princípios da liberdade, da democracia, do respeito pelos Direitos do Homem, incluindo os das minorias, e pelas liberdades fundamentais, bem como do Estado de Direito e esteja empenhado em promovê-los, pode pedir para se tornar membro da União.

Assim, do articulado do tratado que foi revisto em Lisboa infere-se a necessidade de qualquer país que solicite a adesão obedecer a duas condições: ser europeu e respeitar os valores que identificam a União Europeia.

Parecendo consensual que a segunda parte dos requisitos não poderá ser colocada em causa no que diz respeito a Cabo Verde, resta a questão que se prende com a condição europeia do arquipélago.

Ora, Adriano Moreira defende que nada no Tratado da União Europeia impede a integração de Cabo Verde na família europeia porque, se é um facto que todos os atuais membros da União Europeia se situam na Europa, não se pode esquecer de que a adesão não se restringe ao elemento físico ou geográfico e pode e deve contemplar a identidade cultural e, nesse caso, convém ter presente que Cabo Verde representa, sem dúvida, uma das maiores sínteses culturais que a experiência euromundista produziu[19].

Por isso, Cabo Verde satisfaz as condições exigidas para a adesão e os critérios que já vêm do Conselho Europeu de Copenhaga de 1993 e que foram reforçados na reunião do mesmo Conselho dois anos depois em Madrid: o critério político, o critério económico e o critério do acervo comunitário.

Aliás, sobre este último, parece importante dizer que, no que se refere à união monetária, Cabo Verde celebrou, em 19 de março de 1998, um acordo cambial com Portugal e, na conjuntura atual, o euro já circula de uma forma, digamos, informal nas ilhas mais viradas para o turismo. Além disso, o governo cabo-verdiano, pela voz do seu Primeiro-Ministro,

---

[19] Afirmação proferida por Adriano Moreira.

assumiu publicamente que está a estudar a possibilidade de circulação do euro no arquipélago[20].

Em jeito de conclusão ou de síntese, parece importante enfatizar três aspectos que ressaltam da investigação feita.

Em primeiro lugar, a ideia da adjacência de Cabo Verde a Portugal constituiu uma ideia adiantada ou avançada para a época em que foi apresentada, ou seja, para 1962, mas, na conjuntura da proposta de adesão de Cabo Verde à UE, nunca fez parte do ideário das personalidades envolvidas num processo desencadeado pela sociedade civil, a mesma que, em diferentes conjunturas, se mostrou à altura das responsabilidades e foi a responsável por realizações tão marcantes como a edificação da Sociedade de Geografia que acolheu o evento.

Só aqueles que se comprazem a ver nas coisas aquilo que nunca lá está podem considerar legítima uma interpretação diferente dos factos.

Em segundo lugar, a Parceria Especial celebrada em novembro de 2007 entre Cabo Verde e a União Europeia deve ser saudada porque representa uma boa opção por parte dos governantes de Cabo Verde, sobretudo numa fase em que o país deixará de poder contar com alguns dos apoios externos devido à sua passagem para o grupo dos Países de Desenvolvimento Médio.

Finalmente, a adesão de Cabo Verde à União Europeia não deverá ser vista como um caso encerrado ou definitivo. De facto, a conjuntura mundial altera-se a um ritmo cada vez mais acelerado e, por isso, as certezas são relativizadas e marcadas por uma enorme transitoriedade, como se comprova pela insegurança social que se apoderou da Europa quando se apercebeu que, afinal, não tinha descoberto a pedra filosofal, ou seja, "a possibilidade de um crescimento contínuo não apenas da população, mas também do rendimento médio dos seus habitantes"[21].

Ora, como só as culturas é que revelam tendência de eternidade, a menos que se queira negar a História, Cabo Verde, não sendo apenas europeu, não pode deixar de se assumir, também, como europeu, ou, dando a palavra a um cabo-verdiano, "em Cabo Verde, a mestiçagem

---

[20] Afirmação feita por José Maria das Neves no discurso comemorativo dos dez anos da assinatura do acordo cambial.

[21] Daniel Cohen, *A Prosperidade do Vício. Uma Introdução (inquieta) à Economia*, Lisboa, Texto & Grafia, Lda, 2009, p. 14.

epitoma o primeiro grande encontro fraternal entre a Europa e a África, sob inspiração e iniciativa de Portugal"[22].

Parece chegado o tempo de ouvir o povo cabo-verdiano sobre o seu futuro porque, se já não é fácil aceitar a existência de povos tornados mudos e dispensáveis pela conjuntura internacional, menos se compreende a tendência – que está longe de constituir uma especificidade africana – para uma política furtiva a nível interno, numa democracia representativa na qual se deve "tratar sempre de saber o que deseja a maioria, tornando-a o menos silenciosa possível"[23].

O tempo tem provado que, mesmo na míngua de vozes encantatórias, os povos costumam saber escutar os apelos da História!

---

[22] Onésimo Silveira, *A Democracia em Cabo Verde,* Lisboa, Colibri, 2005, p. 34.

[23] Agostinho da Silva, *Ensaios Sobre Cultura e Literatura Portuguesa e Brasileira II,* Lisboa, Âncora Editora, 2001, p. 146.

O BRASIL NOS *ARQUIVOS SECRETOS DO VATICANO*

FERNANDO CRISTÓVÃO

Acaba de ser publicada uma edição verdadeiramente histórica do *Archivum Secretum Vaticanum*, sob o título *Arquivo Secreto do Vaticano*, em três grossos volumes, num total de 13.811 "sumários de documentação" em 2.967 páginas, compreendendo introduções e índices remissivos, antroponímico e toponímico.

A coordenação geral é de José Eduardo Franco e a científica de Luís Machado de Abreu e José Carlos Lopes de Miranda.

Obra de extraordinário valor documental, não só porque relata muito da história da igreja no mundo português, como também esclarece múltiplas questões da história geral, pois reúne informação desde o século XVII até aos nossos dias, envolvendo países de boa parte do mundo.

Documentação essa referente, no I° volume, à costa ocidental de África e Ilhas Atlânticas, no II.° ao Oriente, no III° ao Brasil.

Apelidado de secreto, isto é, particular, este Arquivo, tradicionalmente para uso exclusivo do Papa, esteve, naturalmente, durante muito tempo não aberto ao público. Começado a organizar pelo Papa Paulo V (1605-1621), recuperando até documentação anterior do século XVI, deixou de ser secreto/reservado em 1881, quando o Papa Leão XIII (1878-1903) começou a liberalizar o seu acesso aos estudiosos. Liberação essa progressivamente alargada até ao nosso tempo, em que o Papa João Paulo II tornou patentes os documentos até 1922.

Sempre muito cobiçado, este Arquivo conheceu sobretudo duas "confiscações" ao longo da sua história: uma por parte de Napoleão, após a Conquista de Roma, ordenando a sua transferência para Paris em fevereiro de 1810, e outra italiana, quando na unificação as tropas conquistaram Roma.

200 Ensaios Lusófonos

Regressado à posse do Vaticano, o Arquivo é atualmente muito frequentado por um sem número de investigadores de toda a parte do mundo.

Os três volumes agora publicados recolheram a documentação que no *Archivum* se guarda referente ao fundo da Nunciatura de Lisboa, depois transladado para o Vaticano.

É obra indispensável para se entender boa parte não só da evangelização que Portugal fez no mundo, mas também para desfazer muitas teorias e falsas informações que, por bem ou mal, se difundiram sobre a ação da Igreja[1].

É sobre a documentação relativa ao Brasil que aqui nos ocupamos, noticiando-a no seu significado e enquadramento na História do Brasil – Colónia – e de Portugal.

A primeira impressão que fica da leitura deste III.º volume é de molde a deixar o leitor, ou melhor, o investigador, perplexo: mas então esta é que é a história da missionação das terras chamadas de Vera Cruz? Milhares de documentos de administração, requerimentos ao Núncio, listas de nomeações para cargos, eleições internas contestadas, litígios entre clérigos, abandonos, escândalos, pedidos de dispensa matrimonial, secularização, etc., etc.?

É bem que se esclareça, desde já, que este espólio não é nem pretende ser uma história da igreja no Brasil, mas tão-somente recolha de documentos de tipo administrativo, especialmente de recurso, pois são documentos em grande parte dirigidos ao Núncio em Lisboa, depois no Rio, para resolução de questões diversas ou controversas. Documentos estes que, indiretamente, ajudam a fazer a história da missionação no Brasil, exigindo o que é suposto ter-se em mente sobre a natureza da Igreja Católica e da sua missão.

E o que está suposto é que a Igreja fundada por Cristo, onde quer que se encontre estabelecida é, simultânea e indissociavelmente, "carisma" e "instituição". Carisma e instituição assim explicados pelo Concílio Vaticano II° na Constituição *Lumen Gentium* ao definir o "mistério da Igreja": "Comunidade de Fé, esperança e amor (...) porém sociedade organizada hierarquicamente (...), agrupamento visível e comunidade espiritual (...)

---

[1] *In* "Introdução Geral", de José Eduardo Franco e Luís Pinheiro, *Arquivo Secreto do Vaticano*, I vol., Lisboa, Gradiva, 2011, pp. 13 e seguintes.

O Brasil nos *Arquivos Secretos do Vaticano* 201

que não se devem considerar como duas entidades, mas como uma única realidade complexa formada pelo duplo elemento humano e divino"[2].

Em consequência, a presente documentação dos *Arquivos*, uma vez que na sua quase totalidade se ocupa da faceta administrativa da Igreja como "sociedade organizada hierarquicamente", apenas deixa transparecer aqui e ali a vivência e o testemunho da fé, devendo relacionar-se esta faceta essencial com a documentação de historiadores, teólogos, missionários em suas "cartas ânuas" e em outros relatos, especialmente dos bispos em suas visitas pastorais pelos territórios de suas dioceses.

Por isso, pontualmente, nas questões que julgámos mais oportunas, levantadas pela leitura administrativa, a essa outra realidade iremos fazer referência.

As Autoridades Tutelares – O Núncio Papal

As entidades para as quais se dirigem os documentos sumariados são principalmente quatro: o Núncio, em Lisboa ou Rio em representação do Papa, o representante do Padroado – Rei/Príncipe Regente/Secretaria de Estado, os Bispos, os Superiores das diversas Ordens Religiosas.

O Núncio dirige-se, frequentemente, aos diversos dicastérios do Vaticano, e também aos Bispos, superiores religiosos e a outras pessoas, exercendo a sua autoridade máxima no campo religioso/administrativo, ou recebendo informações e apelos.

Alguns exemplos para se avaliar do teor dessas cartas, enviadas ou recebidas:

– [3] 1692, Dezembro, 30, Lisboa[3]
"Exposição dirigida à Santa Sé pelo Núncio referindo os testemunhos indirectos de dois missionários [não identificados] que estiveram no Rio de Janeiro, sobre a fama que corria a respeito da conduta no Bispo D. José Barros de Alarcão (…)."

---

[2] Concílio Vaticano II.º, *Lumen Gentium*, Cap. I, n.º 6.

[3] NOTA – Na citação de documentos, o número encerrado entre parêntesis retos [x] é sempre o que identifica o texto em questão no III° volume dos *Arquivos*.

– [67] 1809, Maio, 9, Rio de Janeiro

"Exposição dirigida ao Príncipe Regente pelo Núncio defendendo a posição do Bispo do Pará relativamente ao caso do Padre Francisco Alexandre Branco de Puga, natural do Arcebispado de Braga, que o referido Bispo suspendera. É posta em causa a intervenção da Junta do Governo, que exigira ao Bispo esclarecimentos sobre as suas atitudes face ao referido clérigo que lhe contestara a autoridade. Pretende-se que o Bispo esteja ao abrigo da alçada do braço civil, neste caso considerado exclusivamente do foro eclesiástico."

– [84] 1814, Dezembro, 26, Rio de Janeiro

"Rascunho de uma carta [do Núncio] ao Cardeal Secretário de Estado da Santa Sé referindo que tomara conhecimento de três cartas pastorais [assunto não especificado] do Arcebispo da Bahia D. Francisco de S. Tomás de Abreu Vieira (…) tendo a primeira sido publicada quando o referido arcebispo era ainda bispo de Malaca".

– [9] 1693, Novembro, 11 [Roma]

"Carta enviada pela Secretaria da Congregação dos Bispos e Regulares para acompanhar quatro documentos enviados ao Núncio, relativos ao caso do Bispo D. José Barros de Alarcão, da Diocese do Rio de Janeiro (…)."

– [12] 1695, Julho, 25, Bahia

"Cópia de uma carta enviada por D. João, Arcebispo da Bahia, ao Núncio, acompanhando um relatório que o autor mandara elaborar a respeito das acusações feitas ao Bispo do Rio de Janeiro".

– [282] 1808, Outubro, 13, [Rio de Janeiro]

"Carta de Monsenhor Nóbrega [Cónego da Patriarcal de Lisboa que acompanhara a corte ao Rio de Janeiro, futuro Deão da Capela do Rio de Janeiro] ao Núncio, acompanhando o envio de dois volumes do *Codex Titulorum* da Igreja de Lisboa."

São, pois, deste teor as cartas que vão e vêm à Suprema Autoridade Eclesiástica.

O Brasil nos *Arquivos Secretos do Vaticano*

O Poder Régio do Padroado – Rei/Regente/Secretário de Estado/ Secretaria

Antes de apresentar alguns "sumários", importa dar conta da natureza deste poder que condicionava grande parte da vida da igreja, nomeando, autorizando, proibindo, retendo, aprovando, etc. as decisões da Santa Sé ou dos Bispos e religiosos.

Como é sabido, com as primeiras descobertas e conquistas africanas, vários Papas que as encorajaram, principalmente Nicolau V e Alexandre VI, concederam aos nossos reis privilégios e poderes vários envolvendo também a obrigação de auxiliarem a difusão e o estabelecimento da fé cristã. Neste contexto, à Ordem de Cristo foi concedido poder de jurisdição equivalente, em grande parte, à dos Bispos.

Como se isso não bastasse, e as conquistas se fossem alargando e complexificando, a pedido dos reis D. Manuel e D. João III foi concedido o direito maior, especial, de Padroado, que bastante condicionou e impulsionou também a evangelização. De tal maneira que, protocolarmente, ou em ações de evangelização, agiam em conjunto as autoridades políticas e religiosas. Por exemplo, quando o bispo Frei João de S. Joseph Queiroz iniciou a sua visita pastoral ao Pará, em 1761, assim narrou o primeiro passo da sua viagem: "Despedimo-nos do Governo, comunidades e coronel; e por visitas de recado das pessoas que gozam patente real, como tenentes-coronéis e sargentos-mores e partimos da cidade de Belém (…)."[4]

Na opinião do historiador brasileiro Arlindo Rubert: "Nos primeiros tempos, apesar de alguns exageros e abusos, não foi o Padroado nocivo à evangelização, pois não se pode negar os bons frutos do Padroado régio quando era exercido com moderação, dentro dos limites da concessão pontifícia. Não era somente privilégio mas compromisso (…) ereção de igrejas, salários de eclesiásticos e missionários, dotação de dioceses, paróquias e colégios (…), incremento das missões (…). O exercício do Padroado por parte de alguns soberanos (…) foi benéfico à Igreja, ao Brasil e ajudou muito sua expansão".[5]

---

[4] Frei João de S. Joseph Queiroz, Bispo do Grão Pará, *Memórias*, Porto, Livraria Nacional, 1868, p. 170.

[5] Arlindo Rubert, *A Igreja no Brasil (século XVI)*, vol. I, Santa Maria RS, Pallot, 1981, pp. 48-52.

Porém, à medida que terminava o século XVII e avançava o século XVIII, com as ideias da revolução francesa, o laicismo, a influência cada vez maior da Maçonaria (fundada em Portugal em 1727), o consulado de Pombal e a ida da Corte de D. João VI para o Brasil, as ambições e práticas do Padroado Régio agravaram-se, sendo o período de 1700 a 1822 especialmente caracterizado por Arlindo Rubert como de "Expansão territorial (da Igreja) e Absolutismo Estatal"[6].

Com este rodar do tempo, as intromissões reais na missionação foram cada vez maiores, sobretudo no que dizia respeito à nomeação e jurisdição dos bispos, até porque o privilégio do "beneplácito régio", reintroduzido por D. João V em 1729, que já vigorara nos séculos XIV e XV, apesar dos protestos e rejeição da Igreja, exercia o poder de aprovação/reprovação do "placet" em relação aos documentos pontifícios. Prática esta que foi reforçada pelo alvará de Pombal de 1765, e continuada também no reinado de D. João VI[7].

Não podia ser mais completa e inibidora para a Igreja tal prática regalista. Inibidora e politicamente seletiva porque fazia não só obstrução às comunicações com a Santa Sé, como também à escolha dos Bispos, sua permanência nas dioceses, além de entravar o funcionamento dos seminários e da evangelização em geral.

Bem significativo também da gravidade da situação está o facto de o Núncio se ter deslocado de Lisboa para o Rio, logo em 1809, depois da ida da Corte no ano anterior.

Nesta documentação dos *Arquivos* tais intervenções eram frequentes, e de grande zelo pombalino.

Assim, surgem nela verdadeiros "pacotes" de decisões régias do Padroado. Por exemplo, nas sínteses dos *Arquivos* que vão dos números [126 a 182], correspondendo aos anos 1691 a 1824, ordenaram-se trinta e nove nomeações e sete transferências de bispos, por decisão da Corte, e comunicadas ao Núncio para serem executadas. Cinco desses documentos de nomeação ou transferência foram assinados pelo próprio Pombal: as referentes aos bispos de Mariana [129], 1770, São Paulo [130], 1770, Pernambuco [146], 1772, Goa [149], 1773, e transferência do Bispo de Mariana para a Bahia [164], 1772, etc.

---

[6] *Idem, ibidem*, vol. II, pp. 240-242.

[7] *Idem, ibidem*, vol. III.

Assim:

– **[130]**
"Ofício assinado pelo Conde de Oeiras, comunicando [ao Núncio] a nomeação régia do Bispo de São Paulo, Frei Manuel da Ressurreição".

– **[149] 1773, Outubro, 4**
"Ofício assinado pelo Marquês de Pombal, dirigido [ao Núncio] a comunicar a nomeação régia, para Arcebispo de Goa, Primaz do Oriente, de D. Frei Francisco da Assunção Brito, que fora Bispo de Pernambuco."

– **[137] 1794, Julho, 29, Queluz**
"Ofício assinado por José de Seabra da Silva, enviado ao Núncio, a comunicar a nomeação régia dos Bispos de São Paulo, D. Mateus de Abreu [Pereira], e do Maranhão, D. Joaquim Ferreira de Carvalho.

– **[138] 1796, Julho, 25, Queluz**
"Ofício enviado ao Núncio por José Seabra de Silva a comunicar a nomeação régia do Bispo de Mariana, D. Frei Cipriano de São José."

Tão eficaz e arbitrário, por vezes, era este poder régio exercido pelo Marquês que, por exemplo, como o escreveu Camilo Castelo Branco na apresentação das memórias que mais tarde escreveria o bispo Frei João de S. Joseph Queiroz, foi este nomeado pelo Ministro de D. José Bispo do Grão-Pará em 10 de outubro de 1759. Poucas palavras explicam a liberalidade do ministro: frei João era inimigo dos jesuítas e visita do Conde de Oeiras. Como, porém, o Bispo era de crítica fácil e sarcástica, não demorou muito a desagradar ao Marquês que, dando ouvidos aos seus inimigos, não hesitou em chamá-lo a Lisboa, em Novembro de 1763 e, informa ainda Camilo: "Poucas horas depois, Frei João de S. Joseph recebia do governo ordem de se recolher como desterrado ao convento de S. João da Pendurada, Entre-Douro-e-Minho, ordem urgente e de cumprimento imediato, ordem como as dava o Conde de Oeiras, o seu *velho* amigo Sebastião José de Carvalho"[8]. Pombal o pôs, Pombal o depôs!

---

[8] Frei João de S. Jospeh Queiroz, *op. cit.*, p. 36.

Evangelização e Trópico

Quando os portugueses entraram no Brasil já levavam alguma experiência da vida nos trópicos, quer relativamente ao clima, à exuberância da fauna e da flora, quer no que diz respeito ao conhecimento e convivência com gente de outras raças, costumes e crenças.

Embora não vissem o Brasil como o Paraíso Terreal, como o constatou Aurélio Buarque de Holanda, contudo o trópico exerceu em todos uma fascinação grande e se apresentou como espaço de aventura ou de conversão. Como escreveu Pero Vaz de Caminha na sua *Carta do Achamento*: "segundo o que a mim e a todos pareceu, esta gente não lhes falece outra cousa para ser toda cristã, do que entenderem-nos...".

Sendo esporádica, entre 1500 e 1530, a presença da Igreja e a primeira evangelização em Terras de Vera Cruz, foi apoiada na organização paroquial do território. O seu primeiro clero terá sido formado por alguns capelães das naus e, no tempo de D. Manuel, pela assistência do clero às feitorias então fundadas onde, "no tocante ao religioso, pelo menos em algumas feitorias é certo não terem faltado a presença do Sacerdote como capelão ou cura dos poucos moradores brancos, e catequista dos índios que vinham trabalhar com eles, ou viviam pacificamente nos seus arredores"[9].

De modo organizado e sistemático, vieram depois os franciscanos capuchos, os jesuítas e, com o decorrer dos tempos, várias outras ordens religiosas, quer ao abrigo do Padroado, quer da Propaganda Fide e outras instituições.

Rubert sintetiza: "como testemunho histórico de que a Igreja estava fundada no Brasil antes mesmo da ereção do seu primeiro Bispado, e antes da chegada dos jesuítas, basta dizer que das dez paróquias [iniciais], após mais quatro séculos da sua fundação quase ininterrupta dirigidas pelo clero diocesano..."[10] algumas se tornaram sedes arquiepiscopais, continuando outras como paróquias.

Assim, o mesmo historiador distingue três etapas na fundação da Igreja do Brasil: de 1532 a 1551, de 1551 até final do século e o estabelecido do Bispado do Brasil em 1551 na Bahia, feito metrópole em

---

[9] Arlindo Rubert, *Ibidem*, I vol., pp. 39 e 43.
[10] *Idem, ibidem*, I vol., p. 53.

O Brasil nos *Arquivos Secretos do Vaticano* 207

1676, e a partir de 1550 em diante, principalmente com a ação do clero regular, e em especial dos jesuítas.[11]

Ao longo de todo este tempo a colonização do Brasil fez-se como uma verdadeira epopeia, tanto na dilatação da fé como na do Império, recheada de ações sublimes ou condenáveis (principalmente a da escravatura), e conhecendo também na Igreja as suas instituições, tanto ações heroicas e sublimes, como defeções, corrupção e burocracia excessiva.

Olhando o passado da formação do Brasil, alguns escritores dos séculos XVIII e XX assim o viram, em síntese crítica:

Para André João Antonil, em *Cultura e Opulência do Brasil*, de 1711, "O Brasil é inferno para os negros, purgatório dos brancos, paraíso dos mulatos".

Diferentemente, e em ótica antilusista, Paulo Prado, em *Retrato do Brasil*, de 1928, assim define a dinâmica da Sociedade que se formou: "Numa terra radiosa vive um povo triste (...) luxúria, cobiça, tristeza."

De modo bem diferente e estudando o processo lusitano de colonização, Gilberto Freyre chegou, sobretudo em *Casa Grande e Senzala*, de 1933, a conclusões bem diferentes: "Uma contemporização com as novas condições de vida e ambiente."

Não andarão longe da verdade as três opiniões, se as misturarem para concluir, pela complexidade da vida tropical, que não cabe numa única visão, sobretudo se europeia.

Ora foi tudo isto que os missionários foram encontrar e experimentar. Depois da primeira evangelização do clero secular, franciscanos, capuchos e jesuítas, rapidamente se lhes juntaram religiosos de outras ordens: oratorianos, capuchinhos italianos, franceses da Propagada Fide, beneditinos, carmelitas, mercedários, etc.

Há também que ter em conta que a mentalidade vigente sobre a forma de evangelizar as grandes populações ainda era sob a teoria e prática da *cujus regio ejus religio*, em que a opção religiosa dos príncipes ou caciques determinava a da população. Assim, por exemplo, na segunda visita pastoral do Bispo de Pernambuco à sua diocese, surpreendentemente já em 1834, o zelo proselitista era tal que ele crismou uma totalidade de

---

[11] *Idem, ibidem.*

20.550 pessoas[12]. Relatos de visitas pastorais de outros bispos apresentam números semelhantes. E o mesmo se fazia na América espanhola.

Não relatam estes arquivos a administração do batismo dos índios porque essa pertencia aos párocos e não era matéria para a Nunciatura regulamentar, mas também para dela se fazer uma ideia nos serve o relato do missionário espanhol Frei Toribio de Metolínea afirmando: "a mi juicio y verdadeiramente serán bautizados en este tiempo que esto escribo, que es el año de 1536, más de quatro milliones de animas (se han bautizado) y por donde yo lo sé, adelante se dira"[13].

Verdadeiro delírio sacramentalista que, no caso de Metolínea, era tributário da ideia milenarista de Joachim de Floris de que o mundo estava para acabar, além de obcecado pelo radicalismo da sentença de São Cipriano "extra ecclesiam nulla salus", em interpretação restritiva do Concílio de Florença (1438-45) sobre os pagãos sem batismo, apesar das desautorizações da Santa Sé e de Las Casas.

Proselitismo que também era seguido pelo poder político na sua área de competência, por uma questão de colonização e fixação no território. Por exemplo, semelhantes objetivos eram prosseguidos pelo poder real (em visitas equivalentes às vistas pastorais dos bispos). Assim, na *Viagem de D. Pedro II a Pernambuco*, em 1859, a liberalidade imperial distribuiu generosamente pelas pessoas importantes da Província os seguintes cargos e honras: um Vedor da Casa Imperial, 2 Viscondes, 7 Barões, 1 Grande Dignitário, 28 Comendadores, 81 Oficiais, 84 Cavaleiros da Ordem da Rosa, 9 Comendadores, 36 Cavaleiros da Ordem de Cristo"[14].

Se assim aconteceu num Estado como Pernambuco como teria sido em outros de maior importância e revelantes capitais políticas?

Tão diversificados como os problemas da sociedade brasileira eram os problemas dos missionários enquanto executantes da "instituição" eclesial. Daí o extenso role de problemas de que dão conta quase em exclusivo os *Arquivos*.

---

[12] "Itinerário das Visitas Feitas na sua Diocese pelo Bispo de Pernambuco nos anos de 1833 a 1840", *Revista Trimestral do Instituto Histórico*, tomo IV, parte I, Rio, Companhia Typographica Brasil, 1892, pp. 19 e sgts.

[13] Fray Toríbio de Metolínea, *Historia de los Indios de la Nueva España*, Madrid, Castalia, 1985, p. 225; Fernando Cristóvão e outros, *O Olhar do Viajante*, Coimbra, Almedina, 2003, pp. 276-277.

[14] Guilherme Auler, *Viagem do Imperador Pedro II a Pernambuco em 1857*, Secretaria da Justiça, Arquivo Público Estadual, Recife, 1952.

O Brasil nos *Arquivos Secretos do Vaticano*

Assim, extraímos dos sumários alguns mais significativos das diversas situações e problemas "administrativos" e pessoais.

Influência do clima, conflitos com a autoridade, insegurança

Muitos missionários, europeus de origem, não resistiram às condicionantes do clima tropical, quente e húmido, de regime pluvial, desencontrado dos seus hábitos, sentindo-se afetados na saúde física e até no seu equilíbrio psíquico.

Alguns sumários o documentam:

– [66] 1811, Junho, 15, Bahia
"Carta do Arcebispo da Bahia ao Núncio (…) agradece breve que iria ser enviado para que a religiosa Maria Sodré pudesse sair da clausura do convento da Soledade por motivos de saúde… etc."

– [532] 1805, Julho, 6, Lisboa
"Atestado médico passado por (…) certificando que o cónego Joaquim Saldanha Marinho sofria de doença nervosa particularmente agravada pelo calor de Pernambuco, pelo que devia ir para o campo nessa estação, não podendo por isso estar sujeito às obrigações da respectiva Sé."

– [1874] 1809, Fevereiro, 5, São Paulo
"Carta de Frei [José] António (…) que, por ordem do Provincial, irá para o convento de Mogi, apesar da inexistência de médicos e remédios naquela terra".

– [1876] 1809, Fevereiro, 20, São Paulo
"Requerimento de Frei António de Santa Gertrudes (…) para ir para o Rio de Janeiro por não se ter adaptado ao clima e passar mal de saúde".

Secularização, Regressos, Abandonos, Fugas

Pelas mais diversas causas, são inúmeros os pedidos de secularização: para deixarem de pertencer à respetiva Ordem e ingressar no clero secular, para auxiliar familiares seus, por não adaptação à vida conventual com suas obrigações de residência, horas canónicas, dependência permanente do superior, sedução da "vida mundana", verificação de falta de vocação, espirito de aventura, etc.

Também o contrário se verifica: arrependimentos com pedido de regresso.

Assim por exemplo:

– [457] [Ca. de 1811, Setembro?, Bahia]
"Carta de D. José (…) Arcebispo [da Bahia], enviando ao Núncio uma missiva que por sua vez lhe fora remetida pela Condessa da Ponte, escrita por uma religiosa (…) a qual pretendia uma declaração de nulidade da profissão religiosa (…)".

– [295] 1811, Abril, 4, Rio de Janeiro
"Requerimento de Frei João (…) apresentando [ao Núncio] um pedido de secularização a fim de ser Capelão da Real Capela do Rio de Janeiro (…)."

– [424] [Anterior a 1812, Maio, 5], Bahia
"Carta de Frei Manuel da Conceição Rocha, Abade do Mosteiro de S. Bento da Bahia, enviando informações sobre o pedido de indulto de perpétua secularização, apresentado por Frei José da Conceição".

– [1165] 1812, Julho 6, s.l.
"Rascunho [do Secretário do Núncio], referindo a entrega imediata ao Núncio, das cartas que recebera respeitantes ao pedido de secularização de Frei Domingos da Conceição [Franciscano do Brasil (?)] a fim de prestar assistência a seu pai, José Leitão."

– [1157] 1811, Novembro, 11, Angra
"Carta enviada por João António da Avé Maria Fagundes (…), declara que, depois de se secularizar, (…) tendo regressado a Angra (…) pretendia um cargo com rendimentos regulares para assegurar a subsistência das três irmãs solteiras; acrescenta que os bens que adquirira eram poucos e temia ficar sem nada naquela terra tão sujeita a terramotos, inundações e erupções vulcânicas."

– [1134] [Cerca de 1810, Bahia (?)]
"Requerimento apresentado [ao Núncio] por Frei José da Conceição Maior, Beneditino do Mosteiro da Bahia, a pedir a perpétua secularização, invocando que professara "sem alguma vocação".

O Brasil nos *Arquivos Secretos do Vaticano*

Outros documentos semelhantes:

– **[1430]** "professara-a sem vontade" e
– **[2028, 2029, 2030, 2031, 2032]** declarações de nulidade.

Em contrapartida, alguns dos que "fugiram" quiseram voltar:

– **[2273], de 1806, Dezembro, 3, Bahia.**
"Carta do Arcebispo da Bahia (…) ao Núncio (…) acrescenta que o governo interino do vigário capitular estava a ser tranquilo, possibilitando o regresso de vários religiosos que haviam fugido para o sertão."

Tanto estas secularizações como os pedidos de "dispensas matrimoniais" são em grande número, o que dá só por si uma ideia das dificuldades da missionação.

Dispensas Matrimoniais

Em suas cartas, os missionários, sobretudo os jesuítas Manuel da Nóbrega e José de Anchieta, descrevem os costumes dos índios. Neles se misturavam não só hábitos de antropofagia, idolatria, promiscuidade sexual, embriaguez, mas também hábitos de candura, docilidade, simplicidade, recetividade à fé cristã. Dotes estes que Las Casas, na sua simpatia generosa, exagerou.

De tal modo que Anchieta até era da opinião de que a Igreja deveria ser mais compreensiva para com os seus costumes, mesmo quanto a impedimentos canónicos matrimoniais.

Assim o explica Anchieta na sua primeira carta de 1554, sugerindo atenuação dos impedimentos de parentesco: "de modo que a não ser o parentesco de irmão com irmã, possam em todos os graus contrair casamento, o que é preciso que se faça em outras leis da Santa Madre Igreja, às quais, se os quisermos presentemente obrigar, é fora de dúvida que não quererão chegar-se ao culto da fé cristã; pois são de tal forma indômitos que parecem aproximar-se mais à natureza das feras do que à dos homens"[15].

---

[15] *Copia de Diversas Cartas de alguns Padres e Hermanos de la Compañia de Jesus*, Barcelona, 1555.

A mesma atenuação pediria mais tarde o poder real, obviamente, com outros interesses.

Quanto a estes problemas dos índios, eles eram resolvidos pelos Bispos em suas visitas Pastorais, como, por exemplo, nas de D. Joseph Queiroz, Bispo do Grão Pará, em 1761, ou de D. Eduardo Duarte Silva a Goiás em 1895, aplicando a legislação canónica em vigor, não se encontrando nestes Arquivos, salvo omissão de leitura, pedidos de dispensa para eles, até porque os principais casos de irregularidade eram sobretudo devidos à fragmentação das famílias e ausência de sua vida comum permanente. Por outro lado, a legislação canónica sobre a questão era mais restritiva nesse tempo do que nos nossos dias.

A quase totalidade dos pedidos ao Núncio de dispensas matrimoniais era de colonos. Em grande número sobre impedimentos de consanguinidade, pois eram frequentes os casamentos entre familiares.

O zelo das autoridades e também dos missionários era o de se facilitarem as dispensas, também com o objetivo de colaborar na política real do povoamento do território.

– [100] 1811, Novembro, 9, Rio de Janeiro
"Carta do Conde de Linhares, Ministro dos Negócios Estrangeiros e da Guerra, acompanhando alguns documentos enviados ao Núncio relativos ao Bispo de Pernambuco; o autor comunica a vontade do Príncipe Regente de que fossem concedidas, sem reservas, as faculdades extraordinárias necessárias aos Bispos, em matéria de dispensas matrimoniais".

– [716] 1814, Setembro, 27 [Rio de Janeiro]
"Rascunho de uma carta do Núncio, enviada ao Vigário de campanha nas Minas, Padre José de Sousa Lima, informando-o de que comunicara ao Bispo de Mariana as faculdades necessárias para a concessão das dispensas que os fregueses daquela paróquia tinham dirigido ao Núncio."

– [717] 1819, Fevereiro, 3, Piumhi
"Carta do Vigário José de Severino Ribeiro ao Núncio, informando sobre a situação de alguns fregueses seus que tinham requerido dispensa de impedimento matrimonial: António Rodrigues da Costa e Francisca Cândida, os escravos [não identificados] de António Lopes Cansado, Manuel Joaquim de Araújo e Josefa Maria de Jesus."

O Brasil nos *Arquivos Secretos do Vaticano*

– [721], 1818, Julho, 18, Mariana

"Carta do Vigário Capitular de Mariana, Padre Marco António Monteiro de Barros, expondo o facto de que procedia um impedimento matrimonial de dupla consanguinidade de segundo grau em linha transversal entre Manuel Teixeira Maciel e Felisberta Pinheiro de Jesus e fundamentando o seu parecer favorável."

Tantos são estes pedidos que os encontramos, ao longo dos anos, não só isolados mas também organizados em verdadeiras listas.

Por exemplo: em oito meses, de Outubro de 1811 a Maio de 1812, são catorze os documentos desta natureza: [99, 101, 102, 103, 104, 106, 107, 108, 109, 110, 112, 113, 114, 116...] e outras listas surgem ao longo do volume, como, por exemplo, esta outra de vinte e oito documentos sobre o mesmo tema: de [697 a 725], de 1809 a 1819.

A Burocracia Jurídica e a Vida Agitada das Ordens

Seria injusto agravo que, tal como já foi afirmado em relação à ação evangelizadora da Igreja, a atividade apostólica das ordens religiosas fosse avaliada pelas múltiplas discórdias, rivalidades, escândalos de que se ocupará grandíssimo número de sumários.

Tal como afirmámos em relação à quase total omissão de referências ao clero diocesano, estes sumários só podem ser lidos tendo por pano de fundo a profunda e inteligente ação apostólica realizada no Brasil. Mais uma vez, justa lembrança que estes factos da "institucionalização" só se entendem em ligação aos factos e resultados do "carisma".

Naturalmente que os sumários abrangem um grande leque de reclamações, desde acusações aos bispos a censuras e denúncias de abusos, em especial de Carmelitas e Capuchinhos.

É muito para estranhar que havendo referências tanto positivas como negativas em relação aos jesuítas delas não se encontre menção. Omissão tanto mais de estranhar quanto os sumários abrangem todo o período em que Pombal foi o poderoso secretário de Estado de D. José.

Não quererá isto significar que esta foi mais uma das vicissitudes de "desvio" sofrido pelos Arquivos? Teria Pombal, por interposta pessoa, mandado dar descaminho a essa documentação? O caso é tanto mais flagrante quanto há sumários próximos, antes e depois do ano de 1759, em que o Marquês extinguiu a Companhia e expulsou os jesuítas...

Alguns exemplos do tipo de documentos relativos tanto ao clero diocesano como regular, referentes às Ordens mais em questão:

Desentendimento com os Bispos:

– [249] 1812, Setembro, 22, S. Salvador [de Campos de Goiatazes]
"Carta subscrita pelos Irmãos da Ordem Terceira de Nossa Senhora do Monte do Carmo de S. Salvador (...) expondo [ao Núncio] os problemas levantados pelo Bispo da Diocese [Rio de Janeiro], que insistira em empreender uma visita àquela Ordem, a qual se considerava isentas da jurisdição ordinária, pelo que haviam deliberado levar o caso ao Juízo dos Feitos da Coroa, a fim de salvaguardarem os seus privilégios."

– [1548] 1814, Novembro, 28, Bahia
"Carta do Padre Ambrósio da Rocca (...) felicitando [o Núncio] pela sua elevação ao cardinalato. Pede protecção contra as ameaças e os ataques movidos pelo Arcebispo da Bahia contra o Hospício dos Capuchinhos".

Problemas em várias Ordens:

– [333], 1804, Março, 10, Roma
"Carta do Cardeal Borgia ao Núncio sobre as perturbações que ocorriam na Missão dos Capuchinhos da Bahia, em que estavam envolvidos Frei Filipe de Matélica, Mariano de Brugasco, Columbano de Morsasco, Marcelo de Carmagnola e Arcângelo de Civignano".

Outros sobre a mesma Ordem:

– [333, 339, 340, 351, 1548, 1575, etc., etc.,] [1898] s.d., s.l.
"Apontamento ou carta em que se refere a necessidade de o Núncio emitir um Breve para o Bispo do Rio de Janeiro ser reformador dos religiosos do Carmo e fazer reunir o capítulo, a fim de pôr cobro à degradação e escândalos daquela ordem".

Outros sumários sobre a mesma Ordem:

– [2092, 2109, 2623, 2639, etc., etc.,]

O Brasil nos *Arquivos Secretos do Vaticano*

Como é fácil deduzir, há sumários relativos a todas as Ordens e Congregações que missionaram no Brasil, exceto os jesuítas que aqui não se mencionam pelas razões invocadas.

Razões essas que, transversalmente, dizem respeito a questões como eleições e suas falsificações para cargos dirigentes, escândalos diversos, transferências, conflitos, rivalidades, contas e rendimentos, influência da maçonaria, escravos ao serviço dos religiosos, faltas às horas canónicas, excomunhões, prisões, renúncia a cargos, etc., etc..

Preces pelas Vítimas das Invasões Francesas e de Solidariedade para com o Papa

A situação de guerra generalizada na Europa provocada pelas invasões francesas de diversos países, Portugal e Espanha em especial, provocando múltiplas revoltas, era seguida com expectativa no Brasil, até porque a presença na Corte no Rio, desde 1807, era lembrança permanente dessa situação.

Daí o interesse com que se faziam circular notícias.

Vários sumários vão relatando a solidariedade para com as vítimas e manifestando regozijo pela queda de Napoleão, ao mesmo tempo que, religiosos ou não, justificam a sua vinda para o Brasil como fuga a perseguições e insegurança e se propõem voltar à Europa.

Assim: Consequências das Invasões Francesas:

– [501] 1808, Setembro, 17, Rio de Janeiro
"Carta Pastoral do Bispo do Rio de Janeiro e Capelão-Mor da Capela Real, D. José Caetano da Silva Coutinho, avaliando a situação de guerra na Europa e ordenando, por esse motivo, preces públicas e solenes na forma *pro tempore belli*, em todas as igrejas da cidade, nos três dias seguintes à leitura desta Pastoral."

– [1739] 1811, Abril, 19, Pernambuco
"Carta de Frei Joaquim de Cento, Prefeito da Missão de Pernambuco, informando [o Núncio] de ter tido conhecimento através do Coronel José Peres Campelo da estrondosa derrota do exército francês em Portugal."

– [2677] 1814, Fevereiro, 10, Bahia

"Carta de Frei Manuel de Santo Alberto [Carmelita Descalço] do convento de Santa Teresa da Bahia (...) informa-o [ao Núncio] sobre alguns pontos que pretendia esclarecer, nomeadamente sobre o facto de ter saído do convento do Porto para Lisboa e de lá para o Brasil, o que atribuiu à situação vivida durante a invasão francesa de 1808...".

– [443] 1810, Maio, 9, Bahia

"(...) Agradece os papéis que o Núncio lhe enviara, nomeadamente os exemplares do Breve de excomunhão de Napoleão [Bonaparte].

Solidariedade para com a Igreja e o Papa; problemas decorrentes

Manifestando a unidade da Igreja e solidariedade para com o Papa, impedido pela ocupação francesa de exercer o seu Magistério, multiplicaram-se as mensagens de solidariedade e as preces pela sua libertação:

– [750] 1809, Outubro, 4, Cuiabá

"Carta endereçada ao Núncio por D. Luís [de Castro Pereira], bispo de Ptolomaida, prelado de Cuiabá, tratando de matérias diversas como a chegada do Núncio ao Brasil e o cativeiro do Papa; é pedido um retrato do Papa e relíquias".

– [759] 1815, Abril, 12, [Rio de Janeiro]

"Rascunho de uma carta [do Núncio a D. Luís de Castro Pereira], Bispo de Ptolomaida, Prelado de Cuiabá, acusando a receção de correspondência precedente na qual era referida a libertação do Papa (...)."

– [799] 1808, Dezembro, 5, Mariana

"Carta pastoral de D. Cipriano de S. José, Bispo de Mariana, informando a população daquela Diocese acerca do cativeiro do Papa e da situação da Igreja à época".

– [804], 1808, Novembro, 13, São Paulo

"Referência à situação do Papa e à Pastoral que o referido Bispo escrevera, na qual determinara que fossem feitas preces pela Família Real..."

O Brasil nos *Arquivos Secretos do Vaticano*   217

Sobre esta recomendação de preces pelo Papa:

– **[805, 806, 807, 808, 810, 811, 815, 818, 821, 823, 824, 825, etc.]**

– **[205], [Posterior a 1810, Fevereiro, s.l.]**
"Parecer jurídico elaborado em resposta a uma pergunta [do Núncio (?)] sobre o arbítrio de se poder prover com novos Bispos as Dioceses de Portugal e domínios ultramarinos, pelos respectivos Metropolitas durante o período de impedimento de recurso ao Papa. Na fundamentação transcrevem-se os artigos VII, VIII e IX da Assembleia Geral de Prelados Católicos congregados em Dublin respeitantes ao problema sobre as matérias em causa durante o cativeiro do Papa...".

Para compreender a gravidade desta diligência, note-se que, em consequência das invasões francesas, com o seu cortejo de pilhagens e profanações[16], as dioceses iam vagando progressivamente, por falta de provimento dos bispos.

Razão de ser desta diligência é também devida aos abusos reais do poder das lutas entre liberais e miguelistas, Constituição de 1822, novas lutas em 1828, extinção das ordens religiosas em 1834. Progressivamente, as dioceses iam ficando sem bispos, tendo sido este processo desencadeado especialmente nesta data de 1810.

Assim se chegaria, segundo Fortunato de Almeida, à situação de "pelos anos de 1823 a 1839 estarem destituídas dos seus legítimos pastores quase todas as dioceses do reino. O Patriarca de Lisboa, D. José Patrocínio da Silva era quase o único prelado no exercício das suas funções..."[17].

Isto era também o que ocorria em Espanha e em outros países da Europa. Situação esta em que melhor se entendem as preocupações e receios da Igreja numa dinâmica de perseguição que não terminaria tão cedo, pois iria continuar em Portugal na I República de 1910.

***

Foi, sem dúvida, ato de grande coragem a publicação dos três volumes dos *Arquivos*, pois, recorde-se, o que neles se regista é predo-

---

[16] Fernando Cristóvão, *Brotéria*, Lisboa, Julho de 2008, pp. 52-54.
[17] Fortunato de Almeida, *História da Igreja em Portugal*, vol. III, Porto, Civilização, 1970, pp. 38-39.

minantemente a face trivial da "Instituição" com seu cortejo de muitas interrogações, queixas, deserções, escândalos, etc., que só aqui ou ali deixam entender a realidade luminosa do "carisma" documentada pela historiografia, especialmente da História da Igreja.

Não deixa, porém, para terminar, de ser gesto de grande inocência e simpatia brasílica o que se contém no sumário:

– **[1503] 1804, Fevereiro, 22, Baía**
"Carta de Frei Ambrósio de Rocca, Prefeito da missão [da Bahia], acompanhou o envio de dois papagaios para o Núncio."

Academia de Ciências de Lisboa
fevereiro de 2012

MODERNIDADE E EXEMPLARIDADE MULTICULTURAL DE *CASA GRANDE E SENZALA*

Fernando Cristóvão

Seja-me permitido que neste *fórum* sobre o pluralismo, onde certamente as suas várias teorias e práticas serão debatidas em aspetos sociais e políticos, e em suas incidências nas várias modalidades da democracia, eu me ocupe de um outro pluralismo, o das culturas, do pluralismo multicultural, neste nosso tempo de globalização, que a obra prima de Gilberto Freyre, *Casa Grande e Senzala,* antecipou, pondo em evidência a sua modernidade e exemplaridade.

Ultrapassada que foi a prova de fogo por que passaram tanto o autor ainda nos anos trinta, como a obra *Casa Grande e Senzala*, pela posição crítica, pela metodologia, sobretudo pelo agravo académico de não respeitar o suposto rigor científico das autoridades em antropologia, sociologia, medicina e outras disciplinas, esta obra maior de Gilberto Freyre vem conhecendo de dia para dia cada vez mais louvores, especialmente pelo que, nos nossos tempos de choque de civilizações e de multiculturalismo, sugere, a partir das experiências do passado, uma verdadeira exemplaridade de propostas ainda que, obviamente, suscetíveis de atualização.

No início foram sobretudo os elogios à colonização portuguesa do Brasil, ainda que contestada na sua vertente luso-tropicalista, e sobretudo pelos que confundem colonização com colonialismo, mas não tardaram as apreciações de caráter mais vasto.

Pois não afirmou de *Casa Grande e Senzala* o insuspeito Darcy Ribeiro, na sua edição venezuelana, que a obra é tão genial como as de Cervantes, Camões e Tolstoi[1]?

E, atualizando a sua modernidade, não afirma Fernando Henriques Cardoso, na introdução à 51.ª edição revista, "acaso não é esta a carta de entrada do Brasil em um mundo globalizado no qual, em vez da homogeneidade, de tudo igual, o que mais conta é a diferença que não impede a integração nem se dissolve nela?"[2]

E, dentre os críticos portugueses, afirma, a propósito da evolução das sociedades, Jorge Borges Macedo, analisando a teoria luso-tropicalista:

> Deve-se a Gilberto Freyre e à sua proposta de luso-tropicalismo, o esforço decisivo para se demonstrar, de modo contundente, a precaridade e insuficiência das explicações e dos relatos que subentendem uma hierarquia triunfalista de civilizações que se tomaram por modelos concebidos segundo uma origem onde o topo era ocupado pelas sociedades industriais e as culturas quantificadas (…). Que resta hoje dessa hierarquia? Afinal, o resultado da obra de Gilberto Freyre foi este.[3]

Opiniões estas que se integram às de inúmeros especialistas que Edson Nery da Fonseca, o seu melhor biógrafo, sintetizou em *Um Livro Completa Meio Século*[4], no aniversário de 1983. Apreciações positivas estas que continuam no nosso tempo.

E vale a pena começar pela importância decisiva do método utilizado por Gilberto Freyre que lhe permitiu visão globalizante de uma realidade que as especializações científicas limitativas não são capazes de abarcar, método esse que significa, já em si mesmo, uma ferramenta eficaz para compreender a multiculturalidade moderna.

Rompendo com a corrente dominante na Antropologia e Ciências afins, Freyre, ao convocar os vários saberes científicos, sem distinção, tanto o das "Ciências" como o das chamadas "Letras", praticou brilhantemente o que, em nosso tempo, nos anos 50, os ingleses C. P. Snow em *The Two Cultures* e John Brockman em *Scientific Revolution* preconizam

---

[1] *Apud* Edson Nery da Fonseca, *Um Livro Completa Meio Século*, Recife, Fundação Joaquim Nabuco, 1983.

[2] Fernando Henrique Cardoso, *in* Gilberto Freyre, *Casa Grande e Senzala*, 51.ª edição revista, S. Paulo, Global, 2006, p. 27.

[3] Jorge Borges Macedo, *Revista ICALP*, Lisboa, ICALP.

[4] Edson Nery da Fonseca, *Ibidem*, p. 156.

Modernidade e exemplaridade multicultural de *Casa Grande e Senzala*   221

como decisivo para um conhecimento avançado, pondo assim termo a uma separação metodológica que estigmatizaram como sendo "as duas solidões", propondo assim um método, o da "terceira cultura".

Nisso Gilberto foi pioneiro, porque das "Letras" recebeu um estilo inconfundível e sedutor, acessível e apetecível até a leitores que nunca se interessariam por problemas como aqueles que abordou. E não só na linguagem plástica e solta utilizada, mas servindo-se também da poesia[5] e de romances a que chamava modestamente semi-novelas, tais como *D. Sinhá e o Filho Padre*[6] e *O Outro Amor do Dr. Paulo*[7].

Embora me agrade muito considerar aqui o estilo literário inconfundível de Gilberto, tarefa de que já tive a grata incumbência de desempenhar em conferência na Fundação Gulbenkian, em 1983[8], e num seminário internacional da Fundação Joaquim Nabuco, do Recife[9], as interrogações e problemas relativos ao nosso tempo multicultural sugerem algumas reflexões na forma como foram antecipados em *Casa Grande e Senzala*.

Quero referir-me, especialmente, à visão valorativa da sociedade colonial globalizada, donde se podem deduzir sugestões úteis para o presente.

Assim o demonstrou o facto da mestiçagem que Gilberto defendeu em plena vigência das teorias racistas.

Mestiçagem biológica e cultural resultante da convivência de "três" raças, a ameríndia, a europeia, a negra e suas múltiplas variedades físicas e culturais.

Gilberto historiou o seu processo, especialmente na obra citada, e assim a define e glorifica:

> A mestiçagem reunifica os homens separados pelas místicas raciais em grupos inimigos. A mestiçagem reorganiza nações comprometidas em sua unidade em seus destinos democráticos pelas superstições raciais. A mestiçagem completa Cristo. A mestiçagem é o Verbo feito homem seja qual for a sua raça – e não feito raça divinamente privilegiada: hoje a branca, amanhã a amarela, ou a parda ou a preta. A mestiçagem é a democracia

---

[5] Gilberto Freyre, *Poesia Reunida*, Recife, Pirata, 1980.
[6] Gilberto Freyre, *D. Sinhá e o Filho Padre*, Lisboa, Livros do Brasil, s.d. [1984].
[7] Gilberto Freyre, *O Outro Amor do Dr. Paulo*, Rio, J. O., 1977.
[8] Fundação Calouste Gulbenkian, "Linguagem e estilo de *Casa Grande e Senzala*".
[9] "A Ficção de Gilberto Freyre como produto da sua obra sociológica", *Ciência e Trópico*, vol. 12, n.º 2, Jul/Dez, 1984, pp. 195-209.

social em sua expressão mais pura. Sem ela fracassa o próprio Marx no que a sua ideologia tem de melhor.[10]

Mestiçagem enquadrada pelo processo colonizador lusitano definido como "figura vaga (…) o tipo de contemporizador. Nem ideais absolutos nem preconceitos inflexíveis."

Mestiçagem criadora de uma nova mentalidade, capaz de ultrapassar o que Gilberto apelidou de "antagonismos" típicos da sociedade colonial:

> O antagonismo da economia e da cultura. A cultura europeia e a indígena. A europeia e a africana. A africana e a indígena. A economia agrária e a pastoril. A agrária e a mineira. O caboclo e o herege. O jesuíta e o fazendeiro. O bandeirante e o senhor de Engenho. O paulista e o emboaba. O pernambucano e o mascate. O grande proprietário e o pária. O bacharel e o analfabeto. Mas, predominando sobre todos os antagonismos, o mais geral e o mais profundo, o senhor e o escravo.[11]

Não podemos deixar de pôr em confronto este processo colonial de superação de antagonismos culturais e raciais, especialmente realizados pelas mestiçagens, com as atuais tentativas de superação de antagonismos semelhantes que estão a ocorrer cada vez mais nas nossas sociedades multiculturais, globalizadas.

Alguma coisa se pode aprender, atualmente, da experiência narrada em *Casa Grande e Senzala*, experiência que Jorge Borges de Macedo elogiou como uma feliz experiência cultural integradora:

> Em suma, o luso-tropicalismo, no seu planeamento e inventário de dados, na sua experiência de globalizado, na procura de um 'modo unificador próprio e de raiz cultural' dá ao princípio da eficácia um conteúdo muito mais rico e diversificado e um indispensável teor cultural, sem perder o projecto de verdade. E a busca da convergência das culturas veio mostrar que ela só pode provar-se, claramente, quando recorremos a esses dados.[12]

Para atingir os mesmos resultados e evitar-se o tão temido "choque das civilizações", procuram, atualmente, as Nações Unidas, através da UNESCO, em especial, esse diálogo de culturas e de entendimentos entre as religiões.

---

[10] Gilberto Freyre, *O Brasil em Face das Áfricas, Negras e Mestiças*, Lisboa, 1983, p. 31.

[11] Gilberto Freyre, *Casa Grande e Senzala*, ed. cit., pp. 116, 265.

[12] Jorge Borges de Macedo, *ibidem*, p. 156.

Modernidade e exemplaridade multicultural de *Casa Grande e Senzala*   223

Permitam-me, pois, que me detenha neles, um pouco, para mostrar como nesses notáveis documentos, a "Declaração Universal dos Direitos Linguísticos" de Barcelona, de 1996, patrocinada pela UNESCO, e a "Declaração Universal da Diversidade Cultural", de 2001, da responsabilidade direta da mesma instituição, se procura obter, com esforçada teoria, o que na rotineira prática colonial se obtinha pelo exercício de uma política de integração e unificação.

Numa e noutra Declaração, e em documentos complementares de enquadramento, se consagram e defendem os direitos, liberdades e garantias a vigorarem na nova sociedade globalizada, para quantos nela residem, desde os seus naturais aos tradicionais grupos migrantes, a todos quantos, por quaisquer razões, optarem por viver ou residir em país diferente do seu.

Muito insistente nessas Declarações é a consagração da diversidade cultural como um direito derivado dos *Direitos do Homem* (artigo 4.º), acrescentando-se, em síntese, no artigo 5.º, que

> Todas as pessoas devem poder participar na vida cultural da sua escolha e exercer as suas próprias práticas culturais dentro dos limites impostos pelos direitos do Homem e das liberdades fundamentais.

Declarações estas que se devem completar uma à outra, dado que a Declaração dos Direitos Culturais, só reconhecendo direitos para todos, sem qualquer indicação de compatibilização, deles leva facilmente à confusão social e ao relativismo cultural, paradoxalmente responsáveis pela anulação dos direitos reclamados.

Mais completa e coerente é a Declaração de Barcelona, que teve a sabedoria de distinguir e definir os direitos da "Comunidade linguística" do país de acolhimento dos direitos do "grupo linguístico" migrante, a ela subordinado (artigo 1.º, n.ᵒˢ 2 e 5), facultando orientações que rejeitam, aliás, uma reflexão sociológica e política realista, como as objeções da tão discutida "exceção cultural" e de outras medidas protecionistas que só pecaram por considerar a importância dos direitos culturais de uma comunidade, a partir dos prejuízos económicos daí resultantes. Verdadeiramente pioneira foi essa reivindicação da "exeção cultural" francesa opondo-se, no campo da cultura, à doutrina niveladora absoluta da Organização Mundial do Comércio, de 1991, e rejeitando-se, indiretamente, a babelização das culturas.

224 Ensaios Lusófonos

Simbólica, por isso, foi a reivindicação de François Miterrand lembrando que

> As obras do espírito não são mercadorias como as outras; estamos convictos de que a identidade cultural das nossas nações e o direito de cada povo ao desenvolvimento da sua cultura estão em jogo.[13]

Assim se defendiam valores culturais, onde também valores económicos estão em causa. Porém, o que verdadeiramente está em jogo é a própria identidade cultural, que nem deve ser alheia à diversidade e ao diálogo, nem relativizada ou anulada em contato com os outros. Porque esse apagamento ou dissolução são tão gravosos para o indivíduo como para a sociedade.

Por outras palavras, na esteira da exceção cultural, mas defendendo o princípio como uma regra, há que definir-se um critério e uma hierarquia de livre escolha dentro do qual as diversas culturas convivem sem se anularem nem pretenderem colonizar as outras. Aliás, propostas para uma convivência multicultural não faltam, tanto na área da organização sociológica e política da nação, como na do estabelecimento dos direitos.

Assim, por exemplo, Will Kymlicka, no *Multicultural Citizenship*, distingue claramente os direitos da "larger society" de acolhimento dos direitos das "national minorities", como, por exemplo, dos ciganos radicados entre nós há séculos, diferentes também dos direitos da "cultural diversity" das migrações[14].

Com grande realismo e sentido político, a já citada "Declaração Universal dos Direitos Linguísticos", evitando cair no relativismo e laxismo da Declaração da Diversidade Cultural, lembra que há uma hierarquia a respeitar entre "Comunidade Linguística", a do país de acolhimento, e "grupos linguísticos". Chega mesmo a propor e recomendar aos migrantes o que antes era impensável: que procurem realizar tanto a aculturação (suposta) como a integração e a assimilação.

Processos estes antes estigmatizados por serem realizados debaixo de coação, embora dentro de uma política colonial de "reinar sem governar",

---

[13] Bernard Gournay, *Exception Culturelle et Mondialisation*, Presses des Sciences, 2002, p. 87.

[14] Will Kimlicka, *Multicultural Citizenship*, Oxford, Clarenton Press, 1945, pp. 15-20.

Modernidade e exemplaridade multicultural de *Casa Grande e Senzala* 225

mas agora, repita-se, aceites e recomendados no novo enquadramento de liberdade e dos Direitos Humanos.

Assim, por exemplo, se estabelece no artigo 4.º da *Declaração de Barcelona*:

> Esta Declaração considera que as pessoas que se deslocam e fixam residência no território de uma comunidade linguística diferente da sua têm o *direito* e o *dever* de manter com ela uma relação de integração. Por *integração* se entende uma socialização adicional destas pessoas, por forma a poderem conservar as suas características culturais de origem, ao mesmo tempo que compartilham com a sociedade que as acolhe as referências, os valores e os comportamentos que permitam um funcionamento social global, sem maiores dificuldades que as experimentadas pelos membros da sociedade de acolhimento.

E, continua a *Declaração*, levando mais longe essa inclusão social, recomendando o que antes se tinha por execrável, a

> assimilação – entendida como a aculturação das pessoas na sociedade de acolhimento – em valores e comportamentos próprios da sociedade de acolhimento, – em caso algum deve ser forçada ou induzida, antes sendo o resultado de uma opção plenamente livre (n.º 2 do artigo 4.º).

A séculos de distância, a colonização portuguesa do Brasil ensaiou, realizou, em boa parte, como o demonstrava Gilberto Freyre, numa sociedade multiétnica e multicultural, e objetivou o que no inicio do século XXI se apresenta como fundamental para a realização dos Direitos do Homem e para se evitarem os conflitos de civilizações.

Mas os factos narrados e valorizados em *Casa Grande e Senzala*, que outras obras de Gilberto Freyre desenvolvem, vão mais longe, completando o diálogo e a vivência multicultural com a valorização e promoção social dos mais fracos, dos desprezados como inferiores: os índios, os negros, os indivíduos de meia raça, os mestiços, os indivíduos do meio sexo quando não homossexuais, a dessacralização do sexo, a valorização da religiosidade cristã brasileira.

E tudo isto num tempo em que dominavam as teorias racistas herdadas de Gobineau, como já era patente no Brasil, no romance de Graça Aranha, *Canaan*, de 1902, em que o emigrado alemão Lentz sentencia: "Não vejo possibilidade de a raça negra atingir a civilização dos humanos. (…) Não acredito que da fusão com as espécies radicalmente incapazes resulte uma nova raça sobre que se possa desenvolver a civilização. Seria

226 Ensaios Lusófonos

sempre uma cultura inferior, civilização de malditos, eternos escravos em revoltas e quedas"[15].

Ideias estas que se vão desenvolvendo ao longo dos anos seguintes, especialmente na década de 30, tais como o racismo ariano ou o antirracismo racista da Negritude, especialmente de Aimé Cézaire, no seu *Discours sur le Colonialisme*, pregando uma revolução marxista para quebrar o binómio colonização/coisificação[16], ideias estas, aliás, de menor incidência no Brasil. Por isso Gilberto Freyre, em 1940, generalizando, considerava a civilização mestiça luso-brasileira como uma "cultura ameaçada"[17].

Representa pois, uma proposta violentamente contrastiva, a de Gilberto Freyre. Até para aqueles que no Brasil, valorizando o índio ou o negro só os entendiam monograficamente, não os relacionando com o todo valorativo da sociedade brasileira.

Com razão Edson Nery da Fonseca critica esses especialistas de um objeto científico só, isolado:

> Nina Rodrigues e Arthur Ramos são exemplos brasileiros de africanólogos que não queriam ouvir falar de índios; como Eduardo Galvão e Herberto Baldus foram indianólogos inteiramente alheios a negros.[18]

Em *Casa Grande e Senzala*, assim se refere Gilberto Freyre aos índios:

> À mulher gentia temos que considerá-la não só a base física da família brasileira, aquela em que se apoiou robustecendo-se e multiplicando-se a energia de reduzido número de povoadores europeus, mas valioso elemento de cultura, pelo menos material, na formação brasileira (...) da cunhã é que nos veio o melhor da cultura indígena.[19]

E quanto ao elemento negro:

> Não nos interessa, senão indirectamente, neste ensaio, a importância do negro na vida estética, muito menos no puro progresso económico do Brasil. Devemos, entretanto, recordar que foi imensa. No litoral agrário, muito

---

[15] Graça Aranha, *Canaan*, Rio, Briguiet, 1943, p. 42.

[16] Aimé Cesaire, *Discours sur le Colonialisme*, 5.ª ed., Paris, Présence Africaine, 1955, p. 19.

[17] Gilberto Freyre, *Uma Cultura Ameaçada – a Luso-Brasileira*, Recife, Gabinete Português de Leitura Pernambuco, 1980.

[18] Edson Nery da Fonseca, *op. cit.*, p. 51.

[19] Gilberto Freyre, *op. cit.*, pp. 162-163.

Modernidade e exemplaridade multicultural de *Casa Grande e Senzala*   227

maior ao nosso ver, que a do indígena. Maior, em certo sentido, que a do português. Ideia extravagante para os meios ortodoxos e oficiais do Brasil, essa do negro superior ao indígena e até ao português, em vários aspetos da cultura material e moral. Superior em capacidade técnica e artística.[20]

Valorizando os indivíduos de "meia raça", os mestiços, Gilberto, para além da dignificação cultural e biológica, atrás citadas, justifica tal elogio:

> Agindo sempre entre tantos antagonismos, amortecendo-lhes o choque ou harmonizando-os, condições de confraternização e de mobilidades sociais peculiares ao Brasil: a miscigenação, a dispersão da herança, a fácil e frequente mudança de profissão, de residência, o fácil e frequente acesso a cargos e a elevadas posições políticas e sociais de mestiços e de filhos naturais, o cristianismo lírico à portuguesa, a tolerância moral, a hospitalidade a estrangeiros, a intercomunicação entre diferentes zonas do país ... etc.[21]

Também pioneira foi a compreensão/dignificação do "meio sexo", não entendido como homossexualismo. Para tanto, escreveu um romance, *D. Sinhá e o Filho Padre*, em 1964, justificando assim um tipo humano um tanto andrógino, que deve merecer a mesma consideração e estatuto social pleno:

> A figura do individuo meio sexo ou de sexo biologicamente desencontrado do sociológico quase sempre é objecto, como outrora a do mulato sempre caricaturado em tipo pernóstico, de caricatura e de ridículo, às vezes da parte de inseguros de sua situação de indivíduos de sexo puro. Talvez seja chegado o momento de, na arte como na convivência, tratar-se o indivíduo de meio-sexo, como já se vem tratando quase sempre, no Brasil, o indivíduo de meia-raça, como merecedor de respeito dos demais e como moralmente igual, em sua capacidade de ser isto ou aquilo aos de sexo puro.[22]

Semelhante observação é feita através da personagem, o Padre José Maria, mais Maria que José, personagem simbólica que, no seu tempo, tinha referente bem conhecido e prestigiado.

Corajosamente sugeria assim uma aproximação mais científica e social, ao que chamamos hoje os problemas de "género".

---

[20] *Idem, ibidem*, p. 368.
[21] *Idem, ibidem*, p. 117.
[22] Gilberto Freyre, *D. Sinhá e o Filho Padre*, Lisboa, Livros do Brasil, s.d. [1984], p. 224.

228   Ensaios Lusófonos

E, com não menor ousadia, elaborou Gilberto as questões do sexo, dessacralizando-o, embora entendendo-o de maneira diversa das atuais conceções. Até porque as questões e práticas do sexo são tratadas por Gilberto com grande desenvoltura de conceitos e linguagem. Não, porém, cedendo ao facilitismo antilusitano em moda, tão do gosto de Paulo Prado, o famoso cliché do "furor genesíaco" de uma licença dos sentidos, e não acatando quaisquer juízos de valor moral que, apesar de tudo, eram norma religiosa e social vigente. Para além disso, utilizava Gilberto uma linguagem solta que muito escandalizou, por exemplo, Afonso Arinos de Melo Franco, que a taxava de "chula, impura e anedóditca"[23].

Mesmo tendo em conta o tão celebrado "furor genesíaco", Gilberto perspetivou as questões do sexo em dois aspetos essenciais: o da anulação ou minimização das diferenças e o dos imperativos raciais e culturais e suas consequências na evolução civilizacional. Tema este que merece em *Casa Grande e Senzala* o grande relevo do capítulo IV.

Outro tópico em que a obra de Freyre sugere alguma similitude com as tendências da atual sociedade é o da religiosidade luso-brasileira, a começar pela própria forma evangelizadora dos portugueses do Brasil:

> Nem era entre eles a religião o mesmo duro e rígido sistema que entre os povos do Norte reformado e da própria Castela dramaticamente Católica, mas uma liturgia antes social que religiosa, um doce cristianismo lírico, com muitas reminiscências fálicas e animistas das religiões pagãs: os santos e os anjos só faltando tornar-se carne e descer dos altares nos dias de festas para se divertirem com o povo.[24]

Salvaguardadas as diferenças de época e cultura, alguma coisa de mudança para agora sugere entre tipo brasileiro de religião de proximidade, preferido a um cristianismo europeu demasiado distante, dogmático, jurídico, que neste nosso tempo de pós-religião está a despovoar as igrejas e a encher os templos das chamadas "seitas" que cultivam intensamente as práticas de proximidade propondo-se responder a problemas pessoais e facilitando apoios personalizados e omitindo as chamadas "questões fraturantes".

Salvaguardados os valores supremos da transcendência e da estrutura apostólica, merece alguma reflexão para os cristãos o reforço/regresso a

---

[23] Afonso Arinos de Melo Franco, *O Jornal*, Rio, 15 de fevereiro de 1934.
[24] Gilberto Freyre, *op. cit.*, p. 84.

Modernidade e exemplaridade multicultural de *Casa Grande e Senzala*

atitudes e culto de caráter mais pessoal e carismático, numa sociedade multicultural que, sem dúvida alguma, não se rege só, ou principalmente, pelos critérios da racionalidade teórica.

Em suma: os factos da colonização apresentados e interpretados por Gilberto Freyre em *Casa Grande e Senzala* mostraram como foi possível um diálogo de culturas, obviamente não isento de falhas e conflitos localizados, diálogo esse que aproximava e esbatia diferenças, impulsionando a ascensão social dos fracos e permitindo que um território imenso conservasse praticamente intactas as suas fronteiras coloniais até aos dias de hoje, iniciando e fazendo avançar um processo integrador e unificador que culminou na realidade atual de um grande país.

Nesse diálogo de compatibilização de culturas, Gilberto Freyre mostrou como podemos tirar dele alguma inspiração para superar, no nosso tempo, algumas dificuldades e conflitos.

Razão tem Samuel Huntington para afirmar, na sua análise *O Choque das Civilização e a Mudança na Ordem Mundial,* que é possível evitar o choque das civilizações se for possível fazer conviver e divulgar as diversas culturas:

> As pessoas definem-se em termos de ascendência, religião, língua, história, valores, costumes e instituições (...). Neste novo mundo, os conflitos mais generalizados, mais importantes e mais perigosos não ocorrerão entre classes sociais, entre ricos e pobres ou outros grupos economicamente definidos, mas entre povos pertencentes a entidades culturais diferentes[25].

E em abono das suas ideias, cita Jacques Delors afirmando que também está de acordo com a ideia que "os futuros conflitos serão provocados por fatores culturais, e não por razões económicas ou ideológicas"[26].

Oxalá que as diversas interpretações e opções do Pluralismo político tenham em conta este cabedal de sabedoria.

Academia das Ciências de Lisboa

---

[25] Samuel P. Huntington, *O Choque das Civilizações e a Mudança na Ordem Mundial,* 2.ª ed., Lisboa, Gradiva, 2001 [1996], p. 28.

[26] Jacques Delors, "Questions concerning European Security", discurso no International Institute for Strategic Studies, Bruxelas, 10 de setembro de 1993 [*apud* S.P.H., p. 29].

O HUMOR SATÍRICO DO POVO PORTUGUÊS CONTRA AS INVASÕES FRANCESAS

FERNANDO CRISTÓVÃO

De 1807 a 1811 Portugal foi invadido pelos exércitos franceses, dentro do plano de Napoleão combater e dominar a Europa.

Invasão essa que não foi tão bem sucedida como os franceses desejariam, não só porque o Rei D. João VI e a Corte se retiravam para o Brasil, como pela razão de o desbaratado exército português, apoiado e enquadrado depois pelos ingleses, ter expulsado definitivamente os franceses.

Durante todo esse tempo foi grande o sofrimento do povo, objeto de variadas formas de opressão, desde as vinganças aos roubos e mortes, à miséria que se ia instalando.

Assim, à oposição dos militares coligados, do clero, juntou-se a reação popular utilizando as armas de que dispunha, sendo muito significativo de entre elas o uso da sátira humorística, visando o descrédito do invasor.

Do sofrimento do povo em geral, e da Igreja em particular, nos dão conta documentos diversos como, por exemplo, a *Breve Memória dos Estragos Causados no Bispado de Coimbra que em 1812 fez o balanço do que nessa área ocorreu* (…):

> Lançando, porém, um abrir e fechar de olhos sobre as calamidades que chegaram a todo este bispado, vê-se, de uma à outra extremidade dele, por entre o incêndio desbrazando as populações, centos e centos de velhos, meninos, esposas, donzelas e não poucos eclesiásticos agonizarem, à força de tratos os mais cruéis e deshumanos.
>
> Erradio pelos montes, o povo que não fora surpreendido no escuro recinto dos seus lares, desaninhado por entre os matos e as penedias, falto de alimentos, desfalecendo à míngua, cortado até à raiz do coração por sustos e pavores nunca interrompidos, hia agonizando lentamente (…).

Nos templos, nada escapou ao roubo e ao estrago. Os Cristianíssimos dos nossos dias o menos que fizeram foi escavar os altares e os sacrários, mutilar e queimar as imagens; calcar e profanar as vestes e os vasos sagrados (...); o santuário foi convertido em cavalariça, degoladouro de animais e em lupanares; quase todos os templos ficaram desguarnecidos do seu ornamento, queimados os altares e o soalho; de outros só restaram as paredes, e a muitos não ficou pedra sobre pedra.[1]

Durante a ocupação, os três generais franceses que governaram o país – Junot, Soult e Massena – foram igualmente odiados e objeto não só de resistência armada como popular, tendo esta como arma principal, depois da sabotagem, uma guerra de panfletos, milhares de panfletos, sobretudo satíricos, que os desacreditava, punha a ridículo e incitava à sublevação.

Dentre essa vasta literatura panfletária popular, no seio do qual se ocultavam não poucos letrados, a modalidade estranha mais cultivada foi a do humor satírico, em prosa ou verso, ou menipeiamente, em prosa e verso.

Por mais expressiva, escolhemos os textos em verso, baktinianamente carnavalescos, ou reforçadamente significativos por juntarem o humor burlesco ao sagrado.

Combate este poético em quatro frentes temáticas especiais: a satirizada "proteção à francesa"; roubos, pilhagens; impiedade e sacrilégio; pedagogia da resistência.

Muito abundantes foram as sátiras à "proteção francesa", por se prestarem, mais que qualquer outro tema, ao ridículo, atacando tanto pelo ângulo das contradições como pela risota das antífrases de louvor.

1. O humor por antífrase

A proteção francesa foi a grande bandeira de captação de benevolência do povo, facilitada, aliás, pelas recomendações do Rei ao retirar-se e dos Bispos, secundando o desejo real a fim de se evitarem agravos e vinganças dos invasores.

---

[1] *Breve Memória dos Estragos Causados no Bispado de Coimbra pelo Exército Francês, Comandado pelo General Massena. Extraída das Informações que Deram os Reverendos Párocos*, Lisboa, Impressão Régia, 1812.

O humor satírico do povo português contra as invasões francesas 233

Ao chegar, Junot garantiu aos portugueses que os vinha proteger da impiedade inglesa: "Nossa santa religião se vê todos os dias insultada por aqueles hereges, (ingleses) e será particularmente protegida."[2]

Por sua vez, Soult garantia: "Napoleon, mon Maître, m'envoie pour vous proteger. Je vous protegerai!"

Como era óbvio, ninguém acreditava em tal proteção. Os Bispos que, inicialmente, também recomendaram obediência, sabiam bem que em 1796 as tropas napoleónicas tinham invadido os Estados Pontifícios, saqueando a cidade de Roma e imposto ao Papa Pio VI cedências territoriais, chegando a proclamar os Estados Pontifícios como "República Romana" e levando prisioneiro para a França o próprio Papa. E também sabiam que, no mesmo ano da invasão de Portugal, os Estados Pontifícios foram novamente ocupados e também preso e trazido para França o outro Papa, Pio VII.

Ninguém, por isso, acreditava numa proteção.

Um dos poemas que melhor satirizou esta situação foi retomar a antiga tradição das cantigas de escárnio e maldizer, modelada em contexto de antífrase, em que os versos se interpretam no sentido contrário ao do seu enunciado.

Forma esta de ironia muito usada, pondo em contradição a palavra e o seu sentido.

Assim, por exemplo, no folheto de José Daniel Rodrigues Costa:

Quem vem a ser ter entrado
Dias antes do Natal:
Tropa estranha em Portugal
Mal calçada, e mal vestida,
Esfaimada, e intorpecida
De cansaço ou de fraqueza
Hé protecção à Francesa.

As proclamações diziam:
Pilharam tudo que viam,
Com sistema de terror;
Mas este grande favor,
Feito à gente portuguesa
Hé protecção à Francesa.

---

[2] Joaquim Veríssimo Serrão, *História de Portugal*, vol. VII, Lisboa, Verbo, 1984, p. 68.

Fazer bailes e banquetes
Cercando a porta de peças,
E o povo só cum promessas,
Sem ter para vaca, e pão,
Este arranjo, e protecção
Para a mísera pobreza,
Hé protecção à Francesa.

Roubar os templos sagrados
Roubar a Casa Real,
Entrar na Patriarcal
Em nove meses um dia!
Portugal, quem tal diria!
Mas este mal que te lesa
Hé protecção à Francesa.[3]

As dificuldades económicas e a fome ainda amaldiçoavam mais esta "proteção". Por exemplo, em *Chalaça de Napoleão*, António Patrício Rodrigues, numa catilinária de vinte e uma estrofes sempre com o mesmo refrão, culpa os ocupantes da fome que alastra:

I

Vestida cor de Morea
Trombuda sem badalar,
Trabalhando em branca mesa
A peixeira no lugar,
Sem no taleigo ter troco
Nem compradores fregueses,
Por causa dos vis franceses

IV

A regateira viloa
Bem como espargo na morte
Tasquinando dessa broa,
Sorvendo imenso simonte,
Puxando por vender pouco,
Triste vida há tantos meses
Por causa dos vis franceses.

E continua o poema cantando as desditas da "velha fiando na roca", "a viúva disfarçada", "a famosa engomadeira", "a melindrosa donzela", "a madama sem ter braceiro"[4], "a freira moça, quem diria", "o galego que fez de sebe", etc., sempre rematando tais desgraças com o refrão "Por causa dos vis franceses"[5].

---

[3] José Daniel Rodrigues, *Protecção à Francesa*, Lisboa, Oficina de Simão Tadeu Ferreira, 1808.

[4] Aquele que dá o braço.

[5] António Patrício Rodrigues, *op. cit.*

O humor satírico do povo português contra as invasões francesas   235

Mas se os franceses em geral são insultados, não menos os seus partidários portugueses, como os vê António Joaquim de Carvalho num "diálogo jocoso e irónico entre pai e filho":

Filho – Desgraça que me roubaste
Os bons franceses prezados
Vai buscá-los, bem os tragas
Quais porcos já salgados
....
Meu pai, sois tão justiceiro
E arguis os bons franceses!
Aqueles heróis divinos
Na voz de alguns portugueses!

Pai – Na voz de alguns Portugueses!
Mas que portugueses são?
Uns Ateus, uns libertinos,
Sem fé, nem religião
....
Mas temo os seus defensores,
Seus sequazes, seus amigos:
 Não falo mais em franceses,
Para não ganhar inimigos.[6]

2. A culinária como metáfora e os generais malditos

Mas se o exército ocupante é odiado, ainda mais os seus chefes, Napoleão e seus generais, sendo Junot alcunhado de "Jiló" e Massena, por causa do seu defeito físico, "Maneta".

O folheto de António Joaquim de Carvalho, *Josefina Abandonada*, é organizado à maneira de farsa, de teatralidade burlesca, em matéria que muito identifica os franceses com a culinária. Trata-se de um banquete em que "o luso, o inglês e o espanhol convidam Napoleão e outras personalidades francesas", entre as quais, contrariada, a Imperatriz Josefina.

Em grandiosa metamorfose de culinária cómica, assim o banquete é servido:

Já se aprontam laudas mesas,
Já se trazem régios bródios
Então no campo da Paz
Hão de sepultar-se os ódios

Ver-se-ão novas iguarias
Próprias só de Buonaparte
Hum timbale de espingardas
Com molho de bacamarte.

---

[6] António Joaquim de Carvalho, "O Coixo", in *O Defensor dos Franceses, Diálogo Jocoso e Irónico entre Pai e Filho*, Lisboa, Nova Oficina de João Rodrigues Neves, 1809.

Com pastelão de Pistolas
Com recheio de Granadas
Fricandó de Baionetas
Outro de agudas espadas.

Terá por peças de vaca
Bronzeas peças de artilharia,
E por peças de vitela
Frescas peças bombardas.

Continua a descrição de tão original banquete de "galinhas, pombos, perdizes/com recheio de metralha" e "Hum mole abuz de fiambre", com geral agrado. Exceto da Imperatriz Josefina que, desgostosa, pede que não lhe chamem viúva apesar de ser "mal casada", marcando a diferença das suas convicções em relação ao Imperador:

Eu amo o Santo Prelado
Ele deu-lhe ímpia prisão.
Eu santa bênção obtive
Ele obteve a excomunhão.[7]

Como se não bastasse ridicularizar os generais invasores, outro autor, anónimo, desacredita também Napoleão numa cena picaresca em que a Imperatriz Josefina ("viúva"), de quem ele se divorciou para casar com a Arquiduquesa de Áustria, Maria Luísa de Habsburgo, e imagina em cinquenta quadras a "Pancadaria em Paris Entre as Duas Imperatrizes", luta de muitos insultos como se da gente mais plebeia se tratasse:

Arquiduquesa
Inda aqui tu me appareces,
Idigna, e petulante,
Mulher de trinta maridos,
Para todos inconstante.
....

Huma velha como sois,
Não se deve envergonhar,
Querer com sua Soberana
Vir agora argumentar?
....

Josefina
Pontapé! ha quem tal diga!
Prometer-se a Josefina!
Eu quebro-lhe a cabeça
Naquella dura esquina.

---

[7] António Joaquim de Carvalho, *Josefina Abandonada*, Lisboa, Impressão Régia, 1811.

Arquiduquesa
Toma lá, D. Josefa,
Chucha esta bofetada,
P'ra não seres atrevida,
Nem tão pouco descarada.
....

Josefina
He da triste Josefina
A fatal sorte lavrada,
E por dar dois bofetões
He p'ra sempre desterrada.[8]

Aliás, o tema do divórcio de Napoleão, com o claro objetivo de o desacreditar, também inspirou muitos autores de folhetos como, por exemplo, no diálogo teatral *Almoço Dado por Bonaparte a Josefina, Sua Mulher. Diálogo que Serve de Prólogo à História do seu Divórcio*, em que o Imperador comunica à Imperatriz as razões que o movem e que ela contesta[9], ou no folheto *Carta em que Jozefina, Imperatriz dos Franceses, Pede a Talayrand Vingança Contra Napoleão Por Querer Repudialla...*[10].

Também a imaginação satírica dos poetas imaginou um banquete que "põe o ridículo dos nossos opressores em suas próprias bocas", no diálogo entre as *Principais Personagens Francesas no Bonaparte a Bordo da Amável, por Junot, no dia 27 de Setembro de 1808*.

O ridículo está não só no diálogo, mas também na ementa, que foi a seguinte: "sopa de pam", "vaca cozida", "feijões com cebola", "prato de camarões", "cavala frita", "empadinhas de carneiro", "sobremesa de "uvas, queijo e nozes", "prato de palitos", "café de cevada".

A presidência era de Junot e as conversas eram do tipo da observação que fez o general Brenier: "O senhor Thomiers faz tenção de comer toda a vaca? Arre com ele, que come demasiado"[11].

---

[8] *A Pancadaria em Paris Entre as Duas Imperatrizes*, Lisboa, na Impressão Régia, 1811.

[9] *Almoço Dado por Bonaparte a Josefina, Sua Mulher. Diálogo que Serve de Prólogo à História do seu Divórcio*, Lisboa, na Impressão Régia, 1810.

[10] *Carta em que Jozefina, Imperatriz dos Franceses, Pede a Talayrand Vingança contra Napoleão Por Querer Repudialla; e a resposta que este lhe dá, assegurando- -lhe cruenta guerra contra Bonaparte. Transcripta de hum Original Francez que veio a Gibraltar, e que nos foi ministrada por hum Passageiro, que chegou àquelle Porto no Navio Speculation*, Lisboa, na Impressão Régia, 1810.

[11] L.S.O. Português, *Diálogo Entre as Principais Personagens Francesas no Banquete Dado a Bordo da Amável, por Junot*, Lisboa, Tipografia Lacerdinas, 1808.

238   Ensaios Lusófonos

Ainda merece menção este soneto da *Receita Especial para Fabricar Napoleões*:

Toma-se um punho de terra corrompida,
Um quintal de mentira refinada,
Um barril de impiedade alambicada,
De audácia uma canada bem medida,
A cauda do Pavão bem estendida,
Com a unha do tigre ensanguentada,
Do Corso o coração, e a refelsada
Cabeça de Raposa envelhecida.

Tudo isto bem cozido em lento fogo
Do exterior fagueiro, meigo e brando,
Atrevida ambição lhe lances logo.
Deixa que se vá tudo encorporando,
E assim mui presto espera, porque logo
Sae um Napoleão dali voando.[12]

Quanto aos generais, os mais odiados eram, obviamente, o primeiro e último ocupante, Junot e Massena, igualmente postos a ridículo.

Como no folheto de Daniel Rodrigues Costa *Embarque para os Apaixonados dos Franceses para o Hospital do Mundo*.

Assim é retratado o primeiro:

Os "editais" do Junot
Eram tais, quais os dos touros,
Merecia um par d'estouros,
Pelas promessas que fez;
Mas promessas de francez,
E contos de frialeiras[13],

---

[12] Um Amigo de Ganhar Vinténs, *Receita Especial para Fabricar Napoleões, Traduzida de um Novo Exemplar Impresso em Espanhol*, Lisboa, Impressão Régia, 1808. Foram, de facto, abundantes os panfletos revolucionários e satírico-jocosos contra, especialmente, Napoleão, produzidos durante a estada dos franceses em Portugal. São alguns exemplos: *Sonho de Napoleão*, s.d.; *Sábia Política de Napoleão Bonaparte*, 1808; *Horóscopo de Napoleão, ou Prognóstico da Queda do Tyranno do Século XIX: a Ruína do Seu Império. Traduzido d'um authógrapho francez, composto por hum amigo da nação, e inimigo do Tyranno no mez de fevereiro de 1808*, 1809; *Minuta do Testamento de Bonaparte, Extraviada Com Outros Importantes Papéis*, 1809; *As Duas Tyrannias ou Parallelo da Tyrannia de Buonaparte com a de Roberspierre, por Mr. Peltier*, 1809; *Confissões de Napoleão, ou Satisfação que Toma o Diabo pela Pouca Ventura que tem Concedido às Suas Armas. Nesta Obra se Vê Quem he Napoleão, e sua Consorte desde os seus príncipios; e as grandes perdas, ou vitórias, que tem alcançado no tempo todo, em que tem governado a França, e enganado as Nações Europeias*, 1809; *A, B, C, Machiavélico, ou Monstruoso Caráter de Bonaparte*, 1810.

[13] Rendas no vestuário.

O humor satírico do povo português contra as invasões francesas

De ordinário vem a dar
Em descompor e cardar[14]

No anónimo *Estrada ou Viagem de Napoleão ao Inferno*, inspirado na *Barca do Inferno*, de Gil Vicente, pergunta o Diabo a Napoleão: "Vens acompanhado ou vens só? / Bonaparte / Não vêm muitos comigo, / Também trago o meu Junot (...) Disto / É possível o que me dizes? / Isso é verdade ou é peta? / Buonaparte / É verdade por final / Comigo trago o Maneta. (...) / Disto / E quem são aqueles, / Que vêm lá mais derradeiros? / Arraes / Aqueles são os malvados, / Pérfidos, mexiriqueiros".
E em uma "Décima" do mesmo autor:

Vi com olhos magoados
Nestas francesas bisarmas,
De Camões um verso: as Armas,
E os varões assinalados:
De França vinham marcados;
Dois deles eram manetas,
Era Calvo o das Gazetas,
De Labor, enfermo e pisco
O Junot trazia um risco,
Faltou vir um com muleta.[15]

Em outro folheto, Junot[16], sempre o mais satirizado, assim é visto em modo de caricatura:

Um homem com cabeça de donato[17]
Tendo por barretina uma careca

---

[14] Daniel Rodrigues Costa, *Embarque para os Apaixonados Franceses para o Hospital do Mundo*.

[15] Anónimo, *Estrada ou Viagem de Napoleão ao Inferno*.

[16] São exemplos dessa sátira os folhetos: *Sonhos Fantasticos do Usurpador Junot, com as Desesperadas Reflexões, Que Elle Mesmo Fez ou Devia Fazer em Acordando*. Parte I, Lisboa, na Impressaõ de Alcobia, 1808; *Junot no Oratório. Os Seus Últimos Arrancas na Proclamação de 16 de agosto de 1808*, 1808; *O Camões do Algarve, O Telégrafo Português*, 1808; *Novo Papel Alegre, e Curioso do A, B, C do Vil Junot Goloso, Que Pelas Leis, do seu Napoleão, Quiz ser em Portugal Duque, e Ladrão: dado á luz pelo mesmo que o fez, que deseja queimar quanto he Francez*, Lisboa, na Impressão Regia, 1808.

[17] Leigo vestido de frade.

240 Ensaios Lusófonos

Olhos gazeos boca d'alforreca
O pescoço estendido como gato.[18]

Entre os títeres generais
Entrou um génio altivo
Que ou era o Diabo vivo
Ou tinha os mesmos sinais

Quanto a Massena, por causa do seu defeito físico:

Aos alheios cabedais
Lançava-se como seta,
Namorava branca ou preta
Toda a idade lhe convinha
Consigo três emes tinha
Manhoso, Mau e Maneta.

3. A estranha aliança do humor com o sagrado

Para além do uso de *Os Lusíadas* ou os *Sonetos* de Camões servirem de suporte jornalístico para invetivas antifrancesas, as orações cristãs foram também veículo privilegiado de maldição.

Assim se retomou a antiga tradição, muito medieval, de ligar o sagrado a atos performativos de exorcismo ou bruxaria, com a vantagem de, rezando-se determinados versículos dos Salmos ou orações em voz alta, dava-se cobertura a frases paralelas de esconjuro dos franceses em voz baixa, com alguma eficácia provocatória disfarçada, diante do inimigo.

As orações mais utilizadas foram o Pai Nosso, o Credo, os Mandamentos, por se prestarem melhor a votos ambíguos.

Assim, por exemplo, o *Padre Nosso* de José Daniel:

A vós, Arguto Jeová
Portugal vai recorrer
E qual filho vai dizer
Padre Nosso

Derribai francês colosso
Origem do nosso dano
Verdugo, cruel tirano
De cada dia

O Reino, senhor é vosso
Foi por vós abençoado,
E sempre tem confessado
Que estais nos céus

....

Desta lusa Monarquia
Não vos esqueçais Senhora,
Amparo, graça, favor
Nos dai hoje

....

---

[18] Artur Jorge Almeida, *Boletim Aderav*, n.º 9, julho 1983.

O humor satírico do povo português contra as invasões francesas 241

Na carne, na pel', nos ossos
Professam o Maçonismo
E são às Fúrias do Altíssimo
Devedores

....

Seja livre Portugal
Da peste, da fome, e guerra
Franceses por mar e terra[19]
Amen

Ou ainda o "Padre Nosso do Padre Cura", com fortes traços de antissemitismo, e desejando o regresso do "Augusto João"

Freguês: Que tem Senhor Padre Cura?
      Que assim seu peito magoa?
      Que aconteceu em Lisboa?
      Padre Nosso

      ....

      Depois que desse judeo
      As tropas na Corte entrarão
      Nenhum lugar rejeitarão
      Santificado

Cura: À vista dessa razão
      Esses demónios matai:
      A própria vida arriscai.
      Mas livrai-nos do mal.

      ....

      Seguro então Portugal
      Cobrirá a antiga luz
      Da Santa religião
      Contigo, Augusto João
      Amen Jesus[20]

De um "Credo" muito cauteloso em que transparece a mão de um clérigo:

Suspenso Deus, Senhor nosso,
Resgatai os portugueses;
Pois que protestão mil vezes
Creio em Deos Padre

Sempre tenho defendido
Contra Nestónio, Sosimo
Ser por influxo Divino
Do Espírito Santo

Praguejem desesperados
Os Faustos, os Albaneses,
Cantemos, ó Portugueses,
A ressurreição da carne
....

Por mais que o Cerbero ladre,
O negro Cocyto brame
Este Reino vos reclama!
Todo poderoso

....

Abomino esses Abortos,
Vis sectários, do Demónio,
Hum Sabélio, hum Macedónio:
Creio no Espírito Santo

Se Portugal se governa
Por Credo tão verdadeiro
Resgatai, Senhor, os Lusos
Deste Francez Captiveiro
      Amen[21]

---

[19] José Daniel, *ABC Poético, Doutrinal e Antifrancês*, Lisboa, Imprensa Régia, 1809.

[20] Augusto de Lima, *Revista Lusitana*, vol. XXIII, fasc. 1-4.

[21] José Daniel, *Ibidem*.

242 Ensaios Lusófonos

Observando que os franceses só por alcunha se podem dizer "Cristãos", José Daniel Rodrigues da Costa assim registou "Os Mandamentos do Diabo Franceses são Dez", de que transcrevemos alguns:

O Primeiro – Matar Frades e Clérigos:
O Sexto – Violentar a castidade das freiras
O Sétimo – Saquear Povoações por onde passão
O Décimo – Cubiçar quanto ouro e prata há pelo Universo.

Este dez mandamentos se encerram em dois, convém saber:

Amar banquetes e bailes: e viver e morrer
Sem Deos, nem Religião.[22]

Para terminar este painel, uma curiosa oração em latim, extraída das *Metamorfoses* de Ovídio, talvez para que nem todos entendessem, fazia o seguinte voto:

ORAÇÃO
Breve, e compendiosa que hum Frade Português rezava todos os dias fingidamente a favor de Napoleão e seus Exércitos:

Dii te summoneant, o nostri infamia secli
Orbe suo, tellusque tibi, pontúsque negetur.

Ovídio, L. VIII, Metam.

Ou seja: "Ó Infâmia do nosso século, que os deuses te expulsem do seu reino e te neguem quer a terra quer o mar".

4. Pedagogia e didática da Resistência

Para além da resistência militar e cívica aos ocupantes franceses, um outro tipo de resistência a acompanhava: a do recrutamento dos jovens das escolas ou de adultos, através de processos pedagógico-didáticos de que um dos mais tradicionais era o abc para ensinar as crianças a ler.

---

[22] *Idem, ibidem.*

O humor satírico do povo português contra as invasões francesas 243

A leitura e a aprendizagem da resistência acompanhava agora a outra, com ela se disfarçava e era motivo não só de chacota mas também convite dada a sua simplicidade, a que nas suas brincadeiras as crianças fossem também inventando os seus abc de hostilidade.

Como acontecia noutras formas fictícias, alguns abc são, sobretudo, de denúncia, tanto da ocupação como das ideias e personalidades francesas. Exemplo disso é o *ABC Poético, Doutrinal e Antifrancez ou Veni Mecum, para Utilidade, e Recreio dos Meninos Portuguezes*, de José Daniel:

As letras do Alfabeto,
São vinte e três, meu Menino
Ora dize, que eu te ensino.

A	B
A França perdida entá	Bem claramente se vê
Por seus perversos costumes,	Que tem corrupta moral,
Não respeita os Sacros Numes.	Não distingue o bem do mal.

F	O
Faz ligar com Wiclef	Offerecem a Roussó
Em muitos pontos do dogma	A Volter Frenet incenso
He parcial de Mafoma	Prestão-lhe inteiro consenso.

P	Q
Prometem Egalité	Quando gritam Liberté

Z
Zeloso deste A,B,C
Menino, estuda a lição,
E serás bom cidadão.[23]

Mais ousados que os ABC simples são os acrósticos, construídos pela sucessão das letras do alfabeto, mas colocadas no início de cada verso, em sucessão completa. Assim, por exemplo, este acróstico anónimo que, pela sua forma, permite enunciar uma série de insultos sem necessidade de grande estruturação de ideias, bastando-lhe, como poesia, as rimas emparelhadas, de que damos um excerto:

---

[23] José Daniel, *ABC Poético, Doutrinal e Antifrancez ou Veni Mecum, para Utilidade, e Recreio dos Meninos Portuguezes*, Lisboa, Imprensa Régia, 1809.

244 Ensaios Lusófonos

> Aleivoso, perverso, e desabrido
> Bárbaro, infame, e de cruel partido,
> Com capa d'amizade conjurados,
> Deo sua entrada o tal Junot malvado,
> Quer ser senhor de tudo quanto he nosso,
> ....
> Rouba a Igreja em pérfido destroço:
> ....
> Zabumba e mais zabumba, tenhão fé
> Aqui está já acabado o A,B,C[24]

Mais cáustico, insultuoso e cómico é este, também anónimo, que até apela para a colaboração do ouvinte/leitor:

> Alumno do Inferno e relaxado:
> Barbeiro mor, do Povo escanhoado:
> ....
> General da vil tropa dos Carecas:
> Honrador da desonra das Tarecas
> ....
> Maltez, de depravada maltezia
> ....
> Salafrário, de passos vergonhosos
> ....
> Zangalheiro, das Damas Parrexil:
> Agora quem quiser, lhe ponha o til,
> Que sendo eu, lhe ponha hum tillão
> Para depois dizer, ladrão, ladrão.[25]

Não deixa de ser curioso o aspecto ideológico destes poemas, contrapondo à religiosidade cristã portuguesa as ousadias dos filósofos e dos revolucionários franceses, e aproveitando a ocasião para meterem na mesma conta os protestantes de séculos anteriores, para além de exortarem os leitores/ouvintes a queimarem os seus livros, como se recomenda no já citado "O Defensor dos Franceses", de António Joaquim de Carvalho:

---

[24] Anónimo, *Narração Completa pelo Abecedário Deduzida*, Lisboa, Imprensa Régia, 1808.

[25] Anónimo, "A, B, C", *in ibidem*.

O humor satírico do povo português contra as invasões francesas 245

Não vejo um Afrancesado
Que não seja hum libertino:
Lendo um Voltaire, hum Rousseau
Hum Lutero, ou hum Calvino.

Esses teus franceses livros
Já, já mete-os na fornalha:
Não quero aqui nem relíquias
Daquele infame canalha.[26]

A modo de conclusão, vem a propósito terminar musicalmente esta evocação do passado com a música de fanfarra, a mesma que foi interpretada cómica e sarcasticamente, talvez por José Daniel, ao evocar num soneto o que se passou ao dia 15 de agosto, Natalício de Napoleão, celebrado em Lisboa com estrondosas salvas, fazendo a fragata Carlota uma decoração majestosa defronte de Belém.

A estratégia do poeta foi a de compor um soneto só de palavras fonéticas, de significantes sem significados, em onomatopeias de *non-sense* e efeito burlesco, imitando os diversos instrumentos musicais do concerto:

De soleques, miliques, tropaloques,
Sulfureos, sulfurantes, sulfurados,
Rotundos, salitrosos, carvonados,
Bum, bum, bum, bum ressôão cimbaloques.

Espaventos, flammantes, trapicoques,
Imberbes, infecundos, isolados,
Xanofios, Xenofantes, Xenofados,
Tripudêão Berliques, e Berloques.
Estrangurio, Scalpornio, figurato
Gervasio do Gimbo, que gambêa
No Zimborio do Boreas Boreato:

Eis – aqui, o primor com que florêa
O Dia Natalício Celebrato
D'hum tal Napoleão em terra alhêa.

---

[26] António Joaquim de Carvalho, *Ibidem*.

A RELIGIOSIDADE POPULAR PORTUGUESA
NA CULTURA BRASILEIRA

FERNANDO CRISTÓVÃO

As considerações que vou apresentar não constituem propriamente um trabalho de investigação dentro da larga temática das relações de Portugal com o Brasil – pois não é essa a natureza de uma conferência deste tipo –, antes um conjunto de observações e achegas para trabalho de maior vulto e de sistemática mais formal.

Debruçam-se sobre a religiosidade popular luso-brasileira no quadro geral da evangelização do Brasil, apontando em caso exemplar: o do contributo da nossa cidade de Setúbal para vetor tão significativo da cultura brasileira.

Começo, assim, por lembrar que o Brasil foi descoberto e povoado sob a ótica que Camões enunciou da "Dilatação da fé e do império", concretizando o sentimento religioso do povo português e dos reis que o governaram, sentimento esse que se transformou no projeto admiravelmente enunciado nas disposições testamentárias do Infante D Henrique, em 1460, e nas cinco razões apresentadas por Zurara na *Crónica da Guiné* que nortearam o mesmo príncipe para fazer as navegações: conhecer o que estava para lá do Bojador, comércio com as regiões descobertas, avaliação do poder dos mouros, busca de um rei cristão e conversão das almas dos infiéis.

Dilatar sempre a fé com o império e o império com a fé, porque a verdadeira autonomia destas duas realidades só muito mais tarde se viria a verificar, precisamente quando a unidade do homem medieval começou a dar lugar à pluralidade de crenças e obediências do homem moderno.

No caso do Brasil, a evangelização do novo continente acompanhou os primeiros momentos da sua descoberta.

Logo após o regresso de Vasco da Gama com a primeira armada que foi à Índia em 1449, D. Manuel I decidiu enviar nova armada à

Índia, e foi Pedro Álvares Cabral o escolhido por Vasco da Gama para a capitanear. E a terra primeiramente descoberta foi denominada "Ilha de Vera Cruz", segundo a invocação litúrgica do dia do achamento, e depois "Terra de Santa Cruz". Só alguns anos mais tarde, em 1504, é que o nome "Brasil", proveniente do famoso pau-brasil, se sobrepôs ao de Santa Cruz, substituição esta que carrega consigo o simbolismo da alternância ou dominância da outra faceta dinamizadora da vontade portuguesa das descobertas e conquistas.

Descoberto a 22 de abril, logo que os cuidados de segurança permitiram o desembarque, foi a 26 do mesmo mês que Frei Henrique Coimbra celebrou a primeira missa. A 27, cortaram uma árvore de bom porte e com ela fizeram uma grande cruz, implantada em terra, que toda a tripulação dos navios beijou, em sinal de fé e para exemplo dos índios tupiniquins que tão impressionados ficaram que alguns deles, apesar de compreensíveis receios, o mesmo fizeram.

Outra manifestação dos desígnios sobre a descoberta do Brasil está também na atitude de Pêro Vaz de Caminha, escrivão da armada de Pedro Álvares Cabral, que em certo passo do seu relato sugere a El-Rei que a evangelização dos índios não seja descurada: "E portanto, se os degredados que aqui hão-de ficar aprendessem bem a sua fala e os entendessem, não duvido que eles, segundo a intenção de Vossa Alteza, se hão-de fazer cristãos e crer em nossa santa fé à qual preza a Nosso Senhor que os traga porque, certo, esta gente é boa e de boa simplicidade. E imprimir-se-á ligeiramente neles qualquer cunho que lhes quiserem dar (...). Portanto, Vossa Alteza, que tanto deseja acrescentar a santa fé católica, deve cuidar da sua salvação. E prezará a Deus que com pouco trabalho seja assim"[1]. Não mais se interromperia a ação evangelizadora.

Era franciscano Frei Henrique Coimbra, e outros franciscanos estiveram no Brasil, mas só meio século depois do descobrimento é que a evangelização dos índios seria empreendida de modo organizado.

Esse papel estava reservado principalmente aos jesuítas. Em 1549 desembarcaram, com o Governador-Geral Tomé de Sousa, os primeiros seis. Entre eles contava-se o Padre Manuel da Nóbrega que, ao fundar o colégio/seminário dos índios em Piratininga, deu origem à aldeia que viria a ser a grande metrópole de São Paulo.

---

[1] Jaime Cortesão, *A Carta de Pero Vaz de Caminha*, Lisboa, Portugália, 1967.

A religiosidade popular portuguesa na cultura brasileira

Depois dos jesuítas, voltaram os franciscanos em 1585, estabelecendo--se em Olinda. Em 1584 vieram os beneditinos, depois os mercedários em 1639, logo a seguir os agostinhos em 1665, os capuchinhos em 1679 e daí por diante outras ordens religiosas missionárias.

Ao mesmo tempo, a própria igreja do Brasil se organizou nacionalmente, pois foi em 1551 que o Papa Júlio III criou a diocese da Bahia, desmembrando-a da diocese do Funchal que durante algum tempo foi a maior diocese do mundo por abrigar na sua jurisdição todas as ilhas e terras descobertas ou conquistadas pelos portugueses, desde a Madeira a Goa ou ao Brasil. A diocese da Bahia, primaz do Brasil, foi durante mais de um século a única, até ser desmembrada em 1676 pela criação das dioceses do Rio de Janeiro e de Olinda, e em 1677 pela do Maranhão.

Em 1750 já existiam 8 dioceses no Brasil, estando as do Pará e Maranhão subordinadas à de Lisboa, até 1827, e as restantes à arquidiocese da Bahia.

A independência do Brasil, ocorrida em 1822, e a sua primeira constituição, de 1824, mantiveram a situação religiosa, pois "a religião católica, apostólica, romana, continuará a ser a religião do império".

É com a constituinte de 1891 que se vem a dar a separação entre a Igreja e o Estado, situação esta que não só não interrompeu a evolução religiosa brasileira, antes a incentivou por lhe conceder, não tão paradoxalmente como pode parecer, maior liberdade e florescimento.

E foi dentro deste quadro institucional que se operou a evangelização do Brasil, segundo os modelos tradicionais portugueses. Modelos esses que, com a língua e a cultura em geral, foram transladados às terras de Santa Cruz, aí ganhando formas próprias.

Desse modo, a personalidade coletiva se formou sobre a herança lusitana, em todos os seus aspetos, desde o demográfico ao linguístico.

É preciso não esquecer que a formação do Brasil se processou até ao início do século XIX como que em cadinho reservado e exclusivo, sem contributo significativo das culturas e línguas alheias à civilização portuguesa. Só com a ida da Corte de D. João VI para o Rio em 1808, acompanhada das consequentes medidas de administração e desenvolvimento (abertura dos portos a todas as nações, alargamento da emigração, abertura da Universidade, criação dos prelos editoriais, desenvolvimento do comércio, receção de missões culturais e artísticas estrangeiras, etc.), é que o Brasil, já formado, se relacionou com outros povos.

Se este exclusivismo teve os seus inconvenientes e provocou alguns atrasos de evolução, teve pelo menos o grande mérito de forjar, de maneira definitiva, a unidade que não conheceu a América espanhola, que viria a desmoronar-se em 19 países diferentes que não mais reencontrariam a sua unidade política e outras unidades dela dependentes.

Unidade não só política, mas também cultural (quanta é possível reconhecer num país com o tamanho de um continente), pois o português se impõe desde o princípio como língua materna, nenhuma outra língua conseguindo fazer lá o mesmo, nem sequer regionalmente, e os modelos culturais, geralmente europeus, foram sempre veiculados por Portugal, pelo menos até ao Romantismo.

Deste modo, a cultura portuguesa não só modelou a cultura brasileira, como muitas das suas características foram nelas integradas, de tal modo que recusá-la é recusar o próprio Brasil.

Mas o quadro institucional da evangelização que até aqui tracei (organização das dioceses e ação das ordens religiosas) é apenas uma das metades da realidade. Aquela que diz respeito à evangelização hierárquica, de rigor teológico e litúrgico. A outra metade diz respeito à iniciativa laical popular, à sua vivência religiosa espontânea.

É dessa que me quero ocupar, em especial, evidenciando como o catolicismo brasileiro popular continua e adapta a religiosidade popular portuguesa, acrescentando-lhe matizes próprios.

A religiosidade popular no Brasil vai acentuar as tendências já manifestadas pela religiosidade popular portuguesa: fuga às normas rígidas, sentido prático do divino, humanização, até ao extremo, de Deus, de Cristo, de Nossa Senhora e dos Santos.

Roger Bastide, sociólogo que estudou as religiões e, muito particularmente, a religiosidade brasileira, chama a atenção para o próprio simbolismo e funcionalidade da igreja barroca brasileira, transformada em lugar de convivência entre o sagrado e o profano. Contrariamente ao que foi típico da colonização espanhola ou holandesa, a colonização portuguesa deu ao brasileiro, sobretudo no Nordeste, uma mentalidade muito própria: "a igreja torna-se o único local para os encontros, nos dias das grandes festas religiosas. Eis porque esta igreja, ao contrário da europeia, é uma igreja de sacristias. O barroco europeu a transforma num teatro de exibições (...); as sacristias brasileiras, ao contrário, são vastos salões com fontes esculpidas, móveis pesados e ricos, pinturas nas paredes ou belos revestimentos de azulejos; destinavam-se a receber os

A religiosidade popular portuguesa na cultura brasileira

patriarcas, habitualmente afastados uns dos outros, que vinham conversar sobre os últimos acontecimentos políticos ou sobre as futuras colheitas, sobre o casamento dos filhos ou a doença do gado, criando, à sombra da cruz, a primeira solidariedade comunal"[2].

Daí a familiaridade com os santos, o ambiente de festa, as confrarias de brancos, negros e mulatos convivendo com os seus patronos como uma família, lavando-os, vestindo-os, cobrindo-os de ouro, passeando-os em procissão.

Esta a razão porque neste pano de fundo luso-tropicalista, como diria Gilberto Freyre, a religiosidade popular tem uma importância capital, sobretudo se a associarmos a uma certa brandura do governo real ou imperial e da também suave jurisdição dos bispos de territórios imensos e de escassíssimo clero.

Nessa religiosidade popular ocupam lugar importante as devoções tradicionais portuguesas, de tal modo que se pode afirmar serem de raiz portuguesa as principais manifestações religiosas populares brasileiras e de nelas a tradição religiosa setubalense ter um lugar de relevo. Podemos prová-lo nas três áreas principais desse devocionário: no culto a Nossa Senhora, no dos Santos, no de Cristo Redentor.

1. No culto de nossa senhora

Não é por acaso que Portugal se intitula "Terra de Santa Maria".

É que a profusão de igrejas, capelas, imagens, notícias de milagres, etc., é tão grande que dificilmente se encontra paralelismo noutro país.

A notável obra de Frei Agostinho de Santa Maria intitulada *Santuário Mariano e História das Imagens Milagrosas de Nossa Senhora*[3], em 10 volumes, começada a editar em 1707 e terminada em 1723, compendiou descrições de centenas e centenas de imagens a que se atribuía não só culto relevante como inúmeros favores e milagres. Nos dois últimos volumes, dedicados ao Brasil e ilhas atlânticas, vem feita uma relação de 455 imagens veneradas nesses locais.

---

[2] Roger Bastide, *Brasil Terra de Contrastes*, 2.ª edição, São Paulo, a.d., p. 60.

[3] Frei Agostinho de Santa Maria, *Santuário Mariano e História das Imagens Milagrosas de Nossa Senhora e das Milagrosamente Aparecidas em Graça dos Pregadores e dos Devotos da Mesma Senhora*, Lisboa, Oficina de António Pedroso Galvão, 1707.

252   Ensaios Lusófonos

E uma das primeiras constatações a fazer é a da grande semelhança de invocações.

Nos oito primeiros volumes da obra de Frei Agostinho, as invocações mais usadas em Portugal são as de Nossa Senhora da Conceição, Nossa Senhora do Rosário, Nossa Senhora da Piedade, Nossa Senhora da Graça. Nos dois volumes referentes ao Brasil são também as do nosso país: Senhora da Conceição, do Rosário, do Desterro, da Ajuda, da Piedade, das Neves, da Nazaré.

E mesmo quando se trata de invocações de origem espanhola, italiana ou outras estrangeiras, é praticamente certo que foi por via portuguesa que elas chegaram a Terras de Santa Cruz.

Um caso típico que bem o pode exemplificar é o de Nossa Senhora de Copacabana. Contrariamente ao que muita gente julga, o nome da célebre avenida, praia e bairro do Rio de Janeiro teve origem portuguesa.

Efetivamente, tal topónimo da cidade do Rio proveio do nome de uma capela aí edificada em honra de Nossa Senhora de Copacabana, imagem doada por um navegante português.

Copacabana não é, contudo, palavra de origem portuguesa, e semelhante título de Nossa Senhora de *Copacabana* veio, tal como a palavra, da república do Perú, e está ligado, se não a um milagre, mais plausivelmente à lenda de uma imagem fabricada por um índio, miraculosamente reconstituída depois de quebrada, e que se tornou notável pelos milagres que lhe eram atribuídos.

Segundo a compilação de Frei Agostinho, havia em Portugal pelo menos três igrejas ou capelas de Nossa Senhora de Copacabana: a de Nossa Senhora de Copacabana do Convento do Monte Olivetti em Lisboa, a dos Loios do Porto e a de Vila Figueiredo da Granja.

A de Copacabana de Lisboa do Convento de Nossa Senhora da Conceição dos Agostinhos Descalços do Monte de Olivetti, no vale de Xabregas, apresenta uma cópia da imagem peruana. Foi colocada na igreja em 1706.

Sobre a própria invocação, de origem peruana, também Frei Agostinho nos informa, no V volume da sua obra, que, "voltando alguns dos portugueses desta nação para Portugal, lhe erigissem em louvor ermidas e capelas e com o mesmo título fosse invocada".

A imagem de Nossa Senhora de Copacabana da igreja dos Loios do Porto foi mandada fazer pelo português António Veiga, que veio das "Índias de Espanha" e a encomendou conforme ao modelo original do

A religiosidade popular portuguesa na cultura brasileira

bispado de La Paz da Província peruana de Chicuto, tendo sido entronizada em 1648. Quanto à imagem da Vila Figueiredo da Granja, foi lá colocada em 1650.

Ora, na relação tão minuciosa e bem informada de Frei Agostinho de Santa Maria, cujo X volume é dedicado ao Rio de Janeiro e foi publicado em 1723, não se menciona a existência de qualquer imagem, capela ou culto de Nossa Senhora de Copacabana do Rio, o que atesta claramente a precedência e mediação portuguesa para a criação do topónimo e invocação hagiológica em questão.

Outros casos típicos de devoções marianas são as do santuário de Nossa Senhora da Penha de Irajá, no Rio de Janeiro, que segundo Câmara Cascudo é dos mais relevantes, e o da Senhora da Nazaré de Belém do Pará, santuário de grande reputação no Norte do Brasil.

A basílica de Nossa Senhora da Nazaré, de Belém, evoca a origem portuguesa da sua invocação pelas tradições que nela se perpetuam, e até pelo estilo arquitetónico. A igreja, que é catedral da diocese de Belém, apresenta, tal como o seu modelo inspirador, um aspeto imponente na força das suas duas torres, sendo profusamente decorada no interior; mosaicos, pinturas, dourados. E nela, para além da evocação do milagre de Nazaré em que a Senhora salva D. Fuas Roupinho de morte certa no precipício, outra venerável lenda e tradição portuguesa se continua: a das festas do Divino.

A homenagem ao Espírito Santo, tão marcada por sinais esotéricos, veio trazida de Portugal para o Brasil no século XVI. Originária de Alenquer, do tempo da Rainha Santa Isabel, rapidamente passou a outras localidades como Tomar, e, sobretudo, aos Açores, onde na cidade de Angra ganhou expressão muito característica.

Estas festas do Divino transladaram-se ao novo mundo com todos os seus elementos simbólicos de base: a criança coroada que liberta os presos da cadeia pública, o banquete, as folias e os foliões, os impérios e o imperador.

Aliás, não é só em Belém e na Basílica de Nossa Senhora da Nazaré que elas se realizam, também em muitos outros locais do Brasil, pois se enraizaram nos costumes populares: no Pará, Amazonas, Maranhão, Paraná, Espírito Santo, Minas Gerais, Rio, etc.

Mas, neste capítulo das devoções marianas, estou a limitar-me a casos especiais, para não tornar cansativa a enumeração ou descrição. E entre esses casos especiais um merece atenção especial, embora a interpretação que faço possa ser polémica: quero referir-me ao caso da *Senhora Aparecida*, padroeira nacional do Brasil.

Atrevo-me a afirmar que, muito provavelmente, esta invocação é de origem portuguesa. E embora ainda não tenha recolhido todos os elementos necessários para uma afirmação perentória, julgo, no entanto, já suficientes os atuais para fundamentarem seriamente a hipótese.

Começo por uma verificação importante: na exaustiva relação de Frei Agostinho de Santa Maria, várias vezes aqui citada, nos volumes IX e X referentes ao Brasil, nem uma só vez, em nenhuma localidade, vem indicada qualquer imagem, igreja, capela ou santuário com esta invocação. Ao contrário, nos volumes dedicados a Portugal vem devidamente referenciada e descrita a imagem e santuário da Senhora Aparecida de Balugães, no Concelho de Barcelos (IV vol.).

Semelhantes omissão e notícia oferecem um primeiro argumento à nossa tese, pois se fosse designação comum ou de alguma frequência poderia ter raiz nacional, o que não é o caso.

Tanto quanto pudemos verificar, "Aparecida" é designação desconhecida do hagiológio brasileiro, até pelo menos 1745, data da bênção da primeira capela e divulgação do culto, capela essa que em 1893 seria transformada e elevada à categoria de curato com o título de *Episcopal Santuário de Nossa Senhora Aparecida*.

Ora, o santuário e romaria de Balugães, célebres em toda a região de Entre-Douro-e-Minho e em Portugal, tiveram origem na aparição em 1702 de Nossa Senhora a João Alves, apelidado "o mudo", e foram rapidamente reconhecidos pelas autoridades eclesiásticas, merecendo também o patrocínio de D. Pedro II.

Que a designação brasileira proveio da portuguesa parece dever concluir-se, portanto, do aludido facto de não existir até à data nenhuma outra em território do Brasil, e de a portuguesa a preceder em algumas dezenas de anos, pois só mais de 15 anos depois de 1717 é que o achado dos pescadores de Itaguaçú teve divulgação pública.

Efetivamente, foi em 1717 que os pescadores Domingos Garcia, João Alves e Filipe Pedroso, procurando peixe para servir o Conde de Assumar, Dom Pedro de Almeida, encontraram nas suas redes as duas peças que formaram a imagem que viria a receber o nome de Senhora Aparecida, tendo sido João Alves o do achado feliz.

Filipe Cardoso ficou com ela e ocultou-a seis anos em sua casa de Lourenço de Sá e nove anos quando se mudou para a Ponte Alta. Só

A religiosidade popular portuguesa na cultura brasileira 255

quando foi morar para Itaguaçú e doou a imagem a seu filho Atanásio Pedroso é que se iniciou a sua veneração pública.

Era então a invocação da Senhora Aparecida de Balugães já popular, tanto em Portugal como no Brasil, por ser a primeira aparição da Virgem em Portugal, facto este atestado no livro das visitações do ano de 1761, onde o visitador arquiepiscopal, Dr. Marcelino Pereira Neto, lavrou ata referindo, entre outras coisas, que no santuário de Balugães se recebiam muitas esmolas de toda a parte, algumas delas "muito consideráveis", que costumavam vir do Brasil.[4]

Aliás, havendo uma certa analogia de situações entre a aparição, tida como real, de Nossa Senhora em Balugães e o achado inesperado e tido por miraculoso em Itaguaçú, a designação de "Aparecida", referida a uma invocação prestigiada, era perfeitamente aceitável. Até porque havia ainda outras circunstâncias que as aproximavam: por exemplo, o tamanho da imagem.

A primitiva imagem de Balugães media cerca de dois palmos, sendo depois substituída por outra mais rica, de madeira estofada, que não chegava a quatro, e a de terracota de Itaguaçú era também muito pequena, apenas de 27,5 cm de altura.

E o facto de a imagem portuguesa representar Nossa Senhora com o Menino nos braços e de a brasileira ser simplesmente figuração da Virgem com a lua aos pés não parece diferença tão relevante para a piedade popular, que mais retém a pessoa que modalidade da sua representação. Como se isto não bastasse para que uns pescadores incultos adotassem o nome de Aparecida para a imagem retirada das águas, está ainda a coincidência persuasiva de que o mesmo é o nome do vidente de Balugães, João Alves, e do feliz pescador de Itaguaçú também chamado João Alves, aquele que na sua rede de arrasto encontrou o corpo da imagem, primeiro, e depois a sua cabeça.

2. No culto dos santos

No que toca às invocações dos Santos, naturalmente que a influência portuguesa se faria através dos chamados santos populares: Santo António, S. João e S. Pedro.

---

[4] Padres Redentoristas, *Manual de Nossa Senhora Aparecida*, 18.ª edição, 1976, p. 9.

Santo António é, segundo Câmara Cascudo, "um dos santos de devoção mais popular no Brasil", havendo lá no final dos anos 50, segundo ele, 228 freguesias com o seu nome, sendo, em 1940, setenta as localidades que do mesmo modo se identificavam.

Da tradição popular portuguesa, a memória brasileira conservou, sobretudo, duas coisas: a faculdade de fazer os devotos encontrarem o que perderam e a função de casamenteiro.

Ao Brasil se transladou o hábito português de atribuir ao santo patentes militares, sobretudo as mais elevadas, de lhe conceder o soldo respetivo e ainda certo tipo de procedimentos que o levassem a não esquecer os pedidos feitos pelos devotos: amarrar a sua imagem, colocá-la de cabeça para baixo, retirar-lhe o menino Jesus até que a graça fosse concedida.

São João continua no outro lado do Atlântico as tradições lusitanas dos festejos de junho: as adivinhações casamenteiras, as superstições na leitura da superfície da água, a fogueira, as alcachofas, os manjericos, o caminhar descalço sobre as brasas ardentes das fogueiras. Ainda hoje essas tradições, registadas nas liras de Tomás António de Gonzaga, se repetem com o mesmo entusiasmo.

Quanto a S. Pedro, aconteceu-lhe o mesmo que aos outros dois companheiros de popularidade, sendo a faceta do seu caráter mais evidenciada a da credulidade ingénua, aliada à da função de porteiro da eternidade. Também não lhe falta a conotação castelhana do Sancho Pança das farsas populares. Farsas essas que tomam o santo por bonacheirão atrapalhado, tentando sair de qualquer modo das embrulhadas que lhe armam alguns sabidos, para entrar no céu sem méritos. O mesmo sentido tem ainda a tradição da "bandeira roubada", que depois é devolvida ao dono, no meio de animadas cenas de convívio.

Mas, sem dúvida, o caso mais interessante e aculturado é o da celebração de S. Gonçalo de Amarante que, certamente em resultado de uma emigração para o Brasil de devotos seus, ali foi encontrar excelente acolhimento, roubando a Santo António alguns dos atributos que o celebrizaram, em especial o de casamenteiro.

São em elevado número os municípios e populações com nomes de São Gonçalo de Amarante ou derivados (segundo Cascudo, em 1940 havia municípios de S. Gonçalo em seis Estados Brasileiros e em "povoações e lugarejos são incontáveis"), embora para grande número de brasileiros atuais essas ligações a Portugal sejam ignoradas. Mas o que não foi olvidado foi um modo muito especial de festejar o santo,

A religiosidade popular portuguesa na cultura brasileira 257

homenagem pouco ortodoxa, mas já contida na sua origem portuguesa, que certas facetas burlescas e eróticas vieram agravar. Em conformidade com as antigas costumeiras de Amarante e do Porto, em cujas igrejas se dançava, também ali se dança no interior dos templos, a pretexto de que o santo assim fizera durante a sua vida, bailando com o povo. A festa chega mesmo a extremos que têm merecido severas condenações tanto das autoridades eclesiásticas como civis.

Segundo o testemunho de Le Gentil de la Barbinais, era assim a festa, em 1718, na capital da Bahia: "Compareceu o Vice-Rei Marquês de Angeja, tomando parte na dança furiosa dentro da igreja, com guitarras e gritaria de frades, mulheres, fidalgos, escravos, num saracoteio delirante. No final, os bailarinos tomaram a imagem do santo retirando-a do altar e dançaram com ela, substituindo-se os devotos na santa emulação coreográfica. Logo depois, outro Vice-Rei, Vasco Fernandes César de Menezes, Conde de Sabugosa, proibiu a dança de S. Gonçalo".[5]

3. No culto do redentor

Passemos às devoções populares mais importantes, que tomam por centro o próprio Redentor e que, dum modo geral, fazem preceder o nome da localidade onde se radicaram pela expressão "Bom Jesus", expressão esta muito comum em Portugal, sobretudo a partir do século XVI, e que tem a sua mais imponente expressão no santuário do Bom Jesus do Monte, em Braga, considerado o santuário da Paixão mais famoso em todo o mundo. São elas Bom Jesus do Amparo, Bom Jesus do Galho, Bom Jesus de Matosinhos, no Estado de Minas Gerais; Bom Jesus de Itabapoana do Rio de Janeiro; Bom Jesus dos Perdões e Bom Jesus de Pirapora, no Estado de S. Paulo; Bom Jesus da Lapa e Bom Jesus do Bonfim na Bahia, etc.

O santuário do "Senhor Jesus de Congonhas", cidade do Estado de Minas Gerais, teve origem na fé de um português, Feliciano Mendes, que para ali levou em 1757 a invocação do prestigiado santuário de Matosinhos. Santuário este muito prestigiado por se perder na noite dos tempos a história miraculosa do achamento da imagem do Senhor cru-

---

[5] Câmara Cascudo, *Dicionário do Folclore Brasileiro*, I vol., Rio, Ouro, 1969, p. 87.

cificado, uma das quatro que se diz o fariseu Nicodemos ter mandado fazer, e que veio, desde remotos tempos, para a Lusitânia, segundo foi afirmado no concílio de Niceia, em 325. O santuário de Congonhas, cujo ambiente é típico no Norte de Portugal (não falta um escadório, certamente evocando o de Braga, para unir numa mesma evocação os três santuários), tornou-se famoso não só pelas romarias a que dá ocasião, mas também porque nele trabalhou e deixou o melhor da sua obra o mais famoso escultor do Brasil barroco, António Francisco Lisboa, o Aleijadinho. Desde 1796 que a sua atividade ali está documentada: a magnífica galeria dos profetas, que outro português mandou construir em ação de graças por ter recuperado a saúde e as estátuas da via sacra conhecidas no mundo inteiro.

Por último, falemos no mais famoso de todos os santuários populares do Brasil que é motivo de orgulho para todos nós, setubalenses: o santuário do Senhor do Bonfim da cidade da Bahia.

Comecemos por identificar, resumidamente, a devoção tradicional setubalense do Senhor do Bonfim.

Segundo Alberto Pimentel no seu livro *Memórias sobre a História e Administração do Município de Setúbal*, a imagem do Senhor do Bonfim, venerada na capela do mesmo nome e que anteriormente se chamava do Anjo da Guarda, "era havida por uma das deste reino em que o povo tinha maior fé"[6], manifestada não só pela gente humilde como também pelos próprios reis, como foi o caso de D. João V, que a visitou em junho de 1711 com grande pompa e acompanhamento de fidalgos, a fim de cumprir a promessa que fizera pelas melhoras do seu pai.

O culto do senhor do Bonfim parece ter sido originado pelos hortelãos de Setúbal e, conforme reza a lenda, a sua imagem foi encontrada por umas mulheres, à semelhança do que acontecera com o Senhor de Matosinhos, na praia, entre pedaços de madeira, provavelmente restos de algum navio naufragado, a acreditar-se no testemunho de Sebastião Joaquim Bagam, nas suas notas de *A Capela do Senhor Jesus do Bonfim*.

Lugar de peregrinação, porque era ao Senhor Jesus do Bonfim que se recorria nas calamidades públicas, sendo um tal caráter penitencial acentuado pelo hábito de se realizar a via sacra entre o adro desta capela e o da igreja de Jesus, que lhe está relativamente próxima, caminho este

---

[6] Lisboa, 1877, p. 194.

A religiosidade popular portuguesa na cultura brasileira

assinalado ainda hoje pelos cruzeiros que restam, ainda que desviados da sua colocação primitiva.

Foi a invocação desta imagem que suscitou um movimento popular de piedade, em Salvador da Bahia, no Brasil. E o seu protagonista principal foi o português Teodósio Rodrigues de Faria, Capitão-de-Mar e Guerra, que para a Bahia levou uma imagem do Senhor do Bonfim semelhante à de Setúbal, em 1745, esculpida em cedro e com um metro e dez centímetros de altura.

Teodósio de Faria começou por expor a imagem à veneração dos fiéis, na capela de Nossa Senhora da Penha de França de Itapagipe de Baixo. Porém, como cada vez era maior o afluxo de fiéis, logo se organizou uma irmandade que construiu uma igreja própria no Alto do Bonfim em 1754, para onde se transladou a imagem.

Na visita que fiz a esta Igreja, em setembro de 1986, foi-me dado consultar um exemplar raro do livro *A Devoção do Senhor do Bonfim e a sua História*, da autoria do Dr. Eduardo Freire de Carvalho Filho, professor catedrático de Terapêutica da Faculdade de Medicina da Bahia, de que me servi para redigir estas notas. Nessa mesma ocasião, foi-me grato verificar que os elementos básicos comuns aos dois santuários se conservavam, tais como o culto prestado às imagens do Senhor do Bonfim, os atos de piedade tradicionais e o ancestral costume de se oferecerem ex-votos para memória das graças concedidas. Assim, tal como em Setúbal, existe uma "casa dos milagres", guardando no lado direito da igreja inúmeras fotografias e quadros, alguns deles de grande e expressiva ingenuidade, e, do lado esquerdo, ex-votos em prata e ouro.

Mas a referência a esta geminação espiritual de países e santuários merece ainda ser completada por outras considerações, de algum modo aplicáveis a quanto disse sobre os casos anteriores: revelam não só a última ligação espiritual entre Portugal e o Brasil, mas igualmente o cunho próprio da cultura brasileira que, sem renegar a sua raiz portuguesa, imprime à sua expressão religiosa e artística matizes muito especiais: o Senhor do Bonfim de Setúbal é de expressão predominantemente penitencial, o Senhor do Bonfim da Bahia é de expressão eminentemente festiva.

Efetivamente, as festas do Bonfim da Bahia não são unicamente o prolongamento das celebrações de Setúbal. Acrescentam-lhe uma faceta sincrética, mistura de costumes brasileiros e africanos, mistura de cristianismo com os cultos africanos. Porque o Senhor do Bonfim da Bahia não é só o Bom Jesus, é também, sobretudo para os negros, Oxalá, o maior dos orixás iorubanos, por isso esta festa tem para eles um significado especial. E a festa do Bom Jesus, com o seu dia especial à quinta-feira, completa-se com a festa do tempo africano, no monte O qué, à sexta-feira.

Deste modo, o arraial à portuguesa de barraquinhas de comes e bebes, bandeiras de papelinhos de múltiplas cores, de desgarradas, música e danças, completa-se com o desfile das baianas consagradas a Oxalá e suas oferendas e ritos, com as fitas de enrolar no pulso para garantir a sorte, com o samba, os jogos de capoeira e a cachaça.

Assim, o antigo costume originado na promessa de um antigo soldado português em ação de graças por ter escapado da guerra do Paraguai, de lavar o átrio da igreja, transformou-se numa apoteose dionisíaca, ao pretender lavar toda a nave central na quinta-feira anterior ao fim da novena. Nessa tarefa-festa, centenas de homens e mulheres cantam, dançam, comem, bebem entre as torrentes de água que acabam por não lavar coisa nenhuma, e no meio do partir de centenas de vassouras, tendo chegado a degenerar em autênticas bacanais, objeto de censuras e proibições. De tal maneira que, depois de semelhante "lavagem", os responsáveis da igreja têm mesmo de proceder a uma rigorosa limpeza do templo e imediações.

Não sei se os benévolos ouvintes ficaram com a mesma sensação com que eu próprio fiquei ao terminar algum trabalho preparatório desta exposição: a de que era mesmo natural pensarmos ser a religiosidade brasileira o prolongamento aculturado da portuguesa, tal como aconteceu com a língua (Paiva Boléo já demonstrou como muitos dos pretensos brasileirismos não passam de arcaísmos lusitanos esquecidos), tal como ocorreu com a arquitetura e até a música.

É que, embora o Brasil atual seja o resultante da mistura de todos os povos, raças e culturas, em processo cada vez mais conseguido de homogeneização, foi à volta dum núcleo central português, alargado a índios e negros, durante mais de trezentos anos em processo de quase exclusividade, que outros contributos étnicos e culturais foram acrescentados. E foram-no como contributos advenientes a uma identidade já formada e consolidada, que certamente a enriqueceu, mas que não a podem negar ou minimizar.

A herança lusitana é, pois, o núcleo fundador central da identidade brasileira.

E se é certo que a consideração atenta destes factos nos mostra como evidente esta conclusão, não é menos certo ser diferente a ideia que da

A religiosidade popular portuguesa na cultura brasileira 261

cultura brasileira fazem muitos brasileiros e portugueses. Importa, por isso, avivar-lhes a memória destes factos. Para que os brasileiros não percam o sentido da sua identidade, os portugueses o alcance dos seus compromissos e ambos os povos a ideia de participarem num projeto cultural comum.

A consciência de identidade dum povo é a melhor garantia da sua unidade e futuro, e repousa fundamentalmente na língua, crenças religiosas, hábitos, tradições. Por isso, só é possível defender essa unidade, protegendo e enriquecendo esses valores, atitude esta tanto mais importante quanto assistimos hoje a certos movimentos no interior do Brasil que pretendem fazer esquecer ou amesquinhar o legado português, julgando prestarem um serviço ao Brasil. Mas o que realizam na verdade é atentar contra a sua própria coesão e bem estar.

Sonharam alguns com um Brasil germanizado, saudosos de uma ocupação holandesa no Nordeste, no século XVII, esquecendo-se de olhar para o apagamento e pobreza, ainda atuais, do Suriname. Outros iludem--se com um pretenso Brasil anglo-saxónico das civilizações industriais, fingindo ignorar ser o Brasil a mais forte, una e rica das nações tropicais, e que tal se ficou a dever ao génio civilizador dos portugueses, como o demonstrou solidamente o sociólogo Gilberto Freyre. Esquecendo-se ainda de que, nessa civilização luso-tropicalista, a sua base mais forte é a do cristianismo levado nas caravelas de Pedro Álvares Cabral e Tomé de Sousa.

Suponho, em conclusão, que todos nós, portugueses e brasileiros, muito ganhamos em recordar aquilo que nos é comum.

Paços do Concelho de Setúbal
6 de junho de 1987

ANEXO: HENRIQUE DE SENNA FERNANDES EM ENTREVISTA

Nota introdutória

A entrevista que se segue foi gravada em 1997, tendo sido atualizada em janeiro de 2002 e em junho de 2006. Henrique de Senna Fernandes é, como procurei demonstrar ao longo do artigo que antecede esta entrevista, um dos escritores mais genuínos da Lusofonia. A relação de amor e ódio que mantém para com Portugal, que, de resto, é extensível a uma grande parte dos portugueses que, na falta de melhor termo e decalcando da experiência britânica, designei por "ultramarinos" (o correspondente britânico é *British overseas citizens*), é uma referência que, só por si, constitui um fator de atualização. Acrescente-se, em benefício desse mesmo propósito, o facto de o entrevistado ser praticamente o único escritor vivo a dar voz a uma comunidade, a macaense (em sentido restrito), que, após a entrega do território à administração chinesa, se dispersou pelo mundo. Fá-lo com um sentido épico, fundacionista e memoralista, lado pelo qual reproduz a história e os fundamentos da sua comunidade, transformando estes em valores que a poderão suster na dimensão diaspórica que ora experimenta.

Entrevista

Entrevistador (**E.**): Senna Fernandes – permita-me que o trate assim apesar da diferença de idades –, lendo os seus livros, salta-me à vista uma característica que me parece ser constante em toda a obra: a de que gosta de escrever, que escreve porque gosta de o fazer...

Henrique de Senna Fernandes (**H.S.F.**): Sim, eu gosto muito de escrever, escrevo quase todos os dias (...).

E.: ...mas fico também com a sensação de que esse ato de escrita é muito isolado. Poucos serão os macaenses ou metropolitanos, com a exceção do Rodrigo Leal de Carvalho, com apetência pela escrita... Se fossem mais teriam, decerto, maior presença em Portugal...

H.S.F.: Se tivéssemos um grupo, marcaríamos a nossa presença em Portugal. Macau, embora pequeno, é um mundo que tem os seus costumes, as suas tradições, os seus hábitos...; tanto os descendentes de portugueses como os chineses. Os chineses de Macau também têm as suas particularidades em relação a Hong Kong e ao continente. Quando falamos continente, referimo-nos ao que está para além das portas do cerco. Têm as sua próprias particularidades. De facto, se atuássemos em grupo, impúnhamos as coisas de Macau.

E.: Olhando para a minha experiência em Angola, onde nasci e onde me socializei, penso que, em Macau, as comunidades étnicas estão um bocado de costas viradas umas para as outras, há mais coexistência do que interação.

H.S.F.: Está enganado. Há muitos casamentos entre a nossa comunidade e a comunidade chinesa. O que o meu amigo vê não é propriamente o chinês local, é o chinês que vem de fora, o que vem do interior, o que vem de Hong Kong e que não tem nenhuma relação com a comunidade local nem com a comunidade metropolitana, nada!

E.: Na verdade, alguns até falam português; já me deparei com uma ou outra situação em que os vi falar português.

H.S.F.: Não é preciso falar. Nós também falamos chinês. Há uma comunicação muito grande entre nós e os chineses, não os chineses que estão há pouco tempo em Macau e que estão de passagem, que pensam ficar pouco tempo em Macau, que não pensam em ficar para sempre em Macau. Essa gente não tem qualquer afinidade com a terra nem com a população. Essa gente quer é ganhar dinheiro, fazer uma fortuna e depois quer é desandar. Infelizmente, Macau tem-se prestado a isso e é a maioria. O chinês de Macau, que é aquele chinês que não tem nada a ver com Portugal mas que é local, tem as suas particularidades. Estes estão em minoria hoje, porque a maior enchente de Macau já saiu, para

Anexo: Henrique de Senna Fernandes em entrevista

o Canadá, Austrália, EUA, aqueles lugares de emigração. São chineses, não têm nada a ver com Portugal. A comunidade macaense também vai muito para o Canadá, para a Austrália, mas também para Portugal. Há-de ir muita gente para Portugal [aquando da passagem da administração do território para a China]. A si deve dar uma impressão de que somos uma sociedade chinesa, só que não é chinesa.

E.: Não, eu estava a falar do contacto com a comunidade chinesa.

H.S.F.: Não. Há misturas com os chineses de cá através de casamentos e é preciso pensar que muitas vezes o que o meu amigo vê não é propriamente chinês. Estou a falar daqueles cujo rosto tem traços europeus que não ressaltam logo, que nós [os locais] sabemos que não são chineses, mas para quem vem de fora, esses traços passam despercebidos. A mistura escapa-lhe.

E.: Estou a ver o problema. Se uma pessoa daqui ou de Portugal olhar para a população angolana pensa que são todos negros ou mulatos quando na realidade há negros, há cafusos, há cabritos, etc. São categorias percetíveis apenas pelos locais e, mais, pelos mestiços e pelos negros que com eles convivam há muito.

H.S.F.: O meu amigo é que os distingue pois é natural de lá. Nós em Macau também os distinguimos melhor. Nós [os macaenses] somos muito poucos para uma população de cerca de 500 000 pessoas. Oficialmente mais de 400 000. Portugueses e macaenses somos cerca de 10 000. Na rua ouve-se o chinês, muito pouco o português, justamente, porque eles são a maioria. O português é uma língua minoritária. Mas porque é que o chinês não há-de saber falar português e o português não há-de saber falar chinês? Mas porquê? É preciso ver que os chineses têm uma civilização com 5000 anos e são profundamente orgulhosos e ciosos da sua cultura. Eles não vão aceitar uma língua porque não precisam dela. Eles aprendem o inglês porque é uma língua necessária, senão não a aprendiam. Os outros é que têm obrigação de saber a língua deles. É como na França, se se falar em inglês eles não respondem, porque quem está em França tem de falar francês. É xenofobia, os chineses são muito xenófobos.

E.: Fiz-lhe essa pergunta porque, comparando o conteúdo dos seus livros com o mundo atual, fica-se com a sensação que o que descreve já não existe.

H.S.F.: Bem, eu debruço-me sobre os anos 30 [do século XX] porque são, para mim, o apogeu da vida macaense, em que o macaense [o *patois*] tinha realmente uma grande força. Foi uma época em que as famílias não dispersavam, não emigravam, os filhos iam para fora mas voltavam. Havia alguns que iam para Hong Kong por causa dos casamentos, para a América era raro. Era aqui que tudo se concentrava. Nos anos 30, quando alguém se casava, os meus pais fizeram-no, iam passar a lua de mel para Cantão ou para Xangai.

E.: É o ambiente de *Amor e Dedinhos de Pé* e do conto "A desforra dum 'China-rico'" [in *Nam Van. Contos de Macau*]...

H.S.F.: Xangai, aqui, era o fulcro, o pólo da vida do Oriente. Das filhas da terra iam apenas uma ou duas estudar para a Europa, nomeadamente para a Suíça. Os outros iam para um colégio alemão, em Tsingtao. Era também ali que se fazia a cerveja Tsingtao, que ainda hoje é conhecida como a principal cerveja chinesa. Era muito chique estudar naquele colégio. Uma prima minha foi estudar secretariado nesse colégio. Os rapazes iam para Hong Kong para depois irem para Londres, para emigrar, mas voltavam praticamente todos. As grandes famílias e todos aqueles costumes e tradições estavam todos enraizados aqui em Macau. Veio a guerra e destruiu tudo, quebrou a estabilidade, quebrou a segurança, a confiança; sofremos muito, muito, mas também tivemos as nossas compensações. Tivemos uma vida como nunca. Tivemos muita riqueza mas também muita miséria, miséria até ao extremo, coisas horrorosas que se passavam. Havia bailes todos os dias, havia festas todos os dias que não faziam esquecer as amarguras da guerra. Por tuta e meia ia-se dançar.

E.: Macau sofreu indiretamente a ameaça japonesa.

H.S.F.: Indiretamente sofreu. Hong Kong, na altura, estava ocupada pelos Japoneses. Foi ocupada no dia 25 de dezembro de 1941. Muitos fugiram para Macau. Macau aceitava toda a gente que vinha da China. A população aumentou de uma maneira fantástica. Uns falam de um

Anexo: Henrique de Senna Fernandes em entrevista

milhão, outros de setecentos mil, uma coisa medonha. Depois a vida tornou-se diferente. Depois da guerra, os refugiados voltaram para as suas terras, voltaram para Hong Kong. Os grandes capitalistas de Xangai fugiram para Hong Kong e esta cidade ultrapassou em termos industriais Xangai. Eu falo muito dessa época.

E.: O Senna Fernandes acompanha a vida literária portuguesa, tem contacto com os escritores portugueses?

H.S.F.: Não tenho. Eles não me procuram a mim e eu não os procuro a eles. Isso ia parecer que eu estou a mendigar e eu não mendigo nada. Não sou orgulhoso, sou uma pessoa simples, mas tenho de manter a minha dignidade. Eles que me procurem, nós estamos à mesma distância. Eu sou de Macau e eles de lá.

E.: É interessante. A sua reação é igual à dos pintores e escritores da África lusófona que têm uma relação, por vezes, difícil com os congéneres portugueses. Se calhar o colonialismo mantém-se?...

H.S.F.: É o antigo colonialismo. São da barriga da mesma mãe, mas tratam os outros filhos como enteados, como uns bastardos. Eles querem que eu vá de chapéu na mão, não vou de forma nenhuma. Se eles vierem a mim eu não exijo que venham de chapéu na mão. Que venham com respeito, se quiserem falar comigo, que falem. Eles representam Portugal, eu represento Macau. Parece que a posição é mais ou menos a mesma. Ofereci ao David Mourão Ferreira um exemplar de *Nam Van. Contos de Macau* e ele nunca me respondeu. Não sei se ele o recebeu ou se não recebeu. Quando falei com ele, mais tarde, não mencionei a oferta. Ele esteve em Macau em meados de 1980, eu fiz um pequeno discurso de que ele gostou. Depois em conversa com ele disse-lhe que lhe ia oferecer um livro por uma interposta pessoa. Agora se essa pessoa lho entregou ou não, não sei. Quando o vi mais tarde, em Paris, não mostrou lembrar-se de mim. Eu não me esqueço da cara das pessoas que tenha alguma vez contactado. Estive na conversa uns tempos, cerca de 15 minutos. Ele não fez menção de me conhecer, nem se interessou por Macau.

E isto é para mim é uma questão de orgulho. Não estou a pedir nada a ninguém, mas, claro, continuo a sentir-me isolado porque não tenho ninguém que continue a minha obra. Estes novos macaenses que agora aparecem não se interessam pela literatura nem por nada idêntico. Pelo menos até agora não vi ninguém a mostrar interesse, embora eu tivesse animado meia dúzia de jovens a entrar nesses caminhos. É claro que eles têm medo e receiam a troça. Escrever não é fácil. Apesar de eu já ter alguma experiência a escrever, sei das dificuldades que a cada passo aparecem. Queremos fazer uma obra bem feita, quer-se atingir a perfeição e nunca a atingimos, é impossível. Esta demora toda com este livro (*Mong-Há*, entretanto publicado em 1998 pelo Instituto Cultural de Macau) é por estar sempre a corrigir e já decidi publicá-lo como está. Estou sempre a corrigir. Não quero saber da minha maneira de escrever. Eu sei que há alguns que têm a mania que sabem português que dizem que sintaticamente, que morfologicamente não está correto. Mas não está correto como? Essa malta que diz isso não se atreve a dizer mal do Jorge Amado que tem incorreções do ponto de vista do português. Mas quem é que se atreve? E os outros, como o Pepetela, que escreve à maneira angolana. Então porque é que eu não hei-de escrever à maneira macaense? Não tem razão de ser. Não deveria ser assim. Portugal tem muitos escritores mas muito pouco talento. Temos belíssimos poetas. Mas a ficção portuguesa é fraca, eu não a leio. E andam todos a reclamar que Portugal ainda não ganhou o Nobel (entretanto foi ganho por Saramago em 1998).

E.: Bem, na verdade e a propósito de ficção, há muito tempo que não lia um livro de enfiada como li o *Amor e Dedinhos de Pé*...

H.S.F.: Há muito gente que diz a mesma coisa, leem-no de cabo a rabo.

E.: Há muito tempo que não sentia esta sensação...

H.S.F.: No entanto, o livro não é conhecido em Portugal, o homem do povo não o lê, porque não há livraria que o venda. Os escritores não o mencionam. Quais são os escritores que mencionam o meu nome? O Alçada Baptista cruzou-se comigo em Macau e perguntou-me se eu era o fulano tal. E disse-me que gostou muito do livro. No entanto, nunca escreveu nada sobre o livro. Ofereci *A Trança Feiticeira* ao José Carlos Vasconcelos e até hoje não disse nada a meu respeito. Suponho que há-de escrever... Encontrei-o mais tarde em Maputo (no âmbito das

Anexo: Henrique de Senna Fernandes em entrevista

Pontes Lusófonas) e o certo é que ele e outros escritores não se aproximavam de mim.

E.: Bem, esse aparente desinteresse pode ter a ver com o facto de em Portugal ainda não se ter começado a discutir, nem a apreciar, a literatura pós-colonial... A avaliação deste tipo de obras passa muito pelos paradigmas e cânones de raiz nacionalista.

H.S.F.: Talvez...

E.: *A Trança Feiticeira*, com a passagem do filme e com o certame que, a propósito de Macau, foi organizado na Figueira da Foz, foi sobejamente mencionado na televisão...

HSF.: Bem, o *Expresso*, por exemplo, não fez nenhum comentário sobre o livro. Pode ser que não seja por depreciação, mas dá a impressão de cumplicidade, de que há uma conspiração de cedência.

E.: Pintores cabo-verdianos com quem tenho trabalhado (Manuel Figueira, Luísa Queirós e Bela Duarte) sentem a mesma coisa, uma certa indiferença. Tem provavelmente a ver com a insegurança que acima referi.

H.S.F.: Bem, eu também não leio a ficção portuguesa. Não leio porque não há diálogo. Um livro deve ter diálogo. O escritor português tem uma grande incapacidade em estabelecer diálogos nos seus livros. De Eça de Queirós para cá quem é que tem desenvolvido diálogos nos seus livros? Houve um, que é o Francisco Costa, que está completamente esquecido. É um escritor de talento, mas tem um erro que eu considero gravíssimo, era monárquico e muito católico. As grandes figuras do livro eram todas monárquicas. As grandes figuras femininas eram muito católicas e mesmo beatas. As outras todas eram uma meia dúzia de putas, como a personagem Albertina de *A Garça e a Serpente* (Lisboa, 1943).

E.: Falemos agora um pouco do autor Henrique de Senna Fernandes, cuja história de vida parece estar, em parte, espelhada quer no romance *A Trança Feiticeira,* quer no *Amor e Dedinhos de Pé*. Conhecendo um pouco a sua vida, ousaria dizer que as personagens centrais masculinas destes romances (Adozindo, n' *A Trança*... e Francisco da Mota Frontaria, no *Amor...*), macaenses "de gema", têm muito de autobiográfico. Em vez dos nomes que ostentam, bem podiam ser Senna Fernandes, membro de uma das mais prestigiadas famílias macaenses...

H.S.F.: Sim. Admito que há muito da minha própria pessoa nas duas personagens. Há algumas experiências. Admito que Adozindo compartilha muita coisa da minha experiência. Todos fazem essa mesma pergunta. Admito que haja algumas notas pessoais ali. Às vezes é um pouco difícil descrever um ambiente com tanto pormenor se não o tivesse visto. Como os Senna Fernandes, os Frontaria são macaenses. A origem da minha família remonta a Portugal. Não sei qual era o nome do meu antepassado que veio para cá. Não sei se era Pedro?! O certo é que ficou por cá no século XVIII e fundou família, teve filhos... Nós somos descendentes desse Senna Fernandes do século XVIII. Do lado materno sei de um trisavô que era José de Oliveira e que era de Vila Verde.

E.: Falemos do escritor. E como é que ele surgiu? Com que idade é que publicou o seu primeiro trabalho?

H.S.F.: Publiquei duas coisas quando fiz 16 anos no *Notícias de Macau*. Estão perdidos no *Notícias de Macau*. O terceiro artigo que escrevi, o diretor não o publicou. Fiquei magoado. Se fosse eu, tinha mais cuidado para não ofender um garoto. O próprio diretor havia dito que eu tinha qualidades. Ele devia ter-me chamado e explicar-me que apesar de não ter aceite o artigo, eu devia continuar a escrever. Só que nunca mais me tornou a convidar. Fiquei realmente magoado. Depois sentia-me inseguro. E este sentimento era agravado com o isolamento que qualquer escritor sentiria em Macau nessa altura. Uma das coisas que mais se sentia em Macau era o isolamento.

E.: Mas quando começou, de facto, a escrever?

H.S.F.: Em 1940, no dia 19 de janeiro, estava eu no liceu, com os meus doze, treze anos, e comecei a escrever uma história mirabolante que li aos meus colegas. Não cheguei a terminá-la. Era mirabolante. Macau nessa altura estava muito isolado, poucas comunicações tinha com Portugal. Essas comunicações eram feitas de mês a mês. Uma carta que demorasse 28 dias a chegar a Macau era uma coisa extraordinária. Não

Anexo: Henrique de Senna Fernandes em entrevista

tínhamos comunicação direta com Portugal. Era tudo feito por telegrama. Estávamos isolados, de maneira que qualquer movimento literário em Portugal nunca chegou cá, nós tínhamos que nos limitar ao que estava aqui. Era este o nosso mundo.

E.: E relações com outros países, a Índia, por exemplo?

H.S.F.: A Índia, não. Com a Índia apenas com os tribunais, com o Tribunal da Relação de Goa.

E.: E com a China?

H.S.F.: A China estava mergulhada em guerras civis. As relações que nós tínhamos com a China era com Cantão, uns passeios e pouco mais. A grande cidade que tínhamos era Hong Kong e ainda bem que a tínhamos, porque senão ainda mais isolados estávamos... Mas continuando com o meu início de escritor. Em 1940, antes de começar a escrever para o *Notícias de Macau*, escrevi realmente um livro inteiro de ficção, tinha uns 16 anos. A partir daí nunca mais parei. Esses manuscritos guardei--os todos num baú, uma caixa grande que levei comigo para Portugal e depois trouxe-os outra vez e meti-os no outro escritório [de advocacia] que tenho no n.º 23 [da Avenida Almeida Ribeiro]. Houve um incêndio na casa ao lado, os bombeiros entraram e começaram a deitar água que entrou no quarto onde eu tinha os meus papéis e muita coisa, e todas aquelas centenas de páginas que eu tinha, uma vida inteira, foi tudo. É pena, porque eu tinha um romance que queria adaptar. Tudo aquilo servia para estudar a evolução da minha obra. Como vê, eu comecei a escrever muito cedo. Quando voltei a Macau, isto continuava mais ou menos isolado. Apesar de já termos uma rádio, ainda não tínhamos uma livraria condigna. A cultura portuguesa estava muito em baixo por desleixo do próprio Estado. Agora temos a felicidade de termos o Instituto de Macau, temos o IPOR (Instituto Português do Oriente), temos a Fundação Oriente, temos uma televisão. O contacto com Portugal é intensivo e com os telefones tudo ficou mais facilitado. Naquele tempo, nós vivíamos mais isoladamente. Com este isolamento, não se encontrava apoio de ninguém. *Nam Van. Contos de Macau* foi friamente recebido em Macau. Eu mandei alguns exemplares a indivíduos que agradeciam, metiam na gaveta e nunca mais leram. Estou convencido de que os exemplares oferecidos nunca foram lidos. Não leram. Nem as autoridades se interessaram em comprar. Se fosse eu, mandava chamar e mandava comprar umas cem ou duzentas cópias e mandava distribuir pelas bibliotecas. Este desinteresse desanimou--me. Eu era um advogado fora do normal. Os advogados eram todos voltados para as leis e eu virava-me para a literatura e era visto como alguém que não percebia nada de Direito, que só me dedicava à literatura e à História. Até que o então presidente do Instituto Cultural de Macau tornou conhecido o livro. O conto "A-Chan, a Tancareira" [incluído no livro] havia sido publicado, como livro, pelos Cadernos Capricórnio, em Angola [na cidade do Lobito], mas sem grande impacto. Foi então que se organizou, em meados dos anos 80, a primeira Feira do Livro em Macau. E aí aparece o livro que foi uma revelação para muita gente, quando o livro já tinha anos de publicação e os gajos completamente esquecidos. Macau é uma terra ingrata para os seus próprios filhos, não sabem apreciar o que se faz dentro de casa.

E.: O Senna Fernandes foi um lutador isolado?

H.S.F.: Se eu tivesse um grupo de quatro ou cinco escritores de ficção, teríamos aqui em Macau uma escola nossa e Macau teria uma outra presença nas literaturas lusófonas. Em Portugal, o leitor comum português ainda não me conhece. É triste...

E.: Os seus romances foram adaptados ao cinema. Nem sempre os escritores se reveem em tais adaptações. Estou a lembrar-me de um outro escritor lusófono, Manuel Lopes, escritor cabo-verdiano, recentemente falecido, que viu com olhos dececionados a adaptação do seu romance *Os Flagelados do Vento Leste* (Lisboa, 1960) para o cinema, feita por um amigo meu, o realizador António Faria. E o Senna Fernandes? Ficou agradado com as adaptações dos seus romances?

H.S.F.: Não, nada! Em *Amor e Dedinhos de Pé* não concordei com a distorção das figuras. O final foi absolutamente contrário àquilo que eu queria do livro, pois tinha uma mensagem. No filme, o final não tinha qualquer mensagem. O Chico continuou patife até ao fim, abandonou aquela rapariga. Bastava dizer-lhe uma palavra: "Eu voltarei". Ele podia acabar da maneira que quisesse, mas faltava-lhe essa palavra. Ele tinha de voltar. Isto foi de um realizador que não conhece a vida interna de

Anexo: Henrique de Senna Fernandes em entrevista

Macau, nem se transportou para a época, pois ele não podia fazer uma coisa dessas. Ela morria socialmente, depois de receber o rapaz em sua casa e ele depois abandoná-la. Tudo o que tinha era dela. Come dela, veste-se dela, dorme na cama dela e ele põe-lhe os cornos e vai-se embora.

E.: E *A Trança Feiticeira*?

H.S.F.: Foi mais fiel. É preciso ver que *A Trança Feiticeira* foi uma interpretação chinesa. Há coisas que são mesmo do cinema chinês. Ele a sair do hospital a correr, a saltar para o mar e nadar. Isto é ao gosto chinês. Ela encarnou muito bem a figura da A-Leng.

E.: Está a escrever um livro de contos. E depois...

H.S.F.: O livro não é de contos. Eu chamo-lhes histórias. O livro tem por título *Mong-Há* (já referida a sua publicação em 1998). Mong--Há é um bairro de Macau, onde, num passeio que ali dei, tive uma longa conversa com um amigo que me recordou muitas das histórias que estou hoje a escrever.

E.: Mas agora, em fim de "colonialismo", tem sentido, da parte das instituições macaenses, algum apoio enquanto escritor?

H.S.F.: Sim, agora tenho tido.